BASTEI
LÜBBE
TASCHENBUCH

Weitere Titel des Autors:

Das Mars-Labyrinth

Titel in der Regel auch als E-Book erhältlich

Über den Autor:

David Macinnis Gill war Highschool-Lehrer bevor er sich dem Schreiben widmete. *Die Mars-Verschwörung* ist sein zweiter Roman über eine junge Truppe von Elitesoldaten auf dem Mars. Macinnis Gill vereint dabei gekonnt Science-Fiction mit Action-Elementen. Seine Romane haben diverse positive Besprechungen erhalten, sowohl in der Presse als auch durch andere Autoren.

Der Autor lebt mit seiner Familie an der Küste von North Carolina.

DAVID MACINNIS GILL

DIE MARS-VERSCHWÖRUNG

Roman

Aus dem Amerikanischen von
Frauke Meier

BASTEI
LÜBBE
TASCHENBUCH

BASTEI LÜBBE TASCHENBUCH
Band 20691

1. Auflage: März 2013

Dieser Titel ist auch als E-Book erschienen

MIX
Papier aus verantwortungsvollen Quellen
FSC® C006701

Vollständige Taschenbuchausgabe

Bastei Lübbe Taschenbuch in der
Bastei Lübbe GmbH & Co. KG

Deutsche Erstausgabe

Titel der amerikanischen Originalausgabe: »Invisible Sun«
Originalverlag: Greenwillow Books,
an Imprint of HarperCollinsPublishers, New York
This work was negotiated through
Literary Agency Thomas Schlück GmbH, 30827 Garbsen

Textredaktion: Wolfgang Neuhaus
Titelillustration: © Arndt Drechsler, Rohr i. Nb
Umschlaggestaltung: Guter Punkt, München
Satz: two-up, Düsseldorf
Gesetzt aus der Minion
Druck und Verarbeitung: CPI-Ebner & Spiegel, Ulm
Printed in Germany
ISBN 978-3-404-20691-9

Für Julie, einen echten Prinzen

»Nur die Toten haben das Ende des Krieges gesehen.«

Plato

»Ich liebe den Lotus, weil er aus dem Schlamm erwächst,
selbst aber makellos bleibt.«

Zhou Dunyi

Kapitel 0

Christchurch, Capitol City
Präfektur Zealand
Annos Martis 238. 7. 16. 18:52

Vienne zielt, drückt ab und jagt mir eine Kugel direkt in die Brust. Als meine Hand zum Herzen zuckt, bricht in einer Nebenstraße das *Pop-pop-pop* einer ganzen Serie von Feuerwerkskörpern los, das den Beginn des Geisterfestivals ankündigt und das Schussgeräusch von Viennes Armalite übertönt.

»Au!« Ich fange das übel verformte Geschoss auf, als es von meiner Körperpanzerung abfällt, und werfe die Bleimurmel achtlos weg. Sie klimpert über ein Dach nach dem anderen, stürzt kaskadenartig den im morgendlichen Dämmerschein badenden Hang hinab. Das scharfe Geräusch hallt von den Wellblechhütten der Favela wider, jener Barackenstadt, in der wir in der letzten Woche Unterschlupf genommen und unseren Blitzzugriff auf ein hochrangiges Ziel in der hiesigen Bibliothek geplant hatten.

»Jetzt zufrieden?«, frage ich.

»Es ging mir nur um die Sache.« Vienne grinst, als sie die Patronenhülse aufsammelt. Dann steckt sie das Armalite in ein Halfter, das sich unter ihrem Trenchcoat verbirgt. »Niemand achtet beim Lärm des Festivals auf Gewehrschüsse, also gibt es keinen Grund für uns, wieder unbewaffnet loszuziehen. Dieses Mal bekommen wir es mit CorpCom-Soldaten und Rangern zu tun, nicht mit irgendeinem Hinterwäldler-Polizisten.«

»Schon gut, schon gut, hab verstanden.« Es bringt nichts, Streit mit einem Partner vom Zaun zu brechen, umso weniger, wenn dieser Partner ein perfekt ausgebildeter Regulator und einer der treffsichersten Scharfschützen des ganzen Planeten ist. Ich massiere die leicht schmerzende Stelle, an der mich die Kugel getroffen hat, als eine weitere Reihe von Feuerwerkskörpern hochgeht, gefolgt vom Geschrei unserer Mitsquatter. »Musste es unbedingt ein Nahschuss sein?«

»Nein.« Vienne ergreift meinen Arm und führt mich den Pfad hinunter, den das Abwasser in eine Schlammpiste verwandelt hat. Die Luft ist angefüllt mit dem Gestank von Müll, verbranntem Schießpulver und Kordit. »Aber so macht es mehr Spaß.«

Ich seufze innerlich. *Gerade erst geht die Sonne auf, und schon wird auf mich geschossen.*

»Nur Mut, Cowboy«, sagt die zarte Stimme in meinem Kopf, eine Stimme, die Mimi gehört, der künstlichen Intelligenz, die man mir als Flash-Clone ins Hirn gepflanzt hat. Mimi kontrolliert sämtliche Funktionen meiner symbiotischen Körperpanzerung. Omnipräsent und omnilästig und eine miserable Dichterin noch dazu. »Deine neuromuskuläre Reaktionsrate verrät mir, dass es nicht so schmerzt, wie du vorgibst.«

»Schmerz ist mehr als die Summe seiner Neuronen, Mimi«, subvokalisiere ich, sodass nur sie mich hören kann.

»Ja, weil du nicht mal einfache Mathematik beherrschst«, sagt sie. »Nimm die Nächste rechts. Meine Karte weist diese Gasse als Abkürzung aus.«

»Hier lang«, sage ich zu Vienne und folge dem Weg, den Mimi vorgegeben hat.

Wir biegen um eine Ecke und sehen uns einem Rudel Skorpione gegenüber – acht verwilderte Junkies, ungefähr halb so alt wie wir. Ungefähr halb so groß wie wir. Ungefähr zehnmal so bösartig und ausgehungert wie wir. Übersät mit Piercings und selbst gestochenen Tattoos, stinkend und schmutzig vom Kloakenschlamm, die Augen vom *Ekstase*-Rausch gerötet und ausgerüstet mit kaputten Rohren und Wellblechbruchstücken.

Der Anführer hat ein Schlachtermesser, dessen Erl mit Klebeband umwickelt ist. Die Klinge ist schartig, verrostet und überaus tödlich.

»Wozu die Eile?«, fragt der Anführer auf Portugiesisch und entblößt die zerklüfteten Zahnruinen zu einem höhnischen Grinsen.

»Mach den Weg frei«, warnt ihn Vienne.

»Zahlt erst mal die Maut«, sagt der Anführer. »Oder ich weide euch aus und hole mir euer Frühstück zurück.« Er malt mit dem Messer eine Acht in die Luft. Die anderen verteilen sich in der Gasse, um uns den Weg zu verstellen.

»Wie viel?«, frage ich.

Er leckt sich die Lippen. »Die da«, sagt er und zeigt mit der Messerspitze auf Vienne.

»Okay.« Ich zucke mit den Schultern und schüttle gleichzeitig den Kopf. »Aber vergiss nicht, du hast es so gewollt.«

Noch ehe meine Worte eine Reaktion hervorrufen können, die sich in seiner Mimik spiegelt, reißt Vienne ihm das Messer aus der Hand und den dazugehörigen Arm aus dem Schultergelenk und fegt ihm die Beine unterm Hintern weg. Er landet schreiend auf dem Straßenpflaster, während drei seiner Kumpane ihre Rohre schwingen, ohne einen Treffer zu landen.

Vienne nimmt dem ersten Angreifer die Waffe ab, nagelt einen zweiten mit einem seitlichen Tritt zu Boden und benutzt das Rohr, um einem dritten die Kniescheibe zu zertrümmern. Als der Erste zu fliehen versucht, zieht sie ihm das Rohr über den Kopf. Sein Schädel knallt aufs Straßenpflaster. Der Aufprall pustet ihm das Licht aus – wenn es nicht schon das Rohr getan hat –, denn als sein herumrollender Leib zur Ruhe kommt, schläft er tief und fest.

Vienne nimmt die Kampfposition eines Regulators ein – linke Handfläche raus, rechte Faust über dem Ohr. Sie winkt den anderen Typen zu, fordert sie heraus.

»Das ist der Augenblick«, sage ich zu ihnen, »in dem kluge Jungs normalerweise die Flucht ergreifen.«

Aber Skorpione sind nicht klug.

»Tötet sie!«, brüllt der Anführer.

»Nicht doch«, sage ich. »Ihr werdet jetzt alle zur Seite treten, und wir kümmern uns wieder um unseren eigenen Kram. Ich will euch nichts Böses, aber jeder, der noch ein Stück Metall in der Hand hat, wenn ich bis drei gezählt habe, wird bald der stolze Eigentümer eines dritten Auges sein. Eins …«

Klirr. Waffen scheppern auf den Boden.

»Kluge Jungs«, sage ich. »Ich wette, eure Lehrer haben gesagt, dass aus euch nichts wird. Tja, so kann man sich irren.«

Die Waffen auf den Anführer gerichtet, gehen Vienne und ich an dem Rudel vorbei und setzen unseren Weg fort, werfen vorsichtshalber aber hin und wieder ein Blick nach hinten.

»Stramme Leistung«, sage ich zu Vienne, als wir die Typen hinter uns gelassen haben.

»Bist du jetzt nicht auch froh über meinen Vorschlag, unsere Waffen mitzunehmen?«, fragt sie.

»Du hast keine Waffe gebraucht, um die Knilche plattzumachen.«

»*Ich* nicht.« Sie nimmt die Sonnenbrille ab und mustert mich mit diesem besonderen Blick. »*Du* schon.«

Während wir uns im Zickzack unseren Weg durch die Favela bahnen, strahlt Christchurch wie ein galaktischer Gasnebel im Licht der tief stehenden Morgensonne. Christchurch ist eine Stadt aus Kirchtürmen, erbaut auf der Insel in dem Delta, an dem der Fluss Gagarin ins Tote Meer strömt. Sieben Brücken führen von den Vororten über den Fluss in die Stadt hinein, die größte des Planeten.

Die Stadt, die ich einmal mein Zuhause genannt habe.

Wir verpassen drei Gelegenheiten, auf eine Tram aufzuspringen, weil sie von Soldaten bewacht wird. Aber wir haben uns während der letzten paar Monate daran gewöhnt, unsere Füße zu benutzen. Außerdem ist da noch das kleine Problem mit unseren Gesichtern, die auf Fahndungsplakaten durch sämtliche Medien-Multivids geistern, was uns einen zusätzlichen Anreiz liefert, uns den Blicken der Öffentlichkeit zu entziehen.

»Bist du bereit?«, flüstere ich Vienne zu.

»Geladen und entsichert«, antwortet sie und klopft auf das Halfter unter ihrem Mantel.

»Du bist süß, wenn du bewaffnet bist.«

Sie stupst mich mit dem Ellbogen an. »Du bist auch nicht zu verachten. Sogar unbewaffnet.«

Wir brauchen eine Stunde bis zum Parlamentsturm, einem schimmernden Gebilde aus Glas und Stahl, die Kommandozentrale der Zealand-Corporation. Unterwegs gehe ich im Geiste die Namen sämtlicher Gassen, Alleen und Prachtstraßen durch. Sie alle sind mir vertraut, aber irgendwie passt es trotzdem nicht richtig, als wäre der Stadtplan in meinem Gedächtnis verknittert und nichts wäre mehr da, wo es sein sollte.

»Mimi«, sage ich, »taste die Umgebung ab und gib …«

»Ich dachte schon, du würdest nie fragen«, unterbricht sie mich. »Keine feindlichen Kräfte in einem Umkreis von dreißig Metern erkennbar. Ihr könnt loslegen.«

»Roger.« Zu Vienne sage ich: »Sollten wir auf eine Patrouille stoßen, rennen wir sie nicht gleich um, okay? Falls es zu einem Blickkontakt kommt, schaust du weg. Stachel sie nicht auf.«

Vienne tut überrascht. »Ich? Warum sollte ich jemanden aufstacheln?«

»Vienne«, sage ich in warnendem Tonfall. »Das ist eine Geheimoperation, schon vergessen?«

»Deine Operationen sind immer geheim«, kontert sie. »Jedenfalls, bis die Kugeln fliegen.«

»Heda!«, brüllt ein Soldat.

Und zieht eine Waffe.

Für einen winzigen Augenblick erstarre ich.

Vienne setzt ein spöttisches Grinsen auf, als wollte sie sagen: *Ich hab's dir ja gesagt.*

Aber der Soldat und sein Kamerad stürmen an uns vorbei, greifen sich einen Straßenhändler und stoßen ihn auf den betonierten Gehweg. Waren ergießen sich aus seinem Karren, und ich sehe, dass auf den Fähnchen, die er verhökert, »Desperta Ferro!« steht – der Slogan der Graswurzelbewegung gegen die Macht der Konzerne.

Ich mache einen Schritt auf die Soldaten zu.

»Geh weiter, du Held.« Vienne packt meinen Arm. »Handel dir keinen Ärger ein, schon vergessen?«

Den müssen wir uns gar nicht erst einhandeln, denke ich. *Der findet uns immer wieder ganz von selbst.*

»›Schon vor mir gab es andere, die Ärgeres gewollt denn gewagt haben‹«, zitiert Mimi mal wieder aus ihrem schier unerschöpflichen poetischen Fundus.

»Ich hasse diese aasigen Keats-Gedichte.«

»Das ist Housman.«

»Den kann ich erst recht nicht ausstehen.«

Als wir das Rondell erreichen – der gewaltige Kreisverkehr vor dem Parlamentsturm –, stolpere ich über Erinnerungen aus meiner Kindheit. Die Gebäude kommen mir kleiner vor, die gläsernen Hüllen nicht so glänzend, die Lichter trüber. Wo ich einst die Augen vor den grellen Reflexionen abgeschirmt habe, muss ich jetzt kaum blinzeln. Ich bin größer als damals und nicht mehr so leicht zu blenden.

In einem Spiegelbild in den Schaufenstern sehe ich Vienne so, wie der Rest der Welt: eine groß gewachsene Suse. Blondes Haar, zu einem Zopf geflochten. Gekleidet in einen Trenchcoat, schwarze Leggings, Handschuhe, High Heels. Auf der Nase eine sehr, sehr dunkle Sonnenbrille, die praktisch kein Licht durchlässt, weil die Gläser eine winzige Minicam verbergen.

Dann sehe ich mein eigenes Spiegelbild: Junger Mann, einen halben Kopf größer als die Blondine. Gekleidet in eine marineblaue Paradeuniform und einen Caban, der sämtliche Abzeichen überdeckt, die Aufschluss über seinen Rang oder seine Einheit hätten geben können.

»Was hat Mama dich fein gemacht«, spöttelt Mimi.

Mein Spiegelbild stellt zwei Tornister ab. »Halt's Maul.«

Viennes Spiegelbild nimmt einen der Tornister und schlendert in Richtung Turm. Ich halte kurz inne, um die Poesie ihrer Schritte zu bewundern, ehe ich den anderen Tornister nehme und mich auf den Weg zur Bibliothek mache.

Einen Block weiter bleibe ich an einer Straßenecke stehen und warte auf das Signal, das es mir gestattet, die Straße zu überqueren. »Benutz die Telemetriefunktion meiner Symbipanzerung«, weise ich Mimi tonlos an, »und klink mich in das Sicherheitssystem ein.«

Ich tue so, als würde ich meine Sonnenbrille zurechtrücken, drücke in Wahrheit aber auf eine Elektrode hinter meinem Ohr. Eine Videoaufnahme erscheint auf dem rechten Brillenglas: Vienne betritt mit ihrem Tornister die Lobby des Parlamentsturms.

Alle Augen richten sich auf sie, als sie sich der Sicherheitsabsperrung nähert. Mit einem Fingerdruck aktiviert sie das Mikro, das hinter ihrem Ohr klemmt. »Bin drin.«

»Okay.«

Jetzt ich.

Ich wühle mich durch den Verkehr, weiche einem Velotaxi aus und überquere die Straße vor der Bibliotheca Alexandrina. In jeder der Neun Präfekturen gibt es solch eine Bibliothek. Sie dient dazu, Konzerndaten einzulagern. Jeder Bürger ist nach dem Gesetz berechtigt, diese Bibliotheken zu nutzen. Ihr wahrer Zweck aber verbirgt sich in der »Abteilung für Sondersammlungen«, in der alle möglichen Handelsgeheimnisse der großen Wirtschaftskonzerne lagern. Und diese Abteilung steht der Öffentlichkeit definitiv nicht offen. Ganz besonders nicht Individuen, die versuchen könnten, besagte Geheimnisse zu stehlen.

Individuen wie mir.

Als ich die Bibliothek betrete, nicke ich den Sicherheitsleuten an der Tür zu und gehe zu der Bibliothekarin am Hauptschalter. »Ich brauche Zugang zum Sondersammlungsgewölbe.« Ich lasse ein Lächen aufblitzen. »Bitte.«

Die Bibliothekarin reckt das Kinn hoch und erwidert das Lächeln. »Dritte Etage. Aber Sie benötigen einen Sicherheitsausweis.«

Ich schiebe eine Schlüsselkarte über den Tisch – die hat uns auf dem Schwarzmarkt genug Geld gekostet, um den Bischof zu kaufen – und halte die Luft an.

Eine grüne Lampe leuchtet auf. Ich bin drin.

»Viel Vergnügen bei Ihren Nachforschungen«, sagt die Bibliothekarin. »Die Fahrstühle sind rechts hinter mir. Sagen Sie mir einfach Bescheid, wenn Sie irgendetwas brauchen.«

»Gern.« Ich entferne mich von ihrem Schalter.

Mimi meldet sich zu Wort: »Wenn Vienne gesehen hätte, wie du mit dieser Tussi geflirtet hast, hätte es Kugeln gehagelt.«

»Darum kann ich ihre Videobilder sehen«, erwidere ich und drücke auf den Knopf für den dritten Stock, »sie meine aber nicht.«

Als die Fahrstuhltür sich schließt und die Kabine sich in Bewegung setzt, flackert die Videoeinspeisung auf der Innenseite meiner Sonnenbrille. Vienne hat die Sicherheitsscanner erreicht. Sie geht mit ihrem Tornister durch die Absperrung.

Der Alarm heult los.

Sicherheitstore schließen sich.

Der Eingangsbereich wird abgeriegelt.

Drei Wachleute stürzen auf sie zu, schießen mit Blastern. Plasmageschosse brennen sich durch ihren Mantel, gleiten aber zu Boden, ohne Schaden anzurichten. Der Gesichtsausdruck der Wachleute ist unbezahlbar.

Überraschung! Ich muss grinsen. *Vienne trägt eine Körper-*

panzerung, und ihr kriegt jetzt den Arsch versohlt, ihr Armleuchter!

»Du solltest nicht über das Leid anderer lachen«, tadelt mich Mimi.

»Nur über mein eigenes, was?«

Die Fahrstuhltür öffnet sich, ehe die Videoeinspeisung beendet ist, aber ich bin unbesorgt. Wir haben schon weit gefährlichere Jobs als diesen hinter uns gebracht. Vienne ist eine gut geölte Kampfmaschine mit sehr achtbaren Tai-Bo-Kenntnissen.

»Hätte Vienne gehört, dass du sie als ›gut geölt‹ bezeichnest«, kommentiert Mimi, »würde es noch mehr Kugeln hageln.«

»Roger«, sage ich. »Behalten wir das mit dem ›gut geölt‹ für uns.«

Ich folge einem langen Korridor zu einer Tür mit der Aufschrift »Sondersammlungen«. Hinter der Tür übergebe ich meinen Sicherheitsausweis einem Bediensteten, auf dessen Namensschild »Mr. Gilbert« zu lesen steht. Er zieht eine Braue über den Rand seiner Hornbrille hoch. Er ist alt, seine Wangen schuppig und runzlig wie Dünndruckpapier, und sein Blick ist radioaktiv genug, um Chromosomen zu schreddern.

»Es ist unhöflich, in geschlossenen Räumen Sonnenbrillen zu tragen«, sagt Mr. Gilbert. »Ihre Generation hat keine Manieren.«

Obwohl ich erneut versuche, mir ein Lächeln abzuringen, bleibt sein Gesicht ausdruckslos, als er die Karte einscannt. *Bsss.*

»Kein Zutritt«, verkündet er in einem Ton, der eher besagt: »Fahr zur Hölle.«

»Scannen Sie die Karte noch mal«, sage ich in einem Befehlston, der mehr nach meinem Vater klingt als nach mir.

Ein Alarm geht los.

Mein Herz setzt einen Schlag aus.

Wachen rennen am Sondersammlungsraum vorbei in Richtung Treppe. »Was hat das zu bedeuten?«, frage ich und schnappe erschreckt nach Luft, was ich durch ein Husten tarne.

»Das braucht Sie nicht zu kümmern«, sagt Mr. Gilbert. »Nicht Ihre Angelegenheit.« Nun erst fällt ihm der fehlende kleine Finger meiner linken Hand auf. »Zutritt verweigert, *Dalit*. Verlassen Sie das Gebäude, ehe ich die Wachen rufe.«

»Nur zu.« Ich lächle, und dieses Mal ist das Lächeln echt. »Sie würden allerdings nur Ihren Atem verschwenden.« Ich ziehe meinen Mantel zur Seite, um ihm mein Halfter zu zeigen. »Ich möchte einen bestimmten Server überprüfen, wenn es Ihnen nichts ausmacht.«

In der Videoeinspeisung lässt Vienne ihren Trenchcoat fallen, offenbart ihre Symbipanzerung und zieht das Armalite. Sie sprenkelt die Decke mit Kugeln. Glasscherben regnen herab, und die meisten Wachleute huschen davon. Zwei tapfere und ziemlich dumme Sicherheitsleute stürmen jedoch auf sie zu. Den Ersten fällt sie mit einem Ellbogen, der ihm die Nase bricht. Dem Zweiten rammt sie den Tornister in den Leib. Als er sich zusammenkrümmt, packt sie in seine Haare und reißt ihn hoch.

»Tu genau, was ich sage«, zischt sie. Ihre Stimme knistert in meinem Ohrhörer, als sich die Fahrstuhltür öffnet. Sie stößt ihr Opfer in die Kabine und rammt ihm erneut den Tornister vor die Brust. »Halt das.«

Die Stimme des Wachmanns bebt. »W-was ist das?«

»Fünf Kilo C-42-Sprengstoff.«

»Eine … B-bombe?«

»Keine Sorge«, sagt sie. »Sie wird nicht hochgehen. Noch nicht.«

Aasig gut, denke ich.

Meine Aufmerksamkeit wandert von der Videoeinspeisung zurück zu Mr. Gilbert, der mich in einen Raum geleitet, der eine gewaltige Serverfarm beherbergt. Wir biegen nach links ab in einen Gang, der als »Hochsicherheitsbereich« gekennzeichnet ist. Einige Sekunden schleicht er langsam vor mir her, dann erinnere ich ihn daran, dass ich ein Armalite habe – indem ich es ihm in die Niere stoße.

»Halt«, kommandiere ich, als wir Server 451 erreichen. »Auf den Boden.«

Gilbert lässt sich fallen, und ich umwickle seine Hand- und Fußgelenke mit Klebeband. Dann schiebe ich einen Chip in den Datenport.

»Download gestartet«, schwirrt Mimis Stimme durch mein Gehör.

»Danke, Süße. Schauen wir mal, was Vienne im Schilde führt.«

»Jawohl!«, sagt sie. »Vielleicht hat sie einen netten Ranger zum Flirten gefunden.«

»Oder zum Erschießen.«

Meine Aufmerksamkeit kehrt zurück zu der Einspeisung, als sich die Fahrstuhltür zu einem Penthouse öffnet, in dem eine Sondersitzung des Direktoriums stattfindet. Während Vienne flink und leise in Position geht, erheben die Direktoren ihre Champagnergläser, um auf die neue Generaldirektorin anzustoßen, eine Matrone in mittlerem Alter mit dünnem rotem Haar und einem Flickwerk aus Sommersprossen auf der Haut.

Ihr Name ist Martha Bragg, und sie ist Viennes Zielperson.

Bragg setzt gerade zu sprechen an, als sie sich plötzlich zu dem jungen Mann zu ihrer Rechten umblickt. Der Bubi hat ebenfalls Sommersprossen, aber sein Haar ist strohblond. Er ist spindeldürr und knochig und überragt noch im Sitzen jede andere Person im Raum.

»Setz dich aufrecht hin, Archie!« Sie mustert ihn finster, bis er ausreichend gestraft dreinblickt, ehe sie, sichtlich zufrieden, einen Trinkspruch ausbringt. »Als Generaldirektorin der Zealand-Corporation erhebe ich mein Glas … was, zum Teufel, ist da los?«

Ein Schuss war aufgepeitscht. Alle Köpfe drehen sich zu Vienne und dem Soldaten um, der den Tornister an seine Brust drückt.

»Dreistes Flittchen!«, kreischt Bragg. »Sicherheitsdienst!«

»Sie vergeuden Ihren Atem«, sagt Vienne unbeeindruckt. »Soldat, sagen Sie der Direktorin, was Sie da in der Hand halten.«

»Eine B-b-bombe«, stammelt er.

»Soll das ein Scherz sein?« Bragg lacht dröhnend.

»Sehe ich aus, als hätte ich Sinn für Humor?« Vienne jagt einen Ladestreifen Munition ins Fenster hinter der Direktorin. Das Sicherheitsglas birst entlang etlicher Spannungslinien und rieselt in harmlosen Scherben zu Boden. »Alle runter! Sofort!«

Eine halbe Sekunde lang stiert der junge Bursche Vienne lüstern an – gerade so lange, bis sie einen Feuerstoß knapp über seinen Kopf feuert. Blitzartig gesellt er sich zu seiner Mutter und den anderen Direktoren zum Teppichflusennuckeln auf den Boden.

Hinter Vienne öffnet sich die Fahrstuhltür. Soldaten stürmen wie hungrige Kakerlaken aus der Kabine, nur um sogleich von einem Kugelhagel empfangen zu werden, der die abgehängte Decke in Staub verwandelt. Während sie in Position kriechen, wirft Vienne eine Rauchgranate und springt auf den Sims des zerschossenen Fensters.

»Danke für Ihre Mitarbeit«, sagt sie.

Und tritt ins Leere.

◆

Ich nehme die Sonnenbrille ab, ziehe den Datenchip aus dem Port – ich habe, was ich wollte – und verlasse Mr. Gilbert, der sich auf dem Boden windet wie ein Saugwurm.

Ich spaziere an dem Bibliothekar vorbei, als würde mir der Laden gehören. Immerhin hat er meiner Familie tatsächlich irgendwann einmal gehört. *Es war einmal.* Ich habe viele Stunden an diesem Schalter verbracht und die Angestellten meines Vaters so lange gepiesackt, bis sie meine Hausaufgaben für mich gemacht haben.

Ich verlasse den Raum für Sondersammlungen und nehme den Fahrstuhl ins Erdgeschoss. In der Lobby empfängt mich erneutes Gebrüll. Wachleute rennen an mir vorbei auf die Straße.

»Sir?«, ruft mich die Bibliothekarin.

Verflucht, schimpfe ich tonlos. *Was habe ich diesmal falsch gemacht?* »Ja?«

»Die Brille. Sie haben Sie abgenommen«, sagt sie. »Das gefällt mir. Es ist eine Schande, so hübsche Augen zu verstecken.«

»Danke.« Ich ringe mir ein freundliches Zwinkern ab. Hinter ihr zeigt ein Multividschirm eine Feier: Squatter in der Favela tanzen um eine brennende Strohfigur herum. Das ist eindeutig nicht der traditionelle Tanz des Geisterfestivals. »Was hat der Krawall zu bedeuten?«

»Haben Sie es denn noch nicht gehört?«, fragt sie. »Stringfellow ist letzte Nacht im Gefängnis gestorben. Der Krebs hat sich den alten Angeber doch noch geholt.«

Mit Stringfellow meint sie John Stringfellow, den in Ungnade gefallenen ehemaligen Generaldirektor der Zealand-Corporation. Die letzten Jahre seines Lebens hat er damit zugebracht, im Norilsk Gulag vor sich hin zu rotten. Woher ich das weiß? Weil ich ihn nicht als Stringfellow kenne, sondern als Vater. Und ich weiß auch, dass er nicht erst vergangene Nacht im Gefängnis gestorben ist, sondern schon vor einem Monat. Direktorin Bragg hat die Nachricht bis heute zurückgehalten, um sie während des Geisterfestivals bekanntzugeben. Ich nehme an, es gehört zum Berufsbild eines Generaldirektors, die Medien zu manipulieren.

»Sie haben wirklich noch nichts davon gehört«, stellt die Bibliothekarin milde schockiert fest. »Auf welchem Planeten waren Sie?«

Die Sonnenbrille wandert wieder an ihren Platz. »Mars.«

Ich gehe hinaus. Schaue hinauf zum dreizehnten Stock des Parlamentsturms und sehe das zerschossene Fenster und den Rauch, der dort herauswogt.

»Hervorragend«, sage ich zu Mimi. »Hätte ich selbst nicht besser machen können.«

»*Du?*«, sagt Mimi. »Solange du Höhenangst bekommst, wenn es über drei Meter hinausgeht, würdest du so etwas niemals hinkriegen.«

Mit der Höhenangst hat sie leider recht.

»Und du bist eine zwanghafte Kritikerin.«

»Ich ziehe *dialektisches Genie* dem Begriff Kritikerin vor.«

»Das tun die meisten zwanghaften Kritiker«, sage ich.

Allmählich bildet sich eine Menschenmenge, und ich werde in der menschlichen Flut davongespült. »Kannst du Viennes Biorhythmus empfangen? Hier wird es bald heiß hergehen.«

»Zwei Meter entfernt auf sechs Uhr und kommt näher«, sagt Mimi. »Was übrigens auch auf einen Trupp Soldaten zutrifft.«

»Roger.«

Ich entferne mich von dem Rondell, um den Soldaten auszuweichen, die Knüppel schwingen und sich durch den Mob prügeln, um eine Reaktion zu provozieren. Das ist ihre nicht allzu subtile Art, Desperta-Ferro-Rebellen aufzuscheuchen.

Augenblicke später ergreift Vienne, die nun einen anderen Hut und einen anderen Mantel trägt, meinen Arm. »Hast du die Daten, Chief?«, fragt sie mich.

»Gleich hier«, sage ich und klopfe auf die Tasche meines Mantels. »Und vergiss endlich den Chief. Sag Durango.«

»Ja, Chief«, sagt sie und lacht – ein Geräusch, das ich selten genug zu hören bekomme, um nun verblüfft zu reagieren.

Nebenher erregt es genau die Art von Aufmerksamkeit, die wir nicht brauchen können. Ich entdecke ein paar Ranger, die uns beäugen. Ihr Anführer spannt seine Kiefermuskeln und rollt die Schultern, bereit, beim geringsten Anzeichen für Widerstand zuzuschlagen.

Kuso! Ich schiebe mein Kinn in meinen Kragen und schaue zu Boden, als wären die Risse im Asphalt das Interessanteste, was mir je unter die Augen gekommen ist – eine Geste der Unterwürfigkeit, die ich während der endlosen, bissigen Lektionen meiner Lehrer in der Kampfschule verinnerlicht habe.

Kapitel 1

Im Norden von Noctis Labyrinthus, Tharsis-Ebene
Präfektur Zealand
Annos Martis 238. 7. 18. 15:52

Stellt euch eine ausgedehnte Ebene vor, so breit und flach wie die offene See, nur aufgelockert durch den einen oder anderen Felsen. Unter einem dieser Felsen teilt eine schmale Schmutztrasse ein unebenes grünes Feld. Ein warmer Westwind spielt sanft mit dem hohen Gras. Ein Bienenschwarm steigt aus dem Feld auf, sammelt sich zu einer dichten Gruppe und verschwindet hinter einem der wenigen Hügel, kurz bevor …

Roar!

Über den Felsen kommen wir!

Auf einem dreirädrigen Krad, das zu zwei Teilen Motorrad ist und zu einem Teil Rakete. Wir sind eifrig bemüht, einem gepanzerten Noriker-Truck zu entkommen, der uns dicht am Arsch klebt und uns mit blinkenden roten und blauen Lichtern darauf aufmerksam macht, dass wir anhalten sollen, falls wir wissen, was gut für uns ist.

Ha! Vienne und ich sind *Dalit*-Regulatoren, Söldner, die für wenig Geld schmutzige, gefährliche Aufträge übernehmen. Wir wissen nie, was gut für uns ist.

»Die Ranger sind wieder da!«, brülle ich Vienne, die sich über den Lenker beugt, über das Dröhnen des Motors in den Helm.

»Was hast du denn erwartet?« Ihr Visier klappt herab, aber dahinter strahlt ihr Gesicht, während die Schüsse aus einem Sturmgewehr an uns vorüberschwirren. »So ist das, wenn man streng geheime Militärdaten klaut!«

»Eigentlich ist es deine Schuld, dass sie hinter uns her sind!«

»Meine Schuld?«, ruft sie. »Du hast gesagt, wir sollen verschwinden. Hättest du mir Gelegenheit gegeben, sie gleich im Rondell auszuschalten …«

»Dann wären jetzt hundert Ranger hinter uns her, nicht nur zwei!« Zwei Ranger, die uns den ganzen Weg von Christchurch aus verfolgt haben. Zweimal dachten wir, wir hätten sie abgehängt, aber sie haben unsere Spur jedes Mal wieder aufgenommen. Nichts motiviert einen Ranger mehr als ein Flüchtiger, auf den ein Kopfgeld ausgesetzt ist.

Eine Kugel vom Kaliber fünfundvierzig zischt an meinem Ohr vorbei. Sie prallt auf den Lenker unseres Dreirads und zersplittert in eine Million winziger Teile.

»Wir stehen schon wieder unter Beschuss!«, rufe ich. Mein Gesicht ist schweißnass, und meine Zähne klappern vom Gerüttel auf der unebenen Trasse. »Du solltest mich fahren lassen. Du schießt besser als ich.«

»Ich fahre auch besser.«

Vienne gibt noch mehr Gas. Der Motor steigert sich in einen Drehzahlbereich, von dessen Existenz ich gar nichts wusste. Wir jagen über den verdichteten Boden und hätten dabei beinahe meinen Magen zurückgelassen. Für eine Sekunde scheint das Trike zu schweben – alle drei Räder heben ab – und mein empfindlicher Magen gleich mit. Dann begehe ich den verhängnisvollen Fehler, einen Blick nach links zu werfen, wo die Trasse haarscharf an einer Schlucht vorbeiführt.

Einen Kilometer unter uns dehnt sich ein grünes Tal voller Weizen und Mais, so weit das Auge reicht.

Ich muss gleich kotzen.

»Vienne! Wir stürzen in die Schlucht!«

Sie lacht nur. »Durchhalten, Durango!«

Die Welt dreht sich um mich, und mein Kopf kippt zur Seite. Schwindel – meine größte Schwäche. Ich wünschte, ich könnte mein Gesicht an Viennes Rücken bergen, könnte meine Augen fest zukneifen und so tun, als würden wir nicht mit 120 Stundenkilometern in wenigen Zentimetern Abstand an einem schrecklichen, zerfleischenden Tod vorbeirasen. Aber so tun als ob, ist auch nicht gerade meine Stärke, und Vienne würde meine Idee, meinen Kopf an ihren Rücken zu pressen, gar nicht gefallen.

Stattdessen drehe ich den Kopf nach rechts in Richtung Horizont. Das Labyrinth der Nacht erstreckt sich wie gebrochene Finger über die Tharsis-Ebene und bildet Canyons, so breit, dass der irdische Grand Canyon sich dagegen wie eine Abwasserrinne ausmacht. Hinter dieser Landschaft erheben sich die Berge von Tharsis wie ein Trio gigantischer Mörsergeschütze über die Ebene. Diese wiederum werden überschattet vom schneebedeckten Gipfel des Ungeheuers namens Olympus Mons, dem größten Berg des ganzen Sonnensystems. Er ist so riesig, dass die Erdenbewohner ihn mit einem tragbaren Teleskop sehen können.

So hat man es mir jedenfalls erzählt. Aus erster Hand kann ich es nicht wissen. Ich war nie auf der Erde. Eher fällt Sonnenschein in die Höllenkreuz-Minen, als dass ich dorthin gehe.

»Oha, ziemlich poetisch für jemanden, der unter Beschuss steht«, sagt Mimi. »Vielleicht solltest du dich allmählich von Viennes zugegebenermaßen eindrucksvoller Taille lösen und das Feuer erwidern.«

»Ich passe«, antworte ich.

»Du passt?«, sagt Mimi. »Hast du vergessen, dass du ein Regulator bist? Ein Regulator ist nach den Richtlinien gefordert, zurückzuschießen. Das ist eine altehrwürdige Tradition und eine herausragende Methode, das eigene Überleben zu sichern.«

»Ach, weißt du, ich bin kein so großer Richtlinienverfechter mehr. Außerdem können ihre Kugeln unsere Symbipanzerung nicht durchschlagen. Sie könnten den ganzen Tag auf uns schießen, ohne irgendwas zu erreichen.« Ich sehe mich zu dem Noriker um, der gerade eine tiefe Furche in der Fahrbahn umfährt. »Ich habe viel mehr Angst davor, zerschmettert am Boden dieses Canyons zu enden, als vor ein paar CorpCom-Rangern.«

»Deine Angewohnheit, das Offensichtliche kundzutun, ist bemerkenswert«, sagt Mimi.

»Danke.«

»Das war kein Kompliment, Cowboy.«

»Das war mir – *au!*« Eine Kugel trifft mich zwischen den Schulterblättern, und ich zucke zusammen. »Das brennt!«

»Explosivgeschosse«, sagt Mimi. »Darf ich vorschlagen, dass du … na ja, das Feuer erwiderst?«

»Das ist pure Munitionsverschwendung.« Trotzdem ziehe ich mein Armalite aus dem Halfter, schalte auf Automatik und feure ein ganzes Magazin auf den Noriker ab.

Die Scheinwerfer platzen. Die Windschutzscheibe birst. Risslinien breiten sich über das Glas aus und versperren dem Ranger die Sicht, aber der Fahrer macht nicht einmal einen kleinen Schlenker.

Der Noriker bleibt uns auf den Fersen.

Kommt näher.

»Sie holen auf!«, sage ich zu niemandem, und niemand antwortet. Was einigermaßen überraschend ist, denn Mimi hat sonst immer einen klugen Spruch drauf.

»Nicht immer«, sagt sie. »Manchmal ist Schweigen die weiseste Entgegnung.«

Rums! Ein Rangerstiefel ragt durch die Windschutzscheibe des Norikers. Der Beifahrer tritt die Reste des geborstenen Sicherheitsglases heraus, und ich kann deutlich das Abzeichen mit dem Sonnensymbol auf seiner Uniform erkennen – Zweite Kavallerie. Die alte Division meines Vaters. Die auch die meine geworden wäre, hätte mein Vater nicht ein paar unglückliche Entscheidungen getroffen und hätte ich nicht einen so umfänglichen Mangel an Interesse gezeigt, in seine Fußstapfen zu treten.

»Heute können wir ja beinahe in Ironie baden«, sagt Mimi. »Und in Scheiße.«

Ich will ihr gerade ihr »weises Schweigen« in Erinnerung bringen, wie nutzlos das auch sein mag, als über dem Armaturenbrett des Norikers das Abschussrohr einer Panzerbüchse auftaucht.

Meine Panzerung ist ein Produkt der höchst entwickelten Technologie dieses Planeten, gesteuert durch ein Netzwerk von Nanobots, die wiederum von Mimi kontrolliert werden, meiner ach so bewanderten KI. Aber keine Symbipanzerung kann ein Geschoss mit Raketenantrieb aufhalten.

Wie das, was gerade in einer Rauchwolke aus dem Abschussrohr kommt und auf uns zuzischt wie ein wütender Skorpion.

»Ausweichen!«

Vienne reißt das Trike brutal nach neun Uhr. Das Vorderrad rutscht über den Rand einer Felsplatte, und wir geraten nah an den Abgrund, wirbeln Steine und Schutt auf, der über den Rand rutscht. Und von da aus fällt das Zeug …

… tiefer und tiefer …

… und nichts kann es noch aufhalten.

»*Re malaka*«, rufe ich.

Fünf Meter vor uns explodiert das Geschoss.

»Chief!«, brüllt Vienne. »Schaff sie uns vom Hals!«

Der Klang ihrer Stimme in Verbindung mit dem wilden Haken, den sie nun in Richtung drei Uhr schlägt, holt mich ruckartig in die Realität zurück.

Mir bleibt nichts anderes übrig, als zu schießen. »Ich hasse es, wenn so was passiert.«

Ich lasse Viennes Taille los, klettere auf den Sitz, aktiviere den Granatwerfer meines Armalites und greife nach dem Munitionsgurt.

Nur noch eine Granate übrig.

Eine einzige lausige Granate.

»*Ja vitut!*«

»Spare in der Zeit, dann hast du in der Not«, sagt Mimi.

»Danke, George Washington.«

»Poor Richard's Alamanack.«

»Poor Richard?«, sage ich. »Welcher Schürfer nennt seinen Sohn ›Poor‹?«

»Poor Richard's Almanack wurde von Benjamin Franklin verfasst, du Banause!«, schreit Mimi mir in die Ohren. »Wie kann ein Kampfschulabsolvent, der noch dazu Klassenbester war, den literarischen Kanon seiner Vorväter nicht kennen?«

Ich ramme die Granate in die Kammer. »Ich bin Soldat, kein hoffnungsloser Romantiker.«

»Nein, du bist nur hoffnungslos.«

»Har, har.« Ich ziehe den gasbetriebenen Auslöser durch, um meine letzte Granate abzuschießen.

Die Granate kugelt durch die Luft und landet mit einem Klackern auf der Motorhaube des Norikers. Ungefähr eine Nanosekunde liegt sie einfach dort, von Wind und Schwerkraft gehalten, bis sie schließlich nach vorn und außer Sicht rollt.

Der Fahrer zeigt auf mich und lacht.

Ich mache eine Geste, die den elterlichen Familienstand des Mannes in Zweifel zieht, als meine Granate, die sich im Kühlergrill eingenistet hat, hochgeht.

Schutt schießt in die Fahrerkabine des Norikers. Als der Fahrer einen Arm hochreißt, bläht sich die Kühlerhaube – deren Verriegelung sich durch die Explosion gelöst hat – wie ein metallenes Segel. Ein oder zwei Sekunden flattert sie im Sturm, dann bricht sie aus den Scharnieren und knallt gegen die nicht mehr vorhandene Windschutzscheibe.

Bumm!

Der Noriker kommt von der Fahrbahn ab. Eine Wolke karamellfarbenen Staubs stiebt empor und hüllt den Laster ein.

»*Jippiiie!*«, juble ich. »Das wird die Schürfer lehren, auf uns zu schießen, was, Vienne? Hab ich recht?«

Sie antwortet nicht, was sonderbar ist, denn so stoisch sie sich auch geben mag, Vienne liebt eine anständige Schießerei. Also drehe ich mich um, gerade rechtzeitig, um …

… eine schmale Brücke zu sehen.

Hundert Meter voraus, und wir kommen schnell näher.

Gekennzeichnet ist die Brücke mit einem leuchtend roten Schild: GEFAHR – BRÜCKE GESPERRT.

»Gefahr! Brücke gesperrt!«, schreie ich. »Vienne, halt an! Die *wà kào* Brücke ist gesperrt!«

»Ich kann lesen.«

»Dann halt an! Ich befehle dir, anzuhalten.«

»Du hast keine Befehlsgewalt mehr.«

»Das nehme ich zurück. Wir sind nicht gleichberechtigt. Ich bin wieder dein Chief, und ich befehle dir, anzuhalten.«

»Wenn ich das tue«, ruft sie, »bleiben uns die Ranger auf den Fersen. Besser, wir werden sie endgültig los.«

»Und unser Leben gleich dazu«, brülle ich. »Welchen Teil von ›Gefahr‹ hast du nicht …*iiiieeeeh!*«

Unser Vorderrad rollt auf den Brückenansatz. Ich plumpse zurück auf den Sitz und presse die Beine gegen die dröhnende Maschine. Der Motor ist so heiß, ohne die Symbipanzerung würde er mich grillen.

Das Trike rast Meter um Meter über die Brücke. Pflasterbrocken fliegen von der Fahrbahn, stürzen in den Abgrund und fallen, fallen, fallen hinunter ins Tal.

»Warum muss alles immer so tief fallen?«, ächze ich.

»Muss ich das Wort ›Hosenscheißer‹ in meiner Wortschatzdatenbank nachschlagen?«, flötet Mimi. »Schon wieder?«

»Nein!«, sage ich. »Weil ich kein Hosenscheißer bin. Ich bin nur nicht dumm!«

»Einsicht«, sagt Mimi, »ist der erste Schritt zur Besserung.«

Vor uns taucht aus dem Nichts eine Rampe auf. Ich frage mich noch, wo das Ding herkommt, als ich erkenne, dass es gar keine

Rampe ist. Es ist eine Metallplatte, die sich von einer Barrikade gelöst hat. Einer Barrikade, die ebenfalls mit dem Wort GEFAHR beschriftet ist. Und hinter der GEFAHR gähnt ein Loch. Ein großes, aasig großes Loch, das eine Seite der Brücke von der anderen trennt.

»Vienne! Da ist ein riesiges Loch …«

»Setz dich.«

Das ist das Letzte, was ich will. Lieber zerre ich ihr den Lenker aus den Händen. Und meide alle Gegenden, die mit Worten in Großbuchstaben gekennzeichnet sind. Aber dafür ist es zu spät. Ich kann nur noch daran denken, was mein ehemaliger Chief mal zu mir gesagt hat, als ich noch ein grüner Regulator gewesen bin: Nicht der ist ein Held, der keine Furcht verspürt, sondern der sich von der Furcht nicht daran hindern lässt, seinen Job zu tun.

»Ich liebe es, wenn du mich zitierst«, sagt Mimi.

Ich packe Viennes Schultern. Pflanze beide Füße auf den Sitz wie ein Snowboarder, der vom Tharsis Mons herabrast. Klammere mich um meines lieben Lebens willen fest, als das Trike auf die Rampe trifft.

Über das Loch segelt.

Hart auf der anderen Seite aufkommt – mit solcher Wucht, dass es mich über Vienne hinweghebt. Ich rolle über die metallene Fahrbahn der Brücke und …

Rums!

Direkt gegen ein Hindernis aus Beton.

Meine Panzerung verhärtet, um mich zu schützen, aber für ein paar Sekunden bin ich starr wie eine Statue. Mein Visier ist hochgeklappt, meine Augen voller Straßenstaub.

Reifen kreischen, als Vienne brutal bremst. Das Vorderrad rutscht …

… und rutscht …

… geradewegs auf meinen Kopf zu.

»Mimi! Panzerung!«

»Negativ. System überlastet, Cowboy«, sagt sie. »Führe Neustart durch.«

Ich versuche, eine Hand zu heben, um mein Gesicht zu schützen, aber ich kann mich nicht rühren. Ich kneife die Augen zu und bereite mich mental auf den Zusammenprall vor.

Der nie stattfindet.

Etwas berührt sanft meine Stirn. Ich riskiere einen Blick. Es ist der Reifen. Rauchschwaden steigen von dem Gummi auf, und in der Lauffläche stecken winzige Kiesel fest.

»Das Wort *Gefahr*«, sage ich zu Vienne, »ist nicht Französisch für *schneller*.«

Sie springt vom Trike und schlingt die Arme um meinen statuenhaften Leib. »Ja! Hat das nicht Spaß gemacht? Das war beinahe wie fliegen! Ich wollte immer schon mal fliegen!«

»Beim nächsten Mal«, sage ich seufzend, »nimm einen Velocikopter anstelle eines Motorrads, ja?«

Mimi meldet sich wieder zu Wort. »System bereit. Zwei Sekunden.«

Die Symbipanzerung wird wieder weich. Ich falle förmlich in mich zusammen, reiße mir den Helm vom Kopf und schlucke etwas, das aus meinen Innereien emporgestiegen ist. Dabei sinke ich noch weiter in mich zusammen, bis ich auf der Fahrbahn liege, alle viere von mir gestreckt.

»›Wie geht's zu, dass deine Gewalt'gen zu Boden fallen und können nicht bestehen?‹«, gib Mimi ihren Senf dazu.

»Halt die Klappe, Mimi!«

Wie kommt es nur, dass ich einen ganzen Trupp Regulatoren in den Kampf gegen feindliche Soldaten führen kann oder gegen genmanipulierte Insekten, groß wie Elefanten, sogar gegen blutrünstige Kannibalen? Aber jedes Mal, wenn ich mehr als zehn Meter über dem Boden bin, mache ich mir beinahe in die Hose. Wie passt das zusammen? Ganz gleich, wie oft ich mich meiner Höhenangst stelle, die Akrophobie geht einfach nicht weg. Genau genommen fürchte ich inzwischen sogar, dass sie noch schlimmer wird.

»Sie *wird* noch schlimmer«, sagt Mimi. »Die Daten aus deiner Großhirnrinde zeigen einen nie dagewesenen Level an Cortosteroiden in deinem Blutkreislauf.«

Meine Augen drehen sich in den Höhlen, als die Erleichterung mich durchflutet. »Danke für diesen entmutigenden Statusbericht, Madame Curie.«

»Ich strebe stets danach, Freude zu verbreiten.«

Vienne kniet neben mir. »Bist du verletzt? Ich wollte dich nicht abwerfen.« Sie lacht. »Ich dachte, du könntest dich besser halten.«

»Und ich dachte, du hättest ein bisschen mehr Verstand«, gebe ich zurück. »Du. Wirst. Uns. Beide. Umbringen.«

»Armes Baby«, sagt sie und tätschelt meine Wange. »Deine Symbipanzerung hat den Aufprall abgefangen. Du hast keinen Kratzer abgekriegt. Na ja, einen vielleicht. An der Wange. Rechts. Da. Soll ich ihn wegmachen?«

Sie streicht mir mit dem Handrücken über das Gesicht. Dann beugt sie sich vor, und ich hoffe auf einen Kuss. Ich stemme mich auf einen Ellbogen hoch, warte auf sie, warte darauf, dass sie die Lippen schürzt, die Augen halb schließt und dann …

HOOOONK!, trompetet eine Hupe.

Vienne zuckt zurück, steht auf und greift nach ihrem Armalite, als die Ranger in ihrem Noriker langsam auf die Barrikade auf der gegenüberliegenden Seite der Brücke zu fahren.

»Jacob Stringfellow!« Der Schütze klettert aus der Kabine und stellt sich auf die Motorhaube. »Sie stehen wegen unerlaubtem Betreten, schwerem Diebstahl und Zerstörung von Konzerneigentum unter Arrest! Ergebt euch, Lumpenpack! Oder ich puste euch beide in die Hölle, ihr Drecksäcke, und schleife eure Kadaver den ganzen Weg zurück nach Christchurch!«

»O Mann«, stöhne ich. »Was ist aus dem höflichen ›Legen Sie die Waffen nieder‹ geworden?«

»Ich kann den Schützen ausschalten.« Vienne zieht ihre Armalite. »Du musst es nur sagen.«

»Ho!« Ich verstelle ihr die Sicht. »Lass uns darüber reden und eine vernünftige Entscheidung treffen.«

Mit einem Blick, der Titan hätte schmelzen können, lässt sie das Armalite auf meine Schulter fallen und benutzt sie als Stütze. »Ein Ranger droht, deinen Leichnam zu schänden, und du willst *vernünftig* sein?«

»Lass mich wenigstens einen Schlichtungsversuch machen.« Vorsichtig schiebe ich das Armalite zur Seite und drehe mich um. »Ranger! Meine Freundin möchte euch erschießen. Ich persönlich würde lieber verhandeln. Was sagt ihr dazu?«

Der Schütze springt auf die Ladefläche des Trucks, zerrt eine schwere Plane zur Seite und legt ein Seneca-Gewehr frei, die Art von Kettenkanone, die unser alter Regulatorenkumpel Jenkins so geliebt hat. Nur ein bisschen größer.

Und sie feuert schneller.

Und hat fünfmal so viel Munition.

»Verhandelt damit!« Ein wilder Kugelhagel sprenkelt die Fahrbahn und hinterlässt eine Reihe von Kerben im Belag.

Asphaltbrocken prallen von meinem Helm ab.

»Das ist ein bisschen zu nah, um behaglich zu sein.«

Vienne feuert vier schnelle Schüsse ab – einen, um den Fahrer einzuschüchtern und drei, um den Schützen von seiner Waffe zu vertreiben. »Du willst ja nicht, dass ich sie erschieße«, ruft sie mir zu, »aber ich sehe auch keinen Sinn darin, hier nur herumzustehen.«

»Aber …«

Sie schiebt das Armalite ins Halfter und springt auf das Trike. »Machen wir es auf meine Art?«

»Welche Art wäre das?« Ich gleite auf den Sitz. »Ernsthaft, wir sind hier draußen im Niemandsland. Kein Essen. Kein Obdach. Und kaum nennenswertes Geld.«

Vienne umfährt den Schutt, als der Schütze gerade fluchend eine sinnlose Salve in das Stahlgerüst auf der Brücke feuert. »Du willst nach Tharsis Zwei, um den Rest der Daten zu stehlen, richtig?«

»Natürlich. Aber wir sind noch nicht bereit, den Außenposten zu besuchen. Wir müssen erst die Gegend auskundschaften, unser Vorgehen planen …«

»Dann ist heute dein Glückstag«, sagt sie. »Denn ich kenne einen Ort, der sich perfekt als Versteck eignet, während du deine Machenschaften planst.« Als sie sich kurz umdreht, sehe ich ein Funkeln in ihren Augen, das mir Angst macht. »Halt dich gut fest. Wir werden meine Familie besuchen.«

»Fam…?« Jetzt wird mir klar, dass ich zu Recht Angst bekommen habe. »Hast du ›Familie‹ gesagt?«

»Es sei denn, du möchtest lieber hier bleiben und beschossen werden.«

»Vielleicht keine schlechte Idee«, sage ich teils im Scherz und teils, weil es wahr ist. Ich wusste bisher nicht einmal, dass Vienne Familie hat, und noch weniger, dass besagte Familie in erreichbarer Entfernung ist.

»Wenn du Ma und Pop kennenlernst«, klinkt Mimi sich ein, »achte darauf, dass du die Umschreibung ›gut geölt‹ nicht benutzt.«

»Schon klar«, sage ich, nachdem ich vergeblich versucht habe, mir eine passende Erwiderung einfallen zu lassen. Mein Gehirn hat offenbar keine Verbindung mehr zu meiner Zunge.

Mimi lacht auf meine Kosten. »Du bist süß, wenn du vor Furcht wie gelähmt bist.«

»Und du bist *nicht* süß, wenn du versuchst, witzig zu sein.«

»Ich bin nicht für Humor programmiert.«

»Und ich bin nicht dafür, Eltern kennenzulernen.«

Wir hatten den Schutt auf der Straße beinahe hinter uns, als der Ranger einen letzten Versuch startet, uns aufzuhalten. »Halt!«, brüllt er. »Ich sagte, Sie stehen unter Arrest.«

Ein Ave Maria aus Kugeln folgt uns. Mehrere Geschosse treffen auf den Metallboden. Eines prallt von meiner Schulter ab und brennt auf der Haut, richtet aber keinen Schaden an.

Ich drehe mich um, schiebe das Visier hoch und werfe den Rangern eine Kusshand zu.

Arme Schweine. Die Hansel tun mir wirklich leid. Sie haben uns Hunderte von Kilometern verfolgt, weil sie das Kopfgeld einstreichen wollten, und jetzt müssen sie mit leeren Händen nach Hause fahren und ihren Vorgesetzten erklären, warum sie sich unerlaubt entfernt haben. Ich persönlich würde einen Schuss ins Gesicht der Strafe vorziehen, die sie ewarten dürfte.

Als wir freie Strecke vor uns haben, gibt Vienne Gas, und die Tachonadel schießt hoch auf hundert Kilometer in der Stunde. Die Straße führt einen Hügel hinauf. Jenseits des Hügels folgt eine Ebene. Ich sehe eine gewaltige Wolkenbank, schwarz und drohend, über den Tälern schweben.

Die Luft knistert vor Energie, und ich rieche Ozon im aufbrisenden Wind. Es ist ein komisches Gefühl, ein Unwetter von oben zu betrachten und zu sehen, wie Blitze durch die Wolken tanzen – Linien, gezogen von gelben Funken, die durch die Luft peitschen.

Noch komischer ist das Gefühl, wenn die Straße plötzlich zu einer kleinen Lücke in der Felsformation abdreht und man geradewegs in das Unwetter hineinfährt …

Kapitel 2

Die Favela
Präfektur Zealand
Annos Martis 238. 7. 18. 12:53

Archibald klappt den Deckel des Butangasfeuerzeugs auf und versucht es zu zünden. Ein Funke springt auf seinen Ärmel und hinterlässt einen winzigen Brandfleck auf dem abgewetzten Overall, den er im Arme-Leute-Laden gekauft hat. Allein die Favela zu betreten, kommt einem Angriff auf seine Sinne und einer Kränkung seiner Würde gleich, aber ihm ist bewusst, dass man zu Zugeständnissen bereit sein muss, wenn man erreichen will, was man sich im Leben ersehnt. Zwar kommt es ihm geschmacklos vor, die Uniform eines gewöhnlichen Kanalarbeiters zu tragen, aber das ist nur ein kleines Opfer, das ihm obendrein den Vorzug bietet, in aller Öffentlichkeit einen schweren Gabelschlüssel mit sich herumtragen zu können. Man stelle sich vor, er hätte so ein Riesending in den Sitzungssaal geschleppt. Der Gesichtsausdruck seiner Mutter!

Er zündet das Feuerzeug – *flick!*

Dann geht er einen langen Hang hinunter und presst sich ein Taschentuch aufs Gesicht, mehr um den Gestank auszufiltern, als um seine Züge zu verbergen. Über ihm, auf einem Gebäude aus Rohren, Wellblech und Fiberglas, brüllt ein rotäugiger Junge auf Portugiesisch in ein Megafon und wedelt dabei theatralisch mit einer ausgebrannten Plasmapistole. Andere Wilde tüpfeln die Dächer ähnlich provisorischer Gebäude. Sie alle sind bewaffnet, und sie alle schnauzen auf Portugiesisch. Archibald mag die Sprache nicht verstehen, aber er versteht den schroffen Tonfall: Diese Gestalten warnen Unruhestifter vor dem Schicksal, das sie erwartet, sollten sie sich in das falsche Territorium verirren.

Mit Unruhestiftern sind natürlich die CorpCom-Polizisten gemeint, und die Territorien sind die Gebiete, die von Mr. Lyme und seinen Sturmnacht-Schlägern beherrscht werden, also so ziemlich die gesamte Favela.

Flick!

Archibald erreicht eine Gasse, in der Graffiti das Straßenschild ersetzen. Er hält inne, um sich zu vergewissern, dass das stark stilisierte Skorpionssymbol an der Wand zu sehen ist, ehe er nach links abbiegt. Er passiert eine Reihe billiger Schlafquartiere, erbaut aus ausrangierten Schiffscontainern und bewacht von Squattern mit gestohlenen Blastern. Am Ende der Quartierreihe folgt er einer provisorischen Treppe zu einem ausgetretenen Pfad, der fünfzig Meter tief unter einer Schnellstraße hindurchführt. Schwere Noriker-Trucks verbreiten charakteristische Stampflaute, als sie über das vernachlässigte Ghetto in der Tiefe hinwegdonnern.

Die Favela war natürlich nicht immer solch ein vernachlässigter Ort. Die Entstehung des Slums geht auf ein Förderprogramm zur Erbauung von Wohnraum für die ärmsten Bürger von Christchurch zurück. Mit dem Beginn der CorpCom-Kriege blieb das Programm auf der Strecke, und bald fingen die Armen an, sich aus diversen zusammengestohlenen Einzelteilen ihre eigenen Häuser zu bauen. Doch hat eine arme Bevölkerung erst einmal eine kritische Masse erreicht, hält das Verbrechen Einzug. Das ist so sicher, wie die Nacht auf den Tag folgt. Und wo es Verbrechen gibt, da ist auch Mr. Lyme – allzeit bereit, sich ins Getümmel zu stürzen.

Flick!

Archibald beäugt einen weiteren Graffitiskorpion und wählt den rechten von drei mit Gittertoren gesicherten Kanälen. Der kreisrunde Tunnel ist zwei Meter hoch, und er muss den Kopf einziehen, um nicht mit dem Haar über den dicken Schimmelpilz zu streifen, der an der Decke wuchert. Der Boden ist schlüpfrig von dem Schlamm, den das abfließende Wasser nach dem Sturm in den Stollen getragen hat. Archibalds Schuhe versinken im feuchten Schmutz, und er ertappt sich bei dem Wunsch, sich zusätzlich zu den anderen Klamotten ein paar gebrauchte Stiefel gekauft zu haben.

Als er den Tunnel zur Hälfte durchquert hat, bricht er eine Leuchtfackel auseinander, sodass beide Enden in seinen Händen zünden. Für einen Moment erinnert er sich an das Geisterfestival im vergangenen Jahr, bei dem er die Ehre gehabt hatte, das Feuerwerk für die Schlussfeier zu entzünden. Zu dumm nur, dass das Feuer ein bisschen außer Kontrolle geraten war.

Rechts von ihm befindet sich eine Stahltür. Er schlüpft hindurch und tritt über den hohen Absatz hinweg, der verhindern soll, dass Schlamm einsickert. Gleich darauf knallt ein Wachmann namens Duke die Tür zu und sichert sie mit einem Riegel.

Eine Reihe Scheinwerfer auf Bodenhöhe flammt auf. Archibald schirmt seine Augen ab und blinzelt die schattenhafte Gestalt an, die hinter einem Schreibtisch sitzt.

»Tritt dir die Schuhe ab, Archibald, und leg das Feuerzeug weg.«

Wie befohlen säubert er seine Schuhe auf einer dicken Matte, die auf einem Metallboden liegt, wie er nun erkennt. Dieser Raum ist eher ein Bunker.

»Lyme?«

»*Mister* Lyme.«

»Natürlich«, sagt Archibald. »Bitte entschuldigen Sie meine Unhöflichkeit.«

»Schon gut. Trotz meines Rufs bin ich nicht nachtragend.« Lyme räuspert sich. »Entschuldige die Vorsichtsmaßnahmen. Ich lege größten Wert auf den Schutz meiner Privatsphäre. Und nun erzähl: Ist die Sitzung des Direktoriums erwartungsgemäß verlaufen?«

Archibald steht gebückt da, um nicht mit dem Kopf an die

niedrige Decke zu knallen. Ihm wird bewusst, dass es aussieht, als würde er sich leicht verbeugen – ein Eindruck, der ihm gar nicht gefällt. *Du willst mir meinen Platz zuweisen, was, Lyme?*, denkt er. *Schauen wir mal, wie lange ich bereit bin, dort zu bleiben.* »Meine Mutter wurde zur Direktorin und Generalin der Armee von Zealand ernannt, ja. Aber da sie bereits vorläufige Direktorin war, weiß ich nicht, was sich durch so eine Formalität ändern könnte.«

Lyme schiebt sich ein Bonbon in den Mund. »Überlass es mir zu beurteilen, inwiefern sich die Dinge ändern. Hat deine Mutter inzwischen ihre Absicht kundgetan, die Aufstände in den Südterritorien zu unterbinden?«

»Sie hat es versucht«, sagt Archibald. »Aber die Sitzung wurde gestört. Eine Terroristin hat die Zusammenkunft mit einer Bombe aufgelöst. Nun ja, sie hat behauptet, es sei eine Bombe, tatsächlich war es nur ein Tornister voller regierungsfeindlicher Desperta-Ferro-Propaganda.«

»Wie hat diese sogenannte Terroristin ausgesehen?«, fragt Lyme belustigt.

Sie war ausnehmend schön, denkt Archie. *Schön wie ein Engel und schlagkräftig wie ein Vollmantelgeschoss.*

»Groß und blond. Sie ist einfach ins Penthouse geplatzt und hat uns bedroht. Aber dann sind die Sicherheitsleute gekommen, und sie ist aus dem Fenster gesprungen.«

»Im zwölften Stock?«, fragt Lyme spöttisch.

Archibald windet sich. »Man nimmt an, dass sie zu Tode gestürzt ist.«

»Man nimmt an?«

»Ihre Leiche … äh, wurde noch nicht gefunden.«

»Natürlich nicht.« Lyme nickt wissend. »Diese junge Frau – was für eine Waffe hatte sie?«

»Ich kenne mich mit Waffen nicht aus. Sie war ziemlich klein. Eine automatische Waffe? Auf jeden Fall wusste sie damit umzugehen.«

»Ich verstehe.« Lyme tippt mit den Fingern auf die Tischplatte. »Ist dir während dieses Angriffs noch etwas anderes Außergewöhnliches aufgefallen?«

»Nein, Mr. Lyme. Gar nichts …« Seine Stimme verliert sich. »Na ja, doch, da gab es so eine Sache in der Bibliotheca Alexandrina. Ein *Dalit* hat sich gewaltsam Zutritt in den Raum für Sondersammlungen verschafft und ein paar Daten gestohlen.«

Lyme scheint es für einen Moment den Atem zu verschlagen. »Welche Art von Daten?«

Schau mal einer an, dich kann man also doch überraschen, denkt Archibald. »Darüber habe ich nichts weiter gehört. Ich habe selbst einige Zeit in dem Sammlungsarchiv zugebracht, und außer alten Konzernberichten gibt es da nicht viel zu holen. Sitzungsprotokolle des Direktoriums, Gewinnermittlungen, Berichte über Truppenbewegungen, so was in der Art. Jedenfalls nichts von Bedeutung, da bin ich sicher.«

»Du hast das Selbstvertrauen der Jugend«, sagt Lyme. »Ich hoffe, es ist begründet. Inzwischen wirst du nach Tharsis Zwei abkommandiert.«

»Aber ist das nicht verlassen?«

»Nur von der Zealand Corporation«, sagt Lyme. »Die halten den Besitz für wertlos. Für uns aber ist er von größtem Interesse, und das erfordert eine Form der Aufmerksamkeit, die nur du mit deinen einzigartigen Fähigkeiten bieten kannst. Wir haben Pläne, Archibald. Pläne, deren Umfang in der Geschichte dieses Planeten beispiellos ist.«

Er rollt einen Elektrostatbogen ab, auf dem eine Route am Rande der Tharsis-Ebene verzeichnet ist, die von Christchurch im Norden bis zum Noctis Labyrinthus im Süden führt.

»Dort werden wir sie vernichten«, sagte er und tippt mit dem Finger auf ein Sternsymbol, das die Aufschrift »Tharsis Zwei« trägt. »Mein Unternehmen hat eine militärische Streitmacht aufgestellt, die viel stärker ist als jede Armee, die CorpCom aufzubieten hat, und die Zeit ist reif für eine feindliche Übernahme der Zealand-Corporation. Das Direktorium erstickt an Korruption und Bürokratie. Seine militärischen Kräfte altern und leiden unter einer schlechten Moral. Die Bürger haben ein Hungerjahr nach dem anderen erdulden müssen, was zum Entstehen der Desperta-Bewegung geführt hat – einer Bewegung, die wir uns zunutze machen können. Mit anderen Worten, Zealand ist eine tief hängende Frucht, und ich habe die Absicht, sie zu pflücken.«

Lymes Worte waren Gift, doch in dieser giftigen Frucht verbarg sich ein logischer Kern. Seit dem Tod des Bischofs hatte der Mars eine miserable Regierung nach der anderen über sich ergehen lassen müssen, und das Ergebnis bestand darin, dass der Durchschnittsbürger sich nicht mehr auf seine Regierung verlassen konnte. Die Verfassung versprach Leben, Freiheit und Gleichheit, hatte aber einen Mangel an Nahrung, Sicherheit, sogar an Luft zum Atmen hervorgebracht. Vielleicht konnte ein starker Anführer etwas ändern, aber die Wahrheit war, dass der Mars unter der Führung des Bischofs besser gediehen war als zu jeder anderen Zeit.

»Meine Mutter sagt, die Bürger sind keine Bedrohung«, sagt Archie. »Sie hat ein Lösungskonzept für die Widerstandsbewegungen.«

»Deine Mutter«, sagt Lyme mit einer abfälligen Geste, die Archie gleichermaßen kränkt und aufregt, »ist eine nutzlose Bürokratin. Hast du die aufgewühlte Menge im Rondell heute nicht selbst erlebt? Hast du ihren pulsierenden Zorn nicht gespürt?« Lyme schlägt mit der Faust auf den Tisch. »Eine Revolution liegt in der Luft, und alles, was wir brauchen, ist der Funke, um sie zu entzünden. Du musst dieser Funke sein!«

»Ja, Sir!«, sagt Archibald und salutiert zackig.

Lyme folgt mit dem Finger der Route auf der Karte. »Deine Aufgabe ist es, meine Sturmnacht-Armee auf der Bischofsstraße nach Norden zu führen und alles zwischen dem Labyrinth und Christchurch niederzubrennen. Lass nichts unberührt.«

Er rollt den Elektrostatbogen auf und gibt ihn Archibald. Der Wachmann, Duke, öffnet die Tür. Das Treffen ist beendet.

Kaum tritt Archibald über die Schwelle nach draußen, knallt die Tür auch schon hinter ihm ins Schloss. Er schnippt das Feuerzeug an, und dieses Mal brennt die weißglühende Flamme.

Ja, denkt er, als er durch den Tunnel zurückstapft, *Lyme ist machthungrig und leidet unter Größenwahn, aber dieser Ausflug war meine Zeit ganz sicher wert.*

Kapitel 3

Tengu-Kloster, Noctis Labyrinthus
Präfektur Zealand
Annos Martis 238. 7. 18. 16:45

Stunden, nachdem die letzte Rangerkugel meine Rüstung getroffen hat, fahren Vienne und ich noch immer in einem Gewitter durch die Canyons. Die Straße ist gewunden und vom Regen dermaßen schlüpfrig, dass die Reifen in jeder Sekunde die Haftung verlieren können, ein Umstand, an den ich Vienne erinnere, als wir etwa den halben Weg hinter uns haben, der Regen kübelweise auf uns niedergeht und der Wind droht, das Trike mitsamt uns gegen die Felswand des Canyons zu prügeln.

»Ich weiß, was ich tue«, schreit sie in den heulenden Wind. »Mach dir keine Sorgen.«

Es ist mein Job, mir Sorgen zu machen. Über das Wetter. Über die Straße. Über Viennes mysteriöse Familie. Ich mache mir sogar Sorgen über ein silbernes Objekt tief unter den Wolken, dessen schmale Tragflächen durch die Dunkelheit gleiten. Verschwommen kann ich den Kopf des irrsinnigen Piloten in der Kanzel erkennen.

»*Au contraire*, Cowboy«, klinkt Mimi sich ein. »Dein Job ist es, zu vertrauen, und wie üblich ist deine Leistung nicht sonderlich beeindruckend. Darf ich vorschlagen, dass du ein paar Atemübungen machst, um dein Chi zu bündeln?«

»Darf ich vorschlagen, dass du dich verpisst?«

»Natürlich darfst du«, sagt sie. »Nicht, dass es dir etwas bringen würde.«

»Gib mir einfach die Daten zu diesem Sturm«, sage ich. »Wie lange wird er dauern?«

»Hast du das nicht bereits vor zwei Minuten gefragt? Habe ich dir nicht gerade erst erklärt, dass Noctis Labyrinthus eine ganz besondere Biosphäre hat, in der die Wetterlage überaus schwer einzuschätzen ist?«

»Sag es mir noch mal. Dauer des Sturms?«

»Unbestimmbar.«

»Arrrrg! Mimi, du machst mich *batwŏ kào* aasig irre!«

»Es besteht kein kausaler Zusammenhang zwischen deiner mentalen Stabilität oder deren Mangel und meiner Gegenwart.«

»Was soll das heißen?«

»Du warst schon *batwŏ kào* aasig irre, ehe ich gekommen bin.« Sie hält inne, was bedeutet, dass sie frische Daten verarbeitet, die ihr die Telemetriefunktionen meines Anzugs geliefert haben. »Gute Neuigkeiten. Barometrische Daten deuten darauf hin, dass der Sturm nachlässt. Vorerst.«

Wie aufs Stichwort lichten sich die Wolken, als wir die nächste Biegung hinter uns bringen. Das grüne Tal ist nur noch hundert Meter unter uns, und ich kann die Parzellen und Wellblechhütten von Bauern erkennen. In der Ferne sehe ich eine größere Siedlung mit Silos und Arbeitsmaschinen.

»Halleluja!«, sage ich vernehmlich.

Vienne hört mich. »Beinahe zu Hause«, sagt sie in befremdlich beschwingtem Tonfall. Die nächste Haarnadelkurve nimmt sie, ohne zu bremsen, und balanciert das Trike auf der Kniescheibe aus.

»Wo genau ist zu Hause?«, frage ich.

»Du wirst es bald sehen.«

»Quälgeist.«

»Weinerlicher Arsch.«

Dieses Mal beschließe ich, mir jeglichen Protest zu verkneifen. Ich mache die Augen zu und versuche, mich mit dem Schicksal abzufinden. »Also gut«, sage ich zu Mimi, »lass uns ein paar Dinge erledigen.«

Ich tippe mir an die Schläfe und verziehe das Gesicht angesichts des kribbligen Gefühls. Eine aurale Bildfläche blinkt vor meinem rechten Auge auf, das in Wahrheit aus einer bionischen Prothese besteht, die mit meinem Sehnerv verbunden ist. Das echte Auge habe ich im Kampf gegen einen Big Daddy verloren, ein genmanipuliertes Insekt, das aussieht wie eine Mischung aus Krebs und Zecke. Außer dem Auge habe ich ein Stück Gesichtshaut eingebüßt und mir eine breite, purpurrote Narbe eingefangen, die von der Schläfe bis zum Hals verläuft.

»Mimi, Bootprotokolle auf meinen Befehl ausführen. Ich brauche ein paar Informationen über die Situation, in die wir uns begeben.«

»Dein KI-Reiseführer meldet sich zum Dienst, Sir«, sagt Mimi. »Entschuldige, dass ich dir nicht zuwinke, aber ich scheine unter einem Mangel an Körpergliedern zu leiden.«

»Ha-ha, sehr lustig. Wenn du damit fertig bist, blöde Witze zu reißen, dann mach einen Langreichweitenscan und erzähl mir etwas über unseren Standort, der beinahe gleichbedeutend mit unserem Zielort sein dürfte, falls Vienne die Wahrheit sagt.«

»Vienne sagt immer die Wahrheit. Anders als ein paar andere mir bekannte einäugige Personen.«

»Scan, bitte.«

»Diese Gegend nennt sich Noctis Labyrinthus, Schluchten der Nacht«, sagt sie, als sie sich endlich bequemt hat, sich an die Arbeit zu machen. »Sie wurde vor langer Zeit von Lavaströmen gebildet und von der zweiten Welle der Marssiedler besiedelt, darunter die wohlbekannten Tengu-Mönche – Bienenzüchter, die auf den Mars immigriert sind, um der Verfolgung auf der Erde zu entkommen. Einst war die Gegend Heimstatt gewaltiger Agrarhallen, die von den Reinluftfarmen abgelöst wurden, kommunalen Landwirtschaftsbetrieben, die unter der Orthokratie des Bischofs eingeführt …«

»Gähn. Genug Geschichtsunterricht, oder ich falle ins Koma und kippe von dieser Karre.«

»Du bist ein zwanghafter Kritiker«, sagt Mimi.

»Ich ziehe *diktatorisches Genie* vor.«

»Das heißt *dialektisches Genie.*«

»Was auch immer. Solange du meine Genialität anerkennst.« Nach einem Blick auf die dreidimensionale Kartendarstellung in der auralen Bildfläche frage ich: »Was ist mit dem Langreichweitenscan?«

»Wie du auf der Bildfläche sehen kannst, gibt es in ein paar Hundert Kilometern Umkreis nichts als bäuerliche Kollektive.«

»Irgendwas Gefährliches?«

»Definiere gefährlich.«

»Irgendwas, das schießt, beißt oder sticht.«

»Was das betrifft, solltest du den Blick heben.«

Ich verdrehe mir den Hals. Über uns bewegt sich ein gewaltiger Bienenschwarm durch die dunklen Wolken. Er sieht aus wie eine Gewitterwolke. Der Schwarm streicht hinunter ins Tal und kreist über einer Ansammlung von Wellblechhütten.

»Cowboy«, sagt Mimi. »Ich fange sonderbare Frequenzen auf, die von diesen Kreaturen ausgestrahlt werden.«

»Das sind Bienen, Mimi. Die summen ständig.«

»Ich bin durchaus versiert in der Taxonomie der Spezies, herzlichen Dank«, sagt sie. »Wie dem auch sei, ihre biorhythmischen Frequenzen sind in meinen Datenbanken niedergelegt, was bedeutet, dass du ihrem … ähm, Summen schon früher begegnet sein musst.«

»Wo?«

»Unbestimmbar.«

»Weißt du was?«, sage ich. »Wenn ich tot bin und meine Asche in alle Winde verstreut, wird man mir *unbestimmbar* auf mein Ehrenmal meißeln.«

»Ich werde dafür sorgen, dass es richtig geschrieben wird.«

Nach einer letzten Biegung verläuft die Straße geradeaus. Ich sehe, dass sie sich vor uns noch einige Kilometer weit hinzieht. Am Straßenrand erkenne ich das helle, safrangelbe Tor eines Tengu-Klosters.

»Die Bienen folgen uns«, sage ich laut, immer noch erfüllt vom Misstrauen wegen der Wolke, die drohend über uns schwebt.

»Eher umgekehrt.« Vienne geht vom Gas, und das Trike rollt langsam aus. »Wir haben jedenfalls das gleiche Ziel.«

»Hier lebt deine Familie?«

»Jawohl«, sagt Vienne.

»Aber das ist ein Kloster!« Dann dämmert mir endlich die Wahrheit. »Heißt das, du wurdest von Mönchen aufgezogen? Heißt das, du … warst ein Mönch? Davon hast du mir nie etwas erzählt!«

Vienne tritt auf die Bremse. »Du hast mich nie gefragt.«

Ich springe vom Sitz. Klappe mein Visier hoch. Wische das Wasser von meiner Panzerung und den Schlamm von meinem Gesicht. »Fester Boden! Den Sternen sei Dank!«

»Du bist so ein Baby«, sagt Vienne.

Ich schaue sie an. »Das war das letzte Mal, dass ich dich ans Steuer gelassen habe.«

»Wer sagt denn, dass du mich ans Steuer gelassen hast? Eher

habe ich dich mitfahren lassen.« Vienne stellt den Motor ab und klappt ihr Visier hoch. Ich will gerade protestieren, da fliegt mir eine Mücke in den Mund. Während ich würge, wirft Vienne einen eingehenden Blick auf das Kloster.

»Zu Hause«, sagt sie.

Wie alle Klöster ist auch dieses von hohen Mauern umgeben. Der Torbogen ist frisch gestrichen, ebenso das farblich dazu passende gelbe Tor, das aus Holz besteht und mindestens fünf Meter hoch und einen halben Meter dick ist. Wimpel mit Gebetszitaten hängen an dem Torbogen, ein typischer Behang im Zuge des Geisterfestivals.

»Die Tengu ziehen einen passenderen Begriff vor: Bon-Festival«, sagt Mimi.

»Du sagst ›Bon‹, ich sage ›Geister‹. Wo ist der Unterschied?«

»Die Richtlinien würden dir widersprechen«, sagt sie. »Sie sind sehr traditionell. Anders als die ungezügelten Bacchanalien des nicht konfessionsgebundenen Geisterfestivals besteht das Bon-Festival aus zwei Wochen des nächtlichen Tanzes und der Gebete und endet mit dem *Tōrōnagashi*, den flussabwärts treibenden Laternen, die die Rückkehr der Geister in das Jenseits geleiten sollen. Habe ich dir erzählt, dass der Tempel von Tharsis einer der ältesten seiner Art und damit eines der langlebigsten Bauwerke auf diesem Planeten ist?«

»Langweilig!«, sage ich, während ich immer noch gegen die Mücke in meiner Kehle kämpfe. »Als Nächstes wirst du mir erzählen, dass das Orbitaljahr des Mars grob zweimal so lang ist wie das der Erde, während die Tage fast genau gleich lang sind.«

»Genau? Versuch es mit 24 Stunden, 39 Minuten und 35,244 Sekunden. Du brichst mir wirklich das Herz, Cowboy.« Sie kommt zum Thema zurück. »Hör dir das an: Das Kloster ist außergewöhnlich groß für diese Art von Einrichtung. Es wurde anno martis 59 von Immigranten der untergegangenen Asiatischen Republik der Erde gegründet, die es nach den Prinzipien des Tengu erbaut haben, eine weit zurückliegende Vermischung aus Buddhismus, Taoismus, Shintoismus und ein paar Brocken Animismus. Erbaut am Rande eines Canyons, verfügt das Kloster über eine Vielzahl von Terrassen, die über ein Dutzend Brücken auf dem Gelände erreichbar sind.«

»Ich bedauere immer mehr«, sage ich seufzend, »dass ich mich in diese Server gehackt habe. Wer hätte gedacht, dass so viel unnützer Mist darauf gespeichert ist?«

»Ein Mangel an Bildung ist eine gefährliche Angelegenheit«, sagt Mimi.

»Das macht mir nichts«, sage ich und schabe mir das Insekt von der Zunge. »Ich lebe gern gefährlich.«

Ich lege den Helm auf den Sitz und ziehe mir die Kapuze über den Kopf. Die Luft ist warm, und der Wind in meinem Gesicht fühlt sich gut an. Vienne folgt meinem Beispiel. Ich beobachte, wie das Licht in ihrem Haar spielt, als sie den Staub herausschüttelt. Kaum zu glauben, dass dies die Regulatorin ist, die Kugeln sammelt wie andere Frauen Schmuck.

»Vienne hält sich sehr bedeckt in Bezug auf ihre Vergangenheit«, sage ich zu Mimi. »Das gefällt mir nicht.«

»Es ist *ihre* Vergangenheit. Was *dir* gefällt, ist irrelevant.«

»Wir sind in den letzten sechs Monaten viel zusammen gereist«, widerspreche ich. »Sie hätte wenigstens erwähnen können, dass sie von Mönchen großgezogen wurde.«

»Und *du* hättest ihr erzählen können, dass du das Bewusstsein einer anderen Frau als Flash-Clone in deinem Hirn trägst«, sagt Mimi. »Aber mir ist aufgefallen, dass dieses Detail dir … na ja, irgendwie entschlüpft ist.«

»Botschaft erhalten und vermerkt.«

»Da du also zugibst, dass du selbst kein Engel bist«, piesackt Mimi mich ungerührt weiter, »beiß dir mal auf die Lippe, Mister Schmollmund.«

»Ich schmolle nicht.«

»Dann gibt es einen anderen Grund, warum deine Unterlippe aussieht, als hättest du in einer Auseinandersetzung mit einem Brecheisen den Kürzeren gezogen?«

»Eines Tages«, erwidere ich, während ich mich zu Vienne geselle, »werde ich mich in den Hauptrechner einer Botschaft hacken und dir ein paar Lektionen in Diplomatie herunterladen.«

»Lade bitte auch ein paar Lektionen über den Umgang mit weinerlichen Ärschen herunter«, sagt Mimi. »Ich muss mein Repertoire erweitern.«

Vienne führt mich über die Brücke, auf der der Schatten des Torbogens die Sonne aussperrt. Sie verbeugt sich tief, und in dem großen Tor öffnet sich eine verborgene Tür.

Ein zierliches Mädchen erscheint in der Öffnung, angetan mit einer goldgesäumten weißen Tunika über einer weiten Hose mit breiten, bestickten Beinabschlüssen. Das Kind hat ein Koboldgesicht, stacheliges, pinkfarbenes Haar und das Grinsen eines kleinen Teufelchens – nicht gerade das Aussehen, was ich von einem Tengu-Mönch erwartet habe.

Mit einem Knarren fällt die Tür wieder ins Schloss. »Meister! Meisterin!«, höre ich das Mädchen schreien. »Ghannouj hatte recht! Sie ist zum Bon nach Hause gekommen. Beeilt euch! Rasch! Rasch!«

Als ich neben Vienne stehe und meine Augen vor dem Rest Sonnenlicht abschirme, der nicht vom Tor ausgesperrt wird, versuche ich zu begreifen, was da gerade passiert ist. Mir scheint, als hätte ich einen Tanz mitten im Takt unterbrochen und die nächsten Schritte vergessen. »Der kleine Mönch kennt dich?«

»Oh ja! Das ist Riki-Tiki. Sie kennt mich sehr gut.« Sie hält inne, um über ihre Worte nachzudenken. Dann schaut sie mir ohne das übliche Zögern fest in die Augen. Es ist, als würde etwas in ihrem Innern erblühen, noch während sie spricht. »Sie ist jetzt sechs Jahre alt, aber ich habe sie schon gekannt, als sie noch ein Baby war.«

Als sie noch ein Baby war. Viennes Worte bringen mich aus der Fassung. Vielleicht liegt es auch daran, wie sie mich dabei anschaut. Oder es ist ein Stich der Eifersucht, weil es jemanden gibt, der eine tiefere Verbindung zu Vienne hat als ich?

Unbehagliche Stille breitet sich zwischen uns aus. Das einzige Geräusch stammt vom warmen Wind, der in den Wasserpflanzen spielt, die im Graben rund um das Kloster wachsen. Für eine Art Burggraben, der kaum mehr ist als ein breiter Bach, ist er unerwartet schön, voller Seerosen und Lotusblüten, umrahmt von Rohrkolben, Pfeilkraut und grüner Wasserminze.

»Riki-Tiki also«, sage ich schließlich. »Sie wusste, dass du kommst?«

»Ich bin sicher, Ghannouj hat es ihr gesagt.« Vienne zuckt mit den Schultern, als wollte sie sagen *natürlich*. »Ghannouj weiß alles.«

»Aha, Ghannouj. Ich höre den Namen zum ersten Mal.« Erst jetzt wird mir klar, dass sie nie eine Mutter oder einen Vater erwähnt hat. Brüder oder Schwestern ebenso wenig. Wenn sie unter Mönchen aufgewachsen war, bedeutet das vermutlich, dass sie eine Waise ist; wahrscheinlich sind die Tengu ihre einzige Familie. Das würde vieles erklären, beispielsweise ihre Hingabe an die Richtlinien, ihren Glauben an Walhall, ihr unerschütterliches Engagement für ihren Chief.

»Und wann werde ich diesen Ghannouj kennenlernen?« Ich lege ihr sacht die Hand auf den Unterarm. Auch wenn Vienne nicht viel von öffentlicher Zuwendung hält, will ich sie wissen lassen, dass ich in jeder Hinsicht an ihrer Seite bin.

»Er wird sich bald zeigen«, sagt sie. »Aber erst musst du an Meister und Meisterin vorbeikommen, und die können ein bisschen …«

»Schwierig sein?«

»Miesepetrig.« Sie kneift mich in die Wange. »Aber du hast gegen Meuchelmörder gekämpft, gegen Kannibalen und eine blutrünstige Exfreundin, also nehme ich an, du wirst zurechtkommen.«

Ich bin da nicht so sicher. Miesepetrige alte Leute sind imstande, meine schlimmsten Charakterzüge zum Vorschein zu bringen. Meine Panzerung kann Kritik nicht abwehren. Außerdem ist es mir nicht gestattet, alte Leute einfach zu erschießen.

»Jetzt hörst du dich an wie Vienne«, sagt Mimi.

Die verborgene Tür fliegt auf, und Riki-Tiki springt auf den Kiesweg. »Vienne!«

Als wir uns umdrehen, stürzt Riki-Tiki in Viennes Arme und erstickt sie beinahe mit Küssen. Die Wucht dieses Überfalls reicht, dass Vienne gegen mich prallt. Ich stolpere zurück, fliege über das Trike und lande mit dem Hintern im Gras.

»Urks! Ich hab schon wieder ein Viech verschluckt.«

»Das wird dich nicht umbringen«, bemerkt Mimi.

»Es könnte ein giftiges Insekt sein.«

»Es war eine ganz normale Mücke.«

»Eine giftige Mücke.«

»Pures Protein«, sagt Mimi. *»Bon appétit!«*

Nun wird Riki-Tiki auch auf mich aufmerksam. Neugierig legt sie den Kopf schief. »Warum sprichst du mit dir selbst? Tust du das oft? Ghannouj singt immer vor sich hin. Seine Stimme ist wunderschön. Du solltest ihn mal hören, wenn er den Karpfen ein Ständchen bringt. Sie schwimmen besser, wenn er singt. Die Blumen auch, nur, dass die nicht schwimmen. Warum sitzt du immer noch da auf dem Boden? Brauchst du Hilfe beim Aufstehen?«

»Mir geht's gut.«

Riki-Tiki schießt auf mich zu, packt meinen Arm und zerrt daran. Einfach so. Und schon stehe ich auf den Beinen. Sie ist stärker, als sie aussieht. Und schneller.

»Ich … äh, habe das Gras bewundert«, sage ich. »Wir haben in den letzten Monaten nicht viel Gras gesehen. Nur Dreck. Haufenweise.«

»Du bist lustig!« Riki-Tiki springt zurück zu Vienne. »Ich bin Viennes kleine Schwester. Natürlich nicht im biologischen Sinn. Meine Eltern wurden ermordet, als ich noch ein Baby war. Der Meister und die Meisterin haben mich aufgenommen. Sie haben uns alle aufgenommen. Oh, du sollst sie kennenlernen. Ich soll euch reinbringen und für die *Bon-Chakai*-Teezeremonie zurechtmachen. Das heißt, ihr bekommt ein heißes Bad ... puh, ihr könnt es wirklich brauchen.« Sie hält inne, um wieder zu Atem zu kommen. »Tanzt du gern?«

Der Gedanke an ein heißes Bad kommt mir verlockend vor, aber an Tanzen habe ich nicht das geringste Interesse. Und dann dämmert mir etwas: Wenn sie wussten, dass wir kommen, soll ich nicht einfach nur Viennes Familie kennenlernen. Dies ist die Tengu-Version, der Familie den Partner vorzustellen.

Man hat mich reingelegt!

»Ein bisschen begriffsstutzig«, sagt Mimi. »Nicht wahr?«

»Wenn ich's nicht besser wüsste«, antworte ich, »würde ich schwören, ihr zwei habt euch hinter meinem Rücken zusammengetan.« Ich fange Viennes Blick auf. »Hör auf zu grinsen. Du hast das die ganze Zeit geplant!«

»Ich? Etwas geplant? Nie«, sagt Vienne, eine Hand in gespielter Verblüffung an der Brust. »Und ich grinse auch nie.«

»Für mich sieht das ganz wie ein Grinsen aus.« Ich frage Mimi. »Sie grinst doch, oder?«

»Ja, Cowboy, aber du wirst es ihr nachsehen müssen. Sie ist glücklich, zu Hause zu sein.«

Zu Hause. Das macht mich nachdenklich, und für eine Sekunde verschlägt es mir den Atem. Wie mag es wohl sein, ein Zuhause zu haben, wo man geliebt wurde? So glücklich habe ich Vienne bisher noch nie erlebt. Ich weiß jetzt schon, dass es ein hartes Stück Arbeit wird, sie wieder von hier wegzuzerren.

Vienne hakt sich bei mir unter. »Komm, du wirst mit Meister und Meisterin schon zurechtkommen. Sie beißen nicht.«

»Klar beißen sie! Sie haben Gebisse!« Riki-Tiki kichert und fängt an zu singen. »*Vienne hat einen Freund, la la la la laaaa la!* Moment mal.« Abrupt bleibt sie stehen, zieht die Nase kraus und mustert mich eingehend. »Wie ist dein Name, Freund?«

»Äh … Durango«, sage ich.

»Ha! Das ist ein komischer Name!«, ruft sie. »Vienne und Durango sitzen auf 'nem Baum. Knutschen ‚rum, erst kommt die Liebe, dann … Augenblick! Ich habe vergessen, dir die Füße zu waschen! Bleib hier stehen. Nicht bewegen!«

»Dir die Füße zu waschen?«, frage ich und sehe, wie Vienne errötet. Auch mein Gesicht fühlt sich ein bisschen warm an.

»Das ist Tengu-Tradition.« Vienne legt ihre Stiefel ab. »Es wird nur eine Minute dauern, aber während der Zeremonie kann ich nicht reden.«

Ein zeremonielles Fußbad? Nun weiß ich, woher Vienne ihre Rituale hat. Ich suche mir einen Stein, auf dem ich sitzen kann, während Vienne barfuß dasteht und wartet, die Füße grau vor Straßenstaub. »Mimi, Standardsicherheitsscan durchführen.«

»Alle biorhythmischen Signaturen oder nur die menschlichen?«, fragt Mimi.

»Nach allem, was wir hinter uns haben?« Ich beäuge meine schmutzigen Stiefel. »Da musst du noch fragen?«

»Verstanden. Scanne nach allem.« Nach ein paar Sekunden meldet sie: »Ich erkenne sechs verschiedene Signaturformen. Vier Menschen, eine Biene, und eine von … das kann nicht sein.«

»Eine von was? Sag nicht, es sind noch mehr Sandflöhe.« Während der letzten paar Monate waren sehr viele dieser riesigen, beängstigenden Insekten gesichtet worden. Ihre Herkunft gilt als unbekannt, aber ich weiß genau, was sie sind: Eine einheimische Spezies, die wir unbeabsichtigt freigelassen hatten.

»Cowboy, du wirst es nicht glauben, sie haben einen Hund.«

»Unmöglich. Hunde sind ausgestorben. Die Pocken haben sie schon vor Jahrzehnten ausgelöscht.«

Riki-Tiki kommt zurück. Sie hat eine Tonschüssel, einen Krug und ein Handtuch in der einen und einen Hocker in der anderen Hand. Vienne nimmt Platz, während das Mädchen die Schüssel auf dem Boden abstellt und mit Wasser füllt.

»Ich erkenne einen Hund, wenn ich einen sehe«, sagt Mimi.

»Du kannst nicht sehen«, sage ich. »Du hast keine Augen.«

»Wie oft muss ich dich noch daran erinnern, Cowboy – deine Augen sind meine Augen. Deine Ohren sind meine Ohren.«

»Meine Nase ist deine Nase.«

»Nur der olfaktorische Sinn. Die Popel gehören allein dir.«

»Na so was! Danke, ich … Moment mal!« Ich sehe den Hund. Er liegt mit halb geschlossenen Augen neben einem Zierstrauch auf der Seite und keucht. Mücken schwirren um seine Augen herum. »Ich hoffe, er schläft nur. Hey, hast du nicht gesagt, es wären vier Menschen in der Nähe?«

»Ich habe mich schon gefragt, wann dir dieses Detail auffallen wird«, erwidert sie. »Die Sensoren deuten auf einen unbekannten menschlichen Biorhythmus ungefähr drei Meter links von dir hin.«

Beiläufig schaue ich mich um, betrachte das Gebüsch und entdecke tief im Schatten die Umrisse eines Mannes. »Er beobachtet uns.«

»Ja mei!«, sagt Mimi. »Was bist doch für ein aufmerksames Kerlchen.«

Während ich den Schatten im Auge behalte, stellt Vienne ihre Füße in die Wasserschüssel.

»Willkommen, Freund«, sagt Riki-Tiki.

Vienne verbeugt sich. »Ich freue mich, euch wiederzusehen.«

Riki-Tiki kniet nieder, um Viennes Füße zu trocknen, und fängt dann an zu kichern. Es schüttelt sie so heftig durch, dass die pinkfarbenen Stoppelhaare hüpfen wie ein Haufen beweglicher Stacheln.

»Ist das Nagellack?«, frage ich geschockt.

Vienne ballt ihre Zehen zusammen, bis die Füße an Fäuste erinnern, und versucht, ihre Fußnägel im Handtuch zu verstecken.

»Zu spät!« Ich stürze hinüber, rutsche neben ihr auf den Hocker und versuche, das Handtuch fortzureißen, aber sie stößt mich einfach runter. Ich greife erneut nach dem Handtuch, und schon entwickelt sich ein Tauziehen zwischen uns.

Ein schrilles Pfeifen unterbricht uns. »Riki-Tiki!«, gellt eine hohe Stimme hinter dem Tor. »Zeit, das Bad vorzubereiten!«

»*Kuso*«, sagt Riki-Tiki, schnappt sich den Hocker und die anderen Sachen und schleicht von dannen. »Die Meisterin gönnt mir aber auch gar keinen Spaß.«

Als Riki-Tiki außer Sichtweite ist, schlüpft Vienne hastig in ihre Stiefel. »Kein Wort mehr über den Nagellack!«

»Von mir? Niemals. Ich werde keinen Ton über deine angemalten Zehchen verlieren.« Ich blicke auf meine eigenen staubigen Stiefel hinunter. »Hey, niemand hat mir angeboten, meine Füße zu waschen.«

»Das ist eine symbolische Angelegenheit«, sagt sie. »Nur für andere Tengu. Ich hoffe, du bist nicht gekränkt.«

»Nein. Ich verstehe. Alles bestens. Das Letzte, was ich mir wünsche, ist ein Mönch, der mir die Füße wäscht.« Mit einem Nicken deute ich auf den Hund, den Mimi entdeckt hat. Er liegt immer noch neben dem Zierstrauch. »Hast du das gesehen?«

Vienne steht hinter mir. »Ja. Er gehört zu den Mönchen.«

»Wenn er ihnen gehört, warum helfen sie ihm dann nicht?«

Sie tätschelt meine Schulter, um mich zu beruhigen, erreicht aber das Gegenteil. »Weil er ihnen nicht gehört, er gehört nur zu ihnen. Außerdem deutet sein schwerer Atem darauf hin, dass er im Sterben liegt.«

»Sie könnten es ihm wenigstens ein bisschen behaglicher machen.«

»Das ist nicht Tengu-Art. Die Richtlinien … ich meine, die Mönche, sie glauben, dass …« Sie stockt einen Moment, und ihre

Hand löst sich von meiner Schulter. Ich fühle, wie ihr Körper sich spannt. »Das ist zu kompliziert, um es jetzt zu erklären. Ich gehe rein.« Sie entfernt sich. »Kommst du?«

»Noch nicht.« Ich konzentriere mich wieder auf den Hund. »Geh nur. Ich komme nach.«

Als Vienne drin ist, bitte ich Mimi, das Tier zu scannen. Sie kann keinen physischen Schaden feststellen, jedenfalls keinen, auf dessen Aufdeckung sie programmiert ist, wie sie mir in Erinnerung bringt. »Ich bin so wenig Veterinärin, wie ich Ärztin bin.«

Die Mücken kehren zurück. Es hat keinen Sinn, trotzdem verjage ich sie, und der Hund knurrt mich dabei jedes Mal an. »Sie vergeuden Wasser, um einander die Füße zu waschen, aber der Hund bekommt nichts zu trinken.«

»Das hat Vienne nicht gemeint, Cowboy.«

»Weiß ich. Darum habe ich es ihr gegenüber auch nicht zur Sprache gebracht. Aber bist du die Leute nicht auch leid, die ihren Glauben missbrauchen, um ihre Handlungsweise zu rechtfertigen? Der Hund liegt im Sterben. Was ist falsch daran, ihm seine letzten Stunden ein wenig angenehmer zu machen?«

Den Hund zu füttern, ist eine Vergeudung von Nahrungsmitteln, das weiß ich auch. Als Truppführer widerspricht es meiner Ausbildung, Lebensmittel in ein schwarzes Loch zu kippen. Eine letzte Mahlzeit würde dem Hund nicht mehr helfen. Mir würde es aber auch nicht wehtun.

Ich nehme die Feldflasche vom Gürtel und schütte etwas Wasser in meine Hand, das ich dem Hund anbiete, worauf er den Kopf wegdreht.

Knirsch! Das Geräusch eines brechenden Stocks. Der Fremde tut seine Gegenwart kund. »Du vergeudest Wasser.«

Ich blicke auf, als der Fremde in seiner zerlumpten Robe mit fließenden Bewegungen aus dem Schatten tritt. Er hat stoppeliges, sonnengebleichtes Haar. Unterlippe, Nase und Augenbrauen sind gepierct, und in seinen Ohren sind große, weit aufgedehnte Löcher. Sein Hals ist mit roten und goldenen tenguistischen, hinduistischen und buddhistischen Symbolen tätowiert, unter denen Sanskritzeichen über seinen Rücken und den Bizeps beider Arme herablaufen. Etwas, das wie ein Kugellager aussieht, ist über die gesamte Länge in seine Unterarme implantiert.

Reflexartig greife ich zu meinem Armalite.

Der Mann gähnt und offenbart dabei ein weiteres großes Piercing in der Zunge. »Habe ich dich geängstigt?«

»Negativ«, sage ich und lasse die Waffe in ihrem Halfter. »Ich wusste die ganze Zeit, dass Sie da sind.«

»Du hast mich nicht gesehen.« Seine Stimme ist tiefer als meine und so rau, als würde er regelmäßig heiße Kohlen schlucken.

»Ich habe nicht gesagt, ich hätte Sie *gesehen.*« Als er näherkommt, höre ich ein wütendes Summen, das aus der Tasche an seinem Gürtel dringt. »Mimi?«, frage ich. »Sind da Bienen in der Tasche?«

»Die Frequenz des Geräusches entspricht dem Summen einer Biene, aber ich empfange keinen charakteristischen Biorhythmus. Sonderbar.«

»›Unbestimmbar‹ kann ich ertragen, aber ich kriege Angstzustände, wenn du etwas von ›sonderbar‹ sagst. Was genau meinst du mit ›sonderbar‹?«

»Unbestimmbar.«

»Mimi! *Vittujen kevät ja kyrpien takatalvi!*«

Der Mann hält inne, als sein Schatten auf den Hund fällt. »Du hast meine Frage nicht beantwortet. Warum vergeudest du Wasser an ein sterbendes Tier?«

»Erstens haben Sie mich nicht gefragt, warum ich das tue. Sie haben nur gesagt, es sei Verschwendung. Zweitens kommt es mir grausam vor, das Tier einfach sterben zu lassen, ohne etwas zu tun.«

»Was für ein *etwas* sollte denn getan werden?«

Als ich aufblicke, um ihm zu antworten, kann ich sein Gesicht nicht sehen, nur einen Kreis aus Licht, der seinen Kopf umstrahlt wie Sonnenschein den Mond bei einer Sonnenfinsternis. »Irgendetwas. Niemand sollte leiden müssen.«

»›Wo ist der Ort, der mich empfängt?‹«, rezitiert er. »›Das Tal, das mir Behausung wird? In welchem Forst richt ich mich ein? Und welcher klare Bach wird mich mit seinem Lied zur Ruhe singen?‹«

»Southey?«, frage ich.

»Wordsworth«, sagt er.

Passt. Er sieht aus wie ein Wordsworth-Typ. Ich tätschle den Hund ein letztes Mal und stehe auf. »Ja, schön, ich kann Poesie nicht ausstehen.«

»Es ist grausam, ein Tier leiden zu lassen«, sagt er und begegnet ganz locker meinem härtesten Blick. »Das Netteste wäre, ihm eine Kugel in den Kopf zu jagen.«

»Das ist nicht meine Vorstellung von Nettigkeit, mein Freund.«

Er geht um mich herum und setzt sich auf meinen Stein. »Ich bin nicht dein Freund«, sagt er, und seine trockene Lippe zuckt dabei.

»Gehen Sie nicht rein?«, frage ich, während ich mir insgeheim wünsche, ihm den blasierten Ausdruck aus der Visage zu prügeln.

Er sieht sich in der Schlucht um, als könne er mehr sehen als wir anderen. »Man nennt mich Stain. Ich betrete das Kloster nicht.«

»Sie sehen aus wie ein Mönch.«

Er schlägt die Beine übereinander und schließt die Augen zu einem Gebet. »Ich bin sicher, viele Dinge, die du für wahr hältst, sind es nicht.« Ohne Vorwarnung ergreift er mein Handgelenk und verdreht es, bis der Stummel meines kleinen Fingers offen sichtbar ist. Und dann spuckt er das Wort förmlich aus: »*Dalit.*«

Ich reiße meine Hand los. »Und?«

»*Du* bist der Chief, dem sie so lange gedient hat? Ein entehrter Feigling? Erklär mir, wie sie einem *Dalit* folgen konnte.«

»Ich habe Ihnen nichts zu erklären.« Ich mache Anstalten zu gehen. »Ich weiß nicht einmal, wer zum *b'lyad'* Sie sind.«

Stain verstellt mir den Weg. »Du hast sie nicht verdient«, sagt er, und seine tiefe Stimme klingt noch rauer.

»Im Ernst.« Ich trete zur Seite.

Er folgt mir. »Sie wäre besser tot, als ein *Dalit*.«

Was ist das, Walzer? »Sie haben leicht reden. Sie hocken nur unter einem Baum und verstecken sich im Schatten. Und jetzt gehen Sie mir aus dem Weg, Kumpel.«

Für einen Moment starrt Stain vor sich hin, scheinbar ohne jedes Gefühl. Dann bewegt er sich ein wenig, und ich schiebe mich an ihm vorbei.

»Was für ein Arsch«, sage ich.

»Nettes Knochengerüst, tolle Bauchmuskeln, und er hat einen exquisiten Geschmack in Sachen Literatur«, sagt Mimi. »Mir gefällt er.«

»Na klar.« Ich greife nach der Tür und sehe mich verblüfft Viennes Gesicht gegenüber. »Whoa! Hey! Du hast mich erschreckt.«

»Tut mir leid. Ich wollte nur nachsehen, was du so lange hier machst.« Sie zieht mich hinein, steckt aber den Kopf hinaus, um sich vor dem Tor umzusehen. Lange Sekunden starrt sie Stain an, ehe sie leise sagt: »Als könnte er mich hinters Licht führen, wenn er sich vor aller Augen versteckt. Ich habe ihn schon aus einem Kilometer Entfernung gesehen.«

Aha, denke ich, *da hast du es, Lochzunge.*

Drinnen gehen Vienne und ich nebeneinander her. Unsere Stiefel knirschen auf dem Kiespfad, der von Banyanbäumen gesäumt wird. Er führt zu einem großen, gelb-orange angemalten Haus, offenbar das Hauptgebäude.

»Dieser Stain«, sage ich, als Vienne sich bei mir unterhakt, »wozu all die körperlichen Modifikationen?«

»Das fragt jeder.« Sie zuckt mit den Schultern. »Er sagt, der Schmerz hilft ihm, sich auf sein Chi zu konzentrieren.«

»Und was stellt er für dich dar?«

Sie kneift sich in die Unterlippe, und das Strahlen in ihren Zügen verblasst. »Stain ist … das ist kompliziert.«

Ist hier denn alles kompliziert?

Obwohl ich mir auf die Zunge beiße und nicht noch einmal frage, verrät mir der Schatten, der sich über ihr Gesicht legt, dass dem so ist. Außerdem verrät er mir, dass Stain und Vienne eine gemeinsame Geschichte verbindet. Wieder erhebt das Monster namens Eifersucht sein hässliches Antlitz.

»Er sagt, er betritt das Kloster nicht, aber für mich sieht er eindeutig aus wie ein Mönch.«

»Stain war einst einer der Tengu.« Sie bleibt stehen. »Aber die Dinge haben sich geändert. Er wurde verbannt, weil er den Tempel entweiht hat.«

»Wie entweiht man einen Tempel?«

»Er hat einem anderen menschlichen Wesen das Leben genommen.« Sie schüttelt den Kopf. Sonnenschein fällt auf ihr Gesicht, sodass es heller aussieht als sonst. »Mach dir über Stain keine Gedanken.« Sie ringt sich ein aufgesetztes Lächeln ab. »Du musst dir viel mehr Sorgen um den Abt machen.«

Kapitel 4

Außenposten Tharsis Zwei
Präfektur Zealand
Annos Martis 238. 7. 18. 17:16

Als Duke ihn in einem schwer gepanzerten Noriker zu dem Außenposten fährt, stellt Archibald fest, dass es im Umkreis von Tharsis Zwei keine anderen Gebäude mehr gibt, von ein paar verfallenen Tankstellen abgesehen. Der Außenposten liegt einsam, ein Flecken schmutzigen Betons in einem See aus roten und orangefarbenen Felsformationen, wie ein einzelner Schneidezahn im Kieferknochen eines von der Sonne gebleichten Schädels. Wenn der Wind von den Hochebenen weht, riecht es, als trüge er Sumpfluft mit sich, doch es ist nur der Schwefel aus den alten Salzminen, der den Sinnen einen Streich spielt.

Als der Noriker das bogenförmige Tor der Zufahrt passiert, schießen drei Sturmnacht-Soldaten herbei, die über die Laufstege patrouillieren. Sie sind mit Blastergewehren bewaffnet, die angeblich genug Durchschlagskraft besitzen, um einem Mann ein faustgroßes Loch in den Bauch zu stanzen. Archibald hat so etwas zwar noch nie beobachten können, aber es würde ihm gefallen.

Es gibt vier Torhäuschen und vier Hubtore. Jedes Betonwachhäuschen ist mit einem Dach mit Terrakottaschindeln ausgestattet, auf denen das Nebelsymbol des Hauses Merovech prangt, der Orthokratenfamilie, die an der Macht gewesen war, als man Tharsis Zwei erbaut hatte. In den Häuschen gibt es einen Tisch, einen Metallstuhl und zwei Multivid-Schirme, über die die Aufnahmen der Sicherheitskameras flackern.

Als Archibald das Hubtor erreicht, tritt eine Sturmnacht-Soldatin aus der Hütte. Sie trägt eine Art mobilen Scanner bei sich, den sie auf Archibalds Hals richtet. »Nennen Sie die Absicht Ihres Besuchs.«

Archibald hält ihr eine Plasmapistole vor die Nase. »Meine Absichten gehen dich gar nichts an. Mach das Tor auf.«

Die Wachsoldatin zuckt mit keiner Wimper. »Ich wiederhole: Nennen Sie die Absicht Ihres Besuchs.«

Auf dem Steg über dem Torhäuschen zielen die drei anderen Sturmnacht-Soldaten mit ihren Blastergewehren auf den Noriker.

Archibald starrt direkt in die Zielvorrichtung der Waffen. »Mein Name ist Archibald. Ich bin euer neuer Kommandant.«

»Das werden wir noch sehen.« Die Soldatin aktiviert das Mikro, das an ihrem Hemd festgeklemmt ist. »Aufsicht, ich habe hier einen nicht autorisierten Eindringling, der behauptet, er hieße Archibald. Identifikation und Bestätigung erbeten.«

»Retinalscan bestätigt seine Angaben«, antwortet die Aufsicht. »Lass ihn passieren.«

»Wird gemacht.« Die Wachsoldatin öffnet das Tor. »Willkommen in Tharsis Zwei.«

Archibald wedelt mit der Plasmapistole vor ihrem Gesicht. »Weshalb bist du so sicher, dass ich dich nicht erschieße?«

»Ganovenehre«, gibt die Wachsoldatin zurück.

»Ich bin kein Ganove, und ich habe hier eine Waffe, mit der ich ein Loch in den Beton brennen kann, auf dem du deinen drallen Arsch parkst.« Archibald schnüffelt in der Luft. »Wenn ich das nächste Mal an dieser Stelle auftauche, öffnest du das Tor ganz, ganz schnell, oder du wirst begreifen, wie wenig mir Ehre bedeutet.«

»Ja, Sir!«

»Schon besser.«

Ein paar Minuten später stolziert er in die Aufsicht, das Nervenzentrum des Außenpostens. Von hier aus überwacht eine Technikermannschaft sämtliche Aktivitäten auf der Basis über

Videobilder und ein Beobachtungsfenster, das auf den Hauptexerzierplatz hinausblickt. Überall auf dem Gelände stehen heruntergekommene, gestohlene Norikers und Düsseldorfs, alles in allem ein kompletter Fuhrpark.

Archibald zählt sechs Sturmnacht-Soldaten in der Aufsicht, zwei Frauen und vier Männer. Keiner von ihnen schenkt ihm mehr als einen flüchtigen Blick. Er reicht einem der Soldaten seinen pelzgefütterten Mantel und klatscht in die Hände, um die Aufmerksamkeit der anderen Anwesenden zu gewinnen. Als er keine Reaktion erzielt, zieht er einen elektrischen Viehtreiber hervor und drückt ihn dem Mann, der seinen Mantel hält, an den Hals.

»Schön, dass ich Ihre Aufmerksamkeit errungen habe«, sagt er, als der Mann zu schreien aufhört. »Ich glaube an Disziplin. Deshalb hat Mr. Lyme mich hergeschickt – ich soll dieser Operationsbasis Disziplin beibringen. Lassen Sie sich nicht von meinem jungen Gesicht in die Irre führen. Mein Herz ist so alt und kalt wie der innere Kern des Mars. Meine erste Regel lautet: Tun Sie, was ich sage, wenn ich es sage. Meine zweite Regel: Widersetzen Sie sich nicht Regel eins. Ist das klar?«

Es dauert zu lange, bis sich eine Reaktion einstellt, also versetzt er dem Mann einen weiteren Schlag.

»Sie müssen verstehen«, sagt er, nachdem er sich die Zeit genommen hat, den Geruch des verbrannten Fleisches ein zweites Mal zu inhalieren, »es macht mir keine Freude, einem von euch Schmerzen zu bereiten. Ich ziehe eine konstruktive, kollegiale Atmosphäre vor. Aber ich glaube an Motivation. Fühlen Sie sich jetzt nicht auch schon viel motivierter?«

»Ja!«, brüllen alle zugleich.

Er wedelt mit dem Viehtreiber. »Das heißt: Ja, Mr. Archibald.«

»Ja, Mr. Archibald.«

»Das, Jungs und Mädels, ist Musik in meinen Ohren. Mr. Lyme hat uns allen ein Ziel vorgegeben. Diese Basis soll binnen vierundzwanzig Stunden kampfbereit sein.«

Eine der Frauen ächzt, und er schlägt ihr mit dem Viehtreiber an die Stirn.

»Wenn ich gutturale Geräusche hören wollte, hätte ich darum gebeten, verstanden?«

»Ja, Mr. Archibald.«

»Lassen Sie mich Ihnen eine Lektion in Geschichte erteilen, Miss.« Er hält ihr immer noch den Viehtreiber an den Kopf. »Im Erdenjahr 1864 stand der Präsident der Vereinigten Staaten kurz davor, einen Bürgerkrieg für sich zu entscheiden, aber er wollte die Dinge beschleunigen. Sein Gegner pfiff bereits aus dem letzten Loch, kämpfte aber eine Abwehrschlacht auf eigenem Gebiet aus. Also schickte der Präsident einen seiner schwächsten Generäle, William Tecumseh Sherman, auf einen Feldzug des Terrors. Das Ziel war, verbrannte Erde vom Landesinnern bis zur Küste zu hinterlassen und unterwegs alles in Schutt und Asche zu legen. Bei den Göttern, das tat er, und er brach den Mut des Feindes. Ich beabsichtige, mit Ihrer Hilfe das Gleiche mit unseren Feinden zu tun.« Er zieht sein Feuerzeug hervor. »Und mit der Hilfe meines kleinen Freundes hier.«

»Ich bin ein bisschen verwirrt«, meldet sich einer der Männer zu Wort. »Von welchem Feind sprechen wir hier?«

»Von dem Zealand-CorpCom, Schwachkopf!« Archibald zeigt auf den hässlichsten Sturmnacht-Soldaten, einen massigen Mann mit einem großen Mal auf der Stirn. »Wie ist dein Name?«

»Franks.«

»Franks was?«

»Nur Franks, Mr. Archibald.«

»Dein Gesicht gefällt mir, Franks. Es erinnert mich an eine Hausziege, die ich mal gegessen habe.« Er winkt mit dem Viehtreiber. »Sag mir, hast du Erfahrung mit Feuer?«

»Meinen Sie, ein Feuer auszutreten?«

Archibald saugt die Luft zwischen den Zähnen ein. »Nein, Franks. Ich meine, ein Feuer anzuzünden. Aber eins nach dem anderen.« Er setzt sich an die Steuerkonsole und legt die Füße auf die Multividschirme. »Also, wer von euch Strolchen möchte mir meinen Tee bringen?«

Kapitel 5

Tengu-Kloster, Noctis Labyrinthus
Präfektur Zealand
Annos Martis 238. 7. 18. 17:29

Es fängt ganz ordentlich an – Vienne und ich treffen Riki-Tiki am Ende der Zufahrt, und sie führt uns in den Tempel. Wir setzen uns auf die Stufen, die zu den Schiebetüren des Tempels führen, und ziehen unsere Schuhe aus. Ich bin gerade dabei, den zweiten Stiefel abzustreifen, als ich aufblicke und eine uralte Frau in einer derben braunen Robe vor mir sehe. In der Hand hält sie ein großes Reispaddel, als wäre es ein Knüppel.

»Hallo?«, sage ich.

Sie knurrt mich an.

Vienne, barfuß, verbeugt sich. »Meisterin Shoei.«

Einen Stiefel in der Hand, stelle ich mich auf ein Bein, versuche, mich einigermaßen elegant zu verbeugen, und versage kläglich. »Ich freue mich, Sie kennenzulernen. Ich bin …«

»Yadokai! Schnell!« Die Meisterin tritt zur Seite, um einem noch älteren Mann mit einer Schale Reis Platz zu machen. Er trägt eine Robe gleicher Machart. Beide haben kurz geschorenes schwarzes Haar und tiefe Lachfalten.

Yadokai lächelt.

Shoei nicht.

Ich wünsche mir, ich wäre draußen bei dem Hund geblieben.

»Meisterin und Meister«, sagt Vienne, »dies ist Durango, mein Che... äh, mein Freund und Regulatorenkamerad. Durango, ich darf dir Meisterin Shoei und Meister Yadokai vorstellen, Sensei des Tengu-Klosters von Tharsis, und ihre Schülerin Riki-Tiki.«

»Es ist mir eine Freude, Ihre Bekanntschaft zu machen«, sage ich und denke an meine mangelnden diplomatischen Fähigkeiten.

Langsam und feierlich verbeugt Vienne sich vor dem Meister und sagt in einer Art Singsang: »Ein Auge. Mehr brauche ich nicht zum Sehen.«

»Eine Hand«, antwortet er. »Mehr brauche ich nicht zum Arbeiten.«

»Ein Herz«, schließt sie. »Mehr brauche ich nicht zum Leben.«

Ein Auge. Eine Hand. Ein Herz. Der Eid eines Regulators, ein Versprechen an den Rest deiner Mannschaft, dass du bereit bist, Leib und Leben zu opfern, um dein Davos zu schützen. Ich muss diesen Eid eine Million Mal gesprochen haben, aber ich habe ihn noch nie so melodisch gehört wie jetzt.

»Willkommen zu Hause!« Shoei umarmt Vienne wie ein lange vermisstes Kind.

Yadokai will offenbar nicht allein dastehen und rüttelte an Shoeis Schulter. »Hey, hey, aufhören. Genug damit. Du bist Tengu-Mönch, Frau. Halte dich ein bisschen zurück.«

»Halt du dich doch zurück«, sagt Shoei, packt seine Nase und verdreht sie sanft. »Grinsgesicht.«

Yadokai reibt sich die Nase. »Was meinst du mit Grinsgesicht? Ich habe nicht gegrinst. Ich bin viel zu ernsthaft, um zu grinsen. Mein Stirnrunzeln sieht nur ein bisschen sonderbar aus.«

Shoei umrundet ihn und wedelt unter seinem langen, spitzen Kinn mit einem Finger. »Du lügst! Ich habe dich aus dem Augenwinkel beobachtet. Shoei sieht alles.«

»Ha!«, ruft er und packt ihre knochigen Finger. »Nichts siehst du ohne deine Brille.«

Ich lache laut, was ein großer Fehler ist, da die Mönche nun beschließen, sich über mich herzumachen.

Mit steinerner Miene packt Shoei meine Handgelenke und inspiziert meine Handflächen. Sie zupft am Gewebe meiner Rüstung und lässt es zurückschnappen. Dann ergreift sie mein Gesicht, dreht es ruckartig von einer Seite zur anderen, dann hoch und runter wie einen Klumpen weichen Knetgummis.

»Das ist dein Chief, richtig?«, sagt sie zu Vienne, die das Ritual amüsant zu finden scheint. Shoei versetzt meiner Wange einen kräftige Klaps. »Was für ein Gesicht! Und sieh dir nur diesen Bizeps an, Yadokai. Ist das nicht was? Er wird das *Bon-Odori* wunderbar ergänzen.«

Die Arme vor der Brust verschränkt, mustert Yadokai mich von oben herab, als würde er ein rostiges Abflussrohr betrachten. »Na ja, nicht so ganz. Ich wette, er hat zwei linke Füße und Schwabbelarme.«

»Na, sicher. Und du hast Steine im Schädel.« Shoei pocht auf des Meisters Kopf, um ihre Behauptung unter Beweis zu stellen. »Ich verstehe mich sehr gut darauf, junge Männer einzuschätzen, und dies ist ein feiner junger Mann.«

»Für einen Regulator, meinst du«, nörgelt der Meister und reibt sich den Kopf. »Aber nicht als Odori-Tänzer.«

»Was ist falsch daran, Regulator zu sein?«, will ich wissen. Hätte er *Dalit* gesagt, hätte es mich nicht überrascht. Einem *Dalit* schlägt allenthalben Verachtung entgegen. Aber Regulatoren sind Soldaten im Dienst des Volkes.

»Hast du Schwabbelarme, Junge?«, erwidert Yadokai als Antwort auf meine Frage. »Alle Soldaten haben Schwabbelarme, und Schwabbelarme kann ich nicht ausstehen.«

Shoei schlägt ihm eine verwitterte Hand vor den Mund. »Genug von dem Unsinn! Lass den Jungen in Ruhe.«

»Mir gefällt nicht, wie er aussieht«, sagt Yadokai hinter ihrer Hand. »An seinem Geruch stimmt etwas nicht. Zeig mir deine Zähne.«

»Na, sicher. Nicht wieder die Geschichte mit den Zähnen. Rein mit dir, alter Mann! Riki-Tiki, du auch! Sag Ghannouj, er soll Tee bereiten. Du«, sagt sie dann zu mir und krümmt einen von der Arthritis verdickten Finger, »kommst mit mir. Es ist Zeit für dein Bad.«

Bad? Mit ihr?, wende ich mich hilfesuchend, aber tonlos an Vienne, die anfängt zu pfeifen, um ihr schlitzohriges Lächeln zu tarnen.

◆

Am Horizont oberhalb der Steinmauer, die das Tengu-Kloster umschließt, kennzeichnet eine Reihe hoher Klippen jenen Teil des Labyrinths, der als Hohenwald bekannt ist. Die Gipfel über den Klippen recken sich in den Himmel, blanker Fels, den kein Mensch erklettern könnte. Als ich jung war und Vater mich auf eine Bootsfahrt im tiefer gelegenen Flusslauf mitgenommen hat, sah ich Klippen wie diese überall am Rande des Vallis Marineris. Sie führten zu Höhlensiedlungen, geschaffen von den Gründern. Ich weiß noch, dass ich dachte, wie sonderbar es doch war, dass Menschen in Höhlen lebten.

Heute, nackt und bis zum Hals in einer dampfend heißen Mineralquelle im Badehaus des Tempels, ein nasses Handtuch um den Kopf geschlungen, würde ich alles dafür tun, eine eigene Höhle zu haben. Wie bin ich nur hier gelandet, an einem Ort, an dem mir zwei zänkische Mönche die Haut wund schrubben?

»Ich glaube«, sagt Mimi, »der irdische Ausdruck dafür lautet ›Shanghaien‹, aber passender wäre die Aussage, du wurdest in einen Hinterhalt gelockt.«

»Ich wurde reingelegt.« Mir fällt auf, dass Vienne und Riki-Tiki lachend draußen vor dem Badehaus stehen und vor den Reispapierfenstern Grimassen ziehen.

»Das ist nicht witzig!«, brülle ich. »Ihr kommt auch noch dran. Ratet mal, wer dann lacht.« Das bringt sie nur noch mehr zum Kichern. »Wie lange noch, Shoei?«

»Lange.« Sie fördert eine Bürste zutage, die eigentlich dafür gedacht ist, Töpfe zu reinigen. »Du bist sehr schmutzig.«

Ich mache Anstalten davonzuschwimmen. »Gehen Sie mit diesem Ding weg!«

»Komm zurück!«, gellt Shoei.

»Siehst du?«, ruft Yadokai. »Ich habe es dir gesagt – Schwabbelarme!«

Als die Meisterin mein Fußgelenk packt, taucht mein Kopf im Badewasser unter. Draußen lachen Riki-Tiki und Vienne, bis sie außer Puste sind.

Ich schwöre Rache.

◆

Als ich endlich blitzsauber und halb ertrunken bin, führen Meister und Meisterin mich und Vienne – der man offenbar zutrauen darf, dass sie allein für ihr Bad sorgen kann – in ein kleines Teehaus, in dem die *Bon-Chakai*-Zeremonie stattfinden soll. Das Häuschen und sein Pfingstrosengarten sind durch eine Brücke mit dem Rest des Geländes verbunden. Die Brücke spannt sich über einen großen Teich voller Lotusblüten und weißer Karpfen und scheint aus Holz zu bestehen. Es könnte aber auch eine künstliche Nachbildung sein.

»Es ist echtes Holz«, sagt Mimi. »Hergebracht haben es Immigranten der zweiten Welle, die …«

»Langweilig«, sage ich.

»Das Gelände, das annähernd zweihundertfünfzigtausend Quadratmeter umfasst, bezieht sein Wasser aus dem Fluss Tereshkova. Der Tereshkova speist auch die beiden großen Teiche auf dem Gelände.«

»Immer noch langweilig! Besonders, weil meine Knie mich umbringen. Wer rollt sich eigentlich zu einem Ball zusammen und trinkt dabei Tee?«

»Der kleinere Teich«, fährt sie fort, ohne mir Beachtung zu schenken, »der von einer Holzbrücke überspannt wird, umschließt ein Teehaus und ist umgeben von Pfingstrosen, Kirschbäumen und dem ältesten Kiefernwald der Präfektur.«

»Du liebst es, mich zu quälen, nicht wahr?«

»Ich liebe es, dich zu unterrichten.«

Ich blende ihren sogenannten Unterricht aus und konzentriere mich auf das Kräuseln der Wasseroberfläche. Meine Gedanken schweifen ab, nur um wie so oft bei meinem Vater zu landen. Vienne und ich haben nicht mehr über ihn gesprochen, seit wir von seinem Tod erfahren haben. Sie hat einmal versucht, das Thema anzuschneiden, aber ich war nicht bereit dazu. Ich bin es immer noch nicht. Der Tod ist wie ein Stück Fleisch, das du einfach nicht kauen kannst. Es steckt in deiner Kehle und schnürt dir die Luft ab.

Geistesabwesend fasse ich mit einer Hand in das Wasser des Teichs. Es fühlt sich kühl an, und ich sprenkle mir ein paar Tropfen ins Gesicht. Als ich erneut hineingreifen will, höre ich hinter mir ein Hüsteln. Ein fülliger Mönch in einer schimmernden roten Robe huscht vorüber, und seine bestrumpften Füße hinterlassen kaum einen Abdruck auf der Tatamimatte.

Wortlos setzt er sich zu uns und faltet die Beine zusammen wie eine Plisseejalousie. »Ich bin der Abt dieses Klosters.« Vor ihm steht ein Teegeschirr. »Willkommen beim *Bon-Chakai*, dem Teeweg.«

»Das ist Ghannouj?«, flüstere ich Vienne zu.

Sie nickt und verbeugt sich, legt die Stirn auf die Matte. Ich sehe mich um – die Mönche haben sich ebenfalls verbeugt, also tue ich es auch.

Au! Ein Nerv in meinem Lendenbereich zwickt.

»Ich habe dir gesagt, du sollst öfter Dehnübungen machen«, sagt Mimi.

»Du hast leicht reden«, gebe ich zurück. »Du hast keine Nerven.«

»Dann werde ich mich damit begnügen müssen, dir auf deine zu fallen.«

Als ich mich wieder aufsetze, starrt mich der glänzende Mönch an, den Kopf zur Seite geneigt. »Möchtest du Tee?«

»Äh …« Meine Blicke huschen von Vienne zu Riki-Tiki in der Hoffnung, dass eine der beiden mir einen Hinweis gibt, wie ich angemessen zu reagieren habe. Shoei und Yadokai schaue ich gar nicht erst an. »Ich weiß nicht, was ich zu sagen habe.«

»Vielleicht«, sagt Ghannouj, »solltest du einfach ja sagen.«

»Ja.« Plötzlich habe ich verschwitzte Handflächen und spüre, wie sich Schweiß auf meinen Lippen sammelt. »Ich meine, ja, ich sollte ja sagen. Weil ja das ist, was man sagt, wenn man ja meint, im Gegensatz dazu, wenn man nein meint und trotzdem ja sagt.«

Riki-Tiki kippt lachend zur Seite, die Knie an die Brust gezogen, das Gesicht gerötet, und ringt um Atem. Neben mir gibt Vienne eine Art Quieken von sich, als sie ein Kichern zu unterdrücken versucht.

Ghannouj gießt grünen Tee in eine Tasse, legt sie in seine fleischige Handfläche und bietet sie mir an. »Tee?«

»Ja.« Ich nehme ihm die Tasse ab.

Der Tee ist heiß. Ich verbrenne mir die Lippen, als ich daran nippe.

Ghannouj schaut Vienne an und macht eine Geste, dezent genug, dass ich sie beinahe übersehen hätte. Nach einer Verbeugung springt Vienne auf und verlässt das Teehaus. Riki-Tiki und die älteren Mönche folgen ihr. Kaum sind sie außer Sichtweite, höre ich Riki-Tiki in Gelächter ausbrechen. Ihr Lachen klingt wie Glockenschlag, und ich kann mir ein Lächeln nicht verkneifen.

»Ich hoffe, du hast den Tee genossen«, sagt Ghannouj, als er die Tasse wieder an sich nimmt, nachdem ich sie geleert habe. »Von der Teezeremonie hältst du nicht viel.«

»Woher wissen Sie das?«

»Ich wusste es nicht, bis du es bestätigt hast.« Lächelnd weicht er einen Bambusteebesen in einer Tasse ein. »Du bist sehr attraktiv. Nun verstehe ich, warum sie von dir so angetan ist.«

»Wer?« Ich sehe mich über die Schulter um. »Vienne?

»Gibt es sonst noch eine junge Frau, die von dir angetan ist?«, fragt er. »Vielleicht gibt es mehrere solcher jungen Frauen.«

»Glauben Sie das wirklich?« Mein Mund ist plötzlich wieder trocken. »Oder warten Sie darauf, dass ich Ihnen eine weitere Vermutung bestätige?«

Ghunnouj grinst. »Weißt du, warum ich dich sehen wollte?«

Ich schüttle den Kopf, obwohl ich die eine oder andere Vermutung habe. »Ich dachte, das wäre eine Art Willkommenszeremoniell.«

»Glaubst du an Schicksal?«

»Das ist eine schwierige Frage.«

»Nein«, widerspricht er. »Die Frage ist einfach. Die Antwort ist schwer.«

Klugscheißer.

Ich streiche mit der Handfläche über meine Stirn und hole tief Luft. Glaube ich an Schicksal? Um die Wahrheit zu sagen, ich bin nicht sicher. »Wenn Sie mit Schicksal meinen, dass unser Leben vom Moment unserer Geburt an vorausgeplant ist, dann lautet die Antwort: Nein, das glaube ich nicht. Aber wenn Sie meinen, dass unser Verhalten bestimmten Mustern folgt, die nach einer Weile so vorhersagbar werden, dass sie geradezu unvermeidbar erscheinen, lautet die Antwort … vielleicht. Wie Shakespeare gesagt hat: ›Nicht die Sterne bestimmen unser Los, sondern wir.‹«

Ghannouj dreht meine Tasse um. Im Boden stehen die Worte: »Nicht die Sterne bestimmen unser Los, sondern wir.«

Ich schrecke zusammen, als hätte mich etwas gestochen.

»Wundere dich nicht«, sagt Ghannouj. »Vielleicht war es unvermeidbar, dass diese Worte hier geschrieben stehen. Vielleicht ist es unvermeidbar, dass du sie aussprichst.«

»Aber das Zitat ist mir gerade erst eingefallen.«

»Tatsächlich?« Er schenkt eine ganze Kanne Tee in die Tasse. Der Tee läuft über, bis der Satz am Boden der Kanne sichtbar ist. Er lässt noch mehr Flüssigkeit abfließen, bis nur noch wenige Tropfen übrig sind. Dann starrt er die Neige an und wirbelt den Bodensatz herum. »Nun erkenne ich es.«

Ich versuche, ebenfalls einen Blick auf die Teeblätter zu werfen. »Was erkennen Sie?«

»Ich erkenne, dass ich den Tee wieder zu lange habe ziehen lassen.« Er zwinkert mir zu. »Glaubst du wirklich, dass ich die Zukunft im Bodensatz einer Teetasse sehen kann?«

Und dabei hat er mich beinahe so weit gebracht, diesen Kram zu glauben. »Nein. Niemand kann die Zukunft sehen.«

»Das habe ich nicht gesagt.«

»Aber …«

»Es braucht keine Teeblätter, um die Zukunft zu sehen. Nicht, wenn die betreffende Person vor einem sitzt. Vienne glaubt an dich, wie sie noch nie an jemanden geglaubt hat. Bald musst du eine Entscheidung treffen. Du wirst zwischen deinen größten und widersprüchlichsten Wünschen wählen müssen. Deine Entscheidung wird bestimmen, welchen Weg dein Schicksal nimmt, nicht das, was irgendjemand dir erzählt.«

Ich kratze mich am Kopf. »Haben Sie mir deshalb Tee serviert?«

Sein Gesicht ist wie eine friedliche Seeoberfläche. »Ich habe dir Tee serviert, weil ich dachte, du wärest durstig.«

»Und welchen Weg soll ich wählen?«

»Meinst du, welchen Weg du wählen sollst, oder welchen du wählen wirst?«

»Welcher wird mich glücklich machen?«

Er nimmt eine Lotusblüte von seinem Tablett. Sie ist rosa, wie die in dem Gewässer, das die Wände des Teehauses umgibt. »›Ich liebe den Lotus, weil er aus dem Schlamm erwächst, selbst aber makellos bleibt.‹«

»Sir?«, frage ich. »Ich verstehe nicht.«

Er atmet den Duft der Blüte tief ein. »Koste die *Daifuku*. Süße Reiskekse. Sie besänftigen den Magen.«

Ich will ihm sagen, dass ich nicht hungrig bin, aber da reicht er mir schon die Kekse. Ich knabbere an einem, um ihm einen Gefallen zu tun, als mein Magen zu knurren anfängt.

»Siehst du?« Er erhebt sich und verbeugt sich vor mir. »Sie wirken schon.«

Ich schiebe mir den Rest des *Daifuku* zwischen die Kiefer, als Mimi sich meldet. »Das ist sehr lehrreich, Cowboy.«

»Sehr sonderbar, meinst du. Dieser Ghannouj redet wirr.«

»Besser, als mit vollem Mund«, sagt sie. »Mach schon, schluck diesen Reiskeks runter. Deine olfaktorischen Sinne sind der reine Wahnsinn, und basierend auf den Dämpfen, die aus der Küche kommen, sage ich dir voraus, dass in deiner Zukunft ein köstliches, würziges Mahl wartet.«

◆

Nun, da die Mönche unsere Anwesenheit akzeptiert haben, ziehen die Stunden nur so vorüber, und ich genieße es, die bisher längste Zeitspanne mit Vienne zu verbringen, in der keine Schüsse fallen. Ich vertreibe mir die Zeit damit, am *Muk Yan Jong* zu trainieren, einer Holzpuppe für Trittübungen, und Mimis periodischen Updates zu lauschen, während sie die Daten dekodiert, die wir aus der Bibliotheca Alexandrina gestohlen haben. Kurz zusammengefasst verrät sie mir jedoch nur, was ich bereits gewusst habe – dass sich der Rest der Daten immer noch in einer ehemaligen Hochsicherheitsserverfarm in Tharsis Zwei befindet. Der Außenposten war vor ein paar Monaten von Sturmnacht-Soldaten eingenommen worden. Dort werden wir nicht so spielend durchmarschieren können wie in Christchurch.

Trotz allem spüre ich den sengenden Stachel, der mich treibt, eine nicht abgeschlossene Angelegenheit zu Ende zu bringen. Monatelang, seit dem Sieg über die Dræu und ihre psychotische Königin in den Minen am Südpol, haben wir nach Informationen über das Projekt MUSE gesucht – ein streng geheimes Genprojekt, das dazu dienen sollte, Supersoldaten für das Militär hervorzubringen. Doch es war katastrophal gescheitert und hatte stattdessen zur Entstehung der Dræu geführt.

Und der Mann, der MUSE ins Leben gerufen, finanziert und sich sogar persönlich an der Umsetzung beteiligt hatte? Das war mein kürzlich verstorbener Vater gewesen. Seit ich erfahren habe, dass er bei der Erschaffung der Dræu die Finger im Spiel hatte, hat mich eine Frage verfolgt: Bin ich noch ein menschliches Wesen, das sein eigenes Los in der Hand hat, oder ist es mein Schicksal, ebenfalls zum Monster zu werden?

◆

Am nächsten Tag stehen wir noch in der Dämmerung auf zum Gebet, trainieren anschließend bis zum Frühstück und patrouillieren über das Gelände, bis zur Mittagszeit ein Gong erklingt und uns zum Essen ruft.

Ich reibe mir die Hände. »Wird auch Zeit. Ich verhungere.«

Vienne schüttelt den Kopf. »Kein Essen für dich. Tanzunterricht, schon vergessen? Du wirst im Tempel erwartet. Du lernst besser mit leerem Magen, meint der Meister. Wir sehen uns später. Wenn du gut tanzt, hebe ich dir Reis auf.«

Als sie davonspaziert, knurrt mein Magen voller Protest.

»Meister Yadokai kann mich …« Ein elektrischer Schlag schneidet mir das Wort ab. »Au! Wofür war das denn?«

»Du bist frech geworden«, sagt Mimi.

»Aber die Worte sind mir nicht mal über die Lippen gekommen!«

»Man muss keine KI sein, um zu wissen, dass du drauf und dran warst, dich zum Narren zu machen. Und jetzt schreite munter aus, Regulator. Meister Yadokai erwartet dich bereits.«

Als ich den Pfad hinter mir lasse, hungriger denn je, wartet Yadokai tatsächlich schon auf mich. »Zeit für deine Lektionen«, sagt er streng. »Heute werden wir deine Schwabbelarme kurieren!«

»Lektionen?«, frage ich.

Er rollt einen alten Elektrostatbogen ab, auf dem eine Reihe von Tanzschritten zu sehen sind. Die Kopfzeile des Bogens lautet: »Wie man den *Bon-Odori* tanzt. Ein Lehrgang in drei einfachen Lektionen.«

»Auf keinen Fall.« Energisch schüttle ich den Kopf. »So weit wird es nie kommen.«

Kapitel 6

Tengu-Kloster, Noctis Labyrinthus
Präfektur Zealand
Annos Martis 238. 7. 19. 12:17

Es passiert wirklich.

Binnen Minuten finde ich mich in den Armen des alten Mannes wieder und tanze mit ihm über den Boden des großen Saales. Die Tatamimatten sind weggeräumt und säuberlich aufgestapelt worden. Der Boden ist glatt gewienert. Sogar barfuß bin ich ständig in Gefahr, auszurutschen, was zu meiner Demütigung beiträgt.

»Ach, was seid ihr ein süßes Paar«, sagt Mimi.

Ich mache mir nicht die Mühe, ihr zu widersprechen.

»Meister«, sage ich, als Yadokai mich über den Boden schleift und die Melodie aus der Spieldose mitsummt. »Könnte ich mir nicht stattdessen einfach den Elektrostatbogen ansehen? Ich lerne wirklich schnell.«

»Ha!«, ruft Yadokai. »Du kannst nicht aus Schriften lernen, den *Bon-Odori* zu tanzen. Um diesen Tanz zu lernen, musst du dich in die Hände eines Meisters begeben.«

Hände? Oh, Scheiße. »Das kann doch nicht Ihr Ernst sein.«

»Das ist mir so ernst wie ein Herzanfall«, sagt er. »Und davon hatte ich schon zwei. Stell dir einfach vor, ich wäre das hübscheste Mädchen, das dir je begegnet ist.«

Du hast leicht reden, denke ich und bemühe mich, die Leberflecken und diversen Haarbüschel, die aus seinen Wangen sprießen, nicht anzustarren. »Was ist schon dabei? Die Tänze beim Geisterfestival habe ich schon einige Male gesehen«, jammere ich. »Das sind bloß Feierwütige, die hinter irgendeinem Schürfer mit einem Löwenkopf herumspringen.«

»Falsch und wieder falsch«, brüllt er. »Das Geisterfestival ist ein Wechselbalg des *Bon-Odori*, und dieses Gruppenhüpfen hat rein gar nichts mit Tanz zu tun! Arme hoch!«

Ich schließe die Augen und versuche mir einzureden, mein Tanzpartner wäre Vienne, was schwerfällt, da ich anstelle der weichen, warmen Hände zwei knochige Klauen mit faltiger Haut halte.

»Das ist lächerlich!«, beschwere ich mich bei Mimi. »Wenn meine alte Mannschaft mich jetzt mit einem Tattergreis tanzen sähe …«

»Würden sie dich auslachen«, sagt Mimi. »Genau wie Riki-Tiki und Vienne, die sich im Nebenraum verstecken, statt an der Gebetsstunde teilzunehmen.«

»Danke, dass du mir das Ausmaß meiner erbärmlichen Demütigung bestätigst.«

»Immer gern, Cowboy. Das ist eine meiner erfreulichsten Funktionen.«

»Gehen bildet die Grundlage für die Schritte des *Nagashi*, der gemäßigten Form des *Awa Bon-Odori*«, predigt Yadokai. »Hörst du den Schlag der *Taiko*-Trommel? Tritt auf den Schlag.«

Ich stampfe.

»Au!«, grollt Yadokai. »Auf den Schlag, nicht auf meinen Fuß!«

»Tut mir leid!«

»Das sollte es auch«, blafft er. »*Awa Odori* ist der Tanz der Narren, nicht der Tanz der zwei linken Füße. Aber irgendwo müssen wir ja anfangen, und in der Not frisst der Teufel Fliegen. Hände hoch, Schwabbelarm! Und dieses Mal schreitest du gegen den Uhrzeigersinn. Das ist die Linie des Tanzes. Ihr zu folgen wird dich davor bewahren, in einen anderen Tänzer zu rennen. Gewicht auf die Ballen.«

»Gewicht auf *was?*«

»Auf die Fußballen.« Er schlägt mich mit einem Bambusfächer. »Soll ich dir helfen oder nicht?«

»Nicht.«

»Zu spät! Geh weiter. Der zweite Narrentanz heißt *Zomeki*. Das steht für *Rausch*.«

»Rausch?«, frage ich. »Ich hatte eigentlich nicht die Absicht, mich mit Ihnen in einen Rausch zu tanzen.«

»Schweig!«

Einen Moment später gleiten Yadokai und ich rauschhaft übers Parkett, tief gebückt, sodass unsere Arme über unseren Köpfen ein Dreieck bilden, während die Beine weit gespreizt sind. Yadokai hält die Augen fest geschlossen und begleitet summend den Schlag der Taiko-Trommel.

»Mehr Rausch, weniger Schwabbel!« Er führt uns in die Gegenrichtung. »Bei der nächsten Lektion wirst du führen.«

Ich huste, als hätte ich Schmutzwasser verschluckt. »Bei der *nächsten* Lektion?«

◆

Später an diesem Abend versammeln wir uns um einen niedrigen Tisch im Tempel und genießen das Bon-Festmahl. Auf dem Tisch stehen haufenweise leere Schüsseln und Teetassen. Das Mahl ist beinahe vorbei, wofür ich dankbar bin, denn über eine Stunde im Schneidersitz zu hocken ist eine Form der Folter, die verboten gehört.

»Aaah.« Ich strecke meine Beine aus. »Das ist schon besser.«

»Aber unhöflich«, sagt Mimi.

»Sei nicht so streng mit mir. Mein Körper ist ein einziger Krampf. Sogar mein Hintern verkrampft sich.«

»Genau wie dein Hirn«, sagt sie. »Du solltest mal versuchen, das auch ein bisschen auszustrecken.«

Riki-Tiki schieb sich das letzte Reisbällchen in den Mund und leckt sich anschließend sämtliche Finger ab. »Ghannouj sagt, die Teeblätter hätten ihm verraten, dass ihr hergekommen seid, weil ihr ein Geheimnis jagt. Na ja, nicht hier, aber ganz in der Nähe. Und er sagt, ihr seit schon seit Monaten auf der Suche.«

»Blöde Teeblätter«, murre ich.

Riki-Tiki zeigt mit ihren Essstäbchen auf mich. »Dann stimmt es also?«

»Größtenteils«, erkläre ich. »Wir versuchen, ein paar wichtige Daten zu sammeln, die sich in einer Serverfarm befinden, ungefähr dreißig Kilometer von hier …«

Vienne unterbricht mich: »In einem Außenposten unter der Herrschaft eines Verbrecherfürsten namens Lyme.«

Riki-Tiki fallen die Essstäbchen aus der Hand, und Yadokai hustet.

Vienne und ich wechseln einen Blick – die Mönche kennen den

Namen Lyme nur allzu gut. Ich weiß nicht, warum uns das überrascht hat; schließlich ist Lyme der berüchtigste Verbrecher auf dem Mars.

Shoei rülpst vernehmlich. »Ghannouj! Den Nachtisch!«

Ghannouj taucht auf, und ich schlinge die letzten Reiskörner hinunter. Er wartet, bis ich soweit bin, ehe er mir die offene Hand entgegenstreckt, um mir meinen Teller abzunehmen.

»Oh, das tut mir leid«, sage ich. »Ich wollte Sie nicht aufhalten. Sie sind ein toller Koch.«

Shoei lässt ein megatonnenschweres Bäuerchen los. »Ha! Ghannouj hat das Mahl nicht bereitet. In der Küche stellt er sich furchtbar an.«

Yadokai gesellt ihrem Bäuerchen ein weiteres hinzu. »Und abwaschen kann er auch nicht. Wir lassen ihn hier nur den Abt spielen, weil er den Tee kocht.«

Alle lachen, aber ich begreife nichts. Obwohl Ghannouj der meistverehrte Mönch zu sein scheint, räumt er nach jedem Gang den Tisch ab. Das ist eine der Fragen, die ich Vienne stellen will, aber davon gibt es Zigtausende.

»Eigentlich«, sagt Mimi, »hast du dir genau einunddreißig Fragen gemerkt, darunter die, wie man das Hockklosett richtig benutzt.«

»Das kann warten«, erwidere ich, ehe ich Vienne hilfesuchend anschaue. Sie erbarmt sich meiner. »Das Essen für das Festmahl wird von den Bauern der umliegenden Kollektive bereitgestellt. Das ist ihr Totenopfer.«

»Und die Tengu verspeisen die Opfergaben?«

»Na klar!« Riki-Tiki versucht zu rülpsen, aber es hört sich eher nach Schluckauf an. »Ein Lob den Köchen.«

Ghannouj kommt zurück und serviert ein Tablett voller *Mochi*, gefüllt mit gesüßter Bohnenpaste.

Beim Anblick der Nachspeise erkenne ich eine Gelegenheit, mehr Informationen über eine Sache zu sammeln, von der Vienne mir vorhin erzählt hat: dass Stain, der Mönch draußen vor dem Kloster, den Tempel entweiht haben soll.

»Informationen! Was für ein Blödsinn«, sagt Mimi. »Dein Interesse an Stain ist bloß testosterongesteuert.«

»Willst du mir damit sagen, ich wäre eifersüchtig auf den Burschen?«

»Jawohl!«

»Ich bin nur neugierig.«

»Du kannst zwar dir selbst etwas vormachen, Cowboy, aber mir nicht.«

Aber ich lasse mich nicht entmutigen und frage die Mönche: »Sollen wir davon nicht etwas zu Stain rausbringen? Als ich ihm vorhin begegnet bin, sah er ziemlich hungrig aus.«

Die Mönche ergehen sich in gleichgültigem Schulterzucken, und Vienne schaut mich mit einer gepeinigten Miene an, die meine Neugier nur noch mehr anstachelt.

Nach einem weiteren lautstarken Rülpser schnappt sich Riki-Tiki einen Teller mit *Mochi*. »Mach dir keine Sorgen. Stain braucht Nahrung nicht so wie wir.«

»Stain«, erklärt Vienne, als sie meinen verwirrten Gesichtsausdruck bemerkt, »ist ein asketischer Mönch.«

»Aha.« Ich habe keine Ahnung, wovon sie spricht. »Was ist ein …«

»Ein Asket ist ein Mönch, der die Erleuchtung sucht, indem er sich selbst gewisse Bequemlichkeiten und weltliche Vergnügungen vorenthält.«

»Beispielsweise Nahrung?«

Vienne nickt. »Unter anderem.«

»Ich habe Nahrung nie als weltliche Vergnügung betrachtet«, sage ich. »War er immer schon Asket? Oder wurde er einer, nachdem er verbannt wurde?«

Rums!

Riki-Tikis Teller knallt auf den Boden. Das Porzellan zerbricht.

Die Essstäbchen in ihrer Hand verharren samt einem einzelnen Reiskorn in der Nähe ihres Mundes. Ein Moment zieht vorüber. Niemand gibt einen Laut von sich.

Oh-oh. Voll ins Fettnäpfchen.

»Neugier ist der Katze Tod«, sagt Mimi.

»Doch Befriedigung tut Not«, kontere ich.

»Vielleicht sollte ich dir den Begriff ›Befriedigung‹ mal näher erläutern, Cowboy.«

»Ich hole einen Besen«, beendet Ghannouj das unbehagliche Schweigen. »Dann kann Durango uns vielleicht helfen, den Narrentanz einzustudieren.«

»*Hai!*«, schreit Yadokai. Es klingt eine Spur zu enthusiastisch. »Riki-Tiki! Musik! Alte Frau! Matten aufstapeln! Vienne! Sorg dafür, dass Schwabbelarm nicht davonläuft!«

»Stapel selbst, alter Mann. Ich tanze so lange mit Schwabbelarm!« Shoei zerrt mich über den Tanzboden, noch während Ghannouj damit beschäftigt ist, die Sauerei wegzufegen und Riki-Tiki den Dynamo der Musikdose hochdreht.

»Mimi?«, frage ich. »Was soll ich tun?«

»Tanzen!«, sagt sie. »Sie versuchen, deine Verlegenheit zu mildern, also halt deine große Klappe und spiel mit!«

Shoei bugsiert mich in die Mitte des Raums. Ihre Hände sind kleiner als die von Yadokai, aber genauso ledrig, und ihr Kopf ist gerade mal auf Höhe meiner Brust. »Zeig mir den Drachentanz.«

Ich versuche zu entkommen. »Yadokai hat mich keinen Drachentanz gelehrt.«

»Ha!« Sie reißt an meinem Hemdsaum. »So leicht kommst du mir nicht davon. Vienne, komm, du bist der Drache.«

»Und was bin ich?«

Sie ballert mir die Hand an die Stirn. »Du steuerst den Drachen, Schwabbelarm.«

»Ich steuere den Drachen?«, frage ich Mimi.

Ehe sie antworten kann, schaltet Yadokai die Musik ein, und

Vienne verbeugt sich vor mir. Anlässlich des Fests trägt sie einen weißen *Salwar Kamiz* aus Leinen und ist barfuß, aber ihre Zehennägel sind immer noch rosarot. Das Haar hat sie lose zu einem Pferdeschwanz zusammengebunden, und ihre Wangen wirken frisch frottiert. Das ist eine der wenigen Gelegenheiten, dass ich sie mal ohne ihre Symbipanzerung zu Gesicht bekomme, und der Anblick raubt mir den Atem.

»Atmen!«, weist mich Mimi an.

»Hab vergessen, wie das geht.«

Während ich Vienne beobachte, hebt sie die Hände über den Kopf und fängt an zu hüpfen. Dann macht sie eine volle Drehung, und die rhythmischen Bewegungen ihrer Arme und Beine gleichen dem flatterhaften Zucken eines Drachen im Wind. Sie springt mit kreiselnden Armen hoch in die Luft, landet wieder, huscht zur gegenüberliegenden Wand, stößt sich ab und segelt mit weit ausgebreiteten Armen unter der Decke entlang. Ihre Ärmel flattern, und das Gewebe ihres Kamiz' liegt dicht an ihrer Brust. Das lange Haar löst sich aus dem Pferdeschwanz und wickelt sich wie der Schweif eines Drachen um ihr Gesicht. Sie landet so leichtfüßig, dass der Holzboden kaum ein Flüstern von sich gibt. Beinahe übergangslos zucken ihre Arme wieder in die Höhe, und ihre Hüften wiegen sich im Rhythmus der Trommel.

Ich beobachte sie gebannt. Das ist eine andere Vienne – versunken in ihren Körper, frei, davongerissen vom Rhythmus der Musik und wunderschön auf eine Weise, dass es mir den Atem verschlägt.

»Ich glaube«, reißt Mimi mich aus meinen Gedanken, »du solltest wenigstens so tun, als würdest du ihren Flug steuern.«

»Wie denn? Es ist völlig unmöglich, dass irgendjemand *so etwas* steuert.«

»Dann sieh wenigstens zu, dass du ein bisschen Spannung in deinen abgeschlafften Unterkiefer bringst. Deine Zunge hängt raus.«

»Nein! Nein! Nein!«, heult Yadokai.

Die Musik verstummt. Der alte Mann kommt zu mir, wobei er in die Hände klatscht, und schüttelt mich kräftig durch. »Du sollst den Drachen lenken, nicht zusehen, wie er davonfliegt. Hast du bei deinen Lektionen denn gar nichts gelernt? Wie willst du selbst den *Bon-Odori* tanzen?«

»Äh ...«, sage ich, ein Auge auf ihn, das andere auf Vienne gerichtet, die sich gerade eine Haarsträhne hinter das Ohr streicht. Ihre Wangen sind ebenso gerötet wie ihre Lippen. Ich fühle mich leer und hungrig, als hätte ich noch nie genug zu essen bekommen.

»Meister.« Vienne atmet tief aus, um ihren Atem unter Kontrolle zu bringen. »Sei unbesorgt. Ich kann Durango unterrichten. Er lernt sehr schnell, wenn er nur will.«

Wir haben uns gemeinsam Kugeln und Granaten gestellt, haben Big Daddys, Kannibalen und anderen Abschaum bekämpft, aber nichts von alldem war so beängstigend wie der giftige Blick, mit dem der Meister mich nun bedenkt. Vienne beugt sich zu mir und schirmt mich vor Yadokai ab. Ich spüre die Wärme ihrer Haut.

»Lass den Jungen in Ruhe, alter Mann!« Shoei schiebt Yadokai weg und scheucht uns zur Tür hinaus. »Vienne, geh mit ihm spazieren. Wir räumen hier auf. Geh schon, geh.« Sie kneift mich ins Ohrläppchen. »Mach keine Dummheiten, Schwabbelarm. Shoei weiß alles, hast du verstanden?«

Als die Meisterin die Tür hinter uns zuknallt, frage ich Mimi: »Wie kommt es, dass ich ein ganzes Davos Regulatoren führen kann, aber diese beiden kleinen, hutzligen Mönche behandeln mich wie ein Kind?«

»Manche Dinge liegen auf der Hand«, sagt Mimi.

»Soll heißen?«

»Denk darüber nach und versuch mal, den Arschkrampf aus deinem Hirn zu vertreiben.«

Seufzend beobachte ich Vienne, die barfuß und offenbar unempfindlich gegen den Kies die Stufen hinunter auf den Pfad springt.

Ich nehme mir ein paar Sekunden Zeit, um meine Stiefel anzuziehen, ehe ich ihr folge. Als sie kurz darauf den Lichtschein aus dem Tempel hinter sich lässt, ist nur noch ihr leinener Salwar Kamiz zu sehen. Rasch gleitet sie über den Pfad, still, geisterhaft. Erst das Quaken von Fröschen verrät mir, dass wir in der Nähe des Teichs sind.

»*Ich* habe keine Frösche gebraucht, um mir der Lage des Teichs bewusst zu sein«, sagt Mimi.

»Weiß du was?«, antworte ich und wäre beinahe gegen Vienne geprallt. »Ich glaube, du brauchst dringend ein bisschen Zeit zur Datenverarbeitung.«

»Ich kann Multitasking«, sagt Mimi. »Ich kann gleichzeitig kiebitzen und dich veräppeln, Schwabbelarm.«

Ich gebe mich geschlagen. »Also gut, bleib wach. Aber halt dich ein bisschen zurück, ja?«

Ich beobachte, wie Vienne ein Streichholz anreißt und drei in einer Reihe am Teichufer angebrachte Fackeln entzündet. Dann setzt sie sich auf einen glatten Stein am Ufer und klopft auf einen Felsblock neben ihr. »Pack dich hin, Soldat.« Der Tonfall klingt vertraut. Die alte Vienne. Die vertraute Vienne, in deren Nähe ich mich behaglich fühle. Die Kriegerin. Nicht das fliegende Mädchen, das mein Inneres in Wallung versetzt.

Die Erde und ihr Mond, die wie zwei Tänzer stets auf Ärmlänge voneinander entfernt scheinen, erfüllen den Abendhimmel und sind nah genug, sie mit bloßem Auge zu sehen. Es ist schwer zu glauben, dass ein Planet, so strahlend blau und lebendig, einen so unwirtlichen Mond haben kann. Doch von beiden ist Luna der Himmelskörper, der heller leuchtet.

»Als ich noch jung war«, sagt Vienne, »jünger als Riki-Tiki heute, habe ich oft hier gesessen, Steine über das Wasser hüpfen lassen und mich gefragt, wie es wohl ist, auf der Erde aufzuwachsen. Stell dir vor, du hättest immer so viel Wasser, wie du trinken kannst, so viele Nahrungsmittel, wie du essen kannst …«

»Und so viele Pockenviren, wie du dir einfangen kannst«, sage ich. »Weißt du, die Schwerkraft auf der Erde ist viermal so groß wie auf dem Mars. Das bedeutet, dass dein Arsch auf der Erde viermal so breit wäre.«

Sie boxt mich spielerisch in die Rippen. »Sei ernst.«

»Ich bin ernst.«

»Dann sei nicht ganz so ernst. Du bist immer Durango, der Chief, aber nie Durango, der Mann, nicht wahr?« Sie wirft einen Kieselstein in Richtung Teich. Er prallt von einer Seerose ab, ehe er mit einem feuchten *Plopp* im Wasser versinkt. »Selbst wenn du keine Panzerung trägst, kommt man nicht zu dir durch. Verstehst du, was ich meine?«

Was soll das jetzt? Vienne sendet einen steten Strom widersprüchlicher Signale aus. Erst hätte sie mich beinahe geküsst, dann ist sie plötzlich so fern wie ein Mond. In einem Moment ist sie ernst, dann wieder ist sie so zugänglich wie jetzt. So viele gemeinsame Monate, und trotzdem ist das, was zwischen uns ist, noch immer … nun, sagen wir, *heikel.* Manchmal träume ich davon, sie einfach in die Arme zu ziehen und in einem leidenschaftlichen Kuss mit ihr zu verschmelzen. Dann wieder denke ich, nein, lass es lieber, das ist der schnellste Weg, ein paar Zähne zu verlieren.

Also werfe ich meinerseits einen Stein ins Wasser und lasse ein bisschen Zeit vergehen, ehe ich auf ihre letzte Bemerkung eingehe. »Nein, so richtig verstehe ich dich nicht«, in der Hoffnung, dass sie deutlicher wird.

Aber das passiert nicht. Ihr Schweigen dauert an.

Wolken ziehen auf und verhüllen bald die zwei hellen Punkte am Himmel, die Erde und Mond. Im Fackelschein fällt mir ein zarter silberner Anhänger auf, der an einer Kette um Viennes Hals baumelt. In der Mitte des Anhängers ist eine Lotusblüte eingraviert, umgeben von ihren Blättern.

»Was ist das?«

»Diesen Anhänger habe ich bekommen, als ich ein Kind war. Ich habe ihn hier gelassen, als ich … gegangen bin.« Sie steckt ihn in ihren Ausschnitt. »Tut mir leid, das mit dem Meister und der Meisterin. Sie meinen es gut, aber manchmal geht ihre Begeisterung für das *Bon-Odori* mit ihnen durch.«

»Ach, das war halb so wild. Ich habe schon Schlimmeres erlebt. Zumindest haben sie keine Schusswaffen. Und sie essen keine Menschen.«

»Also magst du sie?«

»Ja.«

»Das freut mich. Sie mögen dich nämlich auch. Besonders Riki-Tiki. Sie sagt, du wärst sehr hübsch und würdest einen perfekten Ehemann abgeben.«

Meine Stimme klettert eine Oktave höher. »Ehemann?«

Sie tätschelt mein Knie. »Keine Bange. Sie ist zu jung zum Heiraten. Außerdem gehörst du schon jemand anderem.«

Wieder stellt sich der Verlust gewisser Körperfunktionen ein, und ich krächze: »Ach ja?«

»Musst du da noch groß fragen?«

Die Wahrheit lautet: Ja, muss ich. Wie sie über Stain gesagt hat: Es ist kompliziert. Endlos kompliziert. Komplizierter als die kryptographischen Algorhythmen, die Mimi benutzt, um die MUSE-Daten zu entschlüsseln.

»Nein«, sage ich und ziehe eine Braue hoch. »Aber es gefällt mir, wenn du es sagst.«

Sie packt meine Nase und verdreht sie spielerisch, genau wie zuvor Shoei es getan hat. »Du bist erbärmlich. Vielleicht sollte ich Riki-Tiki sagen, dass du doch verfügbar bist!«

Wir lachen beide, was die Anspannung wenigstens teilweise löst. Ich fühle mich wohler, wenn ich ihr Chief bin, nicht ihr Zukünftiger. Langsam begreife ich, was Vienne meint, wenn sie sagt, das Leben sei einfacher, wenn man seine Probleme mit Waffengewalt lösen kann. Mimi würde vermutlich sagen, dass mein Es und mein Über-Ich unter asymmetrischer Synchronizität leiden oder so einen Unsinn. Die echte Mimi hätte vermutlich gesagt, ich hätte mein Ziel im Visier, könne aber nicht auf den Abzug drücken.

»Hey«, sage ich einen Augenblick später. »Solltest du mir nicht beibringen, wie der Tanzdrachen funktioniert?«

»Drachentanz, Schwabbelarm.«

»Der übrigens beeindruckend war«, sage ich. »*Du* warst beeindruckend. Besteht die Chance auf eine Zugabe?«

Sie errötet. »Beispielsweise jetzt?«

»Aber es gibt keinen Trommelschlag, dem du folgen könntest.«

»Ich brauche keine Trommel.« Sie umfasst meine Hände. Ihre Haut fühlt sich warm an. »Und du könntest dem Trommelschlag so oder so nicht folgen.«

»Au. Der war gut.« Ich nehme sie in die Arme. Sie riecht nach Orangenschalen und Sandelholz. Ich selbst rieche eher nach …

»Alten Stiefeln«, sagt Mimi. »Du hast jede mögliche Nuance dieser Erfahrung analysiert. Jetzt sei still und tanz.«

»Ohne dass du kiebitzt?«

Vienne legt eine Hand an meine Wange und streicht mit dem Daumen über die Bartstoppeln an meinem Kinn, als wollte sie die Schleifen und Bögen ihrer Fingerabdrücke glattpolieren, was ein Kratzgeräusch erzeugt, das ihr ein leises Lächeln entlockt. »Du musst dich rasieren.« Sie zwirbelt eine Strähne meines langen Haars zwischen den Fingern. Streift sie hinter mein Ohr. »Und dir die Haare schneiden.«

Sie zieht mich näher an sich heran, presst ihre Lippen erst auf meine Wange, dann auf meinen Mund. Ich erwidere den Kuss, koste die süße Hitze ihrer Zunge und fühle, wie mein ganzer Körper erschauert.

»›Gib hin all dein Geld‹«, sagt Mimi, »›doch nie schenk her dein Herz!‹«

»Halt's Maul, Mimi.«

Wir tanzen im Fackelschein, ohne einen Laut, die Augen geschlossen, und halten einander an den Händen, bis Vienne sich mir entzieht.

»Was ist?«, frage ich.

»Seit ich Regulatorin geworden bin, haben die Richtlinien mich geleitet.« Sie mustert den Stummel, der von ihrem kleinen Finger übrig ist. »Sogar, als wir *Dalit* geworden sind, habe ich weiter versucht, mich an die Regeln zu halten. Aber dann hat sich alles verändert, und jetzt weiß ich nicht mehr, welche Richtlinien ich befolgen soll. Wie soll ich wissen, welchen Pfad ich einschlagen muss?«

Der Wind dreht, und das hohe Gras beugt sich mit ihm. Ich habe keine Antwort. Ich bin Soldat, und die Teeblätter sprechen nicht zu mir.

»Heute hat Riki-Tiki mir erzählt, sie möchte das Kloster verlassen und Regulatorin werden.« Vienne tätschelt den Anhänger an ihrer Halskette. »Sie will, dass ich sie als meine Schülerin annehme.«

»Was hast du gesagt?«

»Die Wahrheit«, sagt sie. »Teilweise. Ich habe ihr erzählt, ich wäre sehr geschmeichelt – was ich auch bin –, und dass sie eine hervorragende Regulatorin abgeben würde.«

Ganz meine Meinung. »Und welche Wahrheit hast du ihr verschwiegen? Dass die Mönche sie hier brauchen?«

»Für einen Soldaten bist du ziemlich einfühlsam.« Sie legt den Kopf an meine Schulter. »Die Mönche brauchen sie tatsächlich. Der Meister und die Meisterin werden wohl nicht mehr lange leben, und wenn sie fort sind, ist Ghannouj der einzige Tengu. Es hängt sehr viel davon ab, dass Riki-Tiki bleibt und sich um die Bienen kümmert. Hoffnungen. Träume. Geschichte. Traditionen. Das alles wird verloren sein, wenn es die Tengu nicht mehr gibt.«

Ich lege den Arm um sie. »Das ist eine ziemlich bedeutende Wahrheit.«

»Und es gibt noch eine«, sagt sie. »Die Wahrheit über mich …«

Aber ich erfahre nicht mehr, welche Wahrheit sie meint, denn eine Sekunde später zerreißt ein fernes, hämmerndes Geräusch die Stille der Nacht, begleitet von furchtsamen Schreien: »Feuer! Feuer! Sie brennen alles nieder!«

Kapitel 7

Landwirtschaftskollektiv Freeman
Präfektur Zealand
Annos Martis 238. 7. 19. 18:08

Der Mars steckt voller dämlicher Ideen, denkt Archibald, als er die Hütte mit der Schablonenbeschriftung VORARBEITER betritt. Die Idee, Kommunen zu bilden, ist eine davon. Leute, die sich zusammenfinden mit dem gemeinsamen Ziel, landwirtschaftliche Betriebe aufzubauen, um die Massen zu ernähren, ohne dabei nach Profit zu streben? Das ist widernatürlich. Menschen sind eine Spezies, die sich seit Anbeginn ihrer Entwicklung durch Konkurrenzverhalten auszeichnet. Von jeher werden die Menschen von Habsucht und der Gier nach Macht angetrieben, die sie dazu nutzen, die wertvollsten Ressourcen unter ihre Kontrolle zu bringen und anschließend hohe Profite zu erwirtschaften, indem sie die Mittel verkaufen, die sie diesen Quellen verdanken.

Das ist der Grund, warum der Kollektivismus im Zuge der Orthokratie so fürchterlich gescheitert war. Sicher, einige Einrichtungen wie das Landwirtschaftskollektiv Freeman haben Jahrzehnte überdauert, sogar Jahrhunderte, aber sie hatten nie das

Ziel erreicht, das dem Bischof vorschwebte. Landwirtschaft ist Knochenarbeit, und die Landwirte führen ein erbärmliches, unerfülltes Leben voller Verzweiflung. Es wäre traurig, wäre es nicht so armselig.

»›Sei willkommen, freies Volk‹«, liest Archibald von einem Schild an der Wand ab. »›Arbeit ist Leben.‹«

Ebenso gut hätte dort stehen können: »Lasst, die ihr eintretet, alle Hoffnung fahren.« Denn er hegt den Verdacht, dass dieser Ort eine neue Ebene der Hölle darstellt, die nach Dung und ungewaschenen Bauern stinkt, deren Vorstellung von Hygiene einem Bad in einem Bewässerungskanal entspricht.

Draußen ertönt Gebrüll. Die Bauern werden zu Boden geschlagen, mit Plastikbändern gefesselt und auf die Ladefläche eines Düsseldorfs geworfen. *Jetzt fühlen sie sich wahrscheinlich nicht mehr so frei*, denkt Archibald zynisch.

Er schaut sich im Raum um, sucht nach etwas Brennbarem. Der Schreibtisch des Vorarbeiters, der unter alten Saatgutbestellungen und Ernteberichten versinkt, ist ein einziges Chaos. Sieben Stahlschränke säumen die hintere Wand der Wellblechhütte.

»Ein geradezu herausragender Haufen an Anzündmaterial«, murmelt Archibald zufrieden.

Mit schwungvoller Geste schlägt er sein Cape zurück und zieht eine Flasche Ethanol aus einem Halfter an seiner Hüfte. Die Flüssigkeit ist farblos, hat aber einen unverkennbaren heißen Geruch, der ihm das Wasser im Munde zusammenlaufen lässt. Außerdem hat sie eine sehr niedrige Zündtemperatur, was sie zum erstaunlichsten Werkzeug für seine Arbeit macht. Er öffnet die Aktenschränke, eine Schublade nach der anderen, und gießt das Ethanol behutsam auf die Akten. Dann geht er zum Schreibtisch, auf den er den restlichen Inhalt der Flasche entleert.

Schnell, schnell, denkt er, als er durch den Raum huscht. Das Ethanol verflüchtigt sich; seine betäubenden Dämpfe breiten sich im Raum aus. Archibalds Blick verschleiert sich. Dies ist der Höhepunkt, der Moment, bevor die Chemikalie zu kochen beginnt, der Moment, in dem er das Streichholz aus der Schachtel nimmt, es entzündet und in die Luft wirft.

Archibald knallt die Tür der Hütte hinter sich zu, zieht sich die Kapuze über den Kopf und stürmt davon. Er schafft zehn Meter, ehe das Ethylen zündet und ein Feuerball die Fenster sprengt. Glassplitter fliegen durch die Luft und regnen herab wie scharfkantiger Graupel.

»Archibald«, ruft Duke. »Ihr Mantel raucht.«

Mit höhnischem Lächeln wischt er sich die Scherben von der Schulter und löscht die glühende Asche. »Für dich *Mister* Archibald.«

»Mister Archibald.« Duke öffnet ihm die Tür des Norikers. »Wir haben die Bauern zusammengetrieben, die Mister Lyme Geld schulden. Was sollen wir jetzt machen?«

»Meinst du damit, wie mein nächster Befehl lautet?« Archibald gleitet auf den Beifahrersitz. »Mein nächster Befehl lautet: Wir geben diesen Bauern etwas, das sie an uns erinnern wird. Brennt ein Dutzend Hütten nieder. Ich will, dass nichts außer Asche zurückbleibt.«

Als er hinter dem Steuer Platz genommen hat, legt Duke den Rückwärtsgang ein und überfährt beinahe drei Sturmnacht-Soldaten, die einen bewusstlosen Bauern davonschleppen. Das Licht des Feuers wirft Schatten über ihre Gesichter. Duke drückt so lange auf die Hupe, bis sie aus dem Weg gehen.

»Hast du ein Problem mit meiner Anweisung?«, fragt Archibald.

»Nein«, sagt Duke. »Aber wir haben ihnen ihr ganzes Geld weggenommen. Ich sehe keinen Sinn darin, jetzt auch noch die Hütten niederzubrennen.«

»Deshalb hat Mr. Lyme mich geschickt, denn *ich* sehe durchaus einen Sinn darin«, erwidert Archibald. »Ich werde es dir erklären. Wenn der Feind in deiner Flanke sitzt, lenkst du ihn ab, indem du Zivilisten angreifst. Du treibst sie zusammen, verbrennst ihre Äcker und zeigst ihnen, was es heißt, sich dir in den Weg zu stellen. Das machst du wieder und wieder, und du lässt nichts als verbrannte Erde zurück. Wenn sich das herumspricht, werden die Zivilisten aus ihren Häusern fliehen. Sie werden in den Städten Zuflucht suchen. Der Feind kann dich nicht mehr verfolgen, weil er seine ganze Energie und seine Ressourcen braucht, sich um die verängstigten Flüchtlinge zu kümmern, die Hunger haben und wütend auf ihre Regierung sind, die sie nicht beschützt hat. Verstehst du jetzt?«

Duke stellt den Noriker neben einem größeren Düsseldorf-Truck ab. »Wenn wir eine Armee wären, ja, aber wir sind nur die Sturmnacht. Sie wissen schon, brutale Schläger, Söldner und Mörder.«

»In dem Punkt irrst du«, sagt Archibald, als Duke ihm die Tür öffnet. »Die Sturmnacht *ist* eine Armee, die gefährlichste in der ganzen Präfektur. Ich werde dich schon noch zum Glauben bekehren.«

Archibald legt einen Arm um Dukes Schultern und führt ihn zur Rückseite des Düsseldorfs. »Begleite mich, während ich das Gesindel inspiziere.«

Einige der Gefangenen unter der Abdeckung der Ladefläche weinen und jammern, aber die meisten sind still; ihre Kampfkraft ist zerbrochen.

»Siehst du, Duke, das ist reine Wissenschaft«, erklärt Archibald. »Evolution in Aktion. Wir sind die Schnellen. Sie sind die Langsamen. Die Schnellen haben die Langsamen schon immer gefressen. Das ist die einzige Möglichkeit, das Überleben der Tüchtigsten zu sichern. Verstehst du, was ich meine?«

Duke kratzt sich am Kopf. »Ja, Mr. Archibald, allmählich verstehe ich.«

»Hervorragend! Das bedeutet, dass du zu den Schnellen gehörst.« Sie gehen zurück zu ihrem Noriker. Dieses Mal setzt Archibald sich hinter das Steuer. »Ich bin froh, dass wir dich nicht fressen müssen. Sag den Fahrern, sie sollen die Gefangenen nach Tharsis Zwei bringen. Anschließend führst du meinen Befehl aus und steckst das Kollektiv in Brand.«

»Ja, Mr. Archibald.« Duke ergreift die offene Tür. »Aber ich sollte fahren, nicht Sie.«

Archibald schüttelt den Kopf. »Ich brauche ein bisschen Zeit für mich.«

»Aber Mr. Lyme hat mir die Anweisung erteilt, ständig in Ihrer Nähe zu bleiben …«

»Lass nicht zu, dass die Bauern das Feuer löschen.« Archibald knallt die Tür zu und klemmt beinahe Dukes Finger ein. Als er davonfährt, brüllt er noch: »Ich suche mir oben auf den Klippen im Osten einen hübschen Aussichtspunkt, um mir die Vorstellung anzuschauen.«

Kapitel 8

Tengu-Kloster, Noctis Labyrinthus
Präfektur Zealand
Annos Martis 238. 7. 19. 19:01

Vienne und ich erreichen den Tempel, als gerade ein Bauer hineinstürzt, sichtlich verzweifelt, mit angstverzerrtem Gesicht. »Rebecca sagt, Sie sollen schnell kommen! Sofort!«

»Joad!« Riki-Tiki reißt die Tür auf. »Was ist los?«

Joad macht den Eindruck eines Mannes mit Kraft und Biss. Sein graues Haar ist kurz geschoren, und er bewegt sich leichtfüßig.

»Das Kollektiv«, schreit er. »Ein Angriff! Das Kollektiv steht in Flammen!«

Shoei und Yadokai schauen zu Ghannouj, der eine Teetasse ergreift. Er lässt den Bodensatz kreisen und kippt ihn auf die Tischplatte. Seine Lippen bewegen sich, seine Augen folgen einem Muster, das nur er sehen kann. Einen Moment später nickt er.

Der Meister und die Meisterin nehmen ihre Langstöcke von der Wand, und Riki-Tiki huscht hinter ihnen her.

»Kommt mit!« Riki-Tiki winkt uns zu, als sie nach draußen eilt.

Vienne schaut mich an.

»Lust auf einen Kampf?«, frage ich sie.

Sie zieht eine Braue hoch, als wollte sie sagen: *Habe ich die nicht immer?*

Ich zeige auf unsere Taschen, die unter einer Werkzeugwand liegen. »Brauchst du irgendwas?«

»Nur meine Symbipanzerung.« Außerdem greift sie zu ihrem Armalite und einem Munitionsgurt. »Und ein paar Accessoires.«

Vor dem Tor quetschen sich die Mönche in Joads Fahrzeug.

»Beeilt euch, verdammt noch mal!«, brüllt er uns zu.

Vienne startet den Motor unseres Trikes, während ich noch die Ausrüstung im Gepäckfach verstaue. Eigentlich möchte ich Joad sagen, dass es üblicherweise mehr Zeit kostet, in blinder Aufregung voranzustürmen, statt zunächst ein paar Minuten aufzuwenden, um sich vorzubereiten, aber dieses Mal halte ich meine große Klappe.

»Hervorragende Entscheidung«, kommentiert Mimi.

Wir wollen gerade aufbrechen, als mir auffällt, dass Stain sich nicht gerührt hat. Er sitzt immer noch mit überkreuzten Beinen in der Ecke, singt vor sich hin und starrt ins Nichts.

»Sollen wir ihn um Hilfe bitten?«, frage ich Vienne. »Wir können jede Unterstützung brauchen.«

»Stain ist nicht wie du«, sagt Vienne in einem Tonfall, den ich nicht recht beschreiben kann, während sie die Kupplung kommen lässt. »Der gibt für niemanden den Helden.«

◆

Auch wenn Joad nicht vorausgefahren wäre, hätten wir das Kollektiv Freeman problemlos gefunden. Wir müssen nur dem dichten, wogenden Rauch folgen, der pilzförmig am Horizont aufsteigt und um etliche Schattierungen dunkler ist als der Abendhimmel. Hier sind Brandbeschleuniger am Werk, das erkenne ich an der Farbe des Rauchs und dem beißenden Gestank, der auf dem Wind tanzt.

»Kannst du den Brandbeschleuniger bestimmen, Mimi?«, frage ich.

»Negativ. Nicht aus dieser Entfernung. Zwar stimme ich deiner groben Einschätzung zu, doch es mangelt deinem Anzug an der notwendigen Präzision, um die spezielle chemische Zusammensetzung zu ermitteln.«

»Irgendein Rat?«

»Nicht atmen.«

»Im Zuge einer Nothilfeaktion? Unmöglich.«

»Niemand hat je behauptet, es wäre leicht, ein Regulator zu sein, Cowboy.«

Als wir das Haupttor erreichen, jagt eine Explosion eine donnernde Schockwelle durch den Ort. Einen Augenblick später hören wir panische Schreie. Eine Alarmsirene heult.

»Von hier an gehen wir zu Fuß«, rufe ich zu den Mönchen zu, als wir die Fahrzeuge abgestellt haben. »Bleibt dicht bei mir und Vienne, bis wir uns ein Bild von der Lage verschafft haben.«

»Die Lage?«, schreit Joad mich an. »Hier brennt es an allen Ecken und Enden, und sie ballern alles zusammen. *Das* ist die Lage.«

»Zeigen Sie es uns«, sage ich und empfinde dabei dieses Gefühl der Ruhe, das mich stets überkommt, wenn es haarig wird.

Joad führt uns die Hauptstraße hinunter – eine Schmutztrasse, gesäumt von armseligen Wellblechhütten. Wohin ich auch schaue, sehe ich schreiende und weinende Menschen. In all dem Durcheinander versuchen ein paar ältere Männer mit lautem Gebrüll, Anweisungen zu erteilen, auf die jedoch keiner hört. Sekunden später donnert eine ganze Horde Bauern in wilder Flucht an uns vorbei. Ein stämmiger Mann rempelt Shoei an, sodass sie auf einen Haufen brennenden Schutts zu stolpert.

Ich packe ihren Gürtel und zerre sie zurück. »Aufpassen!«

»Danke.« Sie schüttelt den Schlag ab, den der Mann ihr beim Zusammenprall verpasst hat. »Wer hätte gedacht, dass etwas so Großes so schnell laufen kann.«

»Blinde Panik hat diese Wirkung«, sage ich. »Weiter! Die Zeit drängt!«

»Hier entlang«, ruft Joad.

Er winkt uns, ihm eine Nebenstraße entlang zu folgen. Das ermöglicht es uns, dem Verkehr aus dem Weg zu gehen. Wir erreichen das Gefahrenzentrum binnen weniger Minuten. Ein Aerofoil stößt über uns herab und lässt eine Ladung Wasser ab. Dampf wogt durch die Nacht, angefüllt mit Funken, Asche und den Überresten des Brandbeschleunigers.

Wasser auf ein von Chemikalien genährtes Feuer ausbringen? Wie dumm kann man eigentlich sein?

»Zieht die Köpfe ein!«, brülle ich. »Schützt Augen und Mund!«

Vienne klappt ihr Visier herab.

Die Mönche reagieren nicht. Sie sind zu sehr von Rauch und Feuerschein benebelt.

»Hier entlang!« Ich laufe zur nächsten Hütte, trete die Tür auf und scheuche alle hinein. Kaum habe ich die Tür zugeschlagen, treibt eine giftige Wolke an den Fenstern vorbei.

»Geh da weg!« Ich schnappe mir Riki-Tiki, die neugierig hinausgelugt hat. »Ihr bleibt hier in Deckung. Von hier an machen Vienne und ich allein weiter.«

»Den Teufel werde ich!«, brüllt Joad. »Du bist nicht mein Boss, Söhnchen. Das ist mein Land, und ich werde es bis zum Tod verteidigen!« In diesem Moment erklingt draußen der Feuerwerkshall von Gewehrschüssen, und alle Farbe weicht aus Joads Gesicht. »Andererseits … wenn ich es recht bedenke, ist es vielleicht das Beste, wenn ich diese Leute hier zur Krankenstube bringe …«

»Guter Plan.« Ich drehe mich zu Meister und Meisterin um. »Wenn Sie in der Krankenstube sind, bringen Sie die Verwundeten in Sicherheit und tun Sie, was Sie können, um die Ordnung wiederherzustellen. Scharen verängstigter Leute, die wie aufgeschreckte Hühner durch die Gegend laufen, machen alles nur noch schlimmer.«

»Du hast ja eine harte Seite.« Shoei kneift mich in die Wange. »Das ist sehr sexy.«

»Ha!« Yadokai verschränkt die Arme vor der Brust und mustert mich mit dem bereits bekannten, misstrauischen Giftblick. »Diese Männer haben Waffen.«

»Kein Problem«, sage ich. »Wir haben auch Waffen.«

»Es sind sehr gefährliche Männer.«

Ich schüttle den Kopf. »Kennen Sie Vienne nicht?«

Mit diesen Worten verschwinden wir zur Tür hinaus.

Als Vienne und ich den Ortskern erreichen, fallen gerade einige große Lagerstätten den Flammen zum Opfer. Gewaltige Wolken weißen Rauchs steigen zusammen mit den Flammen zum Nachthimmel empor. Die Hitze ist stark genug, die Aluminiumgerüste und Blechverkleidungen der Gebäude einzuschmelzen.

Mehrere Männer haben eine Löschkette gebildet und entleeren Kübel um Kübel voller Wasser in die Feuersbrunst, machen aber alles nur umso schlimmer.

»Aufhören! Wasser hilft hier nicht!«, rufe ich ihnen zu. »Zieht euch zurück!«

Sie beachten mich nicht, machen einfach weiter, bis erneutes

Gewehrfeuer sie auf der Suche nach Deckung in alle Winde zerstreut.

»Übernimm die Führung«, sage ich zu Vienne. »Ziel lokalisieren.«

Mit einem knappen Nicken geht sie in Position.

»Mimi, Umgebung scannen«, sage ich. »Wie viele feindliche Kräfte?«

»Nicht feststellbar, Cowboy. Hier gibt es zu viele Signaturen, die sich zu schnell bewegen, um ihren Standort zu bestimmen. Sensoren weisen auf drei Gefahrenherde auf zwölf Uhr hin, zweihundert Meter voraus.«

»Verstanden«, sage ich und rücke vor.

Vienne erstarrt. »Feind in Sicht.«

»Machen wir der Sache ein Ende.«

Geduckt rennen wir weiter. Gehen hinter einer Mülltonne in Deckung. Vor uns hüpfen zwei Schützen in zerfledderten Panzerwesten herum und schießen mit ihren Sturmgewehren in die Luft. Der Größere von beiden ist ein Schrank von einem Mann mit einem dichten, graubraunen Bürstenschnitt; seine Wangen sind von Aknenarben verunziert. Seine Weste ist zu klein, und ein dicker Ledergürtel bändigt mühsam seinen wulstigen Bauch.

»Hervorragender Schuss, Richards!«, sagt der Kleinere.

»Zieh deine Nase aus meinem Arsch, Franks.«

»Angeber.«

»Schürfer.«

Umrahmt vom Feuerschein nehmen sie einen Zug aus einer Flasche und achten dabei nur auf das Feuer, nicht aber auf die beiden Regulatoren, die nur wenige Meter vor ihrer Nase sind. So mag ich meine Feinde – unachtsam, vermessen und zügellos.

»Ich dachte, so würdest du deine Freunde mögen«, meldet sich Mimi zu Wort.

»Ha-ha. An dem Compiler solltest du mal arbeiten, Mimi. Dein Spaßprogramm steckt voller Fehler.«

Vienne markiert den Mann namens Richards mit einem Laserpunkt. »Sprich es aus.«

»Nicht feuern. Zu viele Unbeteiligte.«

Franks wirft den Kopf zurück und stößt einen Schrei aus, verhöhnt lautstark die Möchtegernbrandbekämpfer. »Lauft, ihr Scheißer! Das wird euch lehren, euch mit der Sturmnacht anzulegen!«

Sturmnacht. Lymes Schlägerbande. Großartig. Typisch für mich, auf dem Mars ausgerechnet den Leuten in die Arme zu rennen, die ich am allerwenigsten sehen möchte. »Mimi, mach dich mal nützlich. Werden noch andere Waffen abgefeuert?«

»Meinst du, ob ich irgendwelche akustischen Erschütterungen wahrnehme, deren Vibration der von Überschalldruckwellen entspricht, und zwar in einem Umkreis von, sagen wir, zehn Metern abseits dieser Quelle?«

»Äh … ja. Das habe ich gemeint.«

»Die Antwort lautet nein. Es werden keine anderen Waffen abgefeuert, Cowboy.«

»Mehr wollte ich nicht wissen.« Ich winke Vienne zu und bedeute ihr, sich von links heranzutasten, woraufhin sie sich in einem Bogen von mir entfernt. »Mimi, öffne eine Telemetrieverbindung zwischen Vienne und mir.«

»Ich kann Gedanken lesen, Cowboy. Verbindung steht.«

»Klugscheißerin.« Ich tippe mir hinter dem Ohr an den Kopf. »Vienne?«

»Empfange dich klar und deutlich«, sagt Vienne.

»Zwei Meter voraus. Nutz die Deckung hinter der letzten Hütte. Ich gehe auf der rechten Seite genauso vor. Schnappen wir uns diese *sǐ pì yǎns* Strolche, während sie wegsehen.«

Synchron wie Tänzer nähern wir uns leise den Sturmnacht-Soldaten.

»Los«, flüstere ich ins Mikro.

Auf mein Stichwort schlägt Vienne zu und fällt Richards mit einem Genickschlag.

Franks, der gerade ein letztes Magazin leer feuert, wird auf die unerwartete Bewegung aufmerksam, als sein Kumpel das Gesicht in den heißen Kiesweg gräbt.

»Richards!« Er dreht sich um und sieht die Mündung meines Armalites drei Zentimeter vor seiner Nasenscheidewand. Sein Atem stinkt wie vergorenes Abwasser. »Was glaubst du, was du da tust, du Mistwurm?«, fährt er mich an.

»Ist das nicht offensichtlich? Ich bin im Begriff, dich zu erschießen.«

Der Arm, in dem er das Sturmgewehr hält, sinkt ein wenig herab.

»Denk nicht mal dran«, warne ich ihn.

Er grinst.

Vienne knallt ihm eine ans Kinn, und er sackt zusammen wie eine Statue aus Sand. »Er *hat* daran gedacht«, sagt sie.

»Erinnere mich daran, dass ich dich nie verärgern sollte.«

»Verärgere mich nie.«

»Ja, Ma'am. Trotzdem, das war ein tückischer Hieb. Du hast dein Fingerspitzengefühl nicht verloren.«

»Ich wette, das erzählst du allen Mädchen.«

»Nur denen, die mich zusammenschlagen können.«

»Wie viele sind das?«

»Eines.«

»Gut.« Sie lächelt und wischt sich den Schmutz von den Wangen. »Ich wäre gar nicht erfreut, sollte ich herausfinden, dass du dich hinter meinem Rücken von einer anderen verprügeln lässt.«

Ich laufe rot an und drehe mich zu den Wellblechhütten um, die in einem Flammenmeer versinken. »Die Gebäude sind völlig hinüber«, sage ich zu Mimi. »Aber da ist niemand mehr drin, richtig?«

»Ich fange in diesem Moment keine biorhythmische Signatur auf.«

»Soll heißen?«

»Soll heißen, dass kein *Lebender* mehr in diesen Gebäuden ist.«

»Jetzt habe ich verstanden.« Ich drehe mich wieder zu Vienne um. »Ich hoffe, die Bauern haben alle rausholen können, ehe hier alles in Flammen aufgegangen ist. Bringen wir diese Herren unter Verschluss, ehe sie aufwachen.«

Mit einiger Mühe drehe ich Richards um und sichere seine mächtigen Arme mit einem zweiadrigen Kabel. Sein Körpergeruch ist etwa so fürchterlich wie der faulige Atem seines Kameraden.

Als ich die Prozedur mit Franks wiederhole, fällt mir ein Skorpion-Tattoo an seinem Hals auf. »Das ist merkwürdig«, sage ich zu Vienne. »Siehst du das? Haben wir das nicht auch bei den Skorpionen in der Favela gesehen? Warum trägt einer von Lymes Schlägern so etwas?«

Vienne zuckt mit den Schultern. »Du begreifst besser als ich, was in diesem Abschaum vorgeht.«

»Ich wünschte, es wäre anders.« Ich stehe auf und drücke den Rücken durch. »Bringen wir sie zur Befragung in die Krankenstube. Wahrscheinlich werden wir sie dorthin schleifen müssen. Welcher darf es sein?«

»Welcher stinkt weniger?«

Ich gebe meine Unentschiedenheit durch eine Geste zu verstehen.

Vienne schnappt sich Franks' Fußgelenk. »Jacke wie Hose.«

Als wir die beiden Männer von der Feuersbrunst wegschleppen und ich noch immer die Hitze im Nacken spüre, kommt mir eine Idee. »Mimi, was meinst du? Möglich? Machbar?«

»Machbar«, sagt Mimi. »Ich errechne eine siebzigprozentige Erfolgschance.«

Das ist gut genug für mich. »Hey, Vienne. Was würdest du sagen, wenn ich mit einem genialen Plan angeschissen komme, wie wir uns nach Tharsis Zwei hineinschleichen und den Rest der MUSE-Daten stehlen können?«

»Beinhaltet diese Einbruchsmethode zufällig, dass wir die widerwärtigen Klamotten dieser Kerle anziehen?«, fragt sie, während sie Franks über den rauchenden Schutt schleift, wobei sein Kinn eine Spur im Dreck hinterlässt.

»So was in der Art.«

Sie lässt das Bein fallen, stemmt die Hände in die Hüften und sagt: »Die Aussicht, eine mit Schweiß und Whisky getränkte Panzerweste anzuziehen, soll ich als verlockend betrachten?«

»Vielleicht kommt es zu einem Kampf.« Ich lächle sie übertrieben enthusiastisch an. »Vielleicht sogar zu einem Schusswechsel.«

»Tja.« Sie schnappt sich wieder Franks' Fußgelenk. »Wenigstens etwas, worauf ich mich freuen kann.«

Kapitel 9

Landwirtschaftskollektiv Freeman
Präfektur Zealand
Annos Martis 238. 7. 19. 22:31

Nachdem wir unsere Gefangenen kreuz und quer über das Gelände des Kollektivs gezerrt haben, finden Vienne und ich endlich das Gebäude, in dem die Krankenstube untergebracht ist. Vor der Tür steht eine Schlange Verwundeter. Obwohl die Alarmsirene immer noch heult und die Luft angefüllt ist mit dem Rauch und den Dämpfen des ersterbenden Feuers, sind die Leute, die hier in einer Reihe stehen, überwiegend still – das erste Zeichen für eine beginnende Traumatisierung.

»Decken Sie Mund und Nase ab«, warne ich eine junge Mutter,

die ein Kleinkind auf der Hüfte hält. »Auch bei Ihrem Baby. Der Rauch ist giftig.«

Sie starrt durch mich hindurch, als hätte sie ein Gespenst vor sich.

»Vergiss es«, sagt Vienne.

Aber das kann ich nicht. »Versuchen Sie es so.« Ich ziehe der Frau ihr rußgeschwärztes Hemd übers Gesicht. Das Gleiche mache ich mit dem Kind. »Das ist besser als nichts. Nicht wegziehen.«

Ein junger Bauer in einem Kittel öffnet uns eine Nebentür. Als wir Franks und Richards hineinbringen, verschwindet er. Ich fessle sie mit den Handgelenken an einen Heizkörper, während Vienne sie scharf im Auge behält. Keiner der beiden regt sich.

Die Krankenstube besteht aus einem großen, hell erleuchteten Raum, der mit Raumteilern aus Bambus und weißem Leinen in einzelne Bereiche aufgeteilt ist. Überall herrscht ein typischer Krankenhausgeruch, der sogar stärker ist als der Rauchgestank vor der Tür.

»Was jetzt?«, fragt Vienne.

»Wir sollten diesen Joad suchen und ihn fragen, was wir mit den beiden Schweinepriestern anfangen sollen.«

»Geh du ihn suchen.« Sie kehrt den blutenden, gebrochenen Bauern, die in einer Reihe an der gegenüberliegenden Wand stehen, den Rücken zu und zuckt kaum merklich zusammen, als plötzlich ein Kind aufschreit. »Ich bewache die Gefangenen.«

Vienne hat für Joad offensichtlich nicht viel übrig, also nicke ich. »Aber du wirst ihnen in der Zwischenzeit nicht die Fresse eintreten, oder?«

»Natürlich nicht.« Sie bläst sich eine Haarsträhne aus dem Gesicht. »Die Richtlinien verbieten es, Gefangenen ein Leid anzutun, und ich bin immer noch Regulatorin.«

»Okay«, sage ich. »Bin bald zurück. Ich werde auch nach den Mönchen suchen. Die werden wissen wollen, dass du in Sicherheit bist.«

Aber ich gehe nicht.

Vienne stupst mich mit dem Lauf ihres Armalites an. »Warum bist du noch hier?«

»Ich gehe ja schon«, sage ich, denn es ist offensichtlich, dass sie etwas dagegen hat, wenn ich in ihrer Psyche herumstochere.

»Joad ist nicht das Problem«, sagt Mimi, als ich mir einen Weg durch das Gewühl der Bauern bahne. »Was sie belastet, sind die Verwundeten.«

»Woher weißt du das?«

»Durch eine komplexe, variantenreiche Berechnung, die man auch als weibliche Intuition bezeichnet.«

»Tatsächlich?«

»Tatsächlich.«

»Ich werde mich wohl auf dein Wort verlassen müssen, da ich keine Frau bin. Technisch gesehen bist du das allerdings auch nicht.«

Ein paar Minuten später entdecke ich Riki-Tiki hinter einem weißen Stoffvorhang. Als ich eintrete, spricht sie leise mit einem großen, hageren Kind, das aussieht wie ein Abkömmling des Hellespontus-Territoriums. Der Junge hat langes Haar, auf dem eine Pilotenmütze thront, und seine Hände sind auffallend zart. Nicht gerade die Griffel, die man in einem Kollektiv zu sehen erwartet.

»Durango!«, ruft Riki-Tiki, und ihre Miene hellt sich erkennbar auf. Vom Nebenabteil aus ruft Shoei sie sogleich zur Ordnung. »Entschuldigung, Meisterin.«

»Bist du der Aerofoil-Pilot, der das Wasser über dem Feuer abgelassen hat?«, frage ich den Jungen.

»Ja, Sir«, sagt er. »Mein Name ist Tychon, und ich …«

»Das war dumm.«

Riki-Tiki zieht ein langes Gesicht. Sie schmiegt sich an den Jungen, und mir wird klar, dass sie mehr als nur Kameraden sind. Was erklärt, warum sie sich hinter dem Vorhang versteckt haben.

Was obendrein erklärt, warum Riki-Tiki die Tengu verlassen will, die einen Zölibatseid leisten müssen.

»Sir?«, fragt Tychon.

»Ich sagte, das war dumm. Das war ein mit chemischen Mitteln gespeistes Feuer. Das Wasser ist lediglich verdampft und hat die giftigen Gase in der Luft verteilt.« Mir wird bewusst, dass ich etwas zu hart rüberkomme, und ich fahre die ganze Sache ein Stück herunter. »Versteh mich nicht falsch. Ich weiß, du wolltest helfen, aber wenn man planlos handelt, richtet man unter Umständen nur noch mehr Schaden an.«

Er schluckt schwer. Sein Adamsapfel hüpft auf und nieder. »Das wusste ich nicht.«

»Beim nächsten Mal«, sage ich, ehe ich den Vorhang wieder zuziehe, »benutzt du deine Nase. Die ist verlässlicher als deine Augen.«

Shoei und Yadokai kümmern sich hinter dem nächsten Vorhang um ein Kind, dessen linker Arm schwere Verbrennungen davongetragen hat. Die Haut ist eine einzige, lange Brandblase, die aufgeplatzt und mit Kies und Schmutz verunreinigt ist. Shoei behandelt die Wunde wie eine erfahrene Ärztin, und Yadokai beruhigt das Kind mit sanften Berührungen und leisen Lauten. Das ist mal eine Abwechslung im Vergleich zu meinem fordernden Tanzlehrer. Wieder einmal werde ich daran erinnert, dass der erste Eindruck oft der schlechteste ist.

Ich ziehe den Vorhang wieder zu und lasse sie in Ruhe arbeiten. Ich kann ihnen auch später noch von Vienne erzählen.

Durango, denke ich, als ich in den Wartebereich zurückkehre, *du bist so ein aasiger* mu'dak. *Warum* tschjo sa ga'lima *hast du Tychon wegen eines Fehlers so niedermachen müssen?* Eto pis'dez! *Um Himmels willen, du bist doch nicht dein Vater! Tu das Richtige. Geh zurück und bring das mit dem Jungen wieder in Ordnung!*

Die Tür schwingt auf. Joad betritt die Krankenstube, gefolgt von einer Frau und zwei Leibwächtern. Die Frau trägt eine Robe in Blau und Hellgelb. Über einer Schulter liegt ein handgestrickter Schal. Ihr Gesicht mit den hohen, breiten Wangenknochen ist nicht unbedingt schön, aber hübsch und umgeben von einer Mähne gewellten, kastanienbraunen Haares.

Als sie an den Bauern vorübergeht, drehen sich sämtliche Köpfe zu ihr um, und es wird still im Raum. Die Frau wirkt konsterniert, doch als eine Bäuerin in einem schmutzstarrenden Overall aufschreit und auf sie zu rennt, bringt sie ein Lächeln zustande. Die Leibwächter wollen sich vor sie stellen, doch sie schickt sie fort, als die Frau händeringend auf die Knie fällt.

»Rebecca! Dem Bischof sei Dank, du bist gekommen! Sie haben meine Schwester, Thela!«

Rebecca hilft der Frau hoch. »Steh jetzt auf. Ich höre deine Worte. Wir werden sie zurückholen. Haben sie noch andere entführt?«

Die Frau nickt heftig. »Aber ich weiß nicht, wie viele.«

»Bring mich zu ihren Verwandten.« Rebecca legt einen Arm um die Frau und führt sie an mir vorbei zu den Bambuswänden. Als sie an mir vorübergehen, hält Rebecca abrupt inne. Unsere Blicke treffen sich, und sie legt die Stirn in Falten. Ich sehe einen Hauch von Begreifen in ihren Augen. Dann mustert sie mich lange und abschätzend, bis ihr Blick schließlich auf meiner verstümmelten Hand verweilt. »Joad, wo hast du diesen *Dalit* gefunden?«

»Er ist mit den Mönchen gekommen«, antwortet Joad, während er die Bambustrennwand für sie öffnet. »Er und eine Frau. Sie haben es fertiggebracht, zwei Sturmnacht-Soldaten gefangenzunehmen.«

Wieder schaut Rebecca mich an. Etwas an ihr kommt mir vertraut vor. Die Augen? Oder das Gesicht? Es ist, als wären wir uns schon einmal begegnet.

»Mimi?«

»Ich bin dir wieder voraus, Cowboy. Ich habe die Gesichtserkennungsprotokolle durchlaufen, finde aber keinen passenden Datensatz.«

»Also bin ich ihr noch nie begegnet?«

»Soweit du dich erinnerst nicht. Und ganz bestimmt nicht, seit ich mein Lager in deinem Schädel aufgeschlagen habe.«

»Sie kommt mir bekannt vor.«

»Sie sieht ziemlich gewöhnlich aus.«

»Sei nicht gehässig.«

»Ich bin nicht darauf programmiert, gehässig zu sein.«

»Dabei kannst du das so gut.«

»Hattest du nicht Abbitte zu leisten?«

»Wechsel jetzt nicht das Thema.«

Aber Mimi hat recht. Besser, ich bringe es hinter mich, ehe der Junge nicht mehr da ist. In Gedanken probe ich meine Entschuldigung vor dem mit einem Vorhang abgeteilten Bereich, als der Stoff ruckartig zur Seite gezogen wird.

»Ihr habt die Bösen geschnappt!«, kreischt Riki-Tiki und schießt an mir vorüber. Von Tychon ist nichts zu sehen. »Warum habt ihr mir das nicht gesagt? Los, komm!«

So viel zu meiner Abbitte.

Sie rennt voraus zur Ecke der Krankenstube, wo Vienne den Patienten immer noch den Rücken zukehrt. Als ich dort ankomme, schwatzen die beiden bereits miteinander.

»Vienne sagt, du hast die Sturmnacht-Soldaten ganz allein gefangengenommen!«

»Das hat sie gesagt, ja?« Kopfschüttelnd schaue ich Vienne an, die unschuldig tut. »Ich weiß nicht, ob das stimmt.«

Aber Riki-Tiki ist schon drei Schritte weiter. »Mein Freund Tychon hat gesagt, diese Männer haben die Bauern schon seit Monaten schikaniert. Aber jetzt sehen sie gar nicht mehr so beeindruckend aus, was?«

Sie stupst Franks mit ihrer Sandale an, wie es auch Vienne getan hat. Er schnaubt leise, und sie nimmt Kampfhaltung ein.

»Dumme Gans«, sagt Vienne. »Die werden nicht beißen.«

Riki-Tiki sieht immer noch ängstlich aus. »Und was jetzt? Hängen wir sie an ihren Daumen auf? Befragen wir sie, bis sie ihr Gedärm ausspucken?«

»Hört sich nach einem Plan an«, sagt Vienne.

»Wir könnten sie auch den Bauern übergeben.«

»Wo bleibt da der Spaß?«, fragt Riki-Tiki in todernstem Tonfall. »Ich erzähle es Tychon!« Und schon hüpft sie kichernd von dannen.

»Du solltest sie Häschen nennen, nicht Gans.« Ich beobachte, wie sie hinter den Trennwänden verschwindet. Der Ernst der Lage scheint ihr vollends zu entgehen. Mein erster Impuls drängt mich, ihr den Frohsinn auszutreiben, denn er kommt mir den Verwundeten gegenüber respektlos vor. Aber sie ist, wer sie ist. Und es ist nichts falsch daran, glücklich zu sein.

Ich schaue Vienne an. »Reden wir doch mal über meine Idee für einen Kampf und eine mögliche Schießerei.«

»Es ist dir also ernst? Wir sollen ihre Uniformen anziehen und uns in den Außenposten schleichen?« Sie misst Richards und Franks mit einem langen, abwägenden Blick. »Also gut, aber du bist derjenige, der sie bis auf die Unterwäsche ausziehen darf. Auch ich habe meine Grenzen.«

»Was? Du liebst mich nicht?«

»Wenn du da noch fragen musst« Irgendetwas hinter mir erregt ihre Aufmerksamkeit, und ihr Blick schweift ab. »Da kommt Ärger.«

Als ich mich umdrehe, sehe ich Joad und Rebecca auf uns zukommen. Rebecca hat das Kinn vorgereckt und schreitet zielstrebig aus. »Vier von unseren Leuten werden vermisst«, platzt sie aus ein paar Metern Entfernung heraus. Sie ist eindeutig nicht die Sorte Mensch, die allzu viel Wert auf Etikette legt. »Lymes Sturmnacht hat sie entführt.«

Obwohl ich weiß, was sie meint, zeige ich auf die Gefangenen. »Diese Männer? Ich glaube nicht, dass die jemanden entführt haben.«

»Da waren noch mehr von diesen Schlägern«, erwidert Rebecca. »Ein Dutzend, vielleicht auch mehr. Zeugen sagen, sie hätten unsere Leute auf Lastwagen verladen. Diese beiden haben sie hier zurückgelassen. Vielleicht ein Ablenkungsmanöver.«

»Das ergibt keinen Sinn«, sage ich. »Meiner Erfahrung nach entführt Lyme niemanden. Er zieht es vor, die Leute umzubringen, indem er ihnen Drogen verkauft.«

»Warum meine Leute entführt wurden, ist nicht von Bedeutung«, entgegnet Rebecca. »Ich will sie zurückhaben, und nach allem, was ich hier sehe, seid ihr zwei ziemlich gut im Umgang mit Sturmnacht. Sie haben ein Basislager hier in der Nähe in Tharsis Zwei ...«

»Nein.« Vienne tritt vor. »Suchen Sie sich jemand anderen.«

»Nein?« Rebecca runzelt die Stirn. Offensichtlich ist sie es nicht gewohnt, dass man sich ihr widersetzt. In diesem Moment fällt ihr auf, dass Vienne ein kleiner Finger fehlt, und ich halte meine verstümmelte Hand hoch, um ihr zu zeigen, dass wir zusammengehören.

»Ihr seid *Dalit*. Okay, ihr wollt also Geld.«

»Nehmen Sie Ihr Geld«, sagt Vienne und ballt eine Faust, »und schieben Sie es sich in den ...«

»Vienne!« Ich ziehe sie zur Seite. »Geben Sie uns eine Minute, Rebecca.«

Nachdem ich Vienne zur Seitentür hinaus eskortiert habe, höre ich, wie Riki-Tiki etwas sagt, worauf Rebecca antwortet: »Was soll das heißen, ich kann froh sein, dass ich meinen Kopf noch auf dem Hals trage?«

Draußen liegt der strenge Geruch verkohlten Metalls in der Luft. Einige Bauern haben sich vor der Krankenstube versammelt. Nach ein paar Sekunden gehen sie mit Werkzeugen in Händen zum Brandort. Ich nehme an, sie wollen begraben, was von den Gebäuden noch übrig ist, wenn das Feuer nicht mehr brennt. Ich hoffe nur, es ist alles, was sie zu begraben haben.

»Warum lehnst du den Job ab?«, frage ich Vienne. »Die Gefangenen sind in Tharsis Zwei, und da wollen wir so oder so hin. Hört sich für mich nach einer goldenen Gelegenheit an, nicht nur die Daten zu stehlen, sondern auch noch eine gute Tat zu tun, für die man uns allerdings nur spärlich belohnen wird.«

»Blödes Luder.« Vienne kocht vor Wut über Rebecca, die wir durchs Fenster sehen können. »Für wen hält die sich?«

»Für den Boss«, sage ich, »der sich Sorgen darüber macht, was der übelste Abschaum der Gegend seinen Leuten antun wird. Du weißt doch, wie das läuft.«

»Sie hätte uns nicht in Gegenwart von Riki-Tiki *Dalit* nennen dürfen!«

Jetzt begreife ich. »Okay, das war ziemlich dumm …«

»Das ist eine Untertreibung.«

»… aber ich glaube nicht, dass sie dich kränken wollte. Sie ist eine Bäuerin. Die können einen Soldaten nicht vom anderen unterscheiden. Noch viel weniger sind sie in der Lage, den besten Regulatoren auf dem Planeten zu erkennen, wenn er vor ihnen steht, meinst du nicht?«

Sie errötet, obwohl meine Schmeichelei eher unbeholfen geklungen hat. »Von mir aus übernimm den Auftrag. Aber dafür muss das Luder die Sturmnacht-Soldaten für uns entkleiden.«

Hört sich gut an. Vielleicht lernt Rebecca dann, ein bisschen vorsichtiger mit Worten umzugehen. »Einverstanden. Ich sage es ihr.«

»Moment.« Vienne hält mich an der Schulter fest, als ich wieder hineingehen will. »Ich … vergiss es. Das steht mir nicht zu.«

»Wenn es dir nicht zusteht, wem dann? Spuck's aus.«

»Es ist nur … all die Monate, die wir nach den Daten gesucht haben. Was hat es uns eingebracht?«

»Du willst wissen, ob es die Mühe wert ist?«

»Nicht ganz.« Nachdenklich nagt sie auf der Unterlippe. »Ich will wissen, ob dir das alles immer noch wert ist?«

»Das Geheimnis aufzudecken, das mein Vater mir jahrelang vorenthalten hat?«, frage ich. »Ich weiß, ich kann das Übel, das er angerichtet hat, indem er die Dræu erschuf, nicht ungeschehen machen. Aber was passiert, wenn jemand wie Lyme das Projekt MUSE in die Finger bekommt? Womöglich bringen die es fertig, noch mehr Ungeheuer zu erschaffen. Deshalb lautet deine Frage eigentlich: Ist es die Mühe wert, diese Möglichkeit zu eliminieren? Und die Antwort ist ja. Abso-aasig-lut ja.«

Sie nickt. »Dann ist die Sache es mir auch wert.«

Damit gibt sie mir zu verstehen, dass sie bei mir bleiben wird und nicht im Kloster, dem einzigen Ort, an dem sie sich je sicher gefühlt hat.

Für mich steht damit fest, dass ich die Jagd nach dem Geheimnis meines Vaters fortsetzen werde. Ist das die Entscheidung, von der Ghannouj gesagt hat, ich würde sie treffen müssen?

Sollte es so sein, habe ich mich hoffentlich richtig entschieden.

Kapitel 10

Außenposten Tharsis Zwei
Präfektur Zealand
Annos Martis 238. 7. 20. 06:29

Mein Vater wusste bereits über ein halbes Jahr von seiner Krebserkrankung, ehe er es für nötig befand, mir davon zu erzählen. Es war am Tag seiner Verurteilung, nachdem das Interkorporative Tribunal über seine Strafzumessung befunden hatte. Er war des Mordes an Hunderten von Soldaten angeklagt worden – seinen eigenen und denen seines erbitterten Rivalen, der Vijaya Corporation –, weil er eine Herde Big Daddys auf sie losgelassen hatte. Ich weiß das, weil ich einer dieser Soldaten war, einer der Glücklichen, die überlebt hatten. Mord lautete die offizielle Anklage, aber Vaters wahres Verbrechen war Hochverrat. Sein Ziel war die vollkommene globale Vorherrschaft gewesen. Das hört sich klischeehaft an, wie aus einem Roman, aber genau das hatte ihm vorgeschwebt, und er hatte die Mittel besessen, sein Ziel zu erreichen. Allerdings hatte er nicht selbst Regent des Mars werden wollen. Diese Ehre hatte er für mich vorgesehen.

Ich wurde geboren – nein, konzipiert –, um der Prinz des Mars zu werden. Vater heuerte eine Terranerin an, eine Astrophysikerin mit dem Körperbau einer Athletin, um deren Eizellen für eine In-vitro-Fertilisation zu verwenden. Außerdem heuerte er ein Surrogat an, das mich neun Monate lang austragen sollte. Von Geburt an erhielt ich jede Förderung, jede Möglichkeit, jede Lektion, die er für nötig hielt, um mich auf mein Los vorzubereiten. Als ich drei Jahre alt war, schickte er mich auf die Kampfschule, und mit sechs schloss ich mich dem CorpCom-Militär an. Sein Plan erlitt einen herben Rückschlag, als ich mich entschied, Regulator zu werden, statt Offizier, und er ging endgültig schief, als sein Putsch fehlschlug.

Als Kind und auch später hatte ich keine Ahnung, dass ich einem vorhergeplanten Lebensweg folgte. Erst als Vienne und ich uns mit ein paar anderen Regulatoren zusammentaten, um eine Gruppe Minenbewohner zu verteidigen, erfuhr ich von den komplexen Plänen meines Vaters. Der Mann hatte überall die Hände im Spiel, doch ehe ich ihn mit meiner Erkenntnis konfrontieren konnte, starb er im Gefängnis und überließ es mir und Vienne, den Hinweisen zu folgen, die er hinterlassen hatte – darunter einen besonders erschreckenden, der uns zu unserer Suche getrieben hat: ein hastig abgeschriebener medizinischer Bericht, der die verführerischen Formulierungen »Schwarmdenken«,

»Cyborg-Betatester« und meinen Namen, Jacob Stringfellow, enthält.

»Du bist ein bisschen zu streng mit dir«, sagt Mimi, als Vienne und ich am nächsten Morgen, ein paar Stunden vor Anbruch der Dämmerung, den Highway hinunterschießen. »Du magst ein Cyborg sein, aber du bist mein Cyborg und alles andere als ein Dræu. Du magst nicht mal rohes Fleisch.«

»Danke für die Bestärkung«, sage ich. »Schön zu wissen, dass ich anhand meiner Ernährungsvorlieben charakterisiert werden kann.«

»So wütend du über das Verhalten deines Vaters auch sein magst, du solltest dir ein bisschen Zeit gönnen, um seinen Tod zu betrauern«, erwidert Mimi. »Auch du bist nicht immun gegen posttraumatische Störungen.«

»Ich habe im Moment keine Zeit für die Toten. Nur für die Lebenden.«

»Warum sucht dich dann immer noch der Geist deines Vaters heim?«

»Umgebung scannen, Mimi.« *Und hör auf, mich zu nerven.*

»Das habe ich gehört.«

»Dann hoffe ich, du handelst entsprechend.«

Als wir die Lichter des Außenpostens Tharsis Zwei in der Ferne sehen, weiß ich, dass es Zeit ist, den Highway zu verlassen. Vienne steuert das Trike in einen Hain Banyanbäume. Ich springe ab und laufe zur Straße, um nach Spähtrupps Ausschau zu halten.

»Mimi«, sage ich. »Gib mir einen Scan der weiteren Umgebung mit hundert Metern …«

»Erledigt«, sagt sie. »Niemand ist hier außer uns Regulatoren. Es sei denn, du zählst ein paar Dutzend Skorpione und die eine oder andere Biberratte auf Nahrungssuche mit.«

»Das«, sage ich, »ist nicht die Art von Skorpionen, die mir Sorgen bereitet.«

Nachdem ich zu den Bäumen zurückgelaufen bin, helfe ich

Vienne, ein paar Äste abzubrechen, um ein provisorisches Tarnnetz zu basteln. Unsere Armalites schließen wir in das große Gepäckfach des Trikes ein. Wir lassen die Waffen nicht gerne zurück, aber ein Armalite in den Händen eines Sturmnacht-Soldaten wäre ein überaus verräterisches Zeichen.

Wir nehmen noch ein paar letzte Korrekturen an unserer gestohlenen Ausrüstung vor. Dann werfe ich Vienne ein volles Magazin zu, und sie rammt es in Richards' Sturmgewehr.

»Fertig?«, frage ich. Im Licht der frühen Morgendämmerung kann ich ihren Körper nur als dunklen Schatten wahrnehmen. Ich richte eine Stiftlampe auf ihren Hals, an dem nun das gleiche Tattoo prangt, das die Sturmnacht-Soldaten am Hals tragen: der Schwanz eines Skorpions. Es ist nur ein Hennabild, das wir Ghannouj verdanken, der Körpermalerei beinahe so gut beherrscht wie die Zubereitung von Tee. Ich habe ebenfalls so ein Bild an meinem Hals.

»Fertig«, sagt sie mürrisch.

»Habe ich dich irgendwie verärgert?«

»Nein.«

Wir laufen die Straße hinunter, die zum Eingang des Außenpostens führt. Die Lichter werden immer größer, je näher wir kommen.

»Ganz bestimmt? Du hörst dich ziemlich sauer an.«

»Ich bin nicht sauer.«

Nun kann ich die Gesichter in den Wachhäuschen erkennen. Wir werden langsamer, gehen mit schussbereiten Waffen weiter. Versuchen, das undisziplinierte Schlurfen unerfahrener Soldaten nachzuahmen.

»Hör mal, falls ich dich irgendwie verärgert habe, tut es mir leid.«

»Wenn du mich noch öfter fragst, ob ich verärgert bin, dann werde ich *wirklich* verärgert«, sagt sie. »Und weißt du, was passiert, wenn ich wütend werde?«

»Jemand wird erschossen.«

»Möchtest du, dass ich dich erschieße?«

»Das wäre wenig erstrebenswert.«

Von hinten gleitet das Licht von Scheinwerfern über den Asphalt, und ein Lastwagen kommt um die Kurve. Wir tauchen in einen Graben ab. Zusammengekauert warten wir, bis der Truck uns beinahe erreicht hat. Es ist ein Düsseldorf, ein Fahrzeug, das darauf ausgelegt ist, Soldaten und ihre Ausrüstung auf möglichst unbequeme und langsame Weise zu transportieren.

»Hier kommt unsere Eskorte.« Wie es scheint, ist Lymes Truppe auf der Skala ein paar Punkte nach oben gewandert. Die militärische Stärke reicht aus für eine kleine Armee.

Der Truck rollt aus. Bremsen quietschen wie ein verwundetes Nabelschwein. Ein Stoßtrupp mit Panzerwesten, wie auch wir sie tragen, springt von der abgedeckten Ladefläche. Als der letzte Soldat ausgestiegen ist, stelle ich mich ans Ende der Reihe. Dann winke ich Vienne zu mir.

Binnen weniger Minuten sind wir Teil einer langen Schlange geworden, die vor dem Wachhäuschen wartet. Die Sonne ist aufgegangen und hüllt jeden von uns in ihr orangefarbenes Licht. Mit dem Tageslicht nimmt auch der Lärm zu, bis die Wachleute die Wartenden barsch auffordern, die Klappe zu halten.

»Das sind zehnmal mehr Sturmnacht-Soldaten, als ich erwartet habe«, flüstere ich Vienne zu. »Die Mission ist gerade erheblich schwieriger geworden.«

»Umso mehr Spaß werden wir haben«, antwortet sie.

»Mimi, geschätzte Zahl der feindlichen Kräfte in unserer Umgebung?«

»Vor oder in dem Außenposten?«

»Beides.«

»Hunderte.«

Ich mache mir rasch ein Bild vom Eingangsbereich. Über dem Tor befindet sich ein Steg mit einem Ausguck zu beiden Seiten.

Ein Dutzend Wachleute mit Flinten gehen auf dem Steg auf und ab, und in jedem Ausguck sitzen zwei Scharfschützen. Das entspricht einer üblichen CorpCom-Wachmannschaft, was mich verblüfft. Ich hatte angenommen, Sturmnacht wäre weniger gut organisiert. »Gib mir bitte eine genauere Zahl, Mimi.«

»Mehr als hundert, weniger als tausend. Tut mir leid, Cowboy, die Telemetrieschaltkreise in deinem Anzug sind einfach nicht so präzise, wie du es gern hättest.«

»Also, was sagst du?«

»Das ist nicht meine Sache, sondern deine.«

»Das ist nicht sehr tröstlich.«

»Du willst Trost?«, sagt sie. »Besorg dir einen Teddybären.«

»Bring mich nicht in Versuchung.«

Alles läuft gut, bis wir das Wachhäuschen erreichen. Dort haben sich inzwischen drei Reihen gebildet. Wir sind in der Reihe auf der linken Seite und bewegen uns auf einen Wachmann zu, der nur zwei Dinge zu überprüfen scheint – dass die Soldaten die richtige Ausrüstung haben, und dass auf ihrem Hals das Skorpion-Tattoo zu sehen ist.

»Nächster!«, brüllt der Wachmann und sieht den Soldaten, der zwei Plätze vor uns steht, dabei kaum an. »Nächster! Bewegung! Nächster!«

Dann ist Vienne an der Reihe.

»Whoa!« Der Wachmann tippt auf einen Elektrostatbogen, bei dem es sich um einen Dienstplan handelt, wie ich nun sehe. Dann fällt mir das rote Licht eines Barcode-Scanners an dem Wachhäuschen auf. Ich folge dem Lichtstrahl zu Viennes Hüfte, wo er einen in die Panzerweste integrierten Chip ausliest. »Du hättest schon vor sechs Stunden zurück sein sollen!«

»Wir …«

Ich dränge mich vor und gebe mich aufgebracht. »Wir wurden aufgehalten.« Ostentativ zwinkere ich Vienne zu. »Du weißt doch, wie so was läuft. Sorry.«

Der Wachmann reagiert keineswegs amüsiert. »Sorry hilft euch auch nichts. Archibald ist bereits informiert.«

»Archibald?« *Wer ist Archibald?*, frage ich mich. *Warum nicht Lyme?*

»Ja, die Nummer Zwei persönlich«, sagt der Wachmann. »Dumm gelaufen. Wir informieren eure nächsten Angehörigen, falls ihr welche habt.«

Seit wann hat Lyme eine Nummer Zwei?

Als wir das Wachhäuschen hinter uns haben, sagt Vienne mit leiser Stimme: »Danke, dass du mich rausgehauen hast. Ich weiß nicht, was da passiert ist. Mein Gehirn ist stehen geblieben.«

»Dir eine Geschichte auszudenken, ist nun mal nicht deine Stärke«, entgegne ich und beobachte eine Gruppe Soldaten, die fluchend an uns vorbeirennen und sich darüber streiten, wer die letzte Zigarette bekommen soll. »Ich bin ein viel besserer Lügner.«

Sie versetzt mir einen leichten Schlag an die Schulter. »Das werde ich mir merken.«

Wir folgen den anderen Soldaten, die zu den Baracken marschieren. Als wir um die Latrinen herumgehen, die in einer Reihe nebeneinander stehen, scheren wir aus und laufen Richtung Verwaltungsgebäude weiter.

»Mimi, suche die Datenzentrale.« Ich tippe mir an die Schläfe und zuckte zusammen angesichts der statischen Entladung, die mir verrät, dass meine Auralanzeige aktiviert wird. »Projiziere eine Karte des Außenpostens auf die Anzeige. Markiere das Ziel und zeig den schnellsten Weg an.«

»Verstanden«, sagt Mimi. »Du bist dran.«

Ich blinzle zweimal. Ein holografisches Bild erscheint. Die Datenzentrale ist zwei Häuser vom Verwaltungsgebäude entfernt. Ich winke Vienne zu, und wir gehen durch eine düstere Gasse zwischen den Gebäuden, halten uns fern von den Hauptwegen. Ein paar Minuten später sind wir an der Hintertür der Datenzentrale, die in einem plumpen, zweistöckigen Gebäude untergebracht ist, das verdächtig nach einem Bunker aussieht.

Ich drücke die Klinke. »Abgeschlossen.«

»Geh zur Seite.« Vienne zieht eine leere Patronenhülse aus einer Tasche an ihrem Gürtel und eine Haarklammer aus ihrem Haar.

»Seit wann trägst du Haarklammern?«, frage ich.

»Immer schon. Du achtest wohl auf gar nichts.«

»Doch, auf dein Haar achte ich«, sage ich. »Aber darauf, was du reinsteckst? Machst du Witze?«

Vienne drückt die leere Hülse platt und biegt sie, um eine Art Schlüssel zu formen, ehe sie aus der Nadel so etwas wie einen Rechen formt. »Zähl von zehn an rückwärts.«

Ich verdrehe die Augen. »Zehn … neun … a…« *Klick.* »Angeberin.«

»Falls es dir entgangen ist, ich bin nicht nur eine gute Schützin.« Sie wirft Haarklammer und Hülse weg und öffnet mir die Tür. »Nach dir.«

»Danke.« Ehe ich hineingehe, halte ich kurz inne. »Mimi, Korridor scannen.«

»Kein Personal. Vier Kameras erkannt. Sie übertragen Bilder über eine verschlüsselte Frequenz. Die Überbrückung erfordert einen Schlüsselcode.«

»Was heißt das?«

»Es ist unmöglich, die Sicherheitseinrichtungen mit deinen Telemetriefunktionen auszuschalten.«

»Wozu rätst du?«

»Lächle und sag ›Cheese‹.«

Ich signalisiere Vienne, dass sie mir folgen soll, und betrete das Gebäude. Dann gehe ich nach rechts und einen langen Korridor entlang. Ich sehe die vier Kameras, die jeden unserer Schritte aufzeichnen. Wir bewegen uns schnell und leise, bemühen uns, keine Aufmerksamkeit zu erregen, bis wir zwei Glastüren mit der Aufschrift »Nur für autorisiertes Personal« erreichen. Dahinter, in einem hell erleuchteten Raum, steht die gewaltige Serverfarm der Datenzentrale, in der die MUSE-Daten lagern.

Meine Suche ist endlich zu Ende.

»Klopf dir nicht jetzt schon auf die Schulter, Cowboy.«

»Mimi, das ist eine Sicherheitstür.« Mir fällt ein Fingerabdruckscanner an der Tür auf. »Wir brauchen einen Code.«

»Leg einfach deinen Finger auf den Scanner, Cowboy«, sagt Mimi. »Den schweren Teil übernehme ich.«

Nachdem ich meinen müffelnden Überhandschuh ausgezogen habe, lege ich den von der Symbipanzerung verhüllten Finger auf den Scanner. Statische Elektrizität fährt durch den Handschuh, und die Tür öffnet sich klickend.

»Angeber«, sagt Vienne.

»Das beweist, dass ich nicht nur ein guter Schütze bin.« Ich halte ihr die Tür auf. »Falls dir das bisher nicht aufgefallen ist.«

Vienne geht hinein und signalisiert, dass alles ruhig ist. »Wer hat gesagt, du wärst ein guter Schütze?«

Au. Ich bin nicht sicher, ob ich diesen neu erworbenen Sarkasmus an ihr mag. »Hilf mir mit dem Weg, Mimi.«

»Folge der Karte, bis du die Server mit der Aufschrift Andromeda sechsundfünfzig, siebenundfünfzig, achtundfünfzig erreicht hast. Reihe Neun-C.«

Wir zählen sieben Reihen ab und wenden uns nach links. Die meisten dieser Kästen sind still und dunkel, aber die Andromeda-Server leuchten wie eine Gießerei bei Nacht.

Vienne behält die Tür im Auge, während ich den Datenchip in Nummer sechsundfünfzig schiebe.

»Download verfügbar«, meldet Mimi.

»Wie lange?«

Mimi seufzt. »Jeder Server enthält hundert Yottabyte an Daten. Das durchzusehen, um die Dateien zu finden, die mit dem Projekt MUSE in Verbindung stehen wird … oh, nur ein paar Tage dauern.«

»Dann vergiss das Durchsehen. Wie lange dauert es, alles herunterzuladen?«, frage ich. »Und wenn du jetzt sagst, das sei unbestimmbar, dann knutsch ich einen Eiszapfen und friere uns das Hirn ein.«

»Fünf Minuten«, sagt Mimi. »Aber wenn du mich fragst, denkst du viel zu viel ans Knutschen.«

»Ich habe dich aber nicht gefragt. Fang mit dem Download an und halte mich über die notwendige Zeit auf dem Laufenden.«

Vienne nimmt Verteidigungshaltung mit direkter Sicht auf die Tür ein. »Dieses Gewehr ist eine echte Antiquität«, sagte sie. »Ich wünschte, ich hätte mein Armalite.«

Das wünschte ich auch, denke ich. *Dann müsste ich mir weniger Sorgen wegen der Befreiung der Geiseln machen.* »Zeit, Mimi?«

»Noch zwei Minuten und siebendundreißig Sekunden.«

Die Hälfte wäre überstanden.

Klick.

Einen Moment später gehen die Lichter aus, und die Notstromversorgung wird aktiviert.

Als die Lichter wieder aufflammen, sind sie viel trüber.

»Mimi«, sage ich, »erzähl mir was Gutes.«

»Der Server ist immer noch online.«

»Erzähl mir was Schlechtes.«

»Der Zugriff auf die Datenzentrale wurde entdeckt.«

»Erzähl mir was Schlimmeres.«

»Ist ein Sicherheitsalarm schlimmer?«, fragt Mimi.

Viel schlimmer.

Ich weise sie an, eine Telemetrieverbindung zwischen mir und Vienne herzustellen.

»Achtung!«, flüstere ich in scharfem Ton ins Mikro. »Wir bekommen Gesellschaft. Halte sie auf, bis der Download abgeschlossen ist. Danach werfen wir eine Rauchgranate und verschwinden.«

»Bewaffnet?«, fragt sie.

»Das ist Sturmnacht doch immer.«

Sie lädt die Waffe durch. »Genau wie ich es mag.«

»Noch eine Minute und neunundfünfzig Sekunden, Cowboy«, meldet Mimi.

Außerhalb des Serverraums erklingen schwere Stiefelschritte. Dann Stimmen, deren Besitzer sich bemühen, leise zu reden. Ein paar Schatten huschen über das Glas, und ich gehe in Position.

Das Piepen des Fingerabdruckscanners.

Klickend öffnet sich das Schloss.

Angeln quietschen leise, als der führende Mann sich langsam in den Raum schiebt.

Whump!

Die Tür fliegt auf, und die Schützen gehen in Position.

Ich entsichere meine Waffe. »Vienne, ich zähle fünf Gegner. Feuern auf mein Kommando.«

»Moment.« Sie macht eine Geste, als würde sie sich die Kehle aufschlitzen, um meiner Anordnung zu widersprechen. »Beengte Räumlichkeiten, geringe Sicht, heikle Ziele. Wir müssen sie erst reinlocken.«

»Und wer von uns spielt den Köder?«

Sie zeigt auf mich.

»Warum immer ich?«

»Weil die Bösen gerne auf dich schießen.«

Ich lege eine Hand auf mein Herz und tue verletzt, ehe ich auf den Gang trete. »Hey, Jungs und Mädels. Wir haben schon auf euch gewartet.«

Pffft! Ein Schuss aus einem Blaster jagt an meinem Ohr vorbei.

Ich recke die Hände hoch, doch statt mich zu ergeben, gehe ich rückwärts. Vier Wachleute laufen auf mich zu – und an Viennes Position vorüber.

»Halt!«, blafft der Anführer mich an, ein Kerl in einer blauen, mit Rangabzeichen versehenen Uniform.

Ich halte eine hohle Hand hinter mein Ohr. »Häh? Was war das?«

Vienne springt auf. Schlägt zwei Wachen mit dem Kolben ihres Gewehrs nieder. Und verschwindet hinter den Servern.

Der Anführer wirbelt um die eigene Achse.

Seine Männer liegen bewusstlos am Boden.

Ich nutze die Gelegenheit, um dem dritten Wachmann eine reinzuhauen, ehe ich den vierten in den Schwitzkasten nehme.

»Stopp!« Der Anführer wirbelt erneut zu mir herum. »Keine Bewegung. Sag deinem Freund, er soll rauskommen, oder ich zerlege dich in zwei Teile.«

Lächelnd lasse ich den Wachmann zu Boden sinken. »Ups. Jetzt ist er hingefallen.«

»Maul halten!« Nun fällt dem Anführer mein fehlender kleiner Finger auf. »*Dalit?* Du bist ein Regulator? Hast du Todessehnsucht?«

Der Datenchip piept.

Bei dem Geräusch reckt der Kopf des Anführers herum, und Vienne empfängt ihn mit einem Boxhieb.

Gesicht trifft Faust.

Er gesellt sich zu dem Haufen bewusstloser Körper am Boden.

Ich schiebe den Chip in die Schnittstelle in meiner Symbipanzerung. Vienne sammelt die Gewehre der Männer ein und wirft sie in den Mülleimer. Den Blaster steckt sie in ihren Gürtel.

»Hübsch gemacht«, sagt sie.

Ich schnappe mir die Handschellen der Wachen und kette sie an den Handgelenken zusammen. »Ich wette, das sagst du zu allen Jungs.«

»Nur zu denen, die ich zusammenschlagen kann.«

»Und wie viele wären das?«

»Oh«, sagt sie und lächelt. »So ziemlich alle.«

Im Laufschritt kehren wir zurück auf den Korridor. Vienne rennt neben mir her, während die Deckenbeleuchtung mal dunkler, mal heller leuchtet.

Noch eine Ecke und …

»Oh, Scheiße.«

Ein Wachmann am Ausgang.

Ich zögere eine Nanosekunde lang, aber Vienne aktiviert den Nachbrenner. Der Wachmann blickt auf, als ihr Dropkick auch schon in seinem Solarplexus landet.

Er geht zu Boden.

»Beim nächsten Mal«, sage ich, »lässt du mir einen übrig.«

»Beim nächsten Mal«, gibt sie lachend zurück, »musst du schneller laufen.«

Kapitel 11

Außenposten Tharsis Zwei
Präfektur Zealand
Annos Martis 238. 7. 20. 07:51

»Mimi!«, herrsche ich sie an, »Umgebung scannen! Such mir ein Fahrzeug. Wir müssen hier raus, und zwar mit Volldampf!«

»Ja, Sir!«

Vienne ist vor mir am Ausgang und winkt mich hinaus, als ich einen Schrei höre. Ich bleibe stehen, einen Fuß bereits auf der Schwelle. *Du hast es fast geschafft*, sage ich mir. *Verschwinde von hier!*

Noch ein Schrei. Er lockt mich zurück durch den Korridor zu einer schweren Metalltür mit der Aufschrift »Bau« und der Zahl dreizehn.

Vienne folgt mir. »Durango?«, ruft sie. »Komm schon! Wir haben einen offenen Fluchtweg!«

Ich trete über den bewusstlosen Wachmann hinweg und öffne den Schieber vor dem Guckloch. »Hallo?«, rufe ich und drücke mein Gesicht an das Drahtgitter, um mir einen besseren Überblick zu verschaffen.

Rums!

Das panikerfüllte Gesicht einer Frau kracht gegen das Gitter. »Hilf uns! Bitte!«

Ich springe erschrocken zurück.

»Durango!« Viennes Stimme wird lauter. »Wir haben keine Zeit!«

»Bitte, Sir«, bettelt die Frau und klammert sich mit den Fingern am Gitter fest. Die Fingerspitzen sind schwarz verkohlt, die Nägel abgelöst. »Mein Name ist Thela. Ich habe zu Hause ein Kind und einen Mann. Bitte. Haben Sie Erbarmen.«

Ich reiße dem Wachmann die Schlüsselkarte aus dem Gürtel. »Ich kann sie nicht hier lassen. Wir müssen ihnen helfen.«

»Zur Hölle mit dir«, sagt Vienne, deren Blicke zwischen dem Ausgang und mir hin und her huschen. »Deinetwegen werden wir noch geschnappt.«

»Diese Leute sind hilflos, und wir sind immer noch Regulatoren.«

Ich öffne die Tür zum Bau. Drei Bauern – zwei Frauen und ein Mann – in zerfledderten, blutigen Overalls stürzen aus der Zelle. Ihr Haar ist schmutzig und verfilzt, und sie stinken nach menschlichen Ausscheidungen. Sie schlurfen wie Schlafwandler, doch ihre Augen blicken wirr und wild, und die Regenbogenhäute sind rosa verfärbt.

»Das ist *Ekstase*«, sage ich zu Vienne, während ich die drei langsam den Korridor entlangführe.

»Dann sind sie jetzt schon so gut wie tot«, sagt sie. »Lass uns gehen. Ich übernehme die Führung.«

Ich schleife den Wachmann in die Zelle und schließe ihn ein. »Warum bist du auf einmal so hartherzig?«

»Warum musst du …«, sie sieht sich am Ausgang nach Gegnern um, »immer deine Versprechen brechen?«

»Ich …«, setze ich an, als mich ein Schrei aus einer anderen Zelle unterbricht. »Es gibt noch mehr!«

»Ich empfange Signaturen in der direkten Umgebung, Cowboy«, sagt Mimi.

»Warum hast du mir das nicht früher gesagt?«

»Du hast nicht gefragt.«

Mit der Schlüsselkarte des Wachmanns schließe ich sämtliche Zellen auf, öffne jede Tür und helfe den Gefangenen hinaus. Alles in allem sind es vierzehn Personen, und jede weist Spuren von Folterungen auf – Verbrennungen, Peitschenmale, blaue Flecken – und hat rosa verfärbte Regenbogenhäute.

»Los, los«, sage ich immer wieder, als sie sich in einer Reihe an der Wand aufstellen wie lebende Tote.

Ich gehe zu Vienne, die immer noch am Ausgang wartet. »Das ist eine ganze Menge.«

»Vierzehn Geiseln, die kaum laufen können?« Sie schlägt mir die flache Hand an die Brust. »Wenn du die Gefangenen nach draußen führst, wird die Sturmnacht sie für Zielübungen missbrauchen! Wie willst du diese Rettungsaktion durchziehen?«

»Ganz einfach«, sage ich, »ich werde einen Truck klauen.«

»Aber natürlich.« Sie schlägt sich mit der Hand an die Stirn. »Warum bin ich nicht selbst darauf gekommen?«

»Weil ich die ganze Weisheit für mich gepachtet habe?«

»Nein«, sagt sie mit erhobener Stimme. »Weil es dir wichtiger ist, ein Held zu sein, als ein Lieb… ein Soldat.«

»Siehst du? Ich wusste, du bist sauer.«

»Hör auf damit! Ich bin nicht sauer!«

»Dein Mund sagt nein, aber deine zusammengebissenen Zähne und die schmalen Augen in deinem furchteinflößenden Gesicht sagen ja.«

Ihre Faust bewegt sich so schnell, ich sehe sie gar nicht kommen. Da ist nur eine verschwommene Bewegung, die mich in den Rippen erwischt. Trotz der zwei Panzerschichten um meinen Körper lande ich auf dem Hinterteil.

»*Jetzt* bin ich sauer!«

»Das sehe ich.« Ich springe auf.

»Du hast es verdient«, sagt Mimi.

»Wenigstens hat sie mich nicht erschossen. Hör mal, Vienne, es tut mir leid. Ich …«

»Hör auf!« Sie klopft mir den Staub aus den Klamotten. »Ich behalte die Gefangenen im Auge. Du musst einen Truck klauen.«

»Ja, Ma'am.« Es hat keinen Sinn, mich noch einmal zu entschuldigen, zumal ich meine Zähne mag.

»Deine Zähne danken dir«, sagt Mimi.

»Ja, Mom. Hast du schon den Scan für mich?«

»Auf dem Gelände gibt es in ungefähr fünfzig Metern Entfernung mehrere Fahrzeuge.«

Hervorragend. Ich zeige Vienne die offene Handfläche. »Kann ich mal den Blaster sehen, den du dem Wachmann abgenommen hast?«

Sie schlägt mir auf die Hand. »Der wird dir bei einem Schusswechsel wenig helfen.«

»Ich habe nicht vor, mich auf einen Schusswechsel einzulassen. Ich möchte nur den kleinen Trick anwenden, den Fuse mir in den Höllenkreuzminen gezeigt hat.«

Ihre Lippen zucken. »Jeder Trick, den dieser Schürfer dir gezeigt hat, dürfte geeignet sein, dir die Hand abzureißen.«

»Sei nicht so ungnädig, Vienne. So übel war er auch nicht.« Ich zerre die Verkabelung aus dem Griffstück, zwirble den roten und den grünen Draht zusammen und stelle den Blaster so ein, dass er sich überladen muss. »Okay, er war ein Drecksack, aber mit Explosionen hat er sich ausgekannt.«

»Und damit, sich wie ein Trottel aufzuführen.«

»Eine Aufführung war das nicht gerade.« Die Waffe fängt an zu jaulen, als ich sie Vienne zurückgebe. »Da draußen parken ein paar Laster. Gib mir fünfzehn Sekunden Vorsprung, dann wirfst du die Knarre auf den nächsten Düsseldorf.«

»Das Ding wird explodieren«, sagt sie. »Und dann haben wir eine Waffe weniger.«

»Aber die Explosion wird für Ablenkung sorgen. Und wie du selbst gesagt hast – der Blaster hilft uns nicht, uns den Weg freizuschießen.«

Sie verdreht die Augen. »So sieht dein genialer Plan aus? Du willst einfach Krawall schlagen?«

»Ich gebe zu, genial ist der Plan nicht.« Ich überprüfe meine Ausrüstung. »Aber zur Not wird er reichen müssen. Denk dran, wirf das Ding, so weit du kannst. Und bitte nicht auf mich.«

Draußen jogge ich lässig auf den vorderen Truck zu, einen gepanzerten Noriker. Als ich ihn erreicht habe, reiße ich die Fahrertür auf.

»Tach auch.« Ich ramme dem Fahrer die Faust ans Kinn und zerre den Bewusstlosen hinaus auf den Asphalt.

Als ich mich hinters Steuer schwinge, sehe ich, wie Vienne vor die Tür tritt.

Sie wirft den überladenen Blaster in hohem Bogen über die freie Fläche. Klackernd prallt er zu Boden und rollt geradewegs unter die Fahrerkabine des nächsten Düsseldorfs, der mit zwei Zusatztanks ausgestattet ist.

Das ist eine Menge Sprit auf einem Haufen.

»Sie hat einen guten Wurfarm«, stelle ich fest.

»Und sie kann zielen«, fügt Mimi hinzu.

Mit einem Geräusch, das an ein gigantisches Bäuerchen erinnert, geht der Blaster hoch.

Treibstoff, der bereits durch die Explosion verdampft ist, trifft auf einen Funken. Eine Flammenspur findet ihren Weg in die beiden Tanks des Trucks. Ich sehe die Explosion, ehe ich sie höre. Die

Hinterräder des Düsseldorfs erheben sich ganze drei Meter in die Luft, und dann …

Rums!

… donnern sie wieder herab – genau in dem Moment, als der restliche Treibstoff Feuer fängt. Der Truck scheint sich vor meinen Augen in seine Bestandteile aufzulösen.

Das ist mein Stichwort.

Ich nagle das Gaspedal am Boden fest. Der Noriker macht mit durchdrehenden Hinterreifen einen Satz nach vorn und hinterlässt einen Streifen rauchenden Gummis auf dem Asphalt, als die Ladefläche herumschwenkt. Das Lenkrad wird mir aus den Händen gerissen, aber ich kann es rechtzeitig wieder packen, um mit der rechten Seite über den Bordstein zu hüpfen.

Drei Meter vor dem Ausgang kommt der Truck zum Stehen.

»Das war mal ein Beispiel für aasig saubere Fahrkünste«, sage ich und schaue in den Seitenspiegel. Von den Reifen steigt blauer, öliger Rauch auf.

»Das war ein Beispiel für aasig unverschämtes Glück«, sagt Mimi.

»Besser unverschämtes Glück als gar keins.«

Rums!

Vienne tritt die Tür auf, scheucht die Bauern ins Freie und verfrachtet sie auf die Ladefläche des Norikers, begleitet von lautem Geschrei. »Los! Bewegt euch, ehe ich euch erschieße!«

Während ich die Gegend nach feindlichen Kräften absuche, raubt mir eine tintenschwarze Wolke, die sich auf der Basis ausbreitet, immer mehr die Sicht. Der explodierte Truck brennt noch ein paar Sekunden, bis der Treibstoff verbraucht ist. Hitzewellen ziehen sich über den Himmel, und in der Luft liegt ein erstickender Kraftstoffgestank.

Dann, plötzlich, erstirbt das Feuer.

Jenseits des Parkplatzes wagen sich Sturmnacht-Soldaten aus ihrer Deckung. Ihre Aufmerksamkeit gilt dem Truck.

Vorerst.

»Los!« Vienne schiebt den letzten Gefangenen auf die Ladefläche.

Ich rolle langsam los.

Sie packt den Griff der Beifahrertür, reißt sie auf und springt in die Kabine.

»Hübsches Feuerwerk«, sage ich.

»Findest du?« Sie rammt ein volles Magazin in ihr Sturmgewehr. »Dann mach dich mal bereit für die *richtige* Show.«

Der direkte Weg zum Tor wird von einem Trupp Soldaten versperrt, die vor dem Feuer flüchten, und einem weiteren, der sich auf das Feuer zu bewegt. Hangabwärts hat sich ein See aus brennendem Treibstoff auf dem Pflaster ausgebreitet. Ich fahre direkt darauf zu.

»Mimi? Wie hoch ist die Wahrscheinlichkeit, dass ich uns alle ins Jenseits befördere?«

»Ungefähr vierzig Prozent, wenn du mit vernünftiger Geschwindigkeit fährst.«

»Und wenn ich Vollgas gebe?«

»Sinkt die Gefahr einer Explosion exponential.«

»Na, so gefällt mir Mathematik!« Ich trete das Pedal bis zum Bodenblech durch und verlasse mich darauf, dass die dicken Reifen und die Höhe des Fahrzeugs uns genug Bodenfreiheit geben.

Die Sechs-Liter-Maschine des Norikers brüllt wie ein Seneca-Gewehr, als wir durch den feurigen See pflügen. Flammende Wogen spritzen aus den Radkästen.

»Ich wette, von draußen sieht das richtig cool aus!«, brülle ich.

»Du bist so ein …«, gibt Vienne in gleicher Lautstärke zurück, während sie ein paar Kugeln abfeuert, um die Wachleute zu vertreiben, die dämlich genug sind, uns den Weg zu verstellen. »Baby!«

»Pass auf!«

Ich reiße das Steuer herum, sodass die Stoßstange direkt auf das Tor ausgerichtet ist. Mit brutaler Wucht brechen wir durch. Die rostigen Torflügel fliegen auf, schwingen zurück und krachen gegen die Ladefläche.

Im Innenspiegel sehe ich verbogenes Eisen auf unserem Weg.

»Wir haben es geschafft!«

Vienne und ich schlagen jubelnd die Fäuste aneinander, als Mimi uns die Laune verdirbt.

»Cowboy!«, meldet sie. »Ich fange einen plötzlichen Anstieg elektromagnetischer Energie auf! Pass auf!«

Phoom!

Ein Mörsergeschoss zischte über den Noriker hinweg.

Prallt vor uns auf die Straße.

Verbreitet blendendes Licht, einen Puls reiner Energie, der uns überspült wie eine unsichtbare Welle.

Das Armaturenbrett wird dunkel.

Der Noriker ist tot.

Verdammt!

Verzweifelt versuche ich, uns auf der Straße zu halten und ramme den Fuß auf die Bremse, aber die funktioniert nicht mehr.

Vienne steigt schon aus, während der Noriker langsam zum Stehen kommt, und geht neben dem Kotflügel in Position.

»Was war das, Mimi?« Statisches Rauschen. »Mimi? Wo bist du? Rede mit mir!«

Ein Blastergeschoss zertrümmert die Seitenscheibe. Ich greife nach meiner Waffe und stelle fest, dass sie verschwunden ist. *»Oh wà kào!«* Durango, wie konntest du nur dein Gewehr verlieren?

Ein weiteres Geschoss rast durch die Kabine. Jetzt steige ich ebenfalls aus.

Geduckt haste ich um die Ladefläche des Norikers, bis ich Vienne neben der Heckklappe entdecke. Sie kniet in Schützenposition am Boden und feuert auf die Soldaten.

»Das Visier ist beschissen eingestellt«, sagt sie mit ruhiger

Stimme. »Die Abweichung ist grotesk. Kein Wunder, dass die Sturmtruppler kaum eine Scheune treffen.«

Sie schaltet zwei weitere Wachleute mit Beinschüssen aus.

»Du scheinst trotzdem gut zurechtzukommen«, stelle ich fest.

»Ich habe auf ihre Bäuche gezielt.«

Wieder rufe ich Mimi, doch wie zuvor erhalte ich nur statisches Rauschen als Antwort. Was immer das für ein Licht war, es hat auch Mimi außer Gefecht gesetzt. Ich überkreuze die Finger und sage: »Neustart einleiten.«

Immer mehr Soldaten sammeln sich am Tor. Bald werden sie Aufstellung nehmen, als Phalanx vorrücken und uns so massiv unter Feuer nehmen, dass wir nicht mehr zum Zuge kommen.

»Wie lange kannst du sie aufhalten?«, frage ich Vienne.

»Bis das Magazin leer ist. Was ungefähr …«

Krach!

»… jetzt der Fall ist.«

»In einem Feuergefecht gehen die Geiseln drauf.«

»Du bist derjenige, der sie unbedingt retten wollte«, erwidert sie. »Wir könnten einfach abhauen. Die Sturmnacht bringt die Gefangenen zurück in ihre Zellen, und wir können sie später retten.«

»Wir können Geiseln nicht einfach im Stich lassen, Vienne.«

Sie rammt mir die Mündung ihres Gewehrs an die Brust. »Manchmal bringst du mich zur Weißglut! Du sagst mir, ich soll die Richtlinien vergessen, aber du selbst befolgst ein Regelwerk, das nur du kennst, und du bist nicht bereit, gegen diese Regeln zu verstoßen, auch wenn es bedeutet, dass du sterben musst.«

»Ich dachte, du hättest keine Angst vor dem Sterben.«

»Habe ich auch nicht«, schreit sie mich an. »Ich habe Angst, dass *du* sterben könntest!«

»Oh.«

»Mehr hast du nicht zu sagen?« Sie schüttelt mich. »Manchmal möchte ich dich wirklich erschießen, Durango.«

»Kannst du dich nicht damit zufriedengeben, mich zu schlagen?«

»Dieb!« Die Frau namens Thela schlägt plötzlich die Plane zurück und zeigt mit einem ihrer gerösteten Finger auf mich. »Dieb! Du hast meine Seele gestohlen!«

»Runter mit dir!« Vienne reißt sie von der Ladefläche.

Aber Thela macht es ihr nicht leicht. Sie tritt und kratzt, als wir sie zu Boden ringen. Ich stemme ein Knie auf ihre Brust, um sie unten zu halten.

»Sei ruhig!«, schreie ich sie an, aber sie versenkt ihre Zähne in meinem Schienbein, was eigentlich gar nicht möglich sein dürfte. »Au, verdammt!«

Genug ist genug. Ich packe sie an der Taille und befördere ihren Arsch zurück auf die Ladefläche des Trucks.

Das Geschrei verstummt.

»Durango.« Viennes Gesicht ist blass. »Hast du gesagt …«

»Es tut weh, ja.« Ich zupfe an der Symbipanzerung, die so locker und reaktionslos an mir hängt wie normale Kleidung.

Wir wechseln einen Blick, der auch ohne Worte sagt: *Was für ein Scheißdreck.*

»Unsere Panzerung ist hinüber«, sagt Vienne.

»Wir sind tot.«

»Noch nicht«, entgegnet sie. »Nicht, solange wir noch atmen.«

Ein Pfiff gellt. Am Tor brüllt ein Offizier Befehle. Die Sturmnacht formiert sich. Dann marschieren die Soldaten in Zweierreihe auf uns zu.

Ich ziehe Vienne hinter dem Truck in Deckung.

»Mimi«, sage ich. »Systemcheck an den Nanobots ausführen. Du musst herausfinden, was aus den Funktionen der Symbipanzerung geworden ist.«

Statisches Rauschen.

Der Neustart ist fehlgeschlagen.

Keine Mimi.

Keine Panzerung.

Keine Munition.

Keine Wahl.

»Die sind schwer bewaffnet. Wenn wir Widerstand leisten, bringen sie uns um. Wir müssen uns ergeben.« Ich bettle geradezu. »Wir müssen überleben, um den Kampf später wieder aufzunehmen.«

»Kein Rückzug.« Vienne hebt das Gewehr, als wäre es ein Knüppel. »Keine Kapitulation.«

»Vienne, sei vernünftig. Tu das nicht. Ich werde nicht zusehen, wie du stirbst.«

»Dann mach die Augen zu«, sagt sie. Ihre Stimme ist so scharf wie eine Rasierklinge. »Ich sterbe lieber im Kampf, als dass ich mich gefangen nehmen lasse. Ich will nicht noch einmal als Gefangene enden.«

Noch einmal?

»Unten bleiben!«, brüllt der Offizier, als seine Männer den Truck umrunden. »Sonst erschießen wir euch!«

»Vienne, bitte«, sage ich in dem verzweifelten Bemühen, sie zu überzeugen.

»Kein Rückzug.« Sie schüttelt den Kopf. »Keine Kapitulation.«

Die Reihen der Sturmnacht-Soldaten teilen sich. Ein Kerl, der ungefähr in meinem Alter ist, kommt durch die Reihen auf uns zu. Er trägt ein lächerliches, wallendes Cape und wirkt viel zu groß. Seine Beine sehen aus wie Stelzen, und die Arme scheinen aus miteinander verbundenen Vogelknochen zu bestehen. Das Gesicht ist schmal und herzförmig, ein Streifen strohblonden Haares ist über die Stirn drapiert, und seine Kleidung schlottert um ihn herum.

»Danke, Duke«, sagt er. »Von hier an übernehme ich.«

Er winkt ein Dutzend Soldaten zu unserer Position. Sie umzingeln Vienne. Als sie sich auf die Männer stürzen will, erweisen diese sich als klug genug, den Kreis augenblicklich zu vergrößern.

»Feuererlaubnis?«, fragt der Offizier.

»Noch nicht«, sagt der Strohblonde.

Es reicht mir. Soll Vienne mich bis ans Ende aller Tage hassen – ich werde nicht zulassen, dass sie so einen idiotischen Tod stirbt. »Gemäß Abschnitt sieben-punkt-zwei des Zuuric-Abkommens«, verkünde ich, »liefern wir uns als Kriegsgefangene aus.«

»Du vielleicht!«, ruft Vienne. »Ich nicht!«

Der Anführer rammt mir die Faust in den Leib. Der Hieb ist hart genug, dass ich zusammenklappe und auf ein Knie falle.

Nun erkenne ich das Gesicht dieses Dreckskerls. Er war im Sitzungssaal in Christchurch. Der Mann ist Archibald Bragg, der Sohn der Direktorin. Hat Lyme ihn zu seiner Nummer Zwei gemacht?

»Das hier ist kein Krieg«, sagt Archibald. »Wir nehmen Leute in Gefangenschaft, wenn es uns gefällt. Zu eurem Pech gefällt es mir gerade nicht.«

Ich beobachte, wie Vienne einen Soldaten mit einem Tritt gegen die Brust ausschaltet. Sie schnappt sich seinen Blaster und eröffnet das Feuer. Drei Soldaten gehen zu Boden, ehe die anderen an sie herankommen.

»Hör auf!« Ich will zu ihr stürzen.

In diesem Augenblick trifft ein Gewehrkolben meine Schläfe, und bei mir gehen die Lichter aus.

Kapitel 12

Tranquility-Canyon, Noctis Labyrinthus
Präfektur Zealand
Annos Martis 238. 7. 20. 12:01

Die Sonne steht hoch am Himmel, als der Noriker am Rand der Schlucht hält. Meine Sturmnacht-Bekannten, Richards und Franks, schleifen mich an den Armen über die wüstenartige Hochebene. Meine blutigen Füße ziehen eine Spur in den Schmutz. Ich halte die Augen geschlossen. Das schützt sie vor dem Dreck. Außerdem ist mein bionisches Auge in einem beschissenen Zustand. Haar, verklebt mit Blut und Staub, hängt mir ins Gesicht. Mit herabhängendem Kopf lasse ich meine Peiniger mein ganzes Gewicht spüren, sodass sie mich für tot halten.

»Nicht stehenbleiben, Franks«, grunzt Richards. »Der Kerl ist so schwer wie ein Sack Steine.«

Franks rüttelt an meinem kraftlosen Arm. »Das soll ein Regulator sein? Ist wohl doch nicht so zäh.«

»Das ist kein echter Regulator, Franks. Sieh dir seinen Finger an. Der Bursche ist ein *Dalit*.«

»*Dalit?*«, wiederholt Franks schnaubend, lässt meinen Arm los und ergreift stattdessen meinen Munitionsgurt. »Was ist das?«

»Du hast auch von nichts eine Ahnung! Ein *Dalit* ist ein Regulator, der versagt hat. Einige werden zu Bettlern, andere zu Dieben. Und manche, so wie der hier, werden zu überaus artigen Söldnern.«

»Häh?« So, wie es sich anhört, kratzt Richards sich an den dichten Stoppeln auf seinen Wangen. »Woher weißt du das?«

»Benutz die Mikrobe, die du Hirn nennst«, sagt Richards und

führt uns einen kurzen Pfad entlang. Abrupt weicht der braune Boden einem blaugrauen Himmel: Wir haben den Abgrund erreicht. »Irgendein Großmaul hat ihn und seine Partnerin angeheuert, um die Bauern zu retten, die wir als Pfand mitgenommen haben.«

»Beinahe hätte es sogar funktioniert.« Franks stößt einen Pfiff aus. »Hab noch nie eine Suse so schießen sehen wie die. Meinst du, Archie macht sie ebenfalls kalt, so wie den hier?«

»Wenn er sich genug mit ihr vergnügt hat, wahrscheinlich.« Wieder grunzt Richards. »Aber Archie ist ein komischer Vogel. Kein Mensch kann voraussagen, was er tut oder nicht.«

Sie lassen mich fallen wie einen Sack verfaulter Lebensmittel. Ich drehe rasch den Kopf, um mir an dem Geröll nicht die Nase zu brechen. Einer von ihnen setzt einen Fuß auf meine Kehrseite. Ich unterdrücke ein Stöhnen und halte die Luft an.

»Warum tust du das?«, fragt Richards. »Er ist tot.«

Ruhe bewahren, ermahne ich mich, als ich spüre, wie mir der Zorn in die Kehle steigt. *Warte auf den richtigen Zeitpunkt. Du wirst Vienne retten, aber das kannst du nicht jetzt tun.*

»Ballern wir trotzdem auf ihn«, sagt Franks und hört sich für meinen Geschmack viel zu eifrig an. »Zerlegen wir das hübsche Gesicht noch ein bisschen mehr.«

»Das wäre Munitionsverschwendung. Munition kostet Geld. Oder hast du eine Zulage bekommen, dass du dir mehr Munition kaufen kannst?«

»Zulage?«, sagt Franks. »Ich schulde Mr. Lyme jetzt schon einen Monatssold.«

»Dann wirf den Scheißer in die Schlucht und fertig. Du bereitest mir Kopfweh.«

Auf drei zerren sie mich in die Luft und schleudern mich über den Rand des Abgrunds. Augen und Mund fest geschlossen, absorbiere ich die Wucht des Sturzes und lasse zu, dass mein Körper herumgeworfen wird wie ein nutzloser Klumpen Metall, während ich durch eine ausgetrocknete Wasserrinne rutsche.

Uff!

Ich pralle gegen einen Felsüberhang. Der Aufschlag treibt mir die Luft aus der Lunge. Ich kann nur hoffen, dass die Sturmnacht-Soldaten nicht neugierig genug sind, um zu bleiben und mich zu beobachten. Ein paar endlose Sekunden lang bleibe ich regungslos liegen, das linke Bein und den rechten Arm angewinkelt unter dem Körper. Mein Gesicht ist halb der Sonne zugewandt, und mit meinem gesunden Auge sehe ich die Spur, die hinauf zum oberen Ende der Schlucht führt.

Da oben ist niemand. Jedenfalls im Augenblick. Trotzdem warte ich für alle Fälle noch ein bisschen.

Unterhalb meines Ellbogens ist alles taub. Als ich die Hände spanne und dehne, kommen meine Finger mir wie gefühllose Würstchen vor. Es dauert ein paar Minuten, bis ich das Prickeln des elektrisierenden Schmerzes wahrnehme, der mich daran erinnert, dass diese Teile tatsächlich irgendwie mit mir verbunden sind. Mein Gesicht fühlt sich an, als hätte ich den Kopf in einen Bienenkorb gesteckt. Eine Seite ist dick geschwollen, Mund und Nase vom Blut aufgequollen. Wenn ich den Kopf zu schnell drehe, kreist alles um mich herum, beinahe wie ein Schwindelgefühl, nur viel intensiver.

Verdammt, wir waren so nahe dran gewesen, vom Außenposten zu entkommen. Hätte ich nur getan, was Vienne gesagt hat.

»Mimi?«

Ich tippe an meine rechte Schläfe, fühle die dicke Operationsnarbe unter meinem Haaransatz.

Statisches Rauschen. Der EMP hat sämtliche elektrischen Impulse durcheinandergebracht.

»Mimi? Es wird Zeit, dass du aufwachst. Neustart einleiten.«

Ich kneife das rechte Auge, ein künstliches Implantat, drei Sekunden lang fest zu und warte auf das leise Klingeln, das den Neustart ankündigt. Sekunden verrinnen, werden zu Minuten.

Kein Klingeln.

Nur statisches Rauschen.

»Mimi?«, frage ich laut. »Mimi! Wo bist du?«

Ein Gedanke schießt mir durch den Kopf und jagt mir einen Schrecken ein: Was, wenn ich Mimi verloren habe und mit ihr jede Chance, Vienne zu retten?

Ächzend richte ich mich in Sitzhaltung auf und versuche, den linken Arm zu belasten, aber er ist taub, und der Unterarm, auf dem sich gerade ein gewaltiger Bluterguss bildet, schwillt bereits an.

Dann fühle ich etwas Warmes auf der Stirn.

Blut.

Jede Menge Blut.

Während ich auf die rote Flüssigkeit starre, die sich in meiner Handfläche sammelt, verschwimmt alles vor meinen Augen. Über mir höre ich das Surren eines Wirbelgenerators zwischen den Wänden des Canyons, das Geräusch eines Aerofoil. Ich hebe die Hand, um dem Piloten zu signalisieren, dass ich Hilfe brauche, als die Hälfte meines Sichtfelds schwarz wird.

»*Tā mādebiing* bionisches Auge!« Ich schlage mir an die Schläfe. Ein scharfer Schmerz rast durch mein Hirn, und alles dreht sich. Oh, wie schön, eine Gehirnerschütterung habe ich also auch. Kann es noch schlimmer werden?

Ich stütze mich mit einer Hand am Boden ab und bekomme eine Antwort.

Fünf Meter über meinem Kopf rieselt Staub an der Wand der Schlucht herab. Ich höre ein ohrenbetäubendes Kreischen, und dann taucht eine lange, nadelspitze Klaue auf. Sie ruckt hektisch vor und zurück, ehe sie mit einem leisen Klirren verschwindet.

Was ist das?

Bestimmt spielen meine Augen mir einen Streich. Mein Gehirn ist benebelt.

Scharfkantige Gesteinsbrocken brechen aus der Steilwand. Noch ein Kreischen, laut genug, um meine Ohren klingeln zu lassen. Dann schießen acht Arachnidenbeine aus einem Loch hervor. Gezähnte Klauen klammern sich an den Fels. Ein knochiges Scharren wie von Kreide auf Schiefer ist zu hören. Dann dringt ein weiteres Klauenpaar, aus dem eine zähe Flüssigkeit sickert, die stinkt wie im Glas verrottetes Sauerkraut, aus der Öffnung. Zwei knollenförmige Facettenaugen erscheinen. Eine Sekunde hält das Ding inne und klappert mit seinen Klauen. Die Augen richten sich auf mich. Ein Beben geht durch den Körper. Dann huscht das Ding über den Felshang zu mir herab.

Es ist keinen Meter mehr von meinen Füßen entfernt.

»Oh, *merde*«, sage ich, denn dieser Insektoide ist ein Sandfloh, die einzig überlebende heimische Spezies auf dem Mars, die als ausgestorben galt, aber durch ein Versehen doch wieder auf die Welt losgelassen wurde.

Von mir.

Wäre Mimi wach, sie würde lachen angesichts der Ironie dieser Situation.

»Braver kleiner Sandfloh«, murmle ich mit geschwollenen Lippen, ehe ich darum kämpfe, beide Füße unter meinen Körper zu bugsieren. Halb gehe, halb krieche ich zum Rand des Felsvorsprungs. »Geh spielen. Durango tut dir nichts.«

Schleim tropft aus der zitternden Mundöffnung auf den Boden.

Das Gestein fängt an zu zischen.

Ich ergreife einen Stein, so groß wie meine Hand, und werfe ihn mit aller verbliebenen Kraft gegen den Panzer des Sandflohs.

Er kreischt und krabbelt davon.

Puh, das war knapp.

Da stellt er sich auf die Hinterbeine, wendet mir den breiten Thorax zu und verschießt haufenweise feine, stachelige Haare, die sich in die rechte Seite meines Gesichts graben.

Erst fühle ich gar nichts, bis der Schmerz zuschlägt. Meine Schreie hallen durch die Schlucht. Geblendet und voller Pein stolpere ich über den Rand des Felsens und fühle, wie meine Füße die Bodenhaftung verlieren.

◆

So hell.

Mein Hirn fühlt sich zu klein für den Schädel an. Pocht. Angespannt.

Da ist ein vertrauter Geruch, irgendwie klinisch. Etwas, das ich erkennen müsste. Eine Kompressionsbinde liegt über meiner Schläfenwunde. Für einen Moment bilde ich mir voller Panik ein, der Geruch entstamme einer brandigen Wunde. Ich betastete die Haut in der Umgebung, doch die fühlt sich kühl an.

Ich drehe mich um und übergebe mich auf den Boden.

»Erschießt mich doch einfach.« Dann fällt mir ein, dass das vermutlich schon passiert ist. Ein wahnsinniges Kichern löst sich von meinen Lippen, und mein Gehirn explodiert in einem Meteoritenschauer aus purem Schmerz.

Ich übergebe mich noch einmal.

Der Geruch des Erbrochenen steigt vom Boden auf, aber es kümmert mich nicht so sehr, wie es sollte. Ich werfe den rechten Arm über meine Augen. Komisch, das linke Auge fühlt sich seltsam isoliert an.

Irgendwo singt eine Frau. Ihre Stimme ist sehr hoch, fast schon eine Koloraturstimme, aber nicht so schrill wie die der fetten Opernsängerinnen, die immer in den Multivids gezeigt werden. Vielleicht liegt es am Akzent der Sängerin, jedenfalls hört sich die Melodie sehr alt und traurig an.

Nein, nicht traurig, melancholisch.

»Vienne?«

Ich muss diese Stimme finden!

Ich setze mich auf, wappne mich, zucke zusammen, ehe mir bewusst wird, dass der Schmerz nicht mehr da ist.

Halleluja!

Ich hole tief Luft, dehne meinen Brustkorb …

… und ein Blitz fährt mir zwischen die Rippen.

◆

Es ist dunkel, als ich das nächste Mal erwache.

Dieses Mal bin ich paralysiert. Keine Regung, keine Stimme. Eingeschlossen im Dunkeln, ohne einen Ausweg. Mein Schädel fühlt sich an wie ein dünnschaliges, wasserstoffgefülltes Ei, das jederzeit explodieren kann, und dann würden meine Gedanken sich verflüchtigen wie Ether.

»Mimi!«, schreie ich in meinem Kopf. »Mimi! Bitte, antworte mir. Ich brauche dich!«

Dieses Mal bekomme ich kein statisches Rauschen.

»Ich bin hier, Cowboy.«

»Ich dachte schon …« Die Panik in meiner Brust löst sich. »Ich dachte schon, ich hätte dich endgültig verloren.«

»Nur, wenn endgültig einhundertneunzehn Minuten dauert.«

»Ich habe mich übergeben. Zweimal.«

»Entschuldige, dass ich nicht mitgezählt habe.«

Die Luft riecht antiseptisch. Das ist der vertraute, klinische Geruch, ein Geruch wie von Alkohol und Povidon-Jod-Abreibungen. Was bedeutet, dass ich in einer Krankenstation bin, nicht im Jenseits.

»Du bist benebelt und ein bisschen neben der Spur, aber nicht tot«, sagt Mimi. »Es sei denn, ich unterhalte mich mit einem Geist, aber ich bin nicht für astrale Kommunikation programmiert.«

»Was ist mit dir?«, frage ich. Seltsamerweise fühle ich keinen Schmerz. »In der einen Sekunde quasselst du noch, und dann … kaputt.«

»Kaputt ist das passende Wort. Wir wurden von einem EMP erwischt, einem elektromagnetischen Puls. Er hat deine Symbipanzerung kurzgeschlossen und deine KI zu einem vollständigen Neustart gezwungen. Namentlich mich.«

»Ha.« Ich lache. »Du warst bewusstlos.«

»Ein Schicksal, dem auch du nur Minuten später zum Opfer gefallen bist, soweit ich es sehe.«

»Wo ist Vienne? Ich habe ihre Stimme gehört.«

»Das war nicht sie«, sagt Mimi. »Nur eine aurale Halluzination, ausgelöst durch ein Schädel-Hirn-Trauma.«

»Sie ist nicht hier? Aber ich dachte … ich dachte, sie würde für mich singen.«

»Tut mir leid, Cowboy.«

»Was ist aus ihr geworden?«

»Ich war offline«, antwortet Mimi. »Du weißt mehr darüber als ich.«

»Aber mein Gehirn ist so durcheinander wie ein Eintopf aus Speiseresten. Ich weiß nicht … warte mal, ein Sandfloh hat mich gebissen.«

»Ein Sandfloh?«

»Ins Auge. Mit seinem Hinterteil.«

»Physikalisch unmöglich, aber das könnte erklären, warum dein Okularimplantat nicht mehr auf Kommandos reagiert.«

»Mein bionisches Auge ist hin?« Aus irgendeinem Grund kommt mir das komisch vor, obwohl es alles andere als komisch ist. »Ich fühle mich, als würde ich unter Drogen stehen.«

»Das liegt daran, dass du unter Drogen stehst. Ich erkenne eine Kombination aus synthetischen Opiaten und peripheren Muskelrelaxanzien, die speziell auf deine Skelettmuskulatur einwirken, was deine Paralyse, die Schmerzfreiheit und den allgemeinen Wahnsinn erklärt.«

»Außerdem«, sage ich, »kann ich nichts sehen.«

»Das liegt daran, dass es in diesem Raum dunkel ist.«

»Ich würde ja lachen, aber davon muss ich kotzen. Kannst du die Umgebung scannen? Vielleicht ist Vienne ja ganz in der Nähe.«

»Negativ, Cowboy. Deine Augenprothese war eine Schlüsselkomponente des Telemetriesystems deines Anzugs. Ohne das Auge bin ich beinahe so blind wie du.«

»Tja, *tā mādebi.*«

»Amen.«

Licht.

Nach dem Klicken eines Schalters flutet Licht den Raum, und ich sehe, dass ich bäuchlings auf einem Tisch liege. Mein Kopf wird durch ein ringförmiges Polster gestützt, und ich starre auf einen rot gefliesten Boden. Zwei nackte Füße treten in mein Blickfeld. Silbernes Fußkettchen und lackierte Zehennägel.

»Vienne?«, frage ich Mimi.

»Negativ, Cowboy.«

»Wo ist Vienne?« Ich versuche, die Worte laut auszusprechen, aber mein Mund fühlt sich an, als hätte jemand einen Lappen hineingestopft, und die Worte wollen sich nicht bilden lassen. Eine Maschine fängt an zu brummen. Der Tisch dreht sich, und plötzlich schaue ich nach oben.

Über mir brennt eine OP-Lampe, und eine Frau kommt in Sicht. Rebecca. Ihr Haar ist zu einem Knoten hochgesteckt, und sie trägt eine Maske und eine OP-Brille. Sie wedelt mit einer Pinzette.

»Na, du Held?« Sie leuchtet mir mit einer Lampe ins linke Auge. »Wenigstens wissen wir, dass du nicht tot bist.«

»Was ist mit Vienne?«, schreie ich, auch wenn mir tatsächlich nur ein erstickter Laut entfleucht. »Mimi, kannst du nicht irgendwas tun?«

»Nein«, sagt sie und hört sich wütender und hilfloser an, als ich es je zuvor erlebt habe. »Ich kann nichts tun, weil du nichts tun kannst.«

Ich möchte vor Frust laut schreien, aber selbst das ist mir verwehrt.

»Tut mir leid, dass du nicht reden kannst«, sagt Rebecca. »Diese leichte Paralyse kommt von dem Pancuroiniumbromid. Du hast dich dauernd hin und her geworfen, also musste ich dich sedieren. – Joad, zieh sein linkes Augenlid hoch.«

»Hab's.« Joad beugt sich in mein Blickfeld. Er trägt keine Chirurgenkleidung, und seine Hand sieht fürchterlich schmutzig aus.

»Etwas weiter, bitte«, sagt Rebecca. »Da sind immer noch mehrere Haare in der Hornhaut. Durango, versuch, dich zu entspannen. Brennhaare aus der Hornhaut zu ziehen, ist eine heikle Sache, und in der letzten Zeit bin ich vor allem den Umgang mit Pflanzen gewöhnt, die keine Nervenenden haben.«

Schmerz ist mehr als die Summe seiner Neuronen, denke ich.

Methodisch zieht Rebecca die Haare heraus und legt jedes einzeln zur Seite. »Wenn ich es nicht besser wüsste, würde ich schwören, du bist einer Riesenvogelspinne begegnet, nur dass es sich um eine Erdenspezies handelt, die ausgestorben ist, als der Amazonas entwaldet wurde. Ein Glück, dass unser Sprühflugzeug dich entdeckt hat, ehe die Biberratten dich verspeisen konnten.«

»Bemerkenswert kaltschnäuzig«, stellt Mimi fest. »Die Frau bezeichnet sich immerhin als Expertin.«

»Sie ist Botanikerin.«

»Bemerkenswert angemessen«, sagt Mimi. »Im Umgang mit Patienten hat sie so viel Feingefühl wie eine Topfpflanze.«

Rebecca verändert den Eintrittswinkel des Lichtstrahls und schürzt verwundert die Lippen. »Seltsam. Ich dachte, ich hätte noch mehr Haare in den Glaskörper eingebettet gesehen. Jetzt sind sie nicht mehr da.«

Wie können sie einfach nicht mehr da sein?, überlege ich.

Rebecca legt die Pinzette weg. »Hast du sie verspeist, Durango? Ich weiß, ich weiß, das ist nicht lustig. Nur ein bisschen Galgenhumor. Ich rede eben gerne bei der Arbeit. Stimmt's, Joad?«

»Allerdings«, sagt er und verdreht die Augen.

»Den Pflanzen scheint das nichts auszumachen.« Rebecca verschwindet aus meinem Blickfeld.

Joad nimmt ihren Platz ein. »Das liegt daran, dass sie keine Ohren haben.«

»Das ist nur zu wahr«, sagt Rebecca. Es hört sich an, als hätte sie sich ein paar Meter entfernt. »Aber das bedeutet nicht, dass sie nicht hören können. Durango, ich lege jetzt eines der Haare unter das Mikroskop, um seine Herkunft festzustellen. Hmmm. Keine Herstellermarkierung, also ist es definitiv kein Produkt der Genmanipulation. So eine Haarstruktur habe ich noch nie gesehen. Erstaunlich. Das ist eine ziemlich spannende Entdeckung. Ich würde ja einen Artikel darüber schreiben, würde ich nicht bis zum Hals in der Arbeit stecken, die mit der Leitung eines Kollektivs verbunden ist.«

Mit einer Pipette in der Hand taucht sie wieder auf. »Ich könnte dir jetzt sagen, das wird ein bisschen brennen, aber das wäre eine Lüge.«

Sie träufelt mit der Pipette Medizin in mein Auge. Der Schmerz gleicht einer wütenden Glut, und ich reiße den Kopf zur Seite.

»Joad«, sagt Rebecca. »Halte bitte seinen Kopf ruhig. Tut mir leid, Durango, aber ohne die Tropfen wirst du erblinden.«

»*Wà kào*, das brennt!«, sage ich zu Mimi.

»Ich weiß, Cowboy. Deine Synapsen leuchten wie die Hauptstadt beim Geisterfestival. Au! Da geht's wieder los. Ich weiß, für dich ist das schwer, aber aus meiner Perspektive kann Schmerz recht schön sein.«

»Danke … aua … für dein Mitgefühl.«

»Mitgefühl trifft es nicht ganz. Oh, was für hübsche Synapsen.«

»Erledigt«, sagt Rebecca, legt mir einen Tupfer auf das Auge und übt sanften Druck aus. Mir fällt auf, dass ich wieder ein bisschen mehr fühle als zuvor.

Als Rebecca den Tupfer entfernt, blinzle ich dreimal. Es brennt nicht mehr so sehr.

»Du kannst blinzeln? Die Wirkung des Pancuroiniumbromids lässt ein bisschen früh nach. Ich werde dir für den Übergang etwas gegen die Schmerzen geben. Wie gesagt, irgendjemand hat deinem hübschen Gesicht ziemlich übel mitgespielt. Tu dir selbst einen Gefallen und schaue wenigstens eine Woche lang nicht in den Spiegel.«

Joad reicht Rebecca eine Patrone mit einem Serum und einen Autoinjektor. Sie schiebt die Patrone in den Injektor, legt ihn an meine Schulter und drückt ab.

Knirsch!

Rebecca mustert den Injektor. Die Kanüle ist abgebrochen. »Wie zum Henker ist das passiert?«

»Du hast die Nadel abgebrochen«, sagt Joad.

»Das war ich nicht«, entgegnet sie. »Das war seine Symbipanzerung. Sie hat sich verfestigt, als ich die Nadel hineinstechen wollte. Zieh ihm das Hemd hoch.«

»Mimi, was ist passiert?«, frage ich.

»Das, was sie gesagt hat. Als die Nadel in die äußere Schicht deiner Panzerung eingedrungen ist, haben die Nanobots den Fasern das Signal zur Verflechtung gegeben.«

»Aber ich war keiner Bedrohung ausgesetzt.«

»Die Nanobots dachten aber, es gäbe eine. Wusstest du, dass die Fäden in deiner Symbipanzerung aus modifizierten Zwirnfasern hergestellt werden?«

Ich bin nicht im Mindesten an irgendwelchen belanglosen Wissenshülsen interessiert. »Dann setz sie eben außer Kraft. Ich bin nicht scharf darauf, dass man mir irgendwelche Haare aus den Augen zupft, aber ich hätte nichts gegen ein bisschen Hilfe gegen die Schmerzen.«

»Ich werde mich bemühen, aber …«

»Aber was?«

»Die Bots sind in die Telemetriefunktionen eingebunden. Ohne sie kann ich deinen Anzug nicht so gut steuern wie bisher.«

»Scheiße.«

»Genau.«

Rebecca taucht wieder in meinem Blickfeld auf. »Tut mir leid, Durango, es gibt noch mehr schlechte Nachrichten. Wir müssen dir die Spritze in den Bauch geben. Die gute Nachricht ist, dass es nicht annähernd so schlimm brennen wird wie die Tropfen.«

»Das klebt ja an ihm«, sagt Joad. »Das Hemd.«

»Symbipanzerung kann ziemlich hartnäckig sein. Zieh einfach kräftig daran.«

»Nein, es klebt zu fest. Es klebt an seiner Haut.«

»Unmöglich.« Sie verschwindet aus meinem Blickfeld. »Lass mal sehen.«

»Siehst du es?«, fragt Joad. »Ich hab's ja gesagt.«

»Das ist … *wow*«, sagt Rebecca. »Das Nanogewebe scheint sich hier in die Haut transplantiert zu haben. Und hier auch. So etwas habe ich noch nie gesehen. Durango, wenn du wieder auf den Beinen bist, musst du einen Programmierer suchen, der deinen Anzug neu startet. Die Nanobots scheinen überempfindlich auf Stimulation zu reagieren. Sie sollen sich bei einem Aufprall mit deiner Haut verbinden, um die Energie abzufangen, aber deine Bots lassen nicht mehr los. Warte, hier ist eine Stelle, an der sich das Gewebe lockert.«

»Die Nanobots tun was?«, frage ich Mimi.

»Offensichtlich transplantieren sie das Gewebe in deinen Körper«, sagt Mimi. »Hast du nicht zugehört?«

»Ich hatte gehofft, du könntest mir eine weniger technische Erklärung liefern. So was wie, das sollten sie nicht tun. Es ist eigenartig.«

»Das sollten sie nicht tun. Es ist eigenartig.«

»Ha-ha.«

Der Injektor klickt. Ich fühle, wie etwas Warmes durch meinen Körper spült. Mein Auge dreht sich im Schädel nach hinten.

»Wow. Das ging schnell.«

»Allerdings«, sagt Mimi, aber ich höre sie nur undeutlich. »Tara-ra, bumm-di-damm. Heute gibt es Schlamm. Sing mit mir.«

Meine Lippen bewegen sich, aber ich bringe keinen Laut hervor.

»Das wird ein paar Stunden wirken, Regulator«, sagt Rebecca, als der Raum sich langsam auflöst. »Mein Gott, mit seinen Beinen ist sie auch verwachsen. So etwas ist mir wirklich noch nie untergekommen, nicht einmal, als ich noch für die Zealand Corporation gearbeitet habe, und da sind ständig sonderbare Dinge passiert.«

»Hat sie gerade Zealand gesagt, Mimi?«, nuschle ich.

Aber Mimi hört mir gar nicht zu. »Gute Nacht, Cowboy. Wir sehen uns morgen.«

Kapitel 13

Außenposten Tharsis Zwei
Präfektur Zealand
Annos Martis 238. 7. 21. 05:19

Archibald presst sich ein Taschentuch vor den Mund, als er das provisorische Gefängnis von Tharsis Zwei betritt. Der Gestank ist überwältigend, schlimmer noch als in der Favela.

»Sag den Videofilmern, sie sollen loslegen«, weist er Duke an. »Bringen wir es hinter uns. Dieser Gestank dreht mir allmählich den Magen um.«

»Ja, Mr. Archibald.« Duke hält sich ein Megafon vor den Mund. »Also los, ihr Hunde. In einer Reihe aufstellen. Zeit für eure Begutachtung.«

Die Gefangenen schlurfen über den Hof. Mit ihren schmutzigen Overalls und den blauen Arbeitshemden sehen sie aus wie

Zwangsrekrutierte, die sich zum Familienfoto einfinden. Gäbe es Arbeit für sie – sie könnten sie nicht tun. Jeder Mann, jede Frau und jedes Kind sieht aus, als wären seine Füße der letzte Anker, der sie daran hindert, einfach davonzutreiben. In ihrem derzeitigen Zustand liefern sie eine schaurige Vorstellung.

Aber das wird sich bald ändern.

»Herzlichen Glückwunsch«, ruft Archibald, ohne das Megafon zu bemühen. »Ihr wurdet von der Desperta Ferro aus der Tyrannei des Zealand CorpComs befreit!«

»Der was?«, fragt Duke. »Wir sind Sturmnacht, nicht …«

Archibald bringt ihn mit einem Blick zum Schweigen. »So, wie die ursprüngliche Desperta Ferro dazu beigetragen hat, die Orthokratie zu stürzen, wird die neue Desperta Ferro die Menschen aus dem Würgegriff des Zealand CorpComs befreien. Wir werden euch umerziehen und euch die wahre Freiheit lehren. Von nun an sollt ihr nicht mehr in der Abgeschiedenheit schuften. Von nun an soll eure Arbeit nicht mehr vergebens sein. Von nun an werdet ihr nicht mehr Hunger leiden, während ihr Feldfrüchte für den Tisch des Generaldirektors anbaut.«

Die Gefangenen starren ihn aus glasigen Augen an. Sie sind überwältigt.

»Alles im Kasten?« Archibald dreht sich zu den Videofilmern um, die ihm den hochgereckten Daumen zeigen. »Duke, verteil das Wasser.«

Während der nächsten paar Minuten erhalten die Gefangenen Tassen mit einer Flüssigkeit, die sie gierig hinunterstürzen. Nur eine, eine große Blondine, weigert sich. Ihre Hände sind mit Ketten an ihre Fußgelenke gefesselt, und sie steht ein paar Meter von den anderen entfernt.

Ein Sturmnacht-Soldat versucht, sie zum Trinken zu zwingen, indem er ihr die Tasse gewaltsam an den Mund hält, was ihm jedoch lediglich einen bösen Kopfstoß einträgt. Die Hand schützend über die gebrochene Nase gelegt, stolpert er zurück.

»Aufhören!« Nun erkennt Archibald die Frau – es ist der Vollmantelgeschossengel aus Christchurch. In seinem Kopf setzen sich die Rädchen des Bösen in Bewegung. Diese Möglichkeiten!

»Duke, was macht die Regulatorin hier draußen?«

»Sie haben angeordnet, alle Gefangenen sollten für die Show hergeholt werden, nicht wahr?«

»Nicht diese Gefangene«, sagt Archibald. »Sie ist etwas Besonderes. Lass sie in ihre Zelle zurückbringen. Ich werde mich persönlich um sie kümmern.«

Duke erteilt einen Befehl, und drei Sturmnacht-Soldaten gehen auf die Blondine zu.

Sie kauert sich zusammen, als sie nach ihr greifen wollen, und stürzt sich auf den ersten Mann, worauf dieser auf den Hintern fällt. Als der nächste Sturmnacht-Soldat vorrückt, rollt die Frau sich auf den Rücken und rammt ihm die nackten Füße in die Leiste.

»Uff«, stöhnt er, krümmt sich und fällt zu Boden.

Archibald reibt sich das Kinn. »Hervorragend. Sie ist sogar noch temperamentvoller, als ich gedacht habe.«

Ehe noch jemand Gelegenheit hat, sich ihr zu nähern, schnappt sie sich den Blaster des Mannes, der sich vor Schmerzen am Boden windet, wölbt Rücken und Hüften und schwingt sich auf die Füße. Sie feuert dreimal und schaltet mit jedem Schuss einen Soldaten aus.

»Nun haben wir uns genug amüsiert. Duke, mach dem Spiel ein Ende, ehe noch jemand verletzt wird. Mit jemand meine ich mich.«

Duke blafft in sein Megafon: »Packt sie!«

Ein Rudel Sturmnacht-Soldaten umzingelt das Mädchen. Sie feuert zwei weitere Schüsse ab. Dann klickt die Waffe nur noch, und die Männer stürzen sich auf sie, schlagen sie zu Boden und überwältigen sie durch das bloße Gewicht ihrer Körper. Nach einem letzten Augenblick verbissener Gegenwehr tragen sie die bewusstlose Frau weg.

»Das war aufschlussreich«, sagt Archibald. »Also kann sogar ein Regulator durch rohe Kräfte überwältigt werden.«

Duke nickt. »Ein echtes Satansweib.«

»Wir kümmern uns später um sie. Für den Augenblick ist die Show wichtiger.« Archibald signalisiert den Videofilmern, dass sie wieder anfangen sollen, die Bauern aufzunehmen. »Action!«

Fast eine volle Minute lang passiert gar nichts. Dann, angefangen bei den Kleinsten und Leichtesten, erwachen die Bauern allmählich. Ihre Augen werden klar, ehe sie sich erst rosa, dann rot färben. Sie strecken sich, dehnen ihre Muskeln. Eine der Frauen springt auf und schaut sich gehetzt um wie ein wildes Tier.

Sie sind bereit, denkt Archibald. »Wie war noch mein Text, Duke?«

Sein Assistent blickt ins Drehbuch. »Von nun an sollt ihr nicht mehr in der Abgeschiedenheit schuften bla-bla-bla.«

»Von nun an sollt ihr nicht mehr in der Abgeschiedenheit schuften!«, brüllt Archie.

Der Klang seiner Stimme weckt augenblicklich die Aufmerksamkeit der Gefangenen. Archibald schüttelt die Faust, und sie ahmen ihn nach.

Archibald reißt die Faust hoch. »Hossa!«

»Hossa!«, rufen die Gefangenen im Chor.

»Von nun an soll eure Arbeit nicht mehr vergebens sein!«

»Hossa!«

»Von nun an werdet ihr nicht mehr Hunger leiden, während ihr Feldfrüchte für den Tisch des Generaldirektors anbaut! Desperta Ferro wird sich erneut erheben!«

»Hossa!«, rufen sie immer wieder und scheinen gar nicht aufhören zu können. »Hossa! Hossa! Hossa!«

Wie drollig, denkt Archibald, als Duke ihn ablenkt.

»Die Aufsicht meldet, dass Mr. Lyme Sie sprechen möchte. Sie haben in der Kommunikationszentrale eine sichere Verbindung aufgebaut.«

Ich bin beschäftigt, denkt Archibald, aber er weiß, dass Lyme es nicht mag, wenn man ihn warten lässt.

Er bedeutet den Videofilmern, in seiner Abwesenheit weiterzufilmen. Die Gefangenen werden so lange schreien, bis die Wirkung der Droge abklingt oder bis sie vor Erschöpfung zusammenbrechen. Aber wenn das Filmmaterial erst geschnitten ist, wird es so aussehen, als wären die Bauern Teil einer Revolution gegen das Zealand CorpCom, und wenn das Video erst in den Multinets veröffentlicht wurde, hat Mutter noch etwas, worüber sie sich Sorgen machen darf.

»Ist irgendwas wahr von dem, was Sie gesagt haben?«, fragt Duke, als sie gemeinsam zum Aufsichtsgebäude gehen.

»Darüber, dass wir die Desperta Ferro sind? Nein, das ist nur ein bisschen Würze, die Mr. Lyme in die Brühe gekippt hat. Darüber, dass wir das Zealand CorpCom stürzen werden? Das ist die reine Wahrheit. Ich habe es dir ja gesagt, Duke, ich mache einen Gläubigen aus dir.«

Im Aufsichtsgebäude schickt Archibald alle hinaus, Duke eingeschlossen. Sämtliche Multinet-Monitore sind abgeschaltet, bis auf einen, der Lyme an einem Schreibtisch zeigt – vermutlich in einem Bunker in irgendeinem geheimen Abwasserkanal. Seine Züge sind in dem düsteren Licht kaum zu erkennen.

»Du kommst sehr gut voran«, sagt Lyme zu Archibald, ehe der auch nur ein Wort des Grußes über die Lippen bekommt. »Sag mir, wurden die Daten für das Projekt MUSE gestohlen?«

»Ja, Mr. Lyme, aber …«

»Wunderbar«, fällt Lyme ihm ins Wort. »Du hast den diebischen *Dalit* natürlich auf frischer Tat ertappt?«

»Ja«, sagt Archibald erleichtert. »Wir …«

»Auch das ist wunderbar. Bring ihn zum Haweradamm. Die Anlage verfügt über einige technische Ressourcen, die bei seiner Befragung hilfreich sein werden.«

Ihn? Aber der *Dalit* ist … eine Frau.

Alles Blut weicht aus seinem Gesicht, und seine Gedanken rasen und gehen das letzte Gespräch mit Lyme noch einmal durch. Hat Lyme das Geschlecht des *Dalit* explizit erwähnt? Oder hatte er, Archibald, einfach nur angenommen, dass Lyme den erbitterten Kämpfer gemeint hat?

Herr im Himmel, wenn ich den Falschen umgebracht habe, bin ich ein toter Mann.

»Stimmt was nicht?«, fragt Lyme.

»N-nein, Mr. Lyme. Alles bestens.« Archibald findet seine Haltung wieder. »Wir haben den Gefangenen, und ich werde dafür sorgen, dass eine transportable Hochsicherheitszelle für die Überführung nach Hawera bereitsteht.«

»Archibald«, sagt Lyme, »ich bin stolz auf dich. Mach so weiter.«

Der Bildschirm flackert kurz, und das Bild erlischt. Wenige Sekunden später werden die Multinets aktiviert, und die übrigen Bildschirme leuchten auf.

»Duke!«, ruft Archibald, der weiß, dass Lymes Stolz sich in Rachsucht verwandeln wird, sollten sie den gewünschten Gefangenen nicht wieder auftreiben können. »Bring Franks und Richards zu mir! Auf der Stelle!«

Kapitel 14

Landwirtschaftskollektiv Freeman
Präfektur Zealand
Annos Martis 238. 7. 24. 11:04

Die Minuten werden zu Stunden, und die Stunden dehnen sich über drei Tage, die eine Ewigkeit zu dauern scheinen. Es wird wärmer. Die Monsunsaison beginnt und bringt schwüle Luft und strömenden Regen, und die Krankenstube verwandelt sich in eine Sauna.

Ich fühle mich schwach. Wenn Rebecca versucht, mich mit Medikamenten vollzustopfen, verweigere ich die Einnahme. Der Schmerz verrät mir, wie weit ich gekommen bin und wie viel noch vor mir liegt. Wenn ich nicht schlafe und von Träumen heimgesucht werde, in denen Sandwürmer mir das Fleisch von den Knochen fressen, versuche ich mich auszuruhen, doch in meinen wachen Stunden plagt mich der Gedanke, dass es mir nicht gelungen ist, Vienne zu beschützen. Die Erinnerung an ihren wütenden Angriff auf die Sturmnacht entwickelt sich zu einem Pfuhl der Scham, in dem ich immer tiefer versinke.

Nun kommen mir die MUSE-Daten nicht mehr so wichtig vor. Mein Vater und sein Geheimnis können von mir aus geradewegs zur Hölle fahren. Ich kann das Leben eines *Dalit* führen, aber ich kann nicht ohne Vienne leben.

»Wie dem auch sei«, sagt Mimi. »Ich würde die Defragmentation der Daten von Tharsis Zwei gerne abschließen und sie mit den Informationen verknüpfen, die wir bereits haben. Falls du keine Einwände hast.«

»Tu dir keinen Zwang an.«

Um meinen Kopf zu beschäftigen, beginne ich mit allerlei kleinen Projekten, die meinen Händen – Korrektur, meiner Hand – etwas zu tun geben. Beispielsweise ein anderes Bett demontieren, indem ich sämtliche Bolzen und Schrauben entferne. Aus den Einzelteilen baue ich mir eine Krücke aus Metall und humple durch die Krankenstube, um mein Knie zu stärken und meinen Gleichgewichtssinn zu verbessern. Es ist erstaunlich, wie anders die Welt aussieht, wenn man nur die Hälfte davon erkennen kann.

Schließlich durchwühle ich die Schränke auf der Suche nach einem Elektrostatbogen. Ich wische die alten Daten über Ertragsraten der Sorghumpflanzungen weg und zeichne einen detaillierten Plan des Außenpostens Tharsis Zwei. Vienne ist noch dort, das spüre ich. Ich muss sie nur finden.

»Das wird nicht einfach«, warnt Mimi.

»Genau deshalb wird es klappen.«

◆

Ein paar Minuten später humple ich, auf meine Metallkrücke gestützt, eine Gasse im Kollektiv hinunter. Der Vormittag ist schon jetzt viel zu heiß, und der Schweiß sammelt sich auf meiner Oberlippe. Mit der Dämmerung ist schlechtes Wetter aufgezogen, und der Himmel scheint nur noch aus pechschwarzen Wolken zu bestehen.

Als die Bauern mich kommen sehen, halten sie inne und zeigen auf mich. Einige sind unverschämt genug zu lachen. Als Regulator gewöhnt man sich an eng anliegende Körperpanzerung und vergisst, dass sich nicht jeder so kleidet. Man gewöhnt sich aber auch an ein Mindestmaß an Respekt, und das kennen diese Bauern nicht.

Ich versuche, ihre Blicke zu ignorieren, und fummle an meinem Hemdsaum herum, wo er den Hosenbund überlappt. Der Saum schließt sich automatisch, sollte sich aber öffnen, wenn ich mit den Fingern darüberstreife. Sollte. Im Augenblick öffnet sich da gar nichts.

»Mimi, gib mir den Status meiner Symbipanzerung.«

»Die beiden Teile scheinen miteinander verschmolzen zu sein.«

Ich drehe mich im Kreis und versuche, meine Hemdzipfel zu lösen. »Verschmolzen? *Verschmolzen?*«

»Bleib ruhig«, sagt sie. »Das ist keine bedenkliche Situation.«

»Keine bedenkliche Situation? Meine Hose klebt fest!«

Die Kinder der Bauern beobachten mich und lauschen aufmerksam, und mir wird klar, dass ich laut gebrüllt habe. Deshalb formuliere ich meine nächste Frage an Mimi in Gedanken: »Und wie soll ich mein Geschäft erledigen?«

»Das muss ich noch analysieren.«

»Und was kommt dabei heraus?«

»Unbestimmbar.«

»Mimi?«

»Ich habe noch nicht genug Daten.«

»Du bringst mich noch zur Weißglut!«, blaffe ich sie an. »Wir reden hier über Blasenfunktionen.«

Die Kinder suchen das Weite.

»Und du erschreckst die Kinder, Cowboy.«

»Ich bin ein Zyklop mit einem gebrochenen Arm in einer dehnbaren Hose, der mitten auf der Straße steht und sich lautstark über das Pinkeln auslässt. *Natürlich* erschrecke ich die Kinder.«

Es hilft mir nichts, ein Spektakel zu veranstalten, in dessen Mittelpunkt ich stehe, also humple ich weiter. Hinter mir höre ich das Rumpeln eines Rovers, gefolgt vom Quietschen der mit Kies verunreinigten Bremsen. Mein Nacken schmerzt, also mache ich mir nicht die Mühe, mich umzuschauen.

»Wohin des Weges?« Es ist Rebecca. Sie trottet hinter mir her. In ihrer Armbeuge hängt ein Jutesack, und sie bietet mir ihren anderen Arm an. »Nimm ein bisschen Last vom Knie. Na komm. Ich habe schon Kälber getragen, die schwerer waren als du.«

»Danke für das Angebot«, sage ich. »Aber ich muss ablehnen.«

»Du bist nicht allzu vertrauensvoll, was?« Sie zieht die Nase kraus.

Meine Hände sind von der Anstrengung, die mir das Gehen bereitet, schweißnass, und mein Kopf klingelt vom Tinnitus. »Ich bin Regulator. Wenn ich mein eigenes Gewicht nicht tragen kann, wie soll ich dann Anführer sein?«

»Auch ein Chief braucht mal einen freien Tag.«

Wenn es nur so einfach wäre. »Ich nehme an, es gibt einen Grund, warum Sie mich gesucht haben.« Ich bohre die Krücke in den kiesbedeckten Boden. »Abgesehen davon, mich zum Tor zu begleiten.«

»Ich dachte, du hättest gern ein bisschen Gesellschaft«, sagt sie.

Ich wische mir mit der rechten Hand die Stirn ab. »Versuchen Sie's noch einmal.«

»Das kaufst du mir nicht ab, was?«, sagt sie. »Also gut, zwei Gründe. Erstens wollte ich mich vergewissern, dass du dich gut genug erholt hast, um uns zu verlassen. Was offensichtlich der Fall ist. Du gesundest schnell.«

Ich warte. »Und der zweite Grund?«

»Um den heißen Brei reden ist nicht deine Sache, was?« Sie öffnet eine Hand. Aus ihrer Handfläche blickt mir die Iris einer Okularprothese entgegen. »Wir mussten eine Weile in unserem Medizinlager wühlen, bis wir sie gefunden haben. Die Leute hier verlieren ständig irgendwelche Körperteile, also halten wir für alle Fälle Ersatzteile parat. Die Farbe passt nicht zu deinem gesunden Auge, aber in der Not frisst der Teufel bekanntlich Fliegen.«

Was führt sie im Schilde? »Wo ist meine?«

»Weitgehend zerstört. Es war kaum noch was davon übrig.« Sie ergreift das Auge mit den Fingern. »Ich kann dir dieses hier einsetzen, wenn du willst. Ich habe Erfahrung im Anpassen von Prothesen. Landwirtschaft sieht nur so lange ungefährlich aus, bis jemand mit der Hand in eine Dreschmaschine gerät.«

Ich zucke mit den Schultern, was sie als Zustimmung wertet. Mit geschickten Fingern schiebt sie mein Lid hoch und drückt die Linse an ihren Platz. Ich blinzle, um sie zu fixieren. Verglichen mit meinem bionischen Auge fühlt sich das Ding wie ein Klumpen Plastik an.

»Ein stummer Klumpen Plastik«, fügt Mimi hinzu.

»Lügt sie wegen des Auges, Mimi?«, frage ich. »Überprüf sie nach physischen Hinweisen auf Täuschung.«

»Ich war schneller als du«, antwortet Mimi. »Auch wenn die Anzahl der Routinen, die ich abarbeiten kann, massiv beschränkt ist, kann ich dir sagen, dass sie entweder ehrlich ist oder eine erfahrene Lügnerin, die ihre neuromuskulären Reaktionen kontrollieren kann.«

»Das ist ein schwacher Trost.«

»Du willst Trost?«, sagt Mimi. »Dann schlage ich vor, du besorgst dir eine Wärmflasche und eine Schmusedecke.«

»Was denn, keinen Teddybären?«

Aber ich habe begriffen. Mimi kann mir nur die Daten liefern. Was ich daraus mache, liegt an mir.

Rebecca räuspert sich. »Entweder überlegst du, ob ich vertrauenswürdig bin, oder du machst mir schöne Augen.«

»Wie rührend«, kommentiert Mimi. »Das Weibsbild gehört doch im Grunde zum alten Eisen.«

»Sei still, Mimi. Wenn ich Geduld habe, verrät sie sich irgendwann.«

Rebecca misst mich mit einem schiefen Blick. »Deine Lippen bewegen sich, aber ich kann kein Wort hören.«

»Tut mir leid«, entgegne ich. »Ich bin im Kopf ein paar Dinge durchgegangen. Ich habe einen Plan, um Vienne aufzuspüren.«

»Tot oder lebendig?«

»Lebendig.«

Sie tätschelt meine Schulter. »Ich habe gerade eine Menge über dich erfahren, Jacob. Du bist sehr loyal und sehr dumm.«

Ich stutze. »Jacob?«

»Ja. Ich kenne deinen Namen.« Sie lächelt. »Der Preis, der auf deinen Kopf ausgesetzt ist, ist ziemlich hoch. Genug, um eine neue Erntemaschine für Sojabohnen zu kaufen. Ich hätte dem Kollektiv wirklich helfen können, hätte ich dich ausgeliefert.«

»Warum haben Sie es nicht getan?«, frage ich. Ich weiß, dass wir jetzt zum Kern vorstoßen. Genau darauf wollte sie hinaus. Die Frage ist nur: Was will sie von mir?

Ihre Antwort geht im Donnern des Rovermotors unter, denn Joad fährt auf uns zu.

»Was?«, brülle ich, um den Lärm zu übertönen.

»Ich sagte, deine Kutsche wartet!« Sie führt mich zum Heck des Rovers und zeigt auf den Notsitz. »Die Federung ist hinüber, aber immer noch besser, als auf Krücken zu humpeln. Die ich übrigens wiederhaben will. Krankenbetten sind schwer zu bekommen.«

Was für ein Spiel sie auch spielt, sie ist noch nicht bereit für den entscheidenden Zug. Auch gut, ich bin so oder so nicht in Stimmung. Ich reiche ihr meine provisorische Krücke. »Danke fürs Zusammenflicken. Und für alles andere.«

»War mir ein Vergnügen.« Sie ergreift meine gesunde Hand und drückt sie. »Ruf einfach, wenn du H-i-l-f-e brauchst. Und komm mal auf ein Schwätzchen vorbei. Schließlich fällt einem Mädchen nicht jeden Tag ein waschechter Held in den Schoß.«

»Ha«, sagt Mimi. »Als die ein Mädchen war, hat der Bischof noch in der Heiligen Stadt gepredigt.«

Der Wind frischt auf. Ein Staubteufel sammelt Laub auf und verteilt es in der Luft. Der Himmel ist schwarz, die ersten schweren Tropfen fallen, und die Banyanbäume neben dem Tor wiegen sich im Wind.

Rebecca mustert mich. »Du liebst dieses Mädchen also wirklich?«, fragt sie, und der Wind peitscht ihr das kastanienbraune Haar ins Gesicht.

»Mehr, als Sie sich vorstellen können.«

Sie zupft sich eine Haarsträhne von den Lippen. »Ich habe eine ziemlich lebhafte Fantasie.«

»Selbst wenn in Ihrer Fantasie jeder Rostfleck auf dem Mars eine Supernova wäre«, sage ich, als Joad losfährt, »wäre Ihre Vorstellungskraft *dafür* nicht groß genug.«

Kapitel 15

Tengu-Kloster, Noctis Labyrinthus
Präfektur Zealand
Annos Martis 238. 7. 24. 13:06

Der Hund ist weg.

Das fällt mir als Erstes auf, als Joad in der Nähe des Klostertores anhält und ich von der Ladefläche klettere. Dort, wo der Hund gelegen hat, ist noch eine Kuhle am Boden zu sehen, und der Morgenregen hat die Wasserschüssel, die ich dort gelassen habe, mit Schlamm gefüllt. Ich frage mich, ob er einen natürlichen Tod gestorben ist, oder ob Stain beschlossen hat, die Dinge zu beschleunigen.

»Du verdienst sie nicht«, sagt Joad, begleitet vom Dröhnen des Motors.

»Wen?«, frage ich, immer noch in Gedanken versunken. »Den Hund?«

»Wer redet von einem Hund?«, knurrt er. »Ich meine Rebecca.«

Rebecca? »Wovon sprechen Sie? Ich habe eine Freundin, um des Bischofs willen.«

»Dann …« Er tritt aufs Gas, bis Öl aus den Endrohren spritzt und meine Stiefel trifft, »solltest du vielleicht anfangen, dich auch so zu verhalten.«

Ich beobachte, wie der Rover über die Anhöhe verschwindet. »Sag mal, Mimi, ist heutzutage eigentlich jeder psychotisch?«

»Du scheinst diese Wirkung auf Menschen zu haben.«

Als Nächstes fällt mir auf, dass mein Trike im Schatten der Bäume steht. Spontan denke ich daran, mich zu erkundigen, wie es dort hingekommen ist; dann aber erinnert Mimi mich an ein Sprichwort.

»Einem geschenkten Gaul schaut man nicht ins Maul«, sagt sie. »Hast du gewusst, dass dieser Spruch auf die Geschichte vom trojanischen Krieg zurückgeht, in dem einer der griechischen Könige, Odysseus, sich einen genialen Plan zurechtgelegt hat, sich in die Stadt Troja einzuschleichen?«

»Die Waffen sind noch da«, sage ich, nachdem ich das Gepäckfach entriegelt habe. Beide Armalites sind sicher verstaut. Ich schließe den Deckel und verriegele ihn wieder.

Mit einem weiteren Blick auf die Schüssel des Hundes öffne ich das Tor. Über mir kündet ein Windspiel von meinem Eintreten. Die Wolken haben sich noch weiter verdichtet, und Blitze jagen über den Himmel wie tanzender Stacheldraht.

Ich humple auf den Hof, bemüht, mein Gewicht zur Gänze auf das gute Knie zu verlagern. Vielleicht haben die Mönche eine Krücke, die ich mir leihen oder ein Bett, das ich auseinanderbauen kann.

Es ist still, und ich höre den Kies unter meinen Füßen knirschen, während ich mein Bein nachziehe. Da es noch früh ist, sind die Mönche wahrscheinlich noch mit Meditieren beschäftigt, also nehme ich den kürzesten Weg zum Teehaus, wo ich Shoei, Yadokai und Riki-Tiki auf ihren Matten vorfinde. Sie kauern auf den Knien, die Stirn an den Boden gepresst, und murmeln Gebete.

»Guten Morgen«, sage ich, vergeblich um einen munteren Tonfall bemüht.

Sie starren mich an, als hätte ich mir Hörner wachsen lassen.

»Du kannst gehen?«, fragt Shoei.

»Du siehst aus wie *wà kào*«, fügt Yadokai hinzu.

Und Riki-Tiki vervollständigt das herzliche Willkommen mit den Worten: »Dein Arm ist gebrochen. Und dein Auge hat eine andere Farbe.«

»Ja, er sieht aus wie *wà kào*«, sagt Yadokai noch einmal.

»Ich freue mich auch, euch alle zu sehen.« Plötzlich bin ich enttäuscht, dass sie mich nicht im Kollektiv besucht haben. Ich hole tief Atem, was einen stechenden Schmerz durch meine Rippen jagt. »Ja, ich kann gehen. Ja, ich habe ein Auge verloren. Und ja, ich sehe aus wie *wà kào*. Und ich weiß, ihr alle glaubt, Vienne sei tot, aber sie lebt. Und ich habe einen Plan, um sie zu retten. Alles, was wir brauchen, ist ein trojanisches Pferd, mit dem ich mich in Tharsis Zwei einschleichen kann.«

»Geisteskrank!«, sagt Shoei.

»Unmöglich!«, ruft Yadokai.

»Ich bin dabei!« Riki-Tiki hüpft zu mir herüber. Dann streckt sie Meister und Meisterin die Zunge heraus. »Aber du musst erst Ghannouj fragen, ehe wir dir helfen dürfen.«

»Warum?«, frage ich, verwundert über ihre Reaktion. »Muss er erst die magische Teetasse befragen oder so was?«

»Natürlich«, sagt Riki-Tiki erstaunt. »Woher sollen wir sonst wissen, welcher Weg der Richtige für uns ist?«

◆

Die Klosteranlage ist ungefähr vier Hektar groß. Die meisten Gebäude befinden sich in der Nähe des Tores, aber die Bienenstöcke machen eine lange, beschwerliche Wanderung zu einer Hochebene erforderlich. Als Riki-Tiki und ich uns den Reihen der Bienenkörbe nähern, zähle ich über tausend von ihnen, und jeder einzelne beherbergt Tausende von Bienen. Es müssen Millionen sein.

Und inmitten von Bienenhausen steht Ghannouj mit einem kastenförmigen Hut und einer Räucherschale, den Körper in ein schimmerndes Gewebe gehüllt, das aussieht wie ein Zelt aus Goldlamé.

»Ich glaube, du hast die Anzahl der Bienen unterschätzt«, sagt Mimi, als ich mir einen Weg durch Vielzahl der Bienenkörbe bahne. Wind fegt durch die Reihen, und die Luft ist erfüllt von sattem Honigduft.

»Würdest du sie für mich zählen?«, sage ich. »Aber ohne deine Telemetriefunktionen wird das nicht leicht.«

»Mein Prozessor ist immer noch intakt. Ich kann eine Probe aus der direkten Umgebung nehmen und darauf basierend extrapolieren.«

»Was du bereits getan hast.«

»Vier Millionen, zweihundertzweiundfünfzigtausendundsechs Bienen.«

»Angeberin.«

Wir gehen zu Ghannouj, der die Räucherschale dazu benutzt, die Bienen zu betäuben, während er Waben voller Honig aus den Stöcken zieht. Er und Riki-Tiki unterhalten sich kurz, ehe sie stumm an mir vorbeigeht.

»Du möchtest mich sprechen?«, fragt Ghannouj, als Riki-Tiki fort ist.

Ich erzähle ihm von meinem Plan, Vienne zu retten. »Shoei und Yadokai halten mich für verrückt, aber Riki-Tiki sagt, ich soll Sie um Erlaubnis bitten.«

Ghannouj legt die Wabe in ein Gefäß, um den Honig herauslaufen zu lassen. »Die Aufgabe einer Biene ist einfach. Sie sammelt den Nektar und bringt ihn zum Stock. Dort wird daraus der Honig gewonnen, von dem sich die Bienen ernähren. Auch die Aufgabe des Mönchs ist einfach. Wir sammeln Wissen. Das bringen wir ins Kloster. Das Kloster gibt das Wissen an jene weiter, die danach dürsten.«

»Aber …«

»Die Aufgabe des Regulators ist nicht so einfach. Du opferst dich, damit andere in Frieden leben können. Doch es gibt Zeiten, da ist Frieden unerreichbar für dich.« Mit Hilfe der Räucherschale vertreibt er die Bienen von der Wabe. »Als Vienne in Riki-Tikis Alter war, musste sie eine Entscheidung treffen zwischen dem Leben, an dem ihr Herz hing, und der Person, an der ihr Herz hing.«

Viennes Worte hallen in meinem Kopf nach: Stain war einst einer der Tengu. Er wurde verbannt, weil er den Tempel entweiht hat. Er hat einem anderen menschlichen Wesen das Leben genommen. War Stain die Person, die Vienne geliebt hatte? Hat sie ihn dem Leben als Mönch vorgezogen?

»Es war eine sehr schwere Entscheidung«, fährt Ghannouj fort. »Eine, die ich nicht hätte fällen können. Vienne war immer die Stärkste von uns. Als sie ihre Wahl getroffen und das Kloster verlassen hat, um Regulatorin zu werden, wusste sie, dass sie sich nie wieder den Tengu würde anschließen können. Sie ist kein Mönch mehr, und obwohl wir ihre Anwesenheit schätzen, können wir sie nicht retten.«

»Das ist mir bewusst.«

»Und doch möchtest du, dass wir unsere Aufgabe ruhen lassen, um der zu helfen, die uns verlassen hat.«

»Ja!«

Er stellt die Räucherschale ab, schüttelt den Kopf und nimmt eine Teetasse von einem Tablett, das auf einer Bank in der Nähe steht. »Warum?«

»Weil die Bienen Blumen brauchen, um Honig zu produzieren. Wenn jemand mit einer Sense käme, um die Blumen niederzumähen, würde jede Biene, die bei Verstand ist, ihn aufhalten.«

Verwirrt runzelt er die Stirn und nippt an seinem Tee. »Ich verstehe deine Metapher nicht.«

»Weil ich Soldat bin, kein Poet!« Ich nehme mir ebenfalls eine Tasse von dem Tablett. »Ghannouj, mit allem gebotenen Respekt, ich glaube nicht, dass ich Sie überzeugen kann. Hier, lesen Sie. Sagen Sie mir, ob Vienne noch lebt oder nicht.«

Er schüttelt den Kopf und widmet sich wieder seiner Arbeit. »Wenn im Stock Harmonie herrscht, ist alles gut. Manche Bienen haben eine besondere Aufgabe. Sie schützen den Stock mit ihrem Leben. Sie sterben, damit der Stock leben kann.«

Ich sehe zu, wie er eine weitere Wabe herauszieht und fühle, wie die Saat der Enttäuschung und der Wut in meinen Eingeweiden aufgeht. »Eine der euren ist dort draußen. Allein. Verwundet. Vielleicht sogar tot, und Sie wollen mich etwas über Honig lehren?«

»Der Stock muss das Opfer annehmen, und die Bienen müssen ihre Arbeit fortführen. Wäre es nicht so, wäre das Opfer umsonst.«

»Oh, jetzt verstehe ich. Sie sagen mir, ich soll Vienne aufgeben, genauso, wie Sie sie aufgegeben haben.«

»Wir haben sie nicht aufgegeben«, erwidert er so sanftmütig, dass ich ihn am liebsten erwürgt hätte. »Bei jeder Meditation bete ich für ihre Sicherheit.«

»Sie beten, aber Sie sind nicht bereit, sie zu suchen? Warum?«

»Weil die Suche nach Vienne allein dein Pfad ist. Du kannst dir jedes Werkzeug und jede Waffe leihen, die unser ist, und unsere Speisen sind auch deine Speisen. Nimm dir, was du brauchst.«

»Woher wissen Sie, dass es allein mein Pfad ist?«

»Die Teeblätter.«

»Nicht schon wieder diese aasigen Teeblätter! Wie kommen Sie auf die Idee, das sei mein Pfad und nicht auch der Ihre?« Ich schnappe mir die Tasse und werfe sie gegen einen Bienenkorb. Sie zerspringt in so viele kleine Scherben, dass es aussieht, als hätte sie sich in Luft aufgelöst.

»Das war meine Lieblingstasse«, sagt er.

»Oh. Tut mir leid. Ich …«

»Solche Dinge geschehen, wenn man sich Lieblinge erlaubt.« Er wirbelt seinen Stab herum, was diesem ein hohes Pfeifen und zugleich ein tiefes Klappern entlockt. Die Bienen sammeln sich über uns zu einem Schwarm. Mit einem kurzen Wink schickt er den Schwarm fort. »Die Teeblätter haben mich noch nie enttäuscht. Auch du wirst mich nicht enttäuschen.«

Kapitel 16

Außenposten Tharsis Zwei
Präfektur Zealand
Annos Martis 238. 7. 24. 15:41

Schweigend sitzt Archibald auf einem Metallstuhl. Von seinem Platz aus kann er die Regulatorin betrachten, ohne sich selbst in Gefahr zu bringen, beinahe wie ein Mikrobiologe ein Virus mit einem Kryo-Elektronenmikroskop untersucht.

Die Metapher scheint passend zu sein. In den wenigen Stunden ihrer Gefangenschaft hat sie mehrere Sturmnacht-Soldaten verwundet und den armen Tropf, der ihr die Symbipanzerung abgenommen hat, für den Rest seines Lebens zum Krüppel geschlagen. So viel Gewalt und so viel Schönheit, vereint in einem menschlichen Wesen. Es hat beinahe wehgetan, sie anzuschauen. So musste Botticelli sich gefühlt haben, als er das Modell für seine Venus erstmals erblickt hatte.

So schön sie jetzt ist, überlegt Archibald, *man stelle sich nur vor, wie strahlend sie sein wird, wenn die Formgebung abgeschlossen ist.*

Er drückt auf einen Schalter. In der Zelle flackert das Licht auf.

»Raus aus den Federn, Engelchen!«

Die Regulatorin setzt sich auf dem Bett auf, zieht sich die dünne

Decke über die Schultern und starrt ihn durch das Plexiglas wütend an. Während der ersten paar Stunden ihrer Kerkerhaft haben andere Gefangene Interesse an ihr gezeigt. Aber nachdem sie den Fehler begangen hatten, Hand an sie zu legen – und ihnen die Hände im Gegenzug gebrochen wurden –, sind sie zu dem Schluss gekommen, dass die Regulatorin verrückt sein muss. Was für eine Vorstellung: Ein *Ekstase*-Junkie, der jemand anderen für verrückt hält.

Archibald sieht, wie sich das Licht der Leuchtstofflampen an der Decke in ihrer eisblauen Iris spiegelt. Das Licht verschwindet und kehrt zurück, als das Versuchsobjekt blinzelt. Vielleicht gibt es eine Möglichkeit, diese herrlichen Augen auch im Endprodukt beizubehalten.

Er wendet sich ab und macht sich ein paar sinnlose Notizen auf seinem Elektrostatbogen, weil er ihrem starren Blick nicht mehr standhalten kann.

Die Hände der Regulatorin sind mit Handschellen vor ihrem Körper gefesselt. Auch an ihren Fußgelenken sind Schellen, die mit Ketten am Boden befestigt sind. Blutergüsse bilden sich in ihrem Gesicht und am Hals. Eine schmale Schnittwunde verläuft über ihr Schlüsselbein. Sie ist dünner geworden, und ihre Augen liegen tiefer in den Höhlen. Nur die Schönheitsfehler auf ihrer Stirn erinnern noch daran, wie jung sie ist. Der Rest von ihr ist so alt und hart wie der geschmiedete Bohreinsatz einer Dampfbohrmaschine, was es umso angenehmer machen wird, sie zu brechen.

Als einige Minuten vergangen sind – die Regulatorin hat sich keinen Millimeter gerührt –, pocht Archibald gegen die Plexiglasscheibe. »Wie heißt du?«

Sie zieht ihm mit Blicken die Haut ab.

»Das würde dir gefallen, was?« Archibald zieht eine Fernbedienung aus einer verborgenen Tasche seines Umhangs. »In deinem früheren Leben wurdest du vermutlich dafür belohnt, hart im Nehmen zu sein. Eine Stoikerin, die ihre Gegner mit Freuden niederstarrt. Habe ich recht? Ich kann das verstehen. In meinem früheren Leben war ich streberhafter Lieblingssohn. Dann haben sich die Dinge geändert.« Er zieht sein Feuerzeug hervor und schnippt es an. »Ja, die Dinge änderten sich schlagartig, und die Welt, in der ich gelebt habe, mit ihnen. Das Gleiche ist auch dir passiert, Herzchen.«

»Nenn mich nicht so!« Sie stürzt auf ihn zu, aber die Kette spannt sich, und sie fällt auf die Knie.

Archibald grinst. Das also ist ihre Achillesferse. »Mit dem früheren Leben meine ich nicht diesen Reinkarnations-*wà-kào*. Ich meine das Leben, das du geführt hast, ehe du in dieser Zelle gelandet bist. Dieses Leben ist vorbei, niedergebrannt und erloschen.« Er pustet die Flamme aus. »Aus der Asche wirst du wiedergeboren, genau wie es mir ergangen ist. Und womit soll man eine Wiedergeburt besser beginnen als mit dem Namen?«

Sie wirft die Decke fort, steht auf und hebt eine Faust. »Ich bin Regulatorin. Ich werde mich nicht ergeben.«

»Du bist eine Neunerin in einem schlecht sitzenden Kittel, die in einem alten militärischen Außenposten in der Falle sitzt.« Er rümpft die Nase. »Deine Zelle ist zehn Meter unter der Oberfläche und wurde aus dem bloßen Fels gehauen. Der einzige Weg hinaus führt durch eine Tür aus sechs Zentimeter dickem Plexiglas. Du wirst dich also sehr wohl ergeben, oder du darfst hier frierend, hungrig und unter Qualen verrotten.«

»Mein Chief wird mich retten.«

Archibald lacht verhalten. »Wenn du mit Chief diesen billigen Abklatsch von einem Regulator meinst, der bei dir war, solltest du deine Hoffnungen nicht zu hoch schrauben. Er ist tot.«

Für einen Augenblick ist ihr Gesicht wie versteinert. Wie es scheint, wägt sie die Bedeutung dieser Feststellung im Geiste ab, und das Licht in ihren Augen erlischt. »Tot?«

»Die Sturmnacht hat seinen Kadaver als Warnung für die Bauern in eine Schlucht geworfen. Die werden von nun an zweimal darüber nachdenken, ob sie uns einen *Dalit* auf den Hals hetzen sollen. Traurig, aber wahr, Engelchen.«

»Mistkerl!« Sie wirft sich gegen das Plexiglas, und er zuckt zusammen, erschrocken über ihre Schnelligkeit und Wildheit.

»Enchanté.« Er leckt sich die Lippen. *»Je m'appelle Archibald. Comment vous appelez-vous?«*

»Fahr zur Hölle!« Sie hämmert mit der Faust an das Glas, ehe sie ihm den Rücken zukehrt und zum Bett geht.

»Eine Frau, die sich ein bisschen unter Kontrolle hat. Das gefällt mir«, sagt er in der Absicht, sie mit Spott aus der Reserve zu locken. Zugleich ist er es leid, darauf zu warten, dass sie endlich aufgibt. Er benutzt die Fernbedienung, um die Glastür zu öffnen. »Versuchen wir es noch einmal. *Je m'appelle Archibald. Comment vous appelez-vous?«*

Sie schnappt sich den Pinkeleimer und wirft ihn nach Archibald. Der Kübel prallt gegen seinen Kopf und hinterlässt eine Platzwunde an seiner Schläfe. Der Schock lähmt ihn, und es dauert mehrere Sekunden, bis er seine fünf Sinne wieder beisammen hat.

»Niederträchtige kleine Hure!« Blut trieft an seinem Kinn herab, und er zeigt mit der Fernbedienung auf sie. »Dafür bezahlst du.«

Die Regulatorin scheint das einen Dreck zu interessieren. Ein Schrei löst sich aus ihrer Kehle, und sie fliegt horizontal quer durch die Zelle auf ihn zu.

Die Kette wickelt sich ab.

Und spannt sich.

Ihre Schulter trifft Archibalds Bauch, und sie krallt die Finger in seinen Umhang, als sie gegen das Glas prallen. Hiebe mit beiden Fäusten explodieren an seinen Rippen.

»Die Hure bist du!«, schreit sie.

Sein Kopf knallt wieder und wieder an das Glas, aber irgendwie gelingt es ihm, die Fernbedienung zu betätigen.

Der Körper der Regulatorin krümmt sich wie ein Kabel unter

Überspannung. Sie prallt auf den Steinboden, ohne dabei noch irgendeinen anderen Schmerz wahrzunehmen als den, der wie eine endlose Kette aus Blitzen durch ihren Körper rast.

Sekunden später ist sie bewusstlos, und Archibald stemmt sich mühsam auf die Beine, hält sich die Rippen und ringt um Atem.

»Das war knapp«, keucht er.

Beim nächsten Mal, beschließt er, als er aus der Zelle stolpert und die Plexiglastür hinter sich schließt, wird er Wachen mitnehmen. Haufenweise. Dieses Weib zu brechen wird mehr erfordern als eine kleine Schocktherapie.

Aber sie wird gebrochen werden, und am Ende wird es die Mühe wert sein. Erneut zieht er sein Feuerzeug hervor und entzündet es.

Eine so machtvolle Waffe ist stets die Mühe wert.

Kapitel 17

Tengu-Kloster, Noctis Labyrinthus
Präfektur Zealand
Annos Martis 238. 7. 24. 18:53

Ich brauche dich so oder so nicht, Ghannouj, geht es mir durch den Kopf, während ich mich abmühe, die nötige Ausrüstung im Gepäckfach des Trikes unterzubringen, das im Schatten des safrangelben Gewölbebogens steht. *Ich kann Vienne auch allein retten. Einhändig, wenn es sein muss.*

»Es muss sein«, sagt Mimi. »Aber nicht einhändig, sondern einäugig.«

»Ich will keine Witze mehr hören«, warne ich sie.

»Das war kein Witz, Cowboy. Dank der technischen Vorzüge deiner Panzerung und ihres organischen Unterstützungssystems magst du dich zwar schneller erholen als der Durchschnitt, aber du bist nicht übermenschlich.«

Riki-Tiki hüpft auf das Trike zu und macht sich daran, meine Sachen in das Gepäckfach zu stopfen. Sie packt einen Jutebeutel mit Reiskeksen, Honigbüchsen und mehreren Trinkhörnern mit Wasser dazu. »Alles verstaut.«

Sie klettert auf den Fahrersitz.

»Was soll das?«, frage ich.

»Mit dem gebrochenen Arm kannst du nicht fahren. Ich übernehme.« Sie dreht am Gasgriff. »Ich bin eine sehr gute Fahrerin.«

»Tut mir leid, Riki-Tiki. Ghannouj sagt, du darfst mir nicht dabei helfen, Vienne zu retten.«

»Aber er hat nicht gesagt, dass wir dir nicht helfen dürfen, sie zu *suchen*«, sagt Shoei, die gemeinsam mit Yadokai zum Tor gekommen ist. »Beeil dich, alter Mann.«

»Immer mit der Ruhe, Frau!«

Sie klettern hinter Riki-Tiki auf das Trike und lassen mir keinen Platz mehr.

»Steh nicht rum, Schwabbelarm«, blafft Yadokai mich an. »Vienne braucht Hilfe! Beweg dich!«

Jetzt sind plötzlich alle wild entschlossen, sie zu retten?

»Die Logik eines Mönchs zu hinterfragen«, sagt Mimi, »ist das mentale Äquivalent dazu, sich selbst in den Schwanz zu beißen.«

»Ich weiß nicht mal, was das bedeuten soll.«

»Genau darum solltest du die Logik der Mönche nicht hinterfragen.«

»Wir sehen uns!«, ruft Riki-Tiki, rast davon wie eine Lenkrakete und lässt mich einfach im Regen stehen. Binnen Sekunden ist das Trike nur noch ein Punkt in weiter Ferne.

»Was, zum Teufel …« Unter dem Helm kratze ich mich mit der

gesunden Hand am Kopf. »Wenn das ein Beispiel für die Logik von Mönchen ist, dann wundert mich nicht, dass Vienne mir so ein Rätsel ist.«

»Ich könnte dir ihr Verhalten erklären«, sagt Mimi, »aber ich bin zu sehr damit beschäftigt, mich in den eigenen Schwanz zu beißen.«

»Pass auf die Haare auf. Du weißt nie, wann sie zurückbeißen.« Ich nehme den Helm ab und reibe mir den Schädel. »Schließen wir eine Wette ab, ob sie zurückkommen?«

»Die Chancen stehen fünfzig-fünfzig.«

Eine Minute vergeht.

»Siebzig-dreißig.«

Zorn brodelt in meiner Brust wie ein frisch entzündetes Fettfeuer. So gern ich Riki-Tiki und ihre spielerische Art habe, das ist nicht der richtige Zeitpunkt für Unfug.

Dann höre ich ein Motorengeräusch aus der Ferne.

Auf der Straße, auf der Riki-Tiki verschwunden ist, taucht ein weiterer kleiner Fleck auf.

»Da kommen sie.«

»Das ist nicht dein Trike«, verbessert mich Mimi, als der Fleck nahe genug ist. »Der Motor ist kleiner.«

Sie hat recht. Mein Trike hört sich an wie ein Haufen Kanonenkugeln in einer Betonmischmaschine. Dieser Motor gehört zu einer kultivierteren Maschine, nicht zu einem Schneemobil auf Rädern.

Ich schirme mit der Hand das Auge vor dem Wind ab und blinzle den Fahrer an, bis ich sein Gesicht erkenne. »Oh nein. Nicht der.«

Stain fährt auf einem antiken Munro-Davidson-Motorrad vor, eines von der Sorte, wie man sie normalerweise nur in einem Museum zu sehen bekommt.

»Der Tag ist voller Überraschungen«, sagt Mimi.

»Und keine davon ist angenehm.«

Als Stain anhält und der Motor im Leerlauf brummt, sage ich: »Sie sind der Letzte, von dem ich erwartet hätte, dass er ein Motorrad besitzt.«

»Es ist gebraucht«, erwidert er, ohne eine genauere Erklärung zu liefern.

»Schätze, mir bleibt nichts anderes übrig, als um eine Mitfahrgelegenheit zu bitten«, sage ich, ziehe es aber vor, den Blick über die Steilwände der Schlucht schweifen zu lassen, statt ihn anzuschauen.

Er knurrt. Sein Zungenpiercing klackert an seinen Zähnen. »Wartest du auf eine Einladung?«

Mit der ganzen Begeisterung, mit der ich meine Hand in einen Hackschnitzler gesteckt hätte, schwinge ich hinter ihm ein Bein über die Sitzbank, weigere mich aber, mich an seinem Körper festzuhalten. Stattdessen presse ich die Beine an das Motorrad und bete, dass ich keinen Krampf bekomme.

Aus dieser Position sehe ich Beulen an seinen Schultern und parallel zu seinem Rückgrat weitere Metallimplantate. Dieser Schürfer muss Schmerzen lieben.

»Warum helfen Sie mir?«, rufe ich, als er zurück auf die Straße fährt.

»Weil ich Vienne nicht im Stich lassen will.« Er verstummt, und für einen Moment glaube ich, er würde gleich *erneut* hinzufügen.

»Was bedeutet sie Ihnen?«, schreie ich. »Nach allem, was ich gehört habe, ist sie der Grund, warum Sie das Kloster verlassen haben.«

»Der Grund, warum ich das Kloster verlassen habe, ist kompliziert.« Er gibt Gas. »Was Vienne mir bedeutet, ist einfach. Sie und ich haben denselben Vater. Sie ist meine Schwester.«

◆

Am frühen Abend erreichen Stain und ich den Hain aus Banyanbäumen nahe dem Außenposten Tharsis Zwei. Der Meister und die Meisterin warten am Treffpunkt. Riki-Tiki hat es sich auf den Ästen eines Baumes bequem gemacht und hält Wache.

Nun springt sie zu uns herab. »Was hat dich so lange aufgehalten?«

»Das ist seine Schuld«, sagt Stain.

Viennes Bruder? Es fällt mir schwer, irgendeine Ähnlichkeit auszumachen.

Wie zuvor verstecken wir die Fahrzeuge tief im Blätterwerk und benutzen einen belaubten Zweig, um unsere Spuren zu verwischen. Dieses Mal nehme ich mein Armalite mit. Viennes Waffe lasse ich, eingewickelt in Sackleinen, in dem Gepäckfach, wo sie darauf wartet, zu ihrer Eigentümerin zurückzukehren.

»Immer vorausgesetzt«, sagt Mimi, »dass Vienne in Tharsis Zwei ist.«

Regentropfen, groß wie Projektile, fallen vom Himmel und hinterlassen kleine Kuhlen im lockeren Boden. Der tiefe Bass eines Donnerschlags erschüttert das Laub, während ich den Plan erläutere und jedem erkläre, was er zu tun hat.

»Verstanden?«, frage ich die anderen, als ich fertig bin. »Wir haben zwar ein bisschen Spielraum, aber wenn es zu haarig wird, geben wir die Mission sofort auf. Niemand wird verletzt, sofern wir es verhindern können.«

»Na klar.« Shoei winkt ab und deutet mit dem Daumen auf Yadokai. »Seit dreißig Jahren schlage ich mich mit diesem Schwachkopf herum. Denkst du, da würde ich mir wegen ein paar kleinen Jungs mit Gewehren Sorgen machen?«

»Genau«, stimmt Yadokai ihr zu. »Du musst diese Frau nur eine Woche lang überleben, dann weißt du, dass du Eier aus Stahl hast.«

»Mich?« Shoei verdreht ihm kräftig das Ohrläppchen. »Was ist mit dir?«

»Siehst du, was ich meine?«, fragt Yadokai. »Ich bin kampferprobt.«

»Und ich habe Langeweile«, sagt Riki-Tiki. »Können wir jetzt Vienne holen?«

◆

Die Sonne geht unter, und die Wolken haben sich zu einem ausdauernden Regenguss geöffnet, der uns bis auf die Knochen durchnässt. Das Waten im Schlamm macht das Vorankommen langsam und beschwerlich, liefert uns aber eine bessere Deckung, als wir uns hätten wünschen können.

Zweihundert Meter vor dem Tor des Außenpostens entdecken wir einen seichten Graben und gehen in Deckung. In der purpurnen Finsternis leuchtet das Wachhäuschen wie eine orangefarbene Fackel. Der Rest des Geländes ist so finster wie das Herz eines Dræu.

Während die drei anderen weiter unten in dem Graben auf Position gehen, kauere ich neben Riki-Tiki und zeige ihr auf dem Elektrostatbogen den Weg durch die Abwasserkanäle.

»Bist du sicher, dass du das tun willst?«, frage ich sie. »Das ist gefährlich.«

»Und es stinkt! Aber ich schaffe das. Ich bin hart im Nehmen.«

»Aber du bist eine Sechserin.« In dem Alter wurde ich Regulator. Damals habe ich mich auch für erwachsen gehalten. Jetzt ist mir klar, dass ein Sechser nicht annähernd alt genug ist, um Soldat zu sein. Ich bin selbst gerade alt genug für so eine Aufgabe.

»Ich bin jung, na und?« Sie streicht sich das regennasse, pinkfarbene Haar aus den Augen. »Das bedeutet auch, dass ich die Einzige bin, die klein genug ist, um durch die Kanäle zum Hauptgebäude zu kommen. Das haben wir inzwischen doch hundertmal besprochen.«

»Du übertreibst. Es waren höchstens sechsmal.«

Mimi geht dazwischen. »Siebenundzwanzig, um genau zu sein.«

»Wer zählt schon mit?«, frage ich Mimi.

»Ich, offensichtlich.«

»Da du so oder so kiebitzt – wie läuft der Sicherheitsscan?«

»Damit war ich schon vor hundert Jahren fertig.«

»Jetzt übertreibst du auch.«

»Woher willst du das wissen?«, fragt Mimi. »Ich bin die Einzige, die ständig mitzählt.«

Riki-Tiki tippt mir auf die Schulter. »Was ist los?«

»Nichts. Ich denke nach.«

»Warum bewegst du beim Denken die Lippen?«

»Ich … äh, ich führe gern Selbstgespräche.«

Mimi lacht. »Erwischt! Ich habe dich davor gewarnt, nachlässig zu werden. Rede einfach mit mir – es ist nicht nötig, unsere Unterhaltung pantomimisch der ganzen Präfektur vorzutragen.«

»Halt die Klappe und gib mir die Scanergebnisse!« Dieses Mal achte ich darauf, mit fest geschlossenen Lippen zu subvokalisieren.

»Der Scan zeigt mehrere biorhythmische Signaturen in der direkten Umgebung des Wachhäuschens. Außerdem haben die Sensoren eine erhebliche Menge Signaturen in der südlichen Ecke des Hauptgebäudes ausgemacht.«

»Wie groß ist eine erhebliche Menge?«

»Dein Auge ist nur eine gewöhnliche Okularprothese, kein hochempfindliches Telemetriegerät.«

»Dann schätz.«

»Unbestimmbar. Die Sensoren in deinem Anzug sind nicht in der Lage …«

»Jetzt reicht's. Wenn wir das nächste Mal einkaufen gehen, rüste ich das Ding auf.«

Riki-Tiki klopft mir etwas kräftiger auf die Schulter. »Kann ich jetzt loslegen? Hier rumsitzen und dir beim Denken zuschauen ist langweilig.«

Schon wieder erwischt. »Okay. Du bist sicher, dass du den Plan im Kopf hast?«

Sie verdreht die Augen. »Geh durch die Abwasserkanäle. Halte dich an der Gabelung rechts. Klettere die Leiter zum Sanitärversorgungsraum rauf. Geh in den Elektrobetriebsraum nebenan und schalte alle Hauptschutzschalter ab. Warte am Treffpunkt auf uns. Voilà.«

»Das ist der Plan. Dann los.«

Riki-Tiki geht durch den Graben zu Shoei, Yadokai und Stain, der ihr das Schutzgitter öffnet. Sie schlüpft in den Kanal, schüttelt einmal kurz den Kopf und ist verschwunden.

»Los geht's«, sage ich.

Zu viert klettern wir aus dem Graben und huschen hastig hinüber zu dem Außenposten. Dort drücken wir uns außerhalb der Sichtweite des Stegs eng an die Mauer. Ich lausche auf Schritte, kann aber nur den Regen hören.

Ein rascher Blick.

Keine Wachen auf dem Steg und nur ein Soldat im Wachhäuschen.

Gut.

Ich winke Stain zu, dass er in Stellung gehen soll.

Einen Herzschlag später erlischt das orangefarbene Licht in der Hütte. Nun liegt alles im Schatten.

»Aufsicht, wir haben einen Stromausfall am Tor«, spricht der Wachmann in sein Funkgerät. »Erbitte Anweisung.«

Ich bin dran.

Ich kauere mich neben die Hütte, nahe genug, um den Wachmann zu berühren.

»Wir überprüfen das«, antwortet die Aufsicht. »Bereithalten.«

»Verstanden.« Der Wachmann lässt den Schalter des Mikros los. »Das Scheißlicht ist ausgefallen. Toll!«

Ich fälle ihn mit einem Nackenschlag.

Stain schnappt sich das Funkgerät und ahmt die Stimme des

Wachmanns perfekt nach. »Aufsicht, ich brauche Ablösung. Muss auf den Topf.«

»Negativ. Bleib auf deinem Posten.«

»Wie ihr wollt«, sagt Stain. »Dann mache ich mein Geschäft eben in der Hütte.«

»Ablösung ist unterwegs«, antwortet die Aufsicht. »Aber ich vermerke das in meinem Bericht. Archibald wird nicht erfreut sein.«

Stain zertrampelt das Funkgerät.

»Sie hätten einfach den Stecker ziehen können«, sage ich.

Er lächelt, was ihn wegen seines Lippenpiercings unheimlich aussehen lässt. »Meine Methode ist befriedigender.«

Das Mikro zertreten. Hört sich ganz nach einer Seite aus Viennes Arbeitshandbuch an. Vielleicht sind die beiden tatsächlich verwandt.

Ich winke Shoei und Yadokai zu uns. Zu viert kauern wir uns in die Hütte und warten darauf, dass Riki-Tiki ihr Ziel erreicht.

»Achtung!«, sagt Mimi. »Ich habe ein näher kommendes Signal aufgefangen.«

Ich schlüpfe hinaus. Stain folgt mir.

Ein Wachmann kommt auf die Hütte zu und klopft ans Fenster.

Rums!

Krachend fliegt die Tür auf. Der Wachmann stolpert zurück.

Klatsch!

Shoei fegt ihn von den Beinen, und Yadokai schleift ihn hinein.

»So weit, so gut«, sagte ich zu Mimi. Dann rufe ich den anderen zu: »Folgt mir«, und gehe in Richtung Treffpunkt.

Ein schneller Sprint führt uns über die Metallstufen zu dem langen, verlassenen Steg und weiter bis zu einer Tür mit der Aufschrift *Aufsicht.*

Dort halten wir inne, verschnaufen und warten.

Auf die Sekunde pünktlich erscheint Riki-Tiki auf dem Steg.

»Das macht Spaß!«, flüstert sie. »Wenn wir Vienne gerettet haben, nimmt sie mich bestimmt als Akolythin auf.«

Ich lege einen Finger an die Lippen und greife nach der Türklinke.

Stain packt meinen Arm und schüttelt den Kopf. Dann öffnet er eine Tasche, die an seinem Gürtel festgebunden ist, und kniet sich vor den Türspalt.

»Was ist in dieser Tasche, Mimi?«, erkundige ich mich.

»Ich erkenne nur inkonsistente Biorhythmen.«

»Wirklich? Wie ist das möglich?«

»Ich bin kein Medium«, entgegnet sie. »Selbst einem dialektischen Genie sind Grenzen gesetzt.«

Stain wirbelt seinen Stab herum. Ein flüsterleises Brummen erfüllt die Luft. Bienen krabbeln aus seiner Tasche und unter der Tür hindurch. Ein paar Sekunden später hören wir Schreie aus dem Innern, gefolgt von dumpfen Geräuschen, als Körper auf dem Boden aufprallen.

Stain nickt, und ich öffne die Tür. Sechs Wachleute liegen bäuchlings vor uns. Stain öffnet erneut die Tasche, und die Bienen fliegen ins Wachhaus.

Yadokai und Shoei folgen mir, sehen sich um und schütteln den Kopf.

»Kein Wort«, warnt Stain.

Von einem gemeinsamen Seufzer abgesehen, bleiben sie still.

Interessant.

»In der Tat«, sagt Mimi.

Riki-Tiki hüpft hinter uns herein. »Heilige *paska!* Seht euch die vielen Vids an!«

»Fesselt die Wachen«, weise ich die Mönche an. »Für den Fall, dass sie zu sich kommen.«

»Das werden sie nicht«, sagt Stain.

»Tut es trotzdem.«

Während die anderen sich ihrer Aufgabe widmen, setze ich

mich an das Multivid-Steuerpult und rufe die Aufnahmen der Sicherheitskameras ab. »Mimi, klink dich ins Netz ein und benutze die Sensoren der Steuerkonsole, um den Rest von Tharsis Zwei nach Signaturen zu scannen. Ich sehe auf den Videoaufnahmen keine weiteren Wachen.«

»Es gibt keine anderen Signaturen«, sagt Mimi. »Nur die Massenversammlung in der Südecke dieses Gebäudes.«

»Irgendeine Spur von Vienne?«

»Negativ.«

»*Wà kào!* Sie muss hier sein.«

Als die Sturmnacht-Soldaten ordentlich verpackt sind, versammeln sich die Mönche an der Steuerkonsole. Riki-Tiki legt das Kinn auf meine Schulter. »Wo ist Vienne?«, fragt sie. »Du hast gesagt, sie wäre hier.«

Ich gehe die einzelnen Kameraeinspeisungen durch.

Nichts außer leeren Räumen und Korridoren.

Leer.

Leer.

Schluss.

Da ist Mimis Südecke. Der Raum ist vollgestopft mit Dutzenden lebender Leichen in zerfledderter Kleidung. Sie alle wirken ausgemergelt und sind schmutzig; ihre hervorquellenden Augen blicken ins Leere, und ihre Pupillen glühen pinkfarben.

»*Ekstase*«, sage ich. »Mein Gott.«

»Ist Vienne da drin?«, fragt Riki-Tiki mit brüchiger Stimme.

»Nein.« Ich tätschle ihre Hand.

Einen Augenblick später erstarre ich beim Anblick einer Gefangenen. Es ist ein kleines Mädchen. »Sie ist jetzt nicht dort, aber sie muss da gewesen sein.«

»Woher weißt du das?«, fragt Stain.

Ich tippe auf den Monitor, auf die Stelle, an der ein silberner Anhänger am Hals des Mädchens funkelt. In der Mitte des Anhängers ist ein Lotus zu sehen. »Ich habe meine eigenen Teeblätter.«

Ich schiebe einen Speicherchip in die Schnittstelle. »Mimi, scan jeden Datenfitzel, den du aufspüren kannst. Vienne war hier – die Kette ist der Beweis. Irgendwo auf den Videoaufnahmen muss es eine Spur von ihr geben. Wir müssen sie finden.«

»Wir?«

»Wir bedeutet du.«

»Solange wir noch wissen, wer die eigentliche Arbeit tut.«

Ich stehe auf und drehe mich zu den Mönchen um. »Ich kann Vienne nicht lokalisieren. Es sieht aus, als hätte Archibald sie aus dieser Einrichtung fortgebracht. Sie könnten sie mitgenommen haben. Ich werde herausfinden, wohin.«

Stain baut sich vor mir auf. »Du vergeudest unsere Zeit. Vienne könnte inzwischen überall sein, falls sie überhaupt noch am Leben ist.«

»Solange ich nicht weiß, dass sie tot ist, lebt sie.« Ich beuge mich vor, bis mein Kinn beinahe seines berührt. »Kapiert?«

»Greifst du immer nach Strohhalmen, *Dalit?*«, fragt Stain.

»Wenn mir nichts anderes übrig bleibt, ja.« Ich wende mich an Shoei und Yadokai. »Diese Geiseln brauchen Hilfe. Gibt es einen Ort, an dem wir sie unterbringen können? Ein Krankenhaus? Oder ein Sanatorium?«

»Hier gibt es nur uns«, sagt Shoei. »Bringen wir sie zum Kollektiv. Wir werden diejenigen pflegen, die noch leben, und die bestatten, die tot sind.«

Wieder setzt Stain ein höhnisches Grinsen auf. »Noch so eine Zeitvergeudung! Keiner von denen wird sich von *Ekstase* erholen. Das ist ein Todesurteil!«

»Das kannst du nicht wissen!«, brülle ich ihn an und bin in Gedanken bei Vienne. Dann atme ich tief ein und ganz langsam wieder aus. »Riki-Tiki, bitte schalte den Strom wieder ein. Meisterin und Meister, bringen Sie bitte die Geiseln hier raus. Wir treffen uns in ein paar Minuten.«

Shoei verbeugt sich. »Selbstverständlich.«

»Stain!«, brüllt Yadokai. »Du hilfst auch mit.«

Der Ton des Meisters unterbindet jede Diskussion, aber Stain verschießt noch einen sengenden und zutiefst verächtlichen Blick.

Als sie fort sind, frage ich Mimi: »Wie läuft die Suche?«

»Der Algorithmus des Gesichtserkennungsprogramms hat vier Treffer in den Videoaufnahmen gefunden.«

»Anzeigen.«

»Ich liebe es, wenn du den Boss spielst.«

»Langsam machst du mich wütend, Mimi.«

Das Multivid-Display blinkt auf und zeigt eine Fünf-Sekunden-Aufnahme von Vienne, als sie gerade den überladenen Blaster wirft.

»Nichts, was ich nicht schon gesehen hätte. Weiter.«

Das nächste Multivid zeigt einen Noriker, der durch das zerstörte Tor fährt. Die vertrauten Gesichter von Franks und Richards, die meine bewusstlose Gestalt abladen und kurzerhand vor Archibald auf das Pflaster werfen, was diesen veranlasst, einen Fuß mit einem schweren Stiefel zu heben und mir genau da auf den Arm zu treten, wo er auf der Bordsteinkante liegt.

In meinem Magen beginnt es zu brodeln. »Das erklärt den komplizierten Bruch.«

Die nächste Aufnahme zeigt Vienne, angekettet in einer Zelle und lediglich mit einem schmutzigen Kittel und einem Kropfband aus Metall bekleidet. Archibald tritt zusammen mit einem Wachmann ein. Vienne stürzt sich auf sie. Der Wachmann versetzt ihr einen Schlag mit einem elektrischen Viehtreiber. Sie greift nach der Rute und rammt sie ihm an den Hals. Archibald klatscht, als wäre es nur eine Show, und damit endet die Aufnahme.

»*Nĭ shì Shénme dōwngxi*«, flüstere ich.

Dann blinkt die letzte Aufnahme. Die gleiche Zelle. Vienne ist immer noch angekettet, und das Kropfband verdeckt teilweise einen Ring aus Brandwunden an ihrem Hals. Ihr Haar ist verfilzt, Hände und Füße schwarz vor Schmutz. Ein anderer Wachmann betritt den Raum. Vienne ignoriert ihn, bis das Kropfband an ihrem Hals aufglüht. Dann scharrt sie mit den Händen am Boden, als könne sie sich einen Weg hinaus graben.

»Nein, nein, nein!«

Ich schlage mit der Faust auf den Monitor. Glas splittert, doch es ist mir scheißegal. Völlig erledigt sinke ich auf die Knie und lasse den Kopf hängen. Tränen rinnen über mein Gesicht.

»Genug gesehen?«, stört Stain mich in meiner Trauer.

Ich schalte die Videogeräte ab. »Ich habe dich nicht klopfen gehört.« Idiot.

»Hast du jetzt kapiert, wohin deine Selbstgefälligkeit geführt hat?«, fragt er, die Arme vor der Brust verschränkt, und schaut mich so blasiert an, dass ich ihm am liebsten die Visage leergefegt hätte. »Die Suche ist vorbei. Glaub mir. Die Vienne, die du gekannt hast, gibt es nicht mehr.«

Ich wende mich zum Gehen. »Meine Suche ist erst dann vorbei, wenn ich es sage.«

»Wenn du Vienne wirklich geliebt hättest«, sagt er und verstellt mir erneut den Weg, »würdest du ihr einen gnädigen Tod wünschen.«

Wenn du mir weiter in den Weg trittst, ist der einzige Tod, den ich mir wünschen werde, deiner. »Ich liebe sie noch immer. Ich denke immer noch im Präsens. Genau wie Vienne.«

»Cowboy«, ruft Mimi. »Ich fange haufenweise Sensorenscans in Verbindung mit schwer bewaffneten Einheiten auf. Hellbender-Velocikopter. Zwei Einheiten zu acht Mann, Standard-Gefechtsfrequenzen. Ausgestattet mit Seneca-Gewehren und fest installierten Varlamov-Raketen. Zwölfhundert Meter, rasch abnehmend.«

Oh *shimatta*, fluche ich und schiebe Stain zur Seite. »Den Schwanzvergleich können wir später fortsetzen. Da draußen ist eine luftgestützte CorpCom-Zerstörereinheit, schwer bewaffnet und auf dem Weg hierher.«

Stain folgt mir auf dem Fuße. »Woher weißt du das? Und was bedeutet das Kauderwelsch?«

»Das bedeutet«, antworte ich, während ich versuche, mit meinem kaputten Bein zu rennen, »dass in etwa zehn Minuten diese ganze Anlage in Stücke gerissen wird. Und wenn wir nicht schnellstens verschwinden, ergeht es uns genauso.«

◆

Draußen auf dem asphaltierten Hof humple ich zu dem nächsten Düsseldorf und starte den Motor. Mit einer Hand steuere ich das schwerfällige Monster zu dem Wachhäuschen, wo Riki-Tiki gerade die Geiseln hinausführt. Irgendwie hat sie die Leute überredet, einander an den Händen zu fassen, und nun führt sie sie wie Kinder zur Ladefläche des Trucks.

Shoei und Yadokai bilden den Abschluss.

Ich halte an und springe hinaus.

»Sind das alle?«, rufe ich der Meisterin zu, während ich den Laster umrunde. »Wir müssen hier verschwinden. Sofort! Eine CorpCom-Lufteinheit ist auf dem Weg hierher.«

»Nein!«, sagt Riki-Tiki. »Es sind immer noch welche drin.«

»Verdammt!« Ich zerre sie mit mir. »Bring mich hin.«

Riki-Tiki überlässt es Shoei und Yadokai, die übrigen Leute auf den Laster zu schaffen, und führt mich in das Gebäude. Einen Korridor hinunter. Eine Treppe hinauf.

Ich platze in den Wartesaal und würge angesichts des erbärmlichen Gestanks nach menschlichen Exkrementen und Erbrochenem. Und da, mitten in einem Haufen Dreck, sitzt ein kleines Mädchen. Viennes Anhänger baumelt an seinem Hals.

»Geh zurück!«, weise ich Riki-Tiki an und nehme das Mädchen auf die Arme.

Sekunden später rennen wir zum Ausgang hinaus. Ich halte an der Heckklappe inne und übergebe Yadokai das Mädchen.

»Warte«, sage ich, nehme dem Kind die Kette ab und hänge sie mir um den Hals.

Über uns zerhackt das *Wump-wump-wump* der Rotorblätter des Velocikopters die Luft.

Ich renne in Richtung Führerhaus, aber Slain klettert bereits hinter das Lenkrad. Er schließt die Tür und gibt mir ein Zeichen, um seine Abfahrbereitschaft kundzutun.

Das Zeichen ist ein hochgereckter Mittelfinger.

Schön. Er kann fahren. »Alle an Bord!« Ich springe auf die hintere Stoßstange. »Los! Los!«

Mit knirschendem Getriebe bringt Stain den Laster in Fahrt. Er rumpelt davon, als die Lichter der Velocikopter am Horizont aufleuchten.

»Vollgas, Stain!«, brülle ich. »Uns sitzt ein Hellbender im Nacken!«

Das Pflaster hinter uns bricht unter einer Reihe kleiner Detonationen auf, als sich explosive, mit weißem Phosphor beschichtete Leuchtspurmunition an unsere Fersen heftet. Mit einem Rums und einem Klappern krachen wir durch das vordere Tor. Sekunden später spucken die Hinterräder dessen Überreste aus.

Der Aufprall schleudert mich so hoch, dass ich beinahe heruntergefallen wäre.

Als hätten wir nicht schon Spaß genug, jagt eine Serie von Projektilen durch die Segeltuchplane und reißt den Teil los, an dem ich mich festklammere. Mit der gesunden Hand fasse ich nach, doch das Segeltuch reißt weiter ein, und ich komme der Straße immer näher.

»Mimi, ich glaube nicht, dass die Plane halten wird.«

»Frag nicht«, sagt sie. »Halt dich einfach fest.«

Der Pilot richtet den Hellbender auf uns, und eine Varlamov-Rakete löst sich aus ihrer Halterung. Ein Feuerstoß im Heck, und sie saust pfeifend hinter uns her.

»Ausweichen!«, brülle ich, obwohl ich weiß, dass ich nur meinen Atem verschwende.

Aber irgendwie holpert der Düsseldorf plötzlich, und statt sich in unser Heck zu bohren, schlägt die Rakete auf dem Boden auf. Mir bleibt gerade noch Zeit, den Kopf einzuziehen, ehe sie explodiert. Steine und Asphalt jagen in sämtliche Richtungen. Ein ziemlich großes Stück prallt gegen meinen Helm.

»Au!«

Genug von diesem *kuso*.

Ich schlinge den Arm um das eingerissene Segeltuch, ziehe mein Armalite aus dem Halfter und lasse die Beine fallen. Meine Füße landen auf dem Asphalt, und ich fahre auf der Straße Wasserski und bete, dass meine Symbipanzerung die Hitze lange genug abwehrt, dass ich den Abzug durchziehen und ein Magazin auf den Hellbender abfeuern kann.

In einer perfekten Welt würden meine Kugeln den Piloten treffen, dazu den Aufklärer und den Schützen in seinem Nest. In der Realität schaden schlechte Augen meinem Zielvermögen, aber ein ganzes Magazin, im Automatikbetrieb abgefeuert, gibt dem Piloten immerhin zu denken. Er fliegt ein Ausweichmanöver und zieht den Velocikopter hoch, bis er aus meiner Reichweite verschwunden ist – und der Düsseldorf aus seiner.

Ein paar Sekunden hängt der Velocikopter in der Luft. Scheinwerfer suchen am Boden nach uns. Dann bricht er die Jagd ab und folgt seinen Kameraden, beinahe so, als wäre dem Piloten wieder eingefallen, dass sein Auftrag ein Angriff gegen die Anlage war, nicht die Jagd auf irgendwelche Nachzügler.

Wenige Sekunden später setzen die Hellbender ihre Raketen frei und jagen Tharsis Zwei zur Hölle.

Als ich mich auf die Ladefläche ziehe – wo mir Yadokai und Shoei frustriert entgegenblicken –, frage ich mich, ob Archibald den Außenposten verlassen hat, weil er gewusst hat, dass ein Angriff bevorsteht.

Das ist nicht von Bedeutung, geht es mir durch den Kopf, als ich es mir für die lange Rückfahrt bequem zu machen versuche. *Es zählt allein, dass Vienne in Tharsis Zwei festgehalten worden ist, und dass ich jetzt keine Ahnung habe, wo ich sie finden kann.*

Kapitel 18

Bischofsstraße, Tharsis-Ebene
Präfektur Zealand
Annos Martis 238. 7. 25. 06:42

Als über dem Labyrinth der Nacht ein neuer Tag heraufzieht, bin ich längst fort.

Es dauerte ein paar Stunden, die Gefangenen zurück zum Kollektiv und in die Krankenstube zu schaffen. Danach verabschiedete ich mich von den Tengu. Sie hatten Wunden zu heilen, und es war nicht zu übersehen, dass das Licht ihrer Hoffnung für Vienne trüber geworden war. Nur Riki-Tiki wollte sich mir immer noch anschließen, und es bedurfte einiger scharfer Worte von Shoei, um sie davon abzuhalten, das Kloster zu verlassen.

Wenn ich ehrlich bin, habe ich es so oder so vorgezogen, allein loszuziehen, also habe ich mich nach ein paar unruhigen Stunden auf einer Pritsche in der Krankenstube auf den Weg gemacht, ohne jemandem zu sagen, dass ich aufbrechen wollte.

Die Morgensonne ist ein weißes Gespenst ohne jede Wärme, das ein trübes Licht durch die Monsunwolken treibt, und ich rieche Ozon in der Luft. Die rötlichen Felsformationen, die die Straße säumen, schießen an mir vorüber. Verfallene Biokuppeln huschen an meinem peripheren Blickfeld vorbei. Aus dem linken Augenwinkel sehe ich in der Ferne schwarzgrauen Rauch aufsteigen.

Mein Visier zieren Schmutzstreifen. Höhenwinde rütteln an meinem Trike, und die Zylinder brüllen, als ich mehr Gas gebe. Die Tachoanzeige steigt. Sechzig. Siebzig. Achtzig. Fünfundachtzig.

Die Bischofsstraße teilt die Tharsis-Ebene in zwei Hälften. Anfangs geplant als erste große Hauptstraße zur Ausweitung des Handelsverkehrs zwischen den ursprünglichen Kolonien, verfügte die Bischof über vier Fahrspuren zu beiden Seiten des Mittelstreifens, von denen jede einer eigenen Geschwindigkeitsregelung unterstand. Ein Jahrhundert lang war dies der Weg gewesen, den man einschlug, wenn man es eilig hatte. Dann waren Meere und grüne Täler entstanden, die Siedlungen wurden an Orte mit fruchtbarerem Boden verlegt, und die Bischof wurde nicht mehr gebraucht.

Doch im Unterschied zu vielen anderen Bauprojekten, die während der Orthokratie entstanden waren, ist die Bischof strukturell noch weitgehend in Ordnung. Die Fahrspuren sind überwiegend intakt, und man kann nach wie vor den ganzen Weg vom Labyrinth bis nach Base Camp fahren – dem Ort, an dem die Gründer die erste Marssiedlung geschaffen hatten. Ist man jedoch unvorsichtig und nicht eben vom Glück verfolgt, kann man sich schnell inmitten einer kahlen Landschaft auf einem schlechten Streckenabschnitt wiederfinden, übersät mit Schlaglöchern, die groß genug sind, ein Trike zur Gänze zu verschlingen. Außerdem geht der Treibstoff zur Neige, man ist hungrig und friert im Fahrtwind, weil man für die Regensaison auf dem Tharsis-Plateau nicht angemessen gekleidet ist.

»Ich habe dir gesagt, du sollt einen Regenmantel mitnehmen«, verkündet Mimi, die trotz des dröhnenden Fahrtwinds klar und deutlich zu hören ist. »Und Proviant.«

»Ich habe Proviant dabei.«

»Du hast Snacks dabei. Wie kommst du auf die Idee, du könntest Vienne aufspüren, wenn du dich nur von Honig und Reiskeksen ernährst?«

»Ich habe die CorpCom-Einmannpackungen endlose Monate überlebt. Reiskekse und Honig sind im Vergleich dazu wahre Delikatessen.«

Ich gebe wieder Gas und versuche, den Halt am linken Handgriff nicht zu verlieren. Es ist schwer, mit einem gebrochenen Arm zu fahren. Wenn dann noch ein fehlender Finger dazukommt, hat man ein Problem. So ein kleiner Finger kommt einem gar nicht so wichtig vor – erst dann, wenn er nicht mehr da ist.

Seltsam, dass Vienne und ich durch etwas verbunden sind, das nicht da ist. So war es nicht gedacht gewesen. Wir beide hätten im Zuge der Loyalitätszeremonie einen Schönen Tod finden sollen, statt zu Ausgestoßenen zu werden. Die Zeremonie des Schönen Todes ist so alt wie die Regulatoren. Mit dem Aufstieg der CorpComs war sie zu einem ritualisierten, öffentlichen Spektakel geworden, das per Multinet über den ganzen Globus übertragen wird, damit es wirklich jeder sehen kann.

Zweck der Zeremonie ist es, absolute Loyalität zu beweisen, indem man Selbstmord begeht – ein Menschenopfer für die Richtlinien der Regulatoren und den Lord des jeweiligen Regulators. Traditionsgemäß ist ein Regulator seinem Chief verpflichtet, der wiederum seinem Lord verpflichtet ist. Als der Bischof noch am Leben war, stand der Begriff Lord für den Bischöflichen Rat der Neun, von denen jeder sein eigenes stehendes Heer unterhielt. Mit dem Aufkommen der Orthokratie wurde der Lord zum Oberhaupt der Neun Familien, und bei den CorpComs ist der Lord der Generaldirektor.

Als Generaldirektor des Zealand Corporate Command war mein Vater einerseits mein Lord, andererseits mein Vater, sodass ich und meine Mitregulatoren mit ihm zusammen in Ungnade gefallen sind. Wir hatten die Wahl: Wir konnten unserem Leben im Zuge der Zeremonie ein Ende machen, oder wir konnten uns dem Tod verweigern und als *Dalit* ein Leben in Schande führen, was mit der Amputation eines kleinen Fingers als eine Art symbolischer Geste einhergeht – eine Geste, die als ständige Erinnerung an unser Versagen dient und jedem verrät, dass wir Ausgestoßene sind.

Nachdem mein Vater verurteilt worden war, führten sie ihn auf den Hof vor dem Parlamentsturm. Dort stand er auf einer hölzernen Plattform, Hände und Beine in Ketten gelegt. Hinter einem Zelt hatten dreihundert loyale Regulatoren in einer Reihe Aufstellung genommen. Einer nach dem anderen gingen sie ein paar Meter weit durch die Dunkelheit, kletterten dann die neun Stufen zu dem Podest empor, knieten sich auf eine Tatamimatte und zogen sich die Kapuze vom Kopf. Vor ihnen stand eine schlichte, mit Synseide ausgeschlagene Kiste. Auf ein Zeichen hin zog ein Helfer den Stoff weg, worauf eine Glasphiole und ein scharfes Messer zum Vorschein kamen. Die Phiole enthielt Gift. Alles, was ein loyaler Regulator zu tun hatte, war, das Gift zu trinken, sich zu erheben und vom Podest herunterzuklettern. Bis er den Boden erreicht hätte, wäre sein Leben bereits vorbei gewesen. Helfer würden seinen Körper rasch in ein Leichentuch wickeln und in ein anderes Zelt tragen, wo seine Familie wartete. Später würden die Überreste eingeäschert und der Schöne Tod des jeweiligen Regulators gefeiert werden.

Das alles dauerte Stunden. Vor- und Nachmittag zogen vorüber, während Vienne und ich am Ende der Reihe warteten. Es war mir bestimmt, dass ich als Sohn des gescheiterten Direktors als Letzter gehen sollte. Aber weil mein Vater ein Krimineller war, wurde mir diese Ehre vorenthalten und Vienne übertragen, die als tapferste und wildeste Kämpferin der Zealand-Regulatoren galt.

Als ich schließlich an der Reihe war, folgte ich dem Teppich durch das Zelt zum Podest. Ich stieg die Stufen hinauf und kniete nieder. Mit großer Geste zog der Helfer das Tuch fort. Ich blinzelte. Da war keine Phiole. Nur das Messer. Meiner Reaktion folgte lautes Gebrüll aus der Menge, als die Kameras auf die Kiste gerichtet wurden und sowohl das, was ich sah, als auch meine Reaktion auf großen Monitoren über dem Zelt übertrugen. Unisono starrten die Zuschauer, der Helfer und ich zu der Plattform hinüber, auf der mein Vater hoch aufgerichtet stand, das Kinn vorgereckt, die Schultern durchgedrückt. Es war klar, was das zu bedeuten hatte. Die Loyalitätszeremonie diente vor allem dazu, dem jeweiligen Lord die Ehre zu erweisen. Aber mein Lord wollte nicht, dass ich starb. Er wollte, dass ich am Leben blieb – und in Ungnade fiel. Was sollte ich tun? Ich starrte auf das Messer, dann auf meinen Vater.

Schließlich ergriff ich das Messer, klatschte meine Hand vor mir auf die Matte und trennte meinen kleinen Finger am zweiten Gelenk ab. Dann erhob ich mich und hielt die blutende Hand hoch, beschämt und trotzig zugleich, während die übrigen Helfer hastig die Stufen heraufkletterten und mir einen Druckverband anlegten. Die Menge war immer noch von dem Geschehen gefangen, als Vienne ihren Platz auf der Matte einnahm und darauf wartete, dass der Sekundant ihr die Phiole und das Messer in der Kiste zeigte. Als er es tat, folgte sie gefasst und besonnen meinem Beispiel.

»Warum?«, fragte ich sie, während mir von dem Blutverlust und den Endorphinen der Kopf schwirrte.

»Du bist mein Team und mein Chief«, sagte sie. »Meine Loyalität gilt zuerst einmal dir. Wenn du ein *Dalit* bist, dann muss ich auch ein *Dalit* sein.«

Dann muss ich auch ein Dalit *sein.* Die Worte klingen mir noch immer in den Ohren. Viennes Opfer hat uns zusammengeführt, und doch fühle ich, wann immer ich ihren amputierten Finger betrachte, wie die Schuld in mir vibriert wie eine Totenglocke. Ja, ihr Opfer hat uns zusammengeführt, aber hält es uns einander auch fern?

»Ich habe mir die Freiheit genommen, meine Datenbank nach Karten zu durchsuchen, während du dich in ironischem Selbsthass suhlst«, sagt Mimi und reißt mich aus meinen Gedanken. »Vier Kilometer voraus gibt es eine Ausfahrt, die zum Highway eins-siebzehn führt. Zwei Kilometer nördlich der Ausfahrt findest du eine Raststätte.«

»Du gibst mir Anweisungen, als wäre ich ein Schwachkopf«, sage ich. »Was willst du mir wirklich sagen?«

»Du leidest unter Erschöpfung, und dein Blutzuckerspiegel ist gefährlich niedrig. Faktisch sage ich dir also, dass du eine Pause machen und dir etwas zu essen besorgen sollst. Nimm zur Kenntnis, dass ich dich nicht als Schwachkopf bezeichnet habe, obwohl es genug relevante Daten gibt, die diesen Schluss nahelegen.«

»Okay, Mom! Himmel, kann ich nicht dann und wann nur ein Ziel vor Augen haben?«

»Du hast eine Flash-Clone-KI im Hirn. Die Zeiten, in denen du deine Ziele allein bestimmt hast, sind lange vorbei.«

»Touché.« Ich werde langsamer, um dem Wrack eines Schulbusses auszuweichen, der hier draußen zum Rostsammeln zurückgelassen wurde. »Woher weißt du, dass die Raststätte noch in Betrieb ist?«

»Das weiß ich nicht«, sagt Mimi. »Aber meiner Karte zufolge gibt es auf einer Strecke von vierzig Kilometern nichts anderes, also ist es einen Versuch wert.«

»Mit anderen Worten, du handelst aus blindem Vertrauen.«

»Nein, ich handle auf der Basis der verfügbaren Informationen und hoffe, dass sie noch zutreffen«, erwidert Mimi. »Im Gegensatz zur Liebe ist die Hoffnung niemals blind.«

◆

Nach Stunden, in denen es nichts gegeben hat außer der Straße, meinem Trike und dem endlosen Horizont, fühle ich, wie etwas an meinen Eingeweiden nagt. *Es ist der Hunger*, sage ich mir, und fast hundert Kilometer lang nehme ich mir diese Lüge auch ab. Als mein Appetit sich meldet, erwacht mit ihm gemeinsam die Erkenntnis, dass der Schmerz in meinem Innern eine Folge der Einsamkeit ist. Jahrelang haben Vienne und ich Seite an Seite gekämpft, anfangs in einem Team, später als … irgendwas. Ohne sie fühle ich mich ausgeliefert, schutzlos.

Auf dem Mars gibt es ein Sprichwort: Ein Mensch trinkt sich zu Tode, ehe er verhungert. Darin steckt ein Körnchen Wahrheit, und so verwundert es mich nicht, dass das Gasthaus tatsächlich noch bewirtschaftet ist. Wie fast jedes Gebäude in diesem Gebiet ist es ein rechteckiger Klotz, bestehend aus zusammengeschweißten Frachtcontainern. Ein niedriger Zaun aus geklautem Draht trennt es von einer Ortschaft. Das Dach ist ein Flickwerk aus Metallplatten, die auf einem Gitterwerk aus Baustützen liegen. Bei jedem Windstoß klappen einige der Platten hoch wie lose Hautfetzen.

»Wasser«, sage ich zu dem Eigentümer, ehe ich mir einen Platz suche. Als er eine Flasche kohlensäurehaltiges Wasser auf den Tresen knallt, frage ich: »Haben Sie auch was ohne Blasen?«

»Nur welches, das Sie vergiften würde«, sagt er.

»Dann nehme ich die Blasen.«

Ich leere die Flasche. Die Kohlensäure frisst sich in meiner Kehle fest und brennt so heftig wie der Kummer, der in meinen Eingeweiden wühlt. Ich bekomme das Bild von Vienne auf dieser Videoaufnahme nicht aus dem Kopf. Ich hasse es, wie die Sturmnacht-Soldaten sie angestarrt und ausgelacht haben, wie ihre Augen sich eingetrübt haben wie glühende Kohlen unter einer dicken Ascheschicht. Sollte dies das letzte Bild sein, das ich von ihr in Erinnerung behalte?

»Was zu essen?«, fragt der Wirt. »Der Koch hat gerade einen Haufen Beignets zusammengepfuscht. Die sind richtig gut.«

»Cowboy, du musst was essen«, meldet Mimi sich zu Wort.

»Ha. Du bist nur scharf auf die Beignets, weil sie die Endorphinproduktion in meinem Gehirn anregen.«

»Das ist ein Gabe.«

»Was?«

»Deine Fähigkeit, Dinge hervorzuheben, die offensichtlich sind.«

Während ich die Beignets für Mimi verspeise, schaue ich mir die anderen Gäste in dem Lokal an. Drei Kerle in Overalls sitzen in der Nähe der zweiten Feuerstelle. Neben ihnen streiten ein alter Mann und eine Frau, deren Tisch mit leeren Flaschen übersät ist. Dann fällt mir ein vertrautes Gesicht auf, das ich das letzte Mal gesehen habe, kurz bevor sein Besitzer und dessen Kumpel mich in eine Schlucht warfen.

Franks hockt an der Bar, eine Zigarre in der hohlen Hand. Eine Kellnerin geht mit einem Speisetablett auf der Schulter an ihm vorbei, bleibt ruckartig stehen und errötet. Franks steht lachend auf, als wollte er die Bar verlassen, doch als die Kellnerin sich abwendet, stippt er die Asche seiner Zigarre in eine Schüssel Aminogrütze.

»Pass auf meinen Teller auf«, grollt er, noch während er von seinem Hocker rutscht. »Ich muss mal pinkeln.«

Er geht zur Latrine. Ich lasse ihm dreißig Sekunden Vorsprung, ehe ich ihm folge. Dann warte ich, bis ein Klappern verrät, in welcher Box er ist. Erst jetzt schlüpfe ich hinein, halte die Tür fest, um keinen Lärm zu machen, und suche mir ein Versteck. Der erbärmliche Gestank erinnert mich an New Savannah, die alte Stadt im Süden, in der wir als Söldner gedient haben.

Franks' Hustenanfall holt mich zurück in die Realität.

»Hallo?«, sagt er, als der Anfall vorüber ist. Offenbar hat man ihn angefunkt. Ich nehme die Gelegenheit wahr, um auf einen Spülkasten zu klettern, wo die Akustik besser ist.

»Nein, wir haben ihn noch nicht gefunden. Dachte, ihr wärt zu sehr damit beschäftigt, Brände zu legen, als dass ihr euch um uns kümmern könntet. Ihr habt die halbe Gegend niedergebrannt. Wir sehen Rauch in zwanzig Kilometern Entfernung.«

»Mimi?«, frage ich. »Kannst du das Funksignal abhören? Ich würde gerne beide Seiten des Gesprächs hören.«

»Das wird wohl nicht klappen, Cowboy.«

»Kannst du den Funkruf denn zu seinem Ursprung zurückverfolgen?«

»Auch negativ«, sagt sie und klingt dabei mehr als nur ein bisschen verärgert. »Darf ich dich noch einmal daran erinnern, dass meine Telemetriefunktionen ernsthaft eingeschränkt sind? Du bist nicht der Einzige, der halb blind ist. Metaphorisch gesagt.«

»Dein Gebrauch bildlicher Sprache wird ordnungsgemäß vermerkt. Es gibt also keine Möglichkeit, dieses Gespräch abzuhören?«

»Du könntest es mit Lauschen versuchen. Zufällig weiß ich, dass deine Ohren normal funktionieren, trotz des Übermaßes an Ohrenschmalz in deinem linken Gehörgang.«

»Den Dreck wasche ich später raus!«

Die Hand ans Ohr gelegt, lausche ich an der Toilettenbox.

Mimi gibt ein Geräusch von sich, das wie ein Räuspern klingt. »Diese Technik ist von zweifelhaftem Nutzen. Versuch einfach zuzuhören. Ich weiß, das zählt nicht unbedingt zu deinen Stärken.«

Mein Hirn arbeitet gerade an einem schnippischen Konterschlag, als Franks seinem Gesprächspartner antwortet: »Ja, ich weiß, wie wichtig es für diesen Feldzug ist, dass wir den Schwachkopf finden, Archie, aber es ist nicht einfach, auf tausend Quadratkilometern einen Kerl aufzutreiben … tut mir leid, Mister Archibald. Wie ich gerade sagte, wir haben das Kollektiv überprüft, wie Sie es befohlen haben, und er ist nicht dort gewesen. Die Mönche … na ja, aus denen kriegt man nichts raus, und unsere Leute auf der Straße haben auch nichts von ihm gehört. Richards und ich vermuten daher, dass er tot ist.«

Verdammt, wenn wir den Funkruf zurückverfolgen könnten, würden wir Archibalds Aufenthaltsort kennen und damit erfahren, wo Vienne steckt. »Mimi, bist du sicher, dass du das Signal nicht verfolgen kannst?«

Ich kann sie beinahe den Kopf schütteln sehen. »Negativ.«

In der anderen Box seufzt Franks ermattet. »Ja, ich habe gehört, was Sie gesagt haben. Ja, ich habe verstanden. Es gibt einen Krieg zwischen uns und dem CorpCom. Ja, ja, ja. Richards und ich suchen weiter, und falls wir ihn finden … Richtig, *wenn* wir ihn finden, nehmen wir ihn gefangen. Er wurde zusammengeschlagen und ist halb blind, wie weit kann er da schon kommen? Wie können wir Sie finden? Folgt dem Rauch, ja, gut … hallo? Hallo? Der große Mann hat mich einfach abgehängt.«

Franks schmettert die Faust gegen die Wand der Box, dass die Tür in den Angeln klappert. Das liefert mir eine großartige Ablenkung, unbemerkt hinauszuschlüpfen. Draußen blicke ich über die Schulter um und öffne die Tür, nur um sogleich mit einem hünenhaften Mann mit Vollbart und bratpfannengroßen Händen zusammenzurasseln.

»Das ist der andere Sturmnacht-Soldat«, sagt Mimi.

»Offensichtlich«, sage ich, als Richards mich am Hals packt und auf den Korridor schiebt. Dieses Mal stinkt er nicht nach alten Stiefeln, sondern nach einem Sanitärdesinfektionsmittel.

Was keine Verbesserung darstellt.

»Sieh mal einer an«, sagt er. »Wen haben wir denn hier?«

»Hast du dich mit Kloreiniger gewaschen?« Ich winde mich in seinem Griff. »Oder hast du nur ein bisschen aufgesprüht, um den Damen zu gefallen?«

Richards grollt: »Und dabei waren wir so sicher, dass du tot bist.«

Ich packe sein Handgelenk und bohre meine Finger in die Sehnen, die seinen Griff kontrollieren. »Wie wär's, wenn du mich jetzt absetzt?«

»Na gut.« Er schleudert mich gegen die Wand. »Du hast es so gewollt.«

Meine Panzerung versteift sich, als ich zu Boden gleite.

Zeit, die Sache nach draußen zu verlagern, denke ich, während ich mich auf die Beine mühe.

Ich erreiche den Ausgang am Ende des Korridors, der zu einer Laderampe und einem kleinen Berg feuchten Unrats führt, der von Schmeißfliegen umschwärmt und von dicken, wulstigen Maden durchdrungen ist.

»Mimi, scan …«

»Achtung!«

Richards kommt durch die Tür gestürmt. Ich bereite mich auf den Aufprall vor, aber er ist zu schnell bei mir, unfassbar schnell für einen so großen Mann. Nun verstehe ich, warum man ihn hinter mir hergeschickt hat, obwohl er nicht mal imstande ist, das Alphabet ohne mentale Atempause aufzusagen.

Wieder schleudert er mich weg.

Dieses Mal kullere ich Hals über Kopf davon und lande mit dem Rücken auf dem Müllhaufen. Überzogen mit Eintopfresten, Kartoffelschalen und ein paar schimmligen Kohlblättern komme ich hoch. Mein gebrochener Arm pulsiert, als hätte jemand einen Stahlspieß hineingerammt, und ich muss mir ein paar Maden vom Körper wischen.

»*Hún zhnag wángbā dàn!*« Ich greife nach meinem Armalite, aber mein Halfter ist leer. *Shimatta!*

»Schau mal, was ich gefunden habe«, sagt Richards und bückt sich, um meine Waffe aufzuheben. Wenn er das Armalite anfasst, ist er tot. Aber ich habe dann auch keine Waffe mehr.

»Nein!« Ich stürze zu ihm und strecke die Hand aus.

Richards lacht, kurz bevor eine Wolke winziger Haare meine Handfläche verlässt und ihm ins Gesicht weht. Schreiend krallt er die Finger in die Augen und windet sich am Boden, suhlt sich in dem Müllhaufen, in den er zuvor mich geworfen hat.

Aber um ihn mache ich mir keine Sorgen mehr. Nicht, solange dichtes Haar aus meinem rechten Arm ragt. »Heilige *vittujen kevät!* Was war das?«

»Brennhaare«, erklärt mir Mimi, als hätte ich sie gebeten, mir meine Socken zu beschreiben.

Ich reibe mir den Arm an der Brust, und die Haare verschwinden. »Von mir? Das ist verrückt! Wie soll ich mir denn Brennhaare wachsen lassen haben?«

»Nicht du, die Symbipanzerung.«

»Meinem Anzug wachsen Haare?«, frage ich. »Und das ist dir nicht aufgefallen?«

Eingeschnappt erwidert Mimi: »Mir scheint, ich bin nicht die einzige adaptive Technik, die hier im Spiel ist. Unwissend zu sein behagt mir nicht, und ich teile nicht gern.«

»Sehr eifersüchtig?«

»Ich *bin* eifersüchtig«, sagt sie. »Deine Symbipanzerung entwickelt sich offensichtlich weiter, eine Besonderheit, von der ich nicht wusste. Wie kann man von mir erwarten, dass ich die Arbeit der Nanobots kontrolliere, solange ich nur eingeschränkten Zugriff auf die entsprechenden Daten habe?«

Während ich die überraschende Entdeckung verdauen muss, dass meine Panzerung in die Pubertät gekommen ist, achte ich nicht ausreichend auf meine Umgebung. Franks nimmt die Gelegenheit wahr, um mich zu Boden zu werfen.

»Rühr dich ja nicht!« Er ist hinter mir und spricht mit lauter Stimme, um sich in Richards' nunmehr lautstarkem Jammern Gehör zu verschaffen. »Hast du gehört? Keinen Muskel! Dreh dich um.«

Ich seufze. »Wie kann ich mich umdrehen, wenn ich mich nicht rühren soll?«

Er rammt mir den Doppellauf seiner Flinte in den Rücken. »Komm mir nicht dumm, Junge. Dreh dich um.«

Ich wende mich dem Schläger zu. Das Erste, was mir auffällt, ist die Flinte, die auf meine Brust gerichtet ist. Dann sehe ich, dass Franks erschreckend weiße Beine hat. Er folgt meinem Blick, dorthin, wo seine Hose sich um die Fußgelenke gewickelt hat.

»Ich hatte es eilig«, sagt er.

»Und ich bin froh, dass dein Hemd so lang ist.«

Franks spannt beide Hähne. »Lass den Blödsinn. Ich kann Leute, die witzig sein wollen, nicht ausstehen.«

Ich nicke, betrachte die knorrigen Knie des Mannes und muss mir das Lachen verbeißen. »Der Bursche ist wirklich nicht das schärfste Hackmesser auf dem Schlachttisch, was, Mimi?«

»Man braucht nicht viel Hirn, um einen Abzug durchzuziehen, Cowboy.«

Franks spuckt auf den Boden, macht aber keine Anstalten, sich die Hose hochzuziehen. »Ich sage dir jetzt, wie es läuft. Du und ich machen einen kleinen Ausflug …«

»Wohin?«

»Wohin ist nicht wichtig! Und jetzt halt die Klappe, Junge. Deinetwegen hab ich den Faden verloren.«

»Wir machen einen kleinen Ausflug.«

»Ja. Und dann übergebe ich dich Archibald und streiche die Belohnung ein.«

»Belohnung? Ich dachte, Archibald zahlt keine Belohnungen.«

Er stupst mich mit den Mündungen an. »Für dich wird er zahlen. Der Dreckskerl will unbedingt ein Stück von dir. Wäre es anders, hätte ich deinen rotzfrechen Arsch schon in zwei Teile gespalten. Denkst du etwa, dieser schicke Anzug könnte dich schützen? Dann versuch mal, eine doppelte Ladung Explosivgeschosse in den Bauch zu verdauen.«

»Explosivgeschosse?«, frage ich. »Das ändert die Lage.«

Mimi ist ganz meiner Meinung.

Ich halte meine Hand höher. »Okay, ich gebe auf. Ich mache deinen kleinen Ausflug mit. Aber was ist mit deinem Kumpel? Der wird eine Zeit lang außer Gefecht sein.«

»Vergiss ihn.« Franks spuckt grob in Richards' Richtung. »Schätze, ich werde die Belohnung allein kassieren. Und jetzt setz deinen Arsch in Bewegung!«

Ich zeige auf seine Füße. »Und was ist mit deiner Hose? Das Wetter ist zu feucht, um ohne Unterwäsche rumzulaufen.«

Franks schaut an sich herab. Sofort packe ich den Schaft seiner Flinte. Schlage ihn zur Seite. Ramme ihm meinen Gips ins Gesicht.

Zwei Schüsse lösen sich aus der Flinte und reißen ein großes rauchendes Loch in die Rückwand des Gebäudes.

Im Gasthaus suchen die Gäste hastig Deckung.

Der Rückstoß wirft Franks um. Er landet auf dem Rücken und blickt benommen zu mir hoch, als ich ihm die Waffe aus den Händen winde und aufs Dach werfe.

»Du hast keine Munition mehr. Schätze, jetzt stehst du mit heruntergelassener Hose da, physisch und metaphorisch.«

»Häh?«

»Ts, ts. Kannst du nicht mal eine bildhafte Sprache verstehen? Sag gute Nacht, Gracie.«

Franks dreht den Kopf zur Seite. »Wer ist Gra…?«

Rums!

Ich verpasse ihm einen Schlag an die Wange, und weg ist er.

»Hast du den tumben Gesichtsausdruck bemerkt?«, fragt Mimi. »Genauso siehst du aus, wenn ich Gedichte zitiere.«

»Genauso fühle ich mich dann auch.«

Nachdem ich mein Armalite wieder an mich genommen habe, trete ich durch das Loch in der Wand in die Gaststube. Die Gäste sollten sich eigentlich immer noch hinter den Tischen verstecken, tatsächlich aber hocken sie im wogenden Staub und tun so, als wäre eine explodierende Wand nichts Außergewöhnliches.

Auf dem Weg nach draußen spreche ich kurz mit dem Eigentümer. »Entschuldigen Sie den Krawall. Der Mann da draußen auf dem Boden hat gesagt, er und sein Freund würden die Schäden begleichen, aber vielleicht sollten Sie kassieren, ehe die beiden wieder zu sich kommen.«

Er stiert mich mit ausdrucksloser Miene an, was ich als Zustimmung werte. Ich stoße die Vordertür auf und gehe hinaus auf den Parkplatz. »Also, Mimi, erzähl mir was über diese Haare. Gibt es irgendeinen Zusammenhang zu den Haaren, die mir der Sandwurm ins Gesicht gefeuert hat?«

»Oh, Cowboy. Ich dachte schon, du würdest nie fragen.«

Auf dem Parkplatz starte ich gerade mein Trike, als mir ein Truck mit einem überpinselten Zealand-Corp-Logo auffällt, ein sicheres Anzeichen für ein gestohlenes Fahrzeug. Es muss der Sturmnacht gehören.

Was mich auf eine Idee bringt.

Ich stelle den Motor wieder ab und gehe zum Heck des Norikers, nur um festzustellen, dass mir eine Suse mit pinkfarbenen Haaren zuvorgekommen ist.

»Riki-Tiki«, sage ich, während ich zuschaue, wie sie die Luft aus einem Reifen lässt. »Was glaubst du eigentlich, was du hier tust?«

Sie zuckt nicht einmal zusammen. »Ich helfe dir zu entkommen, das liegt doch auf der Hand, oder? Ist dir eigentlich klar, dass du beim Gehen das linke Bein nachziehst? Dein Gang ist unverkennbar. Außerdem kann ich dich aus einem halben Dutzend Metern Entfernung atmen hören.«

»Kannst du nicht.« Ich reibe mir das schmerzende Knie, den Auslöser meines unverkennbaren Gangs.

»Kann ich wohl.« Sie geht zu den Vorderreifen. »Du pfeifst beim Ausatmen. Liegt wahrscheinlich an einer Nasenscheidewandverkrümmung. War deine Nase mal gebrochen?«

Zweimal im Kampf. Und dann noch einmal durch Vienne, versehentlich. Ich *glaube* zumindest, dass es versehentlich passiert ist. »Vergiss meine Nase«, sage ich. »Was tust du hier? Wie kommst du überhaupt hierher? Wir sind zweihundert Kilometer vom Kloster entfernt.«

»Du hast mich mitgenommen, Dummkopf.« Sie ist mit ihrer Arbeit fertig, flitzt sogleich an mir vorbei und entzieht sich mühelos meinem Griff, als ich sie zu packen versuche.

»Ich habe nichts dergleichen getan.« Ich folge ihr zu meinem Trike, wo sie auf den Rücksitz springt.

»Natürlich hast du.« Sie pocht auf das Gepäckfach. »Ich wollte dir helfen, Vienne zu finden, ganz egal, was Meister und Meisterin sagen, also habe ich mich hier drin versteckt.«

»Unmöglich. Das ist viel zu klein.«

»Ha! Das zeigt nur, wie wenig du weißt.« Sie verschränkt die Arme vor der Brust und tut beleidigt. »Ghannouj ist ein meisterlicher Schlangenmensch. Er hat mich gelehrt, wie ich mich ganz klein machen kann.«

Der Gedanke, dieser Mann, dessen Leibesumfang seine Größe übertrifft, könnte sich in irgendeinen beengten Raum zwängen, entlockt mir ein Kichern. »Ghannouj ist ein meisterlicher Schlangenmensch?«

Jetzt muss sie nicht mehr so tun, als wäre sie beleidigt. »Hmpf. Dass du es dir nicht vorstellen kannst, heißt nicht, dass es nicht möglich ist.«

»›Es gibt mehr Ding' im Himmel und auf Erden‹«, sagt Mimi, »›als Eure Schulweisheit sich träumt, Horatio.‹«

»Shakespeare?«

»Sehr gut, Cowboy«, sagt Mimi. »Du lernst endlich, die schönen Künste zu schätzen.«

»Mein Vater hat dieses Zitat jedes Mal benutzt, wenn ich gesagt habe, ich will Regulator werden. Übrigens, warum hast du mir nicht erzählt, dass wir einen blinden Passagier haben?«

»Du hast nicht gefragt«, sagt Mimi. »Und ich bin keine Gedankenleserin.«

»Das bist du sehr wohl.«

»Aber deine Gedanken haben sich nie zu diesem Kapitel formiert.«

Ich wittere eine Verschwörung. »Riki-Tiki, ich kann dich hier nicht einfach zurücklassen, weil du dich dann allein durchschlagen müsstest. Am nächsten Bahnhof trittst du die Rückfahrt an. Abgemacht?«

»Nein«, sagt sie.

»Was?«

»Nein. Ich mag diese Transporte nicht, und wenn du dich nicht beeilst und diese Schrottmühle hier startest, kommen die Sturmnacht-Soldaten, und die sind bestimmt sauer, wenn sie sehen, dass du die Luft aus ihren Reifen gelassen hast.«

»*Ich* habe die Luft rausgelassen?«

Sie strahlt mich an.

»Und woher weißt du von den Sturmnacht-Soldaten?«

»Das weiß ich, weil ich die ganze Zeit da drin war, Dummkopf.« Sie lacht. »Dieser Franks hat hässliche weiße Beine, was?«

»Du warst im Gasthaus?«, frage ich verwundert. »Ich habe dich gar nicht gesehen.«

»Natürlich nicht. Ich wurde von den Tengu ausgebildet!«, sagt sie, als wäre das selbstverständlich. »Du solltest jetzt den Motor anlassen.«

»Warum?«

In diesem Moment fliegt auf der anderen Seite des Parkplatzes die Vordertür des Gasthauses auf. Franks und Richards kriechen heraus, gefolgt von dem wütenden Eigentümer, der mit einer schweren Bratpfanne und einem ganzen Arsenal farbenfroher Kränkungen bewaffnet ist.

Ich starte das Trike und rufe Riki-Tiki zu: »Das ändert nichts an unserer Abmachung.«

»Du bist süß, wenn du versuchst, dich zu behaupten!«, ruft sie zurück, als das Trike donnernd vom Parkplatz rollt und einen Kiesregen hinter sich her zieht. »Kein Wunder, dass Vienne dich so sehr liebt.«

Kapitel 19

Badlands, Tharsis-Ebene
Präfektur Zealand
Annos Martis 238. 7. 25. 09:14

Da uns Lymes Männer auf den Fersen sitzen, ist die Bischofsstraße wohl doch nicht die klügste Reiseroute für uns. An der nächsten Ausfahrt verlasse ich mit Riki-Tiki auf dem Rücksitz die Schnellstraße und nehme eine fast aufgegebene Abkürzung für Militärfahrzeuge, die, so weit das Auge reicht, von Industrieanlagen gesäumt ist; die meisten stellen Petrotreibstoffe aus Marsmineralien her. Aber diese Fabriken haben nie Gewinn abgeworfen, und als die CorpComs den Mars übernommen haben, hat die Zealand Corp sie dichtgemacht. Nun stehen sie da wie verlassene Hünen und rosten vergessen vor sich hin, bis irgendeine Abfallverwertungstruppe den Weg zu ihnen findet.

Wie die Fabriken wird auch die Straße nicht instand gehalten. Grasbüschel wachsen inmitten der Straßendecke. Das Vorderrad des Trikes hüpft auf und ab, der Lenker rüttelt an meiner Hand, und ich fühle, wie die Reifen immer wieder die Haftung verlieren. Obwohl das Trike eine halbe Tonne wiegt und rappelt wie eine Kettensäge auf Stahl, fühlt es sich an, als würde ich über die Straße schwimmen.

»Soll ich fahren?«, fragt Riki-Tiki.

»Nein.«

Das letzte Mal habe ich mich so gefühlt wie jetzt, als ich meinen ersten Tag bei den Regulatoren verbrachte. Mein neuer Chief, Mimi, hatte mich in eine Wellblechhütte gebracht, in der acht Regulatoren ordentlich in Habachthaltung warteten. Auf meinen

Armen stapelten sich Taschen voller Munition, Magazine, Werkzeuggurte und Messer aller Art. Ich kämpfte ums Gleichgewicht und hätte beinahe meinen neuen Chief umgerissen, als dieser gerade zu seiner Einheit sprach.

»Pass auf, Grünschnabel«, knurrte sie. »Sonst ersetze ich dich durch einen Packesel. Wahrscheinlich kann der ohnehin besser schießen als du. Stimmt's?«

»Ja, Chief.«

»Regulatoren, sagt eurem neuen Crewmitglied, dem Grünschnabel-Regulator Jacob Stringfellow, guten Tag. Er ist reich und verzogen. Der Bengel von der Kampfschule, vor dem ich euch bereits gewarnt habe. Stringfellow! Von jetzt an wird man dich Grünschnabel oder Milchbart nennen, aber niemals Stringfellow. Verstanden, Milchbart?«

Ich antwortete nicht, weil ich nicht sicher war, dass sie überhaupt mit mir gesprochen hatte, also trat sie mir in die Kniekehlen, und ich ging zu Boden wie ein Velocikopter mit kaputtem Rotor, und die ganze Regulatorenausrüstung prasselte auf mich herunter.

»Du rührst dich keinen Millimeter, Grünschnabel!« Dieses Mal wusste ich, dass ich gemeint war, also machte ich keinen Mucks.

»Regulatoren, schnappt euch euer Zeug. Wir haben einen Auftrag. Wegtreten!«

Ihrem Abgang folgte Gelächter, und die Taschen wurden mir eine nach der anderen abgenommen, als die Angehörigen der Truppe, die meine Familie werden sollte, sich ihr Zeug schnappten und hinausgingen, ohne ein Wort mit mir zu wechseln. Erst als die letzte Tasche von meiner Brust gehoben wurde, fiel mir ein Paar leuchtend blauer Augen auf, deren Blick mich durchbohrte. Vienne hatte das Kinn vorgereckt, und ihre Mundwinkel zeigten auf eine Weise nach unten, die ein sardonisches Lächeln kennzeichneten, wie ich später feststellen durfte.

»Schön, dass du da bist«, sagte sie.

»Wirklich?« Meine Stimme hörte sich an, als würde sich ein Salamander an meine Stimmbänder klammern.

Vienne warf sich ihre Tasche lässig über eine Schulter und reichte mir eine Hand. »Na klar. Bis du aufgetaucht bist, war ich hier der Grünschnabel. Danke, dass du meinen Platz eingenommen hast.«

»Und wie nennen sie dich jetzt?«

»Mimi nennt mich Vienne, aber du wirst mich nur Regulator nennen. Und jetzt hoch mit dem Arsch, reicher Junge, wir haben zu arbeiten.« Ich griff nach ihrer Hand, und sie zog mich hoch und tat dabei so, als würde sie ihr Haar glätten.

»Schlagloch!«, schreit Mimi in meinem Ohr und reißt mich aus den Gedanken.

Vor uns klafft ein Loch in der Straße, groß genug, einen Noriker darin zu parken. Ich reiße das Trike hart nach links. Der Vorderreifen rappelt, sucht Haftung auf dem Asphalt. Das Heck schleudert, und wir geraten ins Rutschen. Der Lenker wird mir aus der gesunden Hand gerissen. Ich muss hilflos beobachten, wie das Heck in Zeitlupe um hundertachtzig Grad herumschwenkt, eingehüllt in eine Wolke aus schwarzem Teerrauch und blaugrauem Abgas, die mir den Atem raubt.

Auf der anderen Spur kommen wir zum Stehen und starren dem Aluminiumkühlergrill eines Düsseldorfs entgegen, der immer größer wird.

»*Tā mādebi!*«, brülle ich und gebe Gas. Eine halbe Sekunde lang tut sich nichts. Der Fahrer des Düsseldorfs legt sich auf die Hupe, als sähe ich nicht selbst, dass ein paar metrische Tonnen Stahl auf uns zu donnern. Dann, in einer Woge treibstoffinduzierter Panik, schießen wir nach vorn, direkt auf den Truck und seine dröhnende Hupe zu.

»Wenden!«, kreischt Mimi.

»Wenden!«, kreischt Riki-Tiki.

Als es schon so aussieht, als würden wir den Verkehrstod sterben, schwingen beide Fahrzeuge herum. Der Truck donnert über meine Spur, und das Trike rutscht in einen Graben. In einem Ansturm aus Fahrtwind und dem Dopplerdröhnen eines Drucklufthorns jagen wir aneinander vorbei.

Ich hätte mich beinahe nass gemacht.

»Was meinst du mit beinahe?«, fragt Mimi.

Ich lege den Kopf auf den Lenker. »Blödes Schlagloch.«

Riki-Tiki presst sich fest an meinen Rücken. Ich fühle, dass ihre Hände zittern. »Danke, dass du uns nicht umgebracht hast.«

»Ja, das war nett von dir«, sagt Mimi. »Versuch beim nächsten Mal, in deiner eigenen Spur zu bleiben.«

»Ich hab's kapiert, Mimi. Keine Feiglingsspiele mehr mit einem Düsseldorf.« Ich blicke Riki-Tiki an. »Geht es dir gut?«

»Mehr als gut«, sagt sie. »Das hat Spaß gemacht! Auf eine ziemlich gruselige Art.«

»Du bist Vienne ganz schön ähnlich. Auf eine ziemlich gruselige Art. Willkommen im Leben eines Regulators.« Ich steuere das Trike aus dem Graben zurück auf die Straße, als es plötzlich gefährlich zu wackeln anfängt. »Hey! Moment mal! Irgendwas stimmt da nicht.«

Als ich das Trike auf dem Standstreifen abgestellt habe, spüre ich die Ursache des Wackelns auf. Es ist das Vorderrad. Der Radkranz ist verbogen. *»Shén me niăo!«*

»Was bedeutet das?«, fragt Riki-Tiki.

»Das ist ein altes irdisches Sprichwort. Es bedeutet, dass keine gute Tat ungestraft bleibt.«

Riki-Tiki bricht in Gelächter aus. »Ha! Tut es nicht! Ich spreche Chinesisch, und das bedeutet mmm-mmm-mmm.«

Ich schlage ihr eine Hand vor den Mund. »Pssst! Ich habe etwas gehört.« Subvokal weise ich Mimi an, einen Scan durchzuführen. »Ich könnte schwören, dass ich Motorengeräusche gehört habe.«

»Bis jetzt fange ich nichts auf«, sagt sie. »Momentan ist dein Gehör besser als meine Sensoren.«

»Ich wette, es hat dich halb umgebracht, das zuzugeben.«

»Statt dich daran zu weiden«, ermahnt mich Mimi, »wäre es eine bessere Strategie, das Fahrzeug zu verstecken und einen Unterschlupf zu suchen. Nur für alle Fälle.«

»Genau. Nur für alle Fälle.« Ich ziehe die Hand von Riki-Tikis Mund und wische mir ihren Speichel von der Handfläche. »Igitt. Musste das sein?«

Sie streckt mir die Zunge heraus. »Geschieht dir recht, wenn du mir den Mund zuhältst! Du hättest auch einfach ›pssst‹ sagen können!«

»Pssst!«

»Vergiss es.«

»Schnell!« Ich schiebe das Trike ins Gebüsch und winke ihr zu, mir zu folgen. »Da kommt jemand. Wir holen uns das Trike später zurück.«

Wir laufen über einen überwucherten Pfad zu der nächsten Fabrik, einer vor sich hin rottenden Raffinerie, nach den drei Kühltürmen zu schließen.

»Können wir das Trike reparieren?«, fragt Riki-Tiki.

Ich ziehe den Maschendrahtzaun hoch. »Klar. Ich brauche nur ein paar Werkzeuge.«

Sie krabbelt durch. Ich folge ihr.

Sie zeigt auf ein gedrungenes Metallbauwerk, an dem ein Schild mit der Aufschrift »Werkzeugbau« hängt. »Meinst du, du findest da etwas, während wir uns hier verstecken?«

»Du hast ein gutes Auge.«

Wir laufen zur Eingangstür der Fertigungsanlage. Sie ist mit einer Kette verriegelt, die durch ein Vorhängeschloss gesichert ist. Ich betrachte das Schloss in der Hoffnung, dass der Rost sich bereits durch das Metall gefressen hat. »Pech.«

Eine Sekunde lang denke ich daran, das Schloss aufzuschießen. Aber der Lärm wäre kilometerweit zu hören, und ein großes, frisches Loch in dem Schloss wäre äußerst verräterisch.

»Da drüben.« Riki-Tiki springt auf eine Palette und von dort auf eine Kiste. Dann öffnet sie ein Schutzgitter und schlüpft hinein. »Ich bin drin. Beeil dich, Lahmarsch!«

Ich murmle etwas über beengte Räume vor mich hin und folge ihr, mit Rücksicht auf den Gipsverband an meinem Arm allerdings recht langsam und vorsichtig.

»Zieh den Bauch ein, Cowboy«, sagt Mimi.

Ich grunze nur. »Zu viele arbeitsunfähige Teile.«

»Ganz zu schweigen von zu viel weißem Reis.«

»Zwanghafte Kritikerin – he!« Ich strecke die Hand aus in der Erwartung, auf der anderen Seite des Gitters einen Griff vorzufinden, greife stattdessen aber in die leere Luft. Ich kippe nach vorn und lande hart auf dem Betonboden.

»Uff!«

Riki-Tiki bietet mir ihre Hand. Selbst in dem trüben Licht kann ich das Funkeln in ihren Augen sehen. »Hatte ich vergessen zu sagen, dass der letzte Teil es in sich hat?«

»Allerdings.« Ich lasse mir eine Sekunde Zeit, um mich in dem Raum umzusehen. Lagerbereich da, Werkbank dort. Viele dunkle Ecken und Lichtfetzen, die durch verschmierte Fenster und die Doppeltür am Eingang hereindringen. »Okay, wir sind quitt. Die Sache mit dem Mundhalten tut mir leid.« Ich bahne mir einen Weg zu den Werkzeugregalen auf der anderen Seite des Raumes. »Lass uns leise sprechen. Und halt die Ohren offen, falls … *au!*«

Ich habe mir den Kopf an irgendetwas angeschlagen, das an den Dachsparren hängt. Etwas aus Metall.

Riki-Tiki kichert. »Hört es sich so an, wenn du leise sprichst?«

»Ha-ha«, sage ich, als sie an mir vorüberflitzt.

Als sie an dem Regal ist, fängt sie an, mit den Werkzeugen herumzuspielen.

»Was machst du da?« Ich schlurfe hinter ihr her und wedle mit den Händen auf der Suche nach zufällig auftauchenden Hilfsmitteln zur Erlangung eines Hirntraumas.

»Ich suche nach den Werkzeugen, die wir brauchen.« Das Geräusch zweier aneinander klappernder Metallstücke hallt durch den Raum. »Ich habe zwei Metallstreifen gefunden, die wir als Reifenheber benutzen können, und wir brauchen einen Schlosserhammer. Siehst du irgendwas, das den gleichen Winkel hat wie die Felge und das wir als Unterlage benutzen können?«

»Gehe ich recht in der Annahme, dass du so etwas schon früher gemacht hast?«

Sie plustert sich auf. »Wer, meinst du, repariert Stains Motorrad? Er ist viel zu sehr damit beschäftigt, Erleuchtung zu erlangen, als dass er einen Ölwechsel machen könnte.«

Ich will ihr gerade antworten, wie beeindruckt ich von ihren technischen Fertigkeiten sei, als Mimi sich zu Wort meldet.

»Empfange mehrere Biorhythmen. In der direkten Umgebung, natürlich.«

»Verstanden«, antworte ich und bedeute Riki-Tiki, still zu sein. Dann kauere ich mich auf ein Knie, sodass ich freien Blick auf die Tür und das Fenster habe, drehe den Kopf von einer Seite zur anderen und lausche auf Schritte.

»Deine Sinne waren viel schärfer, als ich sie noch vollständig überwachen konnte«, kommentiert Mimi.

»Sei still«, sage ich. »Solange du mich vollquasselst, könnte ein Hellbender hier landen, ohne dass ich etwas davon hören würde.«

Riki-Tiki tippt mir auf die Schulter. »Was ist los?«

Ich lege einen Finger an die Lippen und flüstere: »Ich hab was gehört.«

»Ich auch«, sagt sie grinsend. »CorpCom-Stoßtrupp. Sie haben das Trike gefunden. Jetzt schwärmen sie aus und verteilen sich in Standardschutzformation.«

»Woher weißt du das?« Während ich mein Armalite ziehe, schleiche ich mich an die Außenwand und versuche, durch eine Ritze in der Wand nach draußen zu schauen.

»Ich weiß es, weil der Anführer der Soldaten das gerade gesagt hat«, flüstert Riki-Tiki. »Du hättest es bestimmt auch gehört, wenn du nicht wieder mit dir selbst geredet hättest.«

Mimi lacht.

»Du hast sie auch nicht gehört, Mimi.«

»Ich bin nur so gut wie die Ausrüstung, die mir zur Verfügung steht.«

Ich auch, denke ich.

Jetzt höre ich sie. Gedämpfte Stimmen. Stiefel, die über Beton stapfen und Müll zur Seite treten. Nicht gerade das, was man sich unter gut ausgebildeten Soldaten vorstellt.

Riki-Tiki kauert sich neben mich, schließt das rechte Auge und blinzelt mit dem linken. »Was hast du vor?«

Ich schüttle den Kopf. Ich habe nichts vor außer abwarten und hoffen, dass die Kerle weitergehen. Wie so viele meiner Vorhaben zeichnet sich auch dieses nicht durch ein Übermaß an Einfallsreichtum aus, aber es liefert uns wenigstens eine Eins-zu-eins-Erfolgsaussicht.

»Eher neun zu eins dagegen«, sagt Mimi.

»Sechs zu vier.«

»Du hast Wahnvorstellungen.«

Draußen erklingt ein schrilles Quieken. »Sir! Ich habe ein Signal!«

Ein Signal? Was für ein Signal?, frage ich mich, während ich Riki-Tiki von der Tür wegziehe.

Der Truppführer kommt in mein Blickfeld.

»Formiert euch!«, brüllt er. »Tür aufbrechen!«

Wir kauern hinter einer Metalldrehbank, groß genug, einen Felsen zu Kies zu zermahlen, und ich entsichere meine Waffe.

»Bleib hier, ganz gleich, was pasiert«, weise ich Riki-Tiki an. »Mimi, gib mir die Daten.«

»Ich zähle sechs Signaturen in der direkten Umgebung der Tür.«

Mit sechs werde ich fertig, überlege ich und hebe das Armalite an die Schulter.

»Und noch sechs drei Meter weiter hinten.«

Mit einem Dutzend werde ich fertig.

»Mit einem Arm und einem Auge?«

»Zum Schießen brauche ich von beidem nur jeweils eins.«

»Wenn deine Fähigkeiten nur so groß wären wie deine Hybris.«

Rums!

Eine Stahlramme kracht gegen die Tür. Das Metall beult sich nach innen, und von den Dachsparren rieselt kübelweise Staub. Aber die schwere Kette hält, und ich bin froh, dass ich das Schloss nicht zerschossen habe.

Rums!

Die Tür wölbt sich innen, und in der Mitte öffnet sich ein großes Loch. Ein Soldat ist dumm genug, den Kopf durchzustecken. Ein leichtes Ziel. Direkt in meinem Fadenkreuz.

Aber ich schieße nicht. Nicht, solange elf weitere Soldaten in Warteposition sind.

Er leuchtet mit einer Taschenlampe in die Werkstatt. Der Lichtstrahl tanzt über die Wände auf und nieder. Kurz bevor er auf die Drehbank trifft, senke ich das Armalite und ziehe das Kinn an.

Der Lichtstrahl wandert vorbei. Dann hält er inne und zuckt zurück zur Drehbank.

Re malaka! Mein Gehirn brüllt mich an, ich solle den Mann erschießen. Aber ich tue es nicht.

Sei ganz ruhig.

»Da ist nichts«, sagt der Soldat schließlich.

Der Lichtstrahl entfernt sich, und ich atme die angehaltene Luft aus.

Draußen nimmt der Truppführer die Neuigkeit gar nicht gut auf. »Blödsinn!«, brüllt er. »Brecht die Tür auf. Sofort!«

Die Ramme donnert immer wieder gegen die Tür, bis die Angeln nachgeben und die noch immer mit der Kette verschlossenen Türblätter auf den Boden krachen. Eine Sekunde später dringen vier Soldaten ein. Das von draußen hereinfallende Licht umrahmt sie, verwandelt sie in leuchtende Ziele.

Ich strecke die Hand aus, um Riki-Tiki auf den Boden zu stoßen, wo sie mehr Deckung hat.

Aber meine Hand ertastet nichts.

Ist sie weg? Unmöglich. Vor einer Sekunde war sie noch da. Wie kann sie verschwinden, ohne einen Laut zu machen?

In Panik klopfe ich den Boden ab, als würde es helfen, im Dunkeln herumzutasten.

»Cowboy«, sagt Mimi. »Schau nach oben.«

Da sehe ich sie.

Unter der Decke.

Sie schwingt sich wie eine Turnerin von Sparren zu Sparren, lässt los, rollt sich zu einem Ball zusammen und knallt auf den führenden Soldaten, ehe der sie gesehen hat. Er fällt auf die Werkbank, und sie stößt sich von der Wand ab, schnappt sich die beiden Metallstreifen, die auf der Werkbank liegen, und bewegt simultan die Handgelenke.

Die Streifen treffen zwei Soldaten im Gesicht.

Einer geht zu Boden.

Der andere stolpert zurück und prallt gegen einen anderen Soldaten, der seine Blaster auf das Dach abfeuert, ehe er auf den Hintern fällt.

Ich bin dran.

Der Kolben meines Armalites trifft das Kinn des Schützen und schaltet diesen aus, bevor die beiden anderen Soldaten reagieren können. Ihnen jage ich ein paar Kugeln in die Bäuche. Ihre Panzerung absorbiert zwar die Geschosse, nicht aber die Energie, und so werden sie zurückgeschleudert, als hätte ein Stahlausleger sie von den Füßen gerissen.

Immer noch im Schatten im Innern der Werkstatt gehe ich in die Hocke, stütze mich wie ein Footballspieler auf einer Hand ab und ziele auf die sechs Soldaten, die sich zur Unterstützung hinter ihren Kameraden formiert haben. Aber ein einziger Blick genügt, und ich weiß, dass irgendetwas schiefgegangen ist.

Die Soldaten sind bereits erledigt.

Jemand ist mir zuvorgekommen.

»Riki-Tiki?«, frage ich.

»Bin gleich hier«, sagt sie hinter mir. »Du bist ein wirklich guter Schütze.«

»Und du bist eine wirklich gute Akrobatin. Aber jetzt werden keine solchen Tricks mehr abgezogen, verstanden?«

»Bah, nie gönnst du mir ein bisschen Spaß.«

»Du bist nicht die Erste, die das sagt.« Ich lasse den Blick über unsere Umgebung schweifen. Kein Hinweis auf weitere Gegner. »Mimi?«

»Erfasse einen aktiven Biorhythmus, Chief. Die anderen erfassten Personen sind bewusstlos.«

Riki-Tiki schiebt sich an mir vorbei.

»Warte!«, rufe ich.

»Warum?«, ruft sie und hüpft hinaus. »Das ist doch nur Stain.«

Als hätte sie vom Teufel selbst gesprochen, nimmt Stain eine dunkle, pelzgesäumte Kapuze ab, um sein Gesicht zu offenbaren, und springt vom Dach der Werkstatt. Dann schnappt er sich Riki-Tiki und wirbelt sie durch die Luft.

»Wie hast du uns gefunden?«, fragt Riki-Tiki, als sie den braunen Überzieher des Mönchs loslässt. Darunter trägt er kein Hemd, nur eine bauschige Hose und ein Paar Lederstiefel.

»Ich bin euch die ganze Zeit gefolgt. Seit der Meister und die Meisterin gemerkt haben, dass du verschwunden bist.« Er lächelt ihr zu, aber das Lächeln ist aufgesetzt, beinahe, als hätte er sich für einen Digigraphen in Pose geworfen. »Und jetzt, wo ich dich gefunden habe, ist es Zeit, wieder nach Hause zu gehen.«

Ein kalter Wind fegt Riki-Tiki das pinkfarbene Haar ins Gesicht. Sie streicht es zur Seite und verschränkt die Arme vor der Brust. »Nein.«

»Hör zu«, sagt Stain. »Die Suche nach Vienne ist zum Scheitern verurteilt. Wenn Ghannouj dir verbietet, das Kloster zu verlassen, dann musst zu bleiben, oder du riskierst …«

»Was Ghannouj sagt, ist mir egal.« Sie stampft mit dem Fuß auf. »Ich bin alt genug und tue, was ich will. Dazu gehört auch, bei der Suche nach Vienne zu helfen. Wenn du dir also Sorgen um mich machst, wirst du mitkommen müssen. Denn ich gehe erst wieder zurück, wenn wir Vienne gefunden haben.«

Nachdem ich unsere Umgebung kontrolliert habe, gehe ich zu den bewusstlosen Soldaten.

Ich drehe den Truppführer auf den Rücken. Sein Gesicht ist voller Quaddeln. Die anderen haben die gleichen, angeschwollenen Male. Sieht aus, als hätte Stain sich seines alten Tricks bedient. Ich frage mich, wie gut er wohl ohne einen Beutel voller Killerbienen sein mag.

»*Dalit*«, sagt Stain. »Sprich mit ihr. Sag ihr, dass Vienne nicht mehr … dieselbe sein wird, falls es dir gelingt, sie aufzuspüren.«

Er kommt ein paar Schritte in meine Richtung. Dabei starrt er mir eisig entgegen und versucht, mich einzuschüchtern. Glaubt der Bursche, er kann mir Angst machen? Selbst einäugig kann ich jedem noch so bösen Blick von ihm ebenbürtig begegnen.

»Riki-Tiki ist alt genug«, sage ich. »Sie kann ihre eigenen Entscheidungen treffen.«

Er kommt so nahe, dass unsere Nasen sich beinahe berühren. Ich kann die Magensäure in seinem Atem riechen. »Wie kann ich sie dir anvertrauen, nach dem, was Vienne zugestoßen ist?«

»Das bedeutet dann wohl, dass du ebenfalls mitkommst«, sage ich und kämpfe gegen das Verlangen an, ihm ins Gesicht zu spucken. »Hier könnten sich noch mehr CorpCom-Leute herumtreiben. Wir sollten lieber die Umgebung sichern.«

Stain winkt ab. »Die sind längst alle erledigt. Mir war ziemlich langweilig, als ich darauf gewartet habe, dass du wieder aus deinem Mauseloch herauskriechst.«

»Gut. Dann sollten wir uns in Bewegung setzen, ehe die Corp-Coms wieder aufwachen.« Ich mache mich daran, die Soldaten in die Werkstatt zu zerren. Stain lässt sich dazu herab, mir zu helfen, während Riki-Tiki ihre Werkzeuge einsammelt.

»Die dürfen wir nicht vergessen«, sagt sie, während wir den letzten Soldaten hereinschleifen. Wir binden sie mit ihren eigenen Kunststofffesseln aneinander und mühen uns, die Tür wieder an ihrem Platz zu verankern. Lange wird sie nicht halten, wenn die Männer wieder wach sind und sich von ihren Fesseln befreit haben, aber vielleicht kann sie uns ein bisschen zusätzliche Zeit für die Flucht verschaffen.

»Wo willst du hin?«, fragt Stain, als wir wieder an der Straße sind. Das Trike ist noch da, wo wir es zurückgelassen haben. Stains Maschine steht ein paar Meter entfernt.

Ich nehme Riki-Tiki die Werkzeuge ab. »Zu meinem Trike, das Rad reparieren.«

»Das habe ich nicht gemeint«, sagt er. »Ich will wissen, wie du Vienne zu finden hoffst.«

Riki-Tiki schubst mich weg und hebelt mit den Metallstreifen den Reifen aus der Felge. Ich habe ein schlechtes Gewissen, weil ich tatenlos danebenstehe, aber allem Anschein nach ist ihr ein einarmiger Tollpatsch sowieso nur im Weg. »Im Gasthaus«, sage ich zu Stain, »bin ich über die Sturmnacht-Soldaten gestolpert, die Archibald hinter mir hergeschickt hat. Dabei habe ich eine Information erhalten, die uns direkt zu ihrem Boss führen wird.«

»Und die lautet?«, fragt Stain.

»Folge dem Rauch.« Ich zeige zum Horizont, wo die Wolken dunkler sind, als sie sein sollten. »Wo Rauch ist, da ist auch Feuer. Wo Feuer ist, da ist Archie. Und wo Archie ist, da werden wir Vienne finden.«

Kapitel 20

Woolwich Beschwerdestelle
Obere Tharsis-Ebene
Präfektur Zealand
Annos Martis 238. 7. 26. 07:56

Angetan mit der Uniform eines Captains der CorpCom-Rangers konzentriert Archibald sich auf einen hingepfuschten Schuppen auf einer kleinen Anhöhe nahe einer Jauchegrube, ein Bauernhaus mit einem Backsteinfundament, verkleidet mit grau verfärbten Schindeln. In den schmalen, schmucklosen Fenstern hängen keine Vorhänge. Das Schindeldach, aus dem sich zwei Schornsteine erheben, ist krumm und schief. Das Haus hat nur aus einem Grund sein Interesse geweckt: An den Wänden prangen in großen, roten Lettern die Worte *Desperta Ferro!*

Dieses Haus geht als Erstes in Flammen auf.

Archibalds Blick schweift an dem Haus vorbei zu einem halben Dutzend armseliger Hütten und einem verfallenen Hühnerstall. Der Drahtzaun ist verrostet, der Stall eingestürzt.

Die Hühner sind alle davongeflogen, denkt er und lacht.

Die Gebäude brennen. Die Hütten, die Ställe – alles wird von einem Dutzend glutrot leuchtender Brände verschlungen, die eine einzige Rauchsäule erzeugen, welche Hunderte Fuß in den klaren Himmel aufsteigt. Der offizielle Name dieses Ortes lautet »Woolwich Center für Wiederaufbereitung und Urbarmachung«. Es ist eine der Ortschaften, die rund um eines der von Zealand eingerichteten Recyclingzentren für organische und anorganische Abfälle der Präfektur entstanden sind. Nun verwandelt sich die Ortschaft in einen Haufen Asche.

»So recycelt man ein Recyclingzentrum«, spottet Archibald, als er über das Feld zu der Stelle geht, an der die transportable Zelle steht. Als er sich ihr nähert, nehmen die Wachen hastig Habachthaltung ein. Archibald schickt sie fort. Als sie außer Hörweite sind, öffnet er einen eingebauten Sucher, der ihm ein Bild vom Innern der Zelle liefert. Vienne ist an einen Metallstuhl gefesselt. Ihr Kopf hängt haltlos herab. Ein Infusionsschlauch führt zu ihrem Arm.

Archibald schließt die Sucherklappe und tritt ein. Auf einem Tisch neben Vienne breitet ein Assistent einen Satz Instrumente aus.

»Spar dir die Mühe«, sagt Archibald. »Das funktioniert bei ihr nicht. Verabreiche ihr die Dosis.«

Mit einem wachsamen Blick zieht der Assistent ein Serum aus einer Phiole auf eine Spritze und injiziert es in das Infusionssystem.

»Und jetzt verschwinde«, sagt Archibald.

Ein paar Minuten, nachdem der Assistent gegangen ist, kauert er sich neben Vienne. Sein Mund ist nur wenige Zentimeter von ihrem Ohr entfernt. »Du kannst dich dagegen wehren, Herzchen.«

»Nenn mich nicht so!«

»Oder du akzeptierst es. Die Wahrheit ist, dass ich dir etwas geben kann, das du verloren hast.«

»Du«, keucht sie, »kannst mir … gar nichts … geben.«

»Das ist nicht wahr.« Er tippt auf ihren verstümmelten kleinen Finger. »Den hast du verloren.«

Sie schüttelt den Kopf. »Hab ihn nicht verloren.«

»Stimmt. Du hast ihn hingegeben. Du hast bereitwillig zugelassen, dass er abgeschnitten wird wie ein Stück Wurst, aber du wolltest kein *Dalit* werden, nicht wahr?«

»Doch, das wollte ich. Die Richtlinien …«

»Lüg mich nicht an. Das Serum, das mein Assistent dir verabreicht hat, wird es so oder so verhindern. Also, du hast es getan, obwohl du kein *Dalit* werden wolltest. Warum?«

Keine Antwort.

»Das Verschweigen einer Wahrheit ist nichts anderes als eine Lüge. Das ist einer der Lieblingssprüche meiner Mutter. Also, sag die Wahrheit. Du wurdest um seinetwillen zum *Dalit*, richtig?«

»Nein.«

»Das Wort lautet ›ja‹. Sag es mit mir zusammen. Ja.«

Sie kämpft gegen seinen Befehl an. Ihr Gesicht verspannt sich in dem Bemühen, das Wort nicht über ihre Lippen zu lassen. Aber nach einer Minute hat sie den Kampf verloren.

»Ja!«, schreit sie.

Hervorragend, denkt Archibald. *Allmählich lässt sie nach.* »Für ihn wurdest du zu einer Ausgestoßenen. Du hast jede Chance auf einen ehrenhaften Tod verloren. Ein *Dalit* kann keinen Schönen Tod sterben. Du wirst sogar im Jenseits in den Schatten verbannt werden. Habe ich recht?«

»J…«

»Sag es!«, schreit er.

»Ja!«

»Natürlich habe ich recht. Und es stimmt auch, dass der Chief, für den du alles aufgegeben hast, der Mann, von dem glaubst, er würde dich lieben, dich in einen Hinterhalt geführt und dann im Stich gelassen hat.«

»Tot … du hast gesagt, er wäre tot …«

»Das dachten wir, aber wie sich herausgestellt hat, ist er wohlauf und treibt sich mit irgendeinem Bauernmädel herum.«

»Nein!«

»Würde ich dich anlügen? Nein, das würde ich nicht. Ich habe die Wahrheit gesagt, als ich erklärt habe, ich könne dir etwas zurückgeben, das du verloren hast. Die medizinischen Maßnahmen zur Regeneration eines Körperglieds sind schwer zu bekommen und überaus teuer, aber wir haben die Mittel und die Ressourcen, so etwas zu ermöglichen. Du kannst wieder ganz sein, Herzchen. Du kannst wieder eine Heldin sein. Du kannst in Walhall eingehen, wie die Richtlinien es dir versprochen haben. Du musst mir nur einen winzigen Gefallen tun.«

Natürlich hat er gelogen. Die Ärzte seiner Mutter könnten ihr einen neuen kleinen Finger heranzüchten, aber sie würde immer ein *Dalit* bleiben. Walhall, falls es so einen Ort gab, würde sie nie willkommen heißen.

Aber seine Lüge trifft den passenden Ton. Ihre Lider flattern. Sie hebt den Kopf. »Einen Gefallen? Welcher Art?«

Perfekt, denkt Archibald und streicht eine Haarsträhne von ihrem Ohr weg. Er flüstert etwas, und ihre Augen weiten sich. Er nimmt ihre verstümmelte Hand in die seine, sodass seine Finger ihre überdecken. In einem bestimmten Licht, aus einem bestimmten Winkel sieht es aus, als wäre ihre Hand wieder ganz.

Langsam nickt sie. Ihre Augen sind blutunterlaufen, die Pupillen leuchten pinkfarben. »Mein Name ist Vienne.«

»Siehst du?«, sagt er und lächelt, denn nun ist sie gebrochen. Nun gehört sie ihm. *Verzehr dich nur nach ihr, Jacob Stringfellow.* »Das war doch nicht so schwer, nicht wahr? Und jetzt, da wir Freunde sind, Vienne, ist da noch etwas, das du für mich tun sollst. Erzähl mir von all den Geheimnissen, nach deren Offenbarung ich mich so gesehnt habe. Erzähl mir von Durango.«

Kapitel 21

Präfektur Tharsis
Küstenebene Hastings
In der Nähe des Flusses Gagarin
Annos Martis 238. 7. 26. 21:05

Geleitet von dem fernen Rauch fahren Riki-Tiki, Stain und ich weiter über die einst vom Militär genutzte Abkürzung in Richtung Norden, in der Hoffnung, gegenüber Archibalds Brandrodungsfeldzug Boden gutmachen zu können. Aber wir fahren Stunde um Stunde und scheinen dem Geschehen nicht näher zu kommen. Als die Sonne hinter dem Olympus Mons versinkt und sein Schatten uns in Dämmerschein hüllt, müssen wir die Straße verlassen und uns einen Lagerplatz suchen.

Wir entdecken eine Grotte, die offensichtlich schon früher von Reisenden benutzt worden ist. Ich sammle Holz und mache ein kleines Lagerfeuer in einer seichten Grube. Riki-Tiki bereitet uns aus dem Reis und den Bohnen, die Shoei mir mitgegeben hat, ein rasches Mahl. Stain weigert sich, am Essen teilzunehmen. Stattdessen nippt er Brühe aus einer kleinen Schale, immer nur ein kleines bisschen, beinahe wie eine Ratte, die den Köder aus einer Falle klaut.

Als die Sonne vollständig untergegangen ist, erinnert Stain Riki-Tiki daran, dass es Zeit für die Abendmeditation sei.

»Bäh, müssen wir wirklich?«

»Schäm dich, dass du so etwas auch nur fragst«, erwidert er mit eisiger Stimme.

Riki-Tiki springt auf, klopft sich den Staub von der Hose und lässt ein erkennbar erzwungenes Lächeln aufblitzen.

»Mir egal, was Riki-Tiki sagt«, sage ich zu Mimi. »Dieser Quälgeist ist ein Problem.«

»Ich konnte keine Hinweise ausmachen, die zu deiner Einschätzung im Widerspruch stünden, Cowboy.«

»Fang an!«, blafft Stain.

Ich rechne damit, dass sie Weihrauch abbrennen und die Lotushaltung einnehmen. Stattdessen strecken sie sich kurz und gehen in Grundstellung – Beine und Handflächen zusammen. Dann verbeugen sie sich.

»Was tut ihr da?«, frage ich Riki-Tiki, während ich das Essgeschirr ins Gepäckfach meines Trikes stopfe. »Habt ihr nicht gesagt, es sei Zeit für euer Gebet?«

»Das ist eine *Yi-jin-jing*-Meditation. Die Tengu glauben, dass man von Sitzmeditation fett wird. Darum kämpfen wir während des Gebets.« Sie legt den Kopf schief und schaut mich genauso an, wie Vienne es tut, wenn sie mich als begriffsstutzig empfindet. »Du kannst gern mitmachen, wenn du möchtest.«

»Nein, danke. Ich habe gerade gegessen.«

»Der Regulator kennt die Formen nicht«, spottet Stain. »Außerdem ist er zu sehr damit beschäftigt, sein Abendessen zu verdauen, als dass er mithalten könnte.«

Wer sagt, ich könne nicht mithalten?, denke ich. Wenn Stain die Formen beherrscht, kann es eigentlich nicht so schwer sein. Nur weil ich mir keine Metallgegenstände unter die Haut implantiere, bin ich noch lange nicht faul.

»Sei nicht so gemein, Stain«, sagt Riki-Tiki, als sie die Form wechseln. Ihre Bewegungen sind fließend und vollkommen synchron.

Zuerst bilden sie mit den Händen ein X über ihren Köpfen. Dann breiten sie die Arme parallel zum Boden aus und drehen die Handflächen nach oben.

»Natürlich essen wir auch beim Beten, und wir baden beim Beten«, sagt Riki-Tiki. »Tengu beten eigentlich die ganze Zeit.«

Ich lache. »Macht essen beim Beten nicht auch fett?«

Sie steckt mir die Zunge heraus. »Willst du etwa behaupten, ich wäre fett?«

»Sei still!«, blafft Stain.

»Jemand hier hat eine Packung Nägel gefrühstückt«, sagt Mimi.

»Zum Abendessen hat er wohl das Gleiche verspeist.«

Als Nächstes stampfen sie mit dem linken Fuß auf und treten mit dem rechten zurück. Die Handflächen immer noch nach oben gewandt, strecken sie den linken Arm aus und ziehen den rechten an, sodass der Ellbogen ganz gebeugt ist.

»Yah!«, rufen sie, und schon schießt die rechte Hand nach vorn, dreht sich und bildet im letzten Moment eine Faust. Die linke Hand zuckt zurück und bildet einen Augenblick später einen Unterarmblock.

»Ghannouj sagt, dass Mönche nicht kämpfen«, fügt Riki-Tiki hinzu. »Wir üben, während wir meditieren, um Erleuchtung zu erlangen. Er sagt, jeder Tritt enthält Weisheit.«

»Blödsinn!«, ruft Stain, als er einen Front-Kick ausführt, gefolgt von einem Side-Kick, gefolgt von einem Roundhouse-Kick.

»Die Tengu haben immer gekämpft. Das ist unser Wesen. Es ist eine Tradition, der sogar Rinpoche selbst gefolgt ist.«

»Wer?«, frage ich.

Sie landen auf einem Knie und schlagen mit der flachen Hand auf den Boden. Ihr Schwung hebt ihre Hüften und Beine in die Luft, und sie gehen in einen einhändigen Handstand, der in einen Salto mündet.

»Rinpoche«, sagt Riki-Tiki. »Er war der erste Tengu auf dem Mars. Er war erst siebzehn Erdenjahre alt, als er hierher emigriert ist. Das bedeutet, er war nicht viel älter als ich, nicht wahr, Stain?«

Aus einer kauernden Haltung machen sie einen hohen Scherenschlag, gefolgt von einem Backflip, und landen wieder auf den Füßen.

Beine zusammen. Handflächen zusammen.

Verbeugen.

Für ein paar Sekunden tut Stain nichts anderes, als auf seinem Zungenpiercing herumzukauen. Dann zieht er mit seinem Stab einen Kreis in den Schmutz und sagt: »Rinpoche war mehr als ein Bienenzüchter.« Er teilt den Kreis in zwei Hälften. »Er war *bönpo* der Bienen, ein heiliger Mann, der von der kommunistischen Regierung aus seinem Zuhause verjagt wurde.«

»Kommunistisch?«, frage ich. »Diese Regierung wurde bereits …«

Er dreht seinen Stab und achtet gar nicht auf mich. »Die Wissenschaftler von Projekt Ares haben Rinpoche und neun seiner Anhänger hergeholt, damit sie ihnen bei ihrer Treibhauslandwirtschaft helfen. Hier hat Rinpoche Klarheit und Bestimmung gefunden. Seine Bienen waren ein Gottesgeschenk für die marsianische Landwirtschaft.«

»Ich kenne mich in Geschichte nicht gut aus«, sage ich. »Ich habe mich immer mehr mit dem Hier und Jetzt befasst.«

»Du Armer.« Riki-Tiki bedenkt mich mit einem Blick, in dem Belustigung und Mitgefühl liegen. »Aber das ist eine wirklich gute Geschichte.«

»Bald«, fährt Stain fort, und seine Stimme klingt beinahe, als würde er singen, »hat der Bedarf an Bienenzüchtern mehr Tengu hervorgebracht. Bauern griffen zu den Waffen, um die Tengu zu zwingen, für sie zu arbeiten. Rinpoche beschloss, dass jeder Mönch zu seinem Schutz und zur Beherrschung der Bauern neun Akolythen aufnehmen soll.«

Der Stab beginnt zu summen. Dann verändert er die Drehgeschwindigkeit, und das Summen wird höher. »Als Rinpoche aus diesem Leben schied, war tiefer Friede. Dann machte der Bischof die Regulatoren zu seinen heiligen Templern, doch sie waren nur in der Kunst der Kriegführung geschult und übernahmen nichts von den Tengu mit Ausnahme unserer Neun Richtlinien.«

»Neun Richtlinien?«, frage ich. »Die gehörten immer zu den Regulatoren.«

»Du meinst wohl, sie wurden von den Regulatoren pervertiert!«, giftet er. »Die Regulatoren sind keine ehrbaren Krieger mehr. Sie sind nichts weiter als Mörder.«

Mir sträuben sich die Nackenhaare. »Du nennst Vienne und mich Mörder?«

»Die Geschichte der Regulatoren ist die Geschichte des Mars«, sagt Stain. »Große Hoffnungen, pervertiert durch Ehrgeiz und Gier. Wie Vienne, die als hilfloses Kind zu den Tengu kam. Sie haben ihr geholfen, heil zu werden, doch sie wandte sich von ihnen ab.«

Dieser verdammte Drecksack. Niemand redet so über Vienne.

Ich ziehe mein Armalite.

»Nein!« Riki-Tiki ergreift meinen Arm. »Er meint es nicht so. Das ist nur seine Art zu reden. Bitte.«

Ich ramme das Gewehr wieder ins Halfter. Was für ein Heuchler. Ich bin in Versuchung, ihm an den Kopf zu werfen, dass man ihn aus dem Kloster hinausgeworfen hat. »Mit seiner Art zu reden fängt er sich eines Tages eine Kugel ein.«

Falls Stain mich hört, lässt er sich nichts anmerken. Er wirbelt den Stab horizontal in der Handfläche herum. Während er ihn in der Luft hält, beugt er sich weit nach hinten, bis sein Körper ein umgekehrtes U bildet. Der Stab kreist über ihm wie der Rotor eines Velocikopters.

»Hör zu«, flüstert Riki-Tiki.

Ihre Stimme geht in den Geräuschen eines aufziehenden Sturms unter.

Nein, kein Sturm.

Ein Schwarm. Ein Mammutschwarm, der den ganzen Himmel ausfüllt. Er erhebt sich über die Kuppe, faucht und zuckt und zieht einen Schwanz hinter sich her, der an ein sirrendes Seil gemahnt. Ein paar Sekunden lang scheint es, als wollten die Bienen uns umhüllen, und ich sehe mich nach einem Loch um, in dem wir uns verkriechen können.

»Ich habe soeben festgestellt, dass ich Bienen nicht mag«, sage ich zu Mimi.

Dann, mit einer kurzen Bewegung aus dem Handgelenk, hält Stain den Stab an. Der Schwarm scheint zu erbeben, ehe er sich auflöst wie eine Rauchwolke im Wind.

»Wow«, sage ich. »Diese Bienen sind aus dem Nichts gekommen, und das auch noch verdammt schnell.«

»Das liegt daran, dass sie immer bei Stain bleiben«, sagt Riki-Tiki und klatscht in die Hände. »Er ist *bönpo*, genau wie Rinpoche es war.«

»Was bedeutet *bönpo?*«, frage ich Mimi.

Sie lässt sich ein wenig Zeit, ehe sie antwortet. »In meinen derzeit zugegebenermaßen spärlichen Daten gibt es unter Berücksichtigung der Tengu keinen Hinweis auf einen *bönpo*.«

»Riki-Tiki irrt.« Stain klopft mit dem Stab auf den Boden. Dann ergreift er zwei Handvoll Erde und reibt sie an den Stab. »Nicht ich bin *bönpo*. Sie ist es.«

»Noch nicht«, sagt Riki-Tiki eine Spur enttäuscht. »Und ich werde es nie sein, wenn Vienne bereit ist, mich als ihre Akolythin aufzunehmen. Dann werde ich Regulatorin, genau wie sie.«

»Nein!« Stain wedelt mit einem Finger vor ihrem Gesicht. »Das ist nicht dein Weg. Du wirst nicht Viennes Akolythin. Dafür bist du zu rein!«

Zu rein? Im Gegensatz zu »unrein«? Ist es das, was er über Vienne denkt?

»Erzähl du mir nichts über meinen Weg!« Sie stampft mit dem Fuß auf und schüttelt den Kopf, dass die pinkfarbenen Haare fliegen. »Predige mir nicht! Gerade du solltest es besser wissen.«

Nur weiter so, denke ich. *Gib dem arroganten Mistkerl Zunder.*

»Cowboy!«, schreit Mimi in meinem Kopf. »Mehrere unbekannte Flugobjekte in der nahen Umgebung kommen schnell näher.«

»Runter!« Ich reiße beide zu Boden.

»Was fällt dir ein?«, beklagt sich Stain, das Gesicht voller Dreck.

Riki-Tiki bringt ihn zum Schweigen. »Horch!«

Nun höre ich das tiefe Grollen eines Velocikopter-Rotors, und ein Hellbender donnert über uns hinweg. Seine Suchscheinwerfer leuchten kreuz und quer in die Grotte, und ihr Lichtkegel hüpft über die hohe Steinwand, die uns Deckung gibt.

Für den Moment.

Ein paar Sekunden später verschwindet der Velocikopter in den Wolken.

»Meint ihr, sie haben uns gesehen?« Riki-Tiki steht auf und schlägt sich den Schmutz von den Knien.

Stain mustert mich finster, während er sich den Mund abwischt. »Nein. Wir waren gut versteckt.«

»Hellbender brauchen keinen Sichtkontakt, um ihre Ziele zu finden. Der Pilot hat genug Telemetriegeräte an Bord, um eine Made in einem Komposthaufen aufzuspüren.« Ich springe auf mehrere größere Steine, um mir einen besseren Überblick zu verschaffen – gerade rechtzeitig, um zu sehen, dass der Velocikopter erneut auf uns zu fliegt. »Er kommt zurück! Zu den Fahrzeugen! Unsere einzige Chance ist die Flucht.«

»Wir sollen vor einem Hellbender fliehen?«, fragt Mimi, als wir zu den Fahrzeugen rennen. »Wie willst du das machen?«

»Indem ich sehr schnell fahre.«

◆

Keine Minute später sind wir wieder auf der Abkürzung für Militärfahrzeuge und bringen Abstand zwischen uns und die Grotte. Riki-Tiki drückt sich eng an meinen Rücken, und Stain fährt neben mir. Unsere Scheinwerfer bohren sich in den regnerischen Dunst.

»Glaubst du, wir haben sie abgehängt?«, fragt Riki-Tiki, als wir über die Kuppe eines größeren Hügels fahren.

»Hier spricht Lieutenant Beyla von der Zealand-CorpCom-Miliz«, brüllt der Velocikopterpilot über seinen Lautsprecher. Die Stimme kommt von überall und nirgends. Ein paar Sekunden später entsteht ein Strudel in den Wolken vor uns. Sie lösen sich auf, als ein Propeller mit fünf Rotorblättern sie in Stücke reißt. Hinter der lang gestreckten Brücke, die vor uns liegt, erhebt sich der Hellbender wie ein Engel des Todes. Raketen lösen sich aus ihren Verankerungen. Donnerschläge aus dem Senecagewehr hallen durch die Luft, die erfüllt ist von Lärm und Zerstörung.

Dann, plötzlich, Stille.

Die Stimme aus dem Lautsprecher: »Ich befehle Ihnen, anzuhalten!«

»Schätze, das beantwortet deine Frage, ob wir sie abgehängt haben«, sage ich zu Riki-Tiki.

Und gebe Gas.

Wir donnern geradewegs auf den dichten Feuerhagel zu, der sich aus dem Schützennest löst. Die Kugeln zerfetzen den Raum zwischen den beiden Fahrzeugen, als der Pilot den Velocikopter auf uns ausrichtet und die Straßendecke vor uns explodiert. Asphaltbrocken wirbeln durch die Luft. Ich reiße den Lenker herum; das Rad blockiert. Stain gibt Gas, legt einen Wheelie hin und schießt auf die Brücke zu. Zuerst denke ich, er will ihnen an die Kehle gehen, doch dann wird mir klar, dass er das Feuer auf sich zieht.

Ich steuere zur linken Seite der Straße und verlasse sie, als der Schütze Stain mit Geschossen verfolgt, bis er unter dem Velocikopter die Brücke passiert. In der Dunkelheit kann ich erkennen, dass die Mündung des Senecagewehrs glüht: Es ist überhitzt und nicht mehr einsatzbereit.

Zeit, dass wir abhauen. Ich schalte den Scheinwerfer aus und benutze die Heckleuchte von Stains Munro als Leitstern.

»Kopf einziehen«, sage ich zu Riki-Tiki.

Mit achtzig Sachen erreichen wir die Brücke.

»Mimi, sind wir nahe genug dran, um ihre Transmissionen zu überwachen?«

»Bin dir voraus, Cowboy«, sagt sie. »Stelle Verbindung her.«

Die Stimme des Piloten hallt in meinen Ohren. »Roger, Leitstelle. Sichtkontakt. Wir haben angegriffen. Kennzeichnen Ziele mit GPS-Sendern.«

Nun sehe ich den Aufklärer neben dem Schützennest, der mit einem Hochleistungsgewehr auf Stains in der Ferne verblassendes Rücklicht zielt. Wenn der Aufklärer ihm den Sender verpasst, kann er ihnen nicht mehr entkommen. Der Sender wird seine GPS-Daten stunden-, womöglich tagelang anzeigen.

»Markiere in fünf, vier …«

Oh nein, tust du nicht.

Ich halte das Trike mit den Knien ruhig, reiße mein Armalite aus dem Halfter und feuere ein Magazin in die Nacht. Die Kugeln treffen nichts und niemanden, aber was zählt, ist das Geräusch. Nichts ist so wirkungsvoll wie das Donnern von Gewehrschüssen, wenn man die Aufmerksamkeit eines fliegenden Blechwals erregen will.

»Wir stehen unter Feuer!«, quäkt der Pilot und schwenkt nach Süden ab. Das fluoreszierende Markierungsgeschoss des Schützen rast nutzlos in die Kluft unter ihm.

Ich gebe Gas und klebe förmlich an der Lenkstange. Die Vibrationen schießen meine Arme hinauf und bringen meine Zähne zum Klappern. Riki-Tiki klammert sich so fest an mich, dass ihr Kinn an mein Rückgrat drückt.

»Wo sind sie hin, Mimi?«, frage ich.

»Unbestimmbar. Unsere Beschleunigung war zu groß, um die Position zu triangulieren.«

Einen halben Kilometer vor uns flackert Stains Rücklicht in der Dunkelheit. Dann leuchtet sein Bremslicht hell auf.

Er hat angehalten.

Eine Sekunde später höre ich, warum.

»Ich wiederhole«, donnert es aus dem Lautsprecher. »Hier spricht Lieutenant Beyla von der Zealand-CorpCom-Miliz. Bleiben Sie stehen! Sie sind verhaftet!«

»Mimi?«, frage ich. »Sind das echte CorpComs oder böse Jungs in geklauten Uniformen?«

»Macht das einen Unterschied, Cowboy? Die Kugeln sind in beiden Fällen gleich wirkungsvoll.«

Fünfzig Meter über dem Boden bohrt sich das Licht zweier Suchscheinwerfer in die Nacht. Ein zweiter Hellbender hat sich zu dem ersten gesellt. Dann, als der breite Lichtstrahl auf Stains Munro fällt, leuchten zwei weitere Lichter auf, trüber und tief am Boden. Es sind die Scheinwerfer eines Norikers, und Noriker bedeutet Stoßtrupp.

Als Stain sein Bike herumreißt, flammen längsseits des Norikers die grellen Blüten von Mündungsblitzen auf. Ich zähle sechzehn feuernde Blaster neben den Miniguns in den Velocikoptern. Wir sind eindeutig unterlegen.

Ich steige hart auf die Bremsen und bohre ein Knie in den Asphalt, um das Trike herumzureißen. Als Stain an meinem Heck auftaucht, gebe ich Vollgas.

»Ich habe einen Plan!«, rufe ich ihm zu, als er neben mir ist.

»Wir können ihnen nicht davonfahren!«, antwortet er.

»Ist auch nicht meine Absicht. Ich werde sie ablenken. Du nimmst Riki-Tiki und fährst in Richtung Norden. Wir treffen uns in Dismel. Das ist ungefähr dreißig Kilometer von hier.«

Stain schiebt sich näher heran. »Was ist mit dir?«

»Ich werde improvisieren! Riki-Tiki! Du fährst mit Stain!«

»Ich will auch improvisieren«, gibt sie zurück.

»Hau ab!«, schreie ich.

Stain steuert so nahe an das Trike heran, dass unsere Endrohre sich beinahe berühren. »Nimm meine Hand!« Stain und Riki-Tiki packen sich gegenseitig am Unterarm, und er zieht sie hinter sich auf die Sitzbank.

»Viel Glück!«, ruft er und braust davon.

Dir auch. Ich steige in die Eisen und wende mich wieder dem Feind zu.

Zwei Hellbender.

Eine Lastwagenladung Soldaten.

Sogar mir missfällt dieses Ungleichgewicht.

»Mimi«, sage ich, »weißt du noch, als wir dabei geholfen haben, einen Aufruhr in New Savannah niederzuschlagen? Die Rebellen haben uns auf einem Straßenabschnitt wie diesem gestellt, und wir sind entkommen, indem wir ihre Barrikaden angegriffen haben.«

»Ja«, sagt sie. »Allerdings wirst du dich sicher erinnern, dass wir einen Panzer hatten, um die Barrikaden anzugreifen.«

»Aber die Barrikaden waren größer.«

»Der Panzer auch.«

Ich atme tief durch, gebe Gas und klemme den Griff fest. Der Fahrtwind peitscht auf meinen Körper ein, als ich auf den Sitz springe und einen Fuß in der Mitte des Lenkers verkeile. Ich schalte das Armalite auf Automatikbetrieb, ramme mir den Schaft in die Armbeuge des gebrochenen Arms und lege einen Finger auf den Abzug.

»Du bist wahnsinnig«, sagt Mimi.

»Beim letzten Hellbender hat es funktioniert.«

»Vielleicht war es einfach nur Glück.«

»Vielleicht *habe* ich ja einfach nur Glück.« Ich lächle, als die Hellbender in Schussposition gehen und die Soldaten am Boden ein Sperrfeuer eröffnen, das einen Lichtschein verbreitet wie Feuerwerkskörper. Ich pflüge durch den Kugelhagel hindurch, ohne zu blinzeln. Die Explosivgeschosse prallen wie Graupel von meiner Panzerung ab. Sie feuern wieder, dieses Mal planlos, und die Velocikopterschützen jagen eine Reihe Leuchtspurgeschosse los, die kreuz und quer knapp einen Meter vor meinem Vorderreifen einschlagen.

Ich bin dran.

Ein leichter Druck auf den Abzug entfesselt mein Armalite, und es klappert wie eine geborstene Kette. Kugeln sprenkeln den Hellbender zu meiner Linken. Mehrere finden ihr Ziel im Rumpf des Velocikopters. Der Pilot dreht ab, um den übrigen Geschossen zu entgehen. Ich nehme den Fuß vom Lenker, und das Trike beginnt wild zu taumeln.

Ein paar Sekunden vor dem Aufprall springe ich nach hinten ab und lande gerade rechtzeitig, um zu sehen, wie das Trike sich in die Mauer aus Stoßtruppsoldaten bohrt, deren entsetzte Gesichter im Scheinwerferlicht aufleuchten. Das Trike ist außer Kontrolle, kippt zur Seite. Metall trifft in einem Funkenregen, der eine spiralförmige Lichtspur von zwanzig Metern Länge erzeugt, auf Asphalt. Mit einem metallischen Kreischen wird das Trike langsamer und bleibt schließlich liegen. Beim Gedanken an den Schaden wird mir ganz anders.

Wäre Fuse hier, er würde mich umbringen.

Ehe das Trike endgültig liegen bleibt, ramme ich ein frisches Magazin in mein Armalite, schalte auf Halbautomatik und benutze meine gesunde Hand dazu, die Scheinwerfer des Norikers auszuschießen. Ein Soldat stürmt mir direkt in die Schusslinie, aber statt ihn zu erschießen, schalte ich ihn mit einem Front-Kick aus, stütze das Gewehr auf seinen empfindlichen Bauch und ziehe zwei Phosphorgranaten aus seinem Gürtel.

Eine ramme ich in den Granatwerfer meines Armalites und feuere sie auf das Schützennest des zweiten Hellbenders ab. Begleitet von den Schreien der Schützen und des Piloten, schwenkt der Velocikopter scharf herum, als der weiße Phosphor sich entzündet.

Das ist das Problem mit Maschinen, die mehr kosten als alle anderen Waffen im Arsenal: Sie sind zu wertvoll, als dass man riskieren will, sie zu verlieren, und das setzt ihrer Effektivität Grenzen.

Zurück zu den Soldaten.

Trotz des Durcheinanders haben einige von ihnen neben dem Noriker Stellung bezogen und feuern auf mich. Wie immer prallen die Geschosse wirkungslos ab. Ich gehe auf die Gegner zu wie ein Mann aus Stahl, unverwundbar, unschlagbar.

»Unerträglich«, sagt Mimi. »Du bist noch nicht aus dem Schneider, Cowboy.«

Ich lege die zweite Phosphorgranate in das Armalite und feuere sie in die Kabine des Norikers. Es dauert ein paar Sekunden, ehe die Chemikalien in der Granate reagieren, dann …

Puff!

»Lauft!«, schreie ich.

Das muss ich ihnen nicht zweimal sagen. Die Soldaten schnappen sich ihre Verwundeten und verschwinden von der Straße, ehe die Treibstofftanks des Norikers hochgehen können.

»Du solltest deinem eigenen Rat besser auch folgen«, sagt Mimi.

»Stimmt.« Ich laufe zu dem Trike. Es sieht arg lädiert aus. Als ich es hochstemme, fällt ein zerbeultes Endrohr klappernd auf den Asphalt. Auch der Lenker ist verbogen. Aber das Trike ist noch fahrbar, falls der Motor anspringt.

Ich murmle ein kleines Gebet, ziehe den Choke, drücke auf den Starterknopf und lasse die Kupplung kommen.

Halleluja! Es fährt. Auf verbeulten Felgen holpre ich die Straße hinunter.

Ein paar Sekunden später geht der Noriker hoch. Hinter mir höre ich Metall auf dem Boden scheppern. Mein Weg ist hell erleuchtet, und ich sehe die Straße, die vor mir liegt. Dann wird es dunkel, und ich kann mich nur noch von den Sternen am Himmel leiten lassen.

»Und von mir. Ich werde immer da sein, um dich zu leiten«, sagt Mimi. »Hier links abbiegen.«

Kapitel 22

Wasserkraftwerk Hawera
Präfektur Zealand
Annos Martis 238. 7. 27. 06:13

Das Wasserkraftwerk Hawera reitet wie ein mythologischer Riese auf der Grenze zwischen Tharsis und der Präfektur Zealand. Mit seinen vielen Kühltürmen und Megawattturbinen steuert es den Verlauf des Flusses Gagarin ins Tote Meer und versorgt dabei fast die gesamte Präfektur mit Energie. Es heißt, wer Hawera unter seiner Kontrolle hat, hat die Hauptstadt unter Kontrolle.

Wer hat die Hauptstadt unter Kontrolle, wenn die ganze Anlage einfach verschwindet?, überlegt Archibald, als er am Geländer der Aussichtsplattform steht, von der aus er das Kraftwerk und die nahe Stadt überblicken kann. Nun, wenn alles nach Plan läuft, wird er es bald herausfinden.

Er schaut zu den krummen und schiefen Bauten, aus denen Dismel besteht, und atmet tief durch. Dismel war ein Hornissennest der Desperta-Ferro-Aktivitäten, aber das ist vorbei, ausgelöscht, und er ist dafür verantwortlich. Was für eine Ironie. Jahrelang war Mutter geradezu davon besessen gewesen, die Rebellen loszuwerden, und nun nimmt ihr Feind ihr die Arbeit ab.

Archibald pustet die Wangen auf. *Wie gefalle ich dir jetzt, Mutter?* Dann seufzt er, und die Luft entweicht. Die Wahrheit ist, dass sie ihn als Verräter am CorpCom sofort erschießen lassen würde, würde sie ihn jetzt zu Gesicht bekommen. *Verdammt, Mutter, sogar wenn ich Erfolg habe, würdest du dafür sorgen, dass ich am Ende doch noch scheitere.*

Er verlässt die Plattform und fährt mit dem Lift zum Boden. Auf seinem Weg zum Parkplatz kommt er alle paar Meter an einem Zivilisten vorbei, der über den Damm spaziert. Gewöhnliche Menschen, die ihrem gewöhnlichen Alltag nachgehen, ohne etwas von dem Außergewöhnlichen zu ahnen, das ihnen bevorsteht.

Bedächtig schreitet Archibald die Stufen hinunter und achtet bei jedem Schritt darauf, nirgends anzustoßen, bis er den Parkplatz erreicht hat. Als er Duke zuwinkt, er solle den Noriker herfahren, prallen eine Frau und ihr kleiner Sohn mit ihm zusammen.

»Pass auf, wo du hinläufst«, blafft er sie an, und seine Hand huscht an seine Seite.

»Pass du lieber auf …«, setzt die Frau an, verfällt aber in Schweigen, und alle Farbe weicht aus ihrem Gesicht. Sie schiebt den Jungen hinter sich, um ihn mit ihrem Körper zu schützen.

»Mommy«, sagt der Junge, als sie die Treppe erreichen. »Der Mann stinkt.«

Sie bringt ihn zum Schweigen und scheucht ihn die Stufen hinauf.

Ja, Mütterlein, denkt Archie. *Fürchte mich nur. Nichts anderes habe ich mir je gewünscht.*

Duke sammelt ihn mit dem Noriker ein, und sie fahren zum nächsten Dorf, einem Ort, so klein, dass er nicht mal einen Namen hat, aber groß genug, um ein ordentliches Feuer zu speisen. Dort gibt er Befehle aus, und die Sturmnacht-Soldaten ziehen mit brennenden Fackeln durch die Straßen und hinterlassen Feuer auf ihrem Weg.

Kampfgeräusche aus der Ferne wecken Archibalds Aufmerksamkeit.

»Genau zur rechten Zeit«, sagt er. »Duke, such bitte den Schützen.«

Im Noriker flitzen sie durch die schmalen Straßen und lassen die Sturmnacht hinter sich. Der Laster erklimmt einen Hügel, und das Kampfgeschehen wird unter ihnen in einem ausgetrockneten

Bachlauf sichtbar, in dem ein Sturmnacht-Trupp von einem Zug Zealand-Corp-Rangers in die Enge getrieben wird.

Die Sturmnacht ist zahlenmäßig und waffentechnisch unterlegen.

»Ein perfektes Szenario, um meine neue Waffe auszuprobieren«, sagt Archie. »Sag den Wärtern, sie sollen das Paket abliefern.«

Nach einer für Archie scheinbar endlosen Warterei trifft der Noriker mit dem großen Viehanhänger ein.

»Endlich!« Archibald schnappt sich eine Fernbedienung aus der Ablage des Norikers, drückt auf den Knopf, der die Tür öffnet, und stellt sich in Erwartung des großen Ereignisses auf die Zehenspitzen.

All seine Mühen gipfeln in diesem Augenblick.

Allerdings geschieht nichts.

»Blödes Luder!«, schimpft er. »Raus aus dem Anhänger!« Dann drückt er einen anderen Knopf an der Fernbedienung. Die Haare zerzaust und verfilzt, einen Speer in den Händen, springt Vienne vom Anhänger. Sie stürmt hinunter zum Bachlauf und jagt geradewegs auf die Sturmnacht zu. Als die Strolche sie sehen, wedeln sie wild mit den Armen.

»Nein, Herzchen, nicht die«, sagt Archibald und drückt einen anderen Knopf. »Die anderen.«

Das Kropfband an ihrem Hals glüht. Eine Hand im Nacken, wendet Vienne sich den Rangern zu. Ohne Furcht und ohne Zögern setzt sie ihren Speer ein, um die Gegner auszuschalten. Anschließend steht sie ein paar Sekunden lang keuchend da, bis eine Bewegung der Sturmnacht-Soldaten ihre Aufmerksamkeit weckt.

»Nein, deine Arbeit ist erledigt, und du hast deine Sache sehr gut gemacht«, sagt Archibald.

Dass der Spaß so schnell enden muss, entlockt ihm einen Seufzer, als er einen anderen Knopf drückt. Ein Elektroschock lässt das Kropfband aufleuchten, und Vienne bricht zusammen.

»Duke, hilf den Wärtern, sie wieder in ihre Zelle zu verfrachten, ehe sie aufwacht.«

Duke und die Wärter ziehen Vienne hoch, um sie fortzuschleifen. Plötzlich ruckt Viennes Kopf herum. Sie reißt sich los und bewegt sich so schnell, dass Dukes Mund vor Staunen offen steht. In den wenigen Sekunden, die die Wärter brauchen, um zu begreifen, dass Vienne frei ist, wütet sie bereits unter ihnen.

Ein Tritt, ein paar Schläge und ein Ellbogen an der Nase schalten alle drei aus. Viennes Augen liegen unter dem Haar versteckt, nicht aber die gebleckten Zähne, als sie sich knurrend auf Duke stürzt.

»Aufhören!«, brüllt Archibald und aktiviert das Kropfband.

Vienne schafft es, Duke niederzuschlagen, doch dann erfordert das Kropfband ihre ganze Aufmerksamkeit. Sie zerrt daran, heult und schreit und kämpft so erbittert, dass Archibald erneut ins Staunen kommt. Vielleicht ist sie noch nicht so weit, wie er gedacht hat.

Wieder aktiviert er das Kropfband, und dieses Mal erliegt sie der Spannung. Archibald baut sich über ihr auf und ringt keuchend um Atem. Dann stupst er Duke mit dem Fuß an.

»Such mir Soldaten, die mehr als ein paar Sekunden mit der *Dalit* überstehen.«

»In der Sturmnacht? Darauf würde ich nicht zählen.« Duke klopft sich den Schmutz von seiner Körperpanzerung. »Es wird einen Regulator brauchen, um ihr die Stirn zu bieten.«

»Dann besorg einen.«

»Einen Regulator?«

Archibald dreht sich zu ihm um. »Ja! Einen Regulator. In Christchurch gibt es Hunderte von ihnen, die auf der Suche nach Arbeit sind. Engagier einen. Bezahl, was immer nötig ist.«

»Haben Sie das mit Mr. Lyme abgesprochen?«, fragt Duke.

»Erwähn den Namen Lyme nicht noch einmal in meiner Gegenwart!«, kreischt Archie.

Ein Augenblick zieht dahin. Archibald erkennt, dass er dieses Mal zu weit gegangen ist. Duke wird Lyme Meldung machen, und Lyme wird Archibald ein weiteres ernstes Gespräch über den Masterplan aufzwingen und darüber, wie wichtig es ist, dass jeder seine Rolle ausfüllt. Und inzwischen ist offenkundig, welche Rolle Lyme ihm zugedacht hat – er ist einerseits ein Pfand, andererseits ein Bauer auf dem Schachbrett.

Tja, denkt Archibald, *ich spiele für niemanden den Bauern, und ich werde es beweisen. Jetzt gleich.*

»Was immer Sie wünschen«, sagt Duke und geht zu seinem Noriker.

Als Duke davonfährt, passiert er einen entgegenkommenden Noriker. Er und der andere Fahrer tauschen obszöne Gesten aus; dann lachen beide schallend.

»Das sieht nicht nach guten Neuigkeiten aus«, sagt Archibald, bemüht, sich wieder unter Kontrolle zu bekommen.

Richards und Franks steigen aus dem Noriker und kommen auf ihn zu, als gäbe es auf der ganzen weiten Welt nichts, worüber sie sich Sorgen machen müssten. *Wie es wohl ist, so dämlich zu sein*, überlegt Archibald. *Es muss nett sein, keinerlei Vorstellung von den übergeordneten Mächten zu haben, die Einfluss auf das eigene Leben nehmen.*

»Ihr kommt mit leeren Händen«, stellt Archibald fest und weigert sich, den beiden die Hand zum Gruß zu reichen. »Entspricht das dem Auftrag, den ich euch erteilt habe?«

»Nicht ganz«, sagt Franks.

»Aber wir haben ihn gefunden, Euer Hochherrschaftlichkeit«, fügt Richards hinzu. »In einem Gasthaus an der Bischofsstraße. Hat es gerade noch geschafft, sich davonzumachen, nachdem er mir Haare ins Gesicht geworfen hat.«

Skeptisch zieht Archibald eine Braue hoch. »Durango ist entkommen, weil er euch mit Haaren beworfen hat? Was ist der Kerl, ein heimtückischer Barbier?«

»Ganz so normal war er nicht, stimmt's, Franks?« Richards zeigt sein verwundetes Gesicht vor. »Die Dinger sind aus seinen Händen gekommen.«

Franks nickt. »Und Widerhaken haben sie auch. Sie haben in Richards' Haut gesteckt. Ich hatte höllische Mühe, sie mit einer Zange rauszuziehen.«

Richards dreht den Kopf, damit Archibald die zurückgebliebenen Spuren an seinem Kinn sehen kann. »Tut verdammt weh.«

»Armes Ding«, sagt Archibald. Wie konnte Lyme nur solche Trottel tolerieren? »Da ihr so viele Probleme damit habt, den Regulator gefangenzunehmen, sollten wir es vielleicht mit einer neuen Herangehensweise versuchen.«

Die beiden Sturmnacht-Soldaten wechseln einen misstrauischen Blick. »Woher wollen Sie wissen, dass wir den Blödmann finden können?«

»Weil ihr ihn gar nicht suchen werdet. Er wird zu euch kommen. Direkt hierher in das malerische Dismel.« Archibald klopft beiden auf den Rücken. »Ich habe eine Spur hinterlassen, der er folgen kann, so groß und schwarz wie Lymes Herz. Dieser Regulator hält sich für einen Helden, und Helden geben niemals auf.«

Franks kratzt sich am Kopf. »Aber was hat das mit uns zu tun?«

»Es hat alles mit euch zu tun«, sagt Archie. »Mir schwebt da ein ganz besonderes Vergnügen vor. Für euch beide.«

Kapitel 23

Dismel, nahe dem Hawera-Wasserkraftwerk
Präfektur Zealand
Annos Martis 238. 7. 27. 15:53

Stunden, nachdem wir uns getrennt haben, finde ich Riki-Tiki und Stain in der Nähe der Ortschaft Dismel. Sie stehen am Ufer des Gargarin und beobachten etwas im Wasser.

»Gehen wir!«, sage ich, als ich mit polterndem Motor neben ihnen halte. »Wir haben zu tun.«

»Pssst«, macht Riki-Tiki. »Mach das Ding aus. Du bist respektlos.«

»Mimi?«

»Tu es, Cowboy«, sagt sie, also stelle ich den Motor ab. »Schau hinaus auf den Hawerasee. Was siehst du?«

Ich klappe mein Visier hoch und blicke aufs Wasser.

»Wow.«

Am Seeufer sammeln sich Tausende von schlichten, braunen Papierlaternen, die auf dem Wasser treiben, erleuchtet von Wachskerzen. Sie treiben aufeinander zu und wieder voneinander weg, während die Strömung sie langsam flussabwärts und außer Sicht trägt.

»Kerzen?«, frage ich.

»Man nennt sie *Tōrō Nagashi*«, erklärt mir Riki-Tiki. »Sie symbolisieren die Rückkehr der Toten. Heute ist die Nacht der Freude, das Ende des Geisterfestivals.«

»Eine Kerze für jede verlorene Seele«, sagte ich. Eine Kerze für jede Vienne auf der Welt.

»Dem haftet eine gewisse Ironie an, nicht wahr?«, sagt Stain.

»Immerhin ist Dismel inzwischen eine Geisterstadt. Man kann nicht sagen, dass die Sturmnacht keine poetische Ader hätte.«

»Aasiger Mist«, gebe ich zurück und klappe mein Visier wieder herunter, denn ich habe mehr als genug Kerzen gesehen. »Fahren wir.«

Bei Nacht sieht Dismel wie das sauber abgenagte Skelett eines überfahrenen Tieres aus. Nach unserem Wiedersehen rollten Riki-Tiki, Stain und ich an den verkohlten Überresten einiger Wellblechhütten am Straßenrand vorbei. Sie erinnern mich an die Minen von Fisher Four. Die Tunnel dort lagen in ständiger Dunkelheit, und mein Tagesrhythmus ist völlig durcheinandergeraten. Keiner von uns Regulatoren hatte sagen können, ob Tag war oder Nacht, also sind wir in einem von Schlafmangel geprägten Dunst umhergestolpert, um Minenbewohner, die uns nicht haben wollten, vor den Dræu zu schützen – Buhmänner, die im Dunkeln sehen konnten und nichts so sehr wollten, wie sich an unserem Fleisch zu laben. Es ist ein Wunder, dass wir niemanden versehentlich erschossen haben.

»Darf ich dich daran erinnern, dass deine Telemetriefunktionen es dir gestattet haben, deine Umgebung zu jeder Zeit korrekt wahrzunehmen?«, fragt Mimi.

»Erinnere mich nicht daran«, entgegne ich. Was würde ich dafür geben, hätte ich meine alte Panzerung – und meinen alten Körper – wieder. Ich habe mich längst so an die technischen Vorzüge gewöhnt, dass ich inzwischen nie ganz sicher bin, wo ich mich gerade aufhalte. Bei diesem Gedanken vermisse ich Vienne noch mehr.

Wumm!

In der Ferne erblüht eine Rauchwolke, der weitere Explosionen folgen. Ich sehe Flammen in dem Rauch emporzüngeln.

»Ein Dichter könnte diesen Ort als Metapher auf das fehlgeschlagene Mars-Utopia verwenden«, sage ich zu Mimi.

»Nur, wenn er sein Publikum in Schockstarre versetzen

will. Halten wir uns doch lieber an die Romantiker, was meinst du?«

Während wir uns mit unseren Fahrzeugen langsam einen Weg durch den Schutt bahnen, der im Licht unserer Scheinwerfer auftaucht, steigen hier und da noch Rauchfahnen auf. Der Gestank ist überwältigend. Ich sehe eine junge Frau, die auf ein brennendes Haus zuläuft, das von Panik verzerrte Gesicht voller Ruß und Schweiß. »Mein Baby!«, schreit sie. »Mein Baby ist noch da drin!«

Es bleibt keine Zeit, die Fragen zu stellen, die auf der Hand liegen: Wie ist das Baby dorthin gekommen? Warum hat sie es allein zurückgelassen? Ist das eine Falle?

Riki-Tiki packt die Frau, ehe sie durch die Hintertür, die von Flammen umlodert wird, ins Haus rennen kann.

»Wo ist das Baby?«, rufe ich laut genug, dass die junge Frau mich über das Tosen des Feuers hinweg verstehen kann.

»Sie ist im Bad!«, ruft Riki-Tiki, denn die Frau bringt inzwischen keinen Laut mehr heraus.

»Mimi«, sage ich, klappe das Visier herunter und schalte die LED-Lampe ein, »halt mir den Rücken frei.«

»Alles klar, Cowboy!«

Im Korridor klebt Ruß an Decke und Wänden, so dick wie ein schwerer Vorhang. Darunter ist der Rauch dünner, eine brodelnde Wolke, unter der ich mich hinwegducken kann, während ich über den Schutt steige und mit den dicken Sohlen meiner Stiefel aufstampfe, um mich zu vergewissern, dass der Boden fest ist.

An der ersten Tür wende ich mich nach rechts und betrete einen kleinen Raum. Die Fenster sind vom Rauch so dunkel, dass kein Licht hereinfallen kann. Es stinkt nach Holzkohle, und mein Kopf dreht sich zu dem Geräusch einer dissonanten Orgelpfeife. Als ich um die eigene Achse kreise, sehe ich das ausgebrannte Skelett einer Taschenfederkernmatratze in einer Ecke, einen offenen Schrank und eine schmale Tür zu einem weiteren Raum.

Bleib in Bewegung. Sieh dich um. Horch.

In dem Raum ist es heiß, aber es brennt offensichtlich nicht. Ich lausche angestrengt nach dem Ursprung des Weinens. Es kam aus dieser Richtung, da bin ich sicher. Da! Hinter der schmalen Tür greife ich ohne nachzudenken nach dem Messingknauf. Das Metall ist geschwärzt und heiß wie ein Auspuffrohr, und als ich es berühre, brennt sich die Hitze geradewegs durch die Handschuhe meiner Symbipanzerung.

»*Mistuck!*«, fluche ich hinter meinem Visier. »Das ist aasig heiß!«

Ich hebe den Fuß und öffne die Tür mit einem Front-Kick. Sie bricht aus dem Rahmen, schwingt in den geschmolzenen Angeln nach hinten und kracht zu Boden.

Schon besser.

Als ich das Badezimmer betrete, fegt heiße Luft an meinem Kopf vorbei. Eine geschwärzte Toilette ist links von mir, rechts eine Badewanne. Eine Gusseisenwanne mit hohen Wänden, die sogar einer Nuklearexplosion hätte standhalten können. Was gut ist, denn auf dem Wannenboden liegt, überzogen mit Asche, etwas, das so selten und außergewöhnlich ist, dass ich keines mehr zu Gesicht bekommen habe, seit ich Regulator geworden bin.

Ein Baby.

Es ist ganz still und rührt sich nicht. In dem dichten Rauch kann ich nicht erkennen, ob es atmet. Ich hebe das kleine Mädchen aus der Wanne und lege seinen Kopf in die Beuge meines gebrochenen Arms. Dann bedecke ich sein Gesicht mit einem Handtuch, das ich vom Boden auflese. Ein stummes Gebet auf den Lippen mache ich drei schnelle Schritte und werfe mich mit dem Rücken gegen das Fenster. Das Plexiglas zerbricht, und ich falle zu Boden wie ein Ausgleichsgewicht ohne Gegenstück. Über mir jagt ein Schwall heißer Luft aus dem Waschraum. Flammen lecken heraus, kosten den frischen Sauerstoff. Nun, da das Kind in Sicherheit ist, reiße ich das Handtuch von seinem Gesicht. Es ist immer noch ganz still, die Augen sind geschlossen. Dann streicht die kalte Luft über den kleinen Körper, und ein Schrei bricht aus der Kehle des Kindes hervor.

Die Mutter rennt schreiend auf mich zu und reißt mir das Baby aus den Armen, drückt es an ihre Brust und flüchtet verängstigt in die Dunkelheit. Das hat dieser Krieg hervorgebracht: Menschen, die sich vor den Soldaten fürchten, die ihnen helfen.

Ich verschränke die leeren Arme und denke an Vienne.

»Durango!«, ruft Riki-Tiki. »Komm schnell. Stain hat etwas gefunden.«

Das Etwas ist ein Schiffscontainer, überzogen mit Desperta-Ferro-Grafitti. Im Innern hämmert jemand gegen die Wände.

»Lass sie raus«, sage ich zu Stain.

Er zeigt auf die Tür, die mit einem Vorhängeschloss gesichert ist.

»Bleibt hinter mir«, sage ich und jage eine Kugel in das Schloss. Dann schiebe ich die Tür auf.

Ein Sturmnacht-Soldat steht vor mir und jagt mir eine Blasterladung in den Bauch. Sie prallt ab. Ich zucke mit den Schultern, und der Soldat zielt auf mein Gesicht. Ich schlage den Blaster zur Seite, knalle dem Mistkerl meinen Gips unters Kinn und schleudere ihn an die gegenüberliegende Containerwand.

Stain und Riki-Tiki folgen uns ins Innere des Frachtbehälters.

»Wir kommen in Frieden«, sagt Riki-Tiki.

»Ihr habt eine aasig merkwürdige Vorstellung von Frieden«, grollt der Mann.

»Und du hast eine sehr komische Art, die Tür zu öffnen, Franks«, sage ich. »Wo ist dein Partner?«

»Er ist tot. Als wir ohne dich zurückgekommen sind, hat Archibald, dieser kleine Pisskübel, ihm eine Kugel verpasst und mich den CorpComs ausgeliefert.« An seinem Kopf prangt eine Platzwunde, seine Nase ist noch platter als zuvor, und ihm fehlen ein paar weitere Zähne. »Ich dachte, ihr würdet zu den Rangern gehören und wolltet die Sache zu Ende bringen.«

»Die Ranger haben dich hier eingesperrt?«

»Die Zahnfee war es jedenfalls nicht.«

»Entschuldige, wenn ich ein bisschen skeptisch bin.« Ich lehne mich schwer gegen ihn, nur um ihm zu zeigen, dass ich es ernst meine. »Erklär mir, wie es dazu kam, dass die Ranger dich in einen Frachtcontainer gesperrt haben.«

»Schätze, die Einheimischen haben sie gerufen, nachdem die Sturmnacht angefangen hat, alles niederzubrennen«, krächzt Franks. »Darauf hätte sogar eine blöde Ratte wie du kommen können.«

»Du hast ein ziemlich flottes Mundwerk«, sagt Stain.

»Und du hast schlechte Zähne«, knurrt Franks.

Ich drücke ihm den Gips an den Kehlkopf. »Es reicht. Hör zu. Wir sind hinter Archibalds Leuten her. Wie es aussieht, waren sie vor Kurzem noch hier. Du wirst mir sagen, wohin sie gegangen sind, dann lassen wir dich laufen.«

Franks blinzelt. »Und wenn ich es nicht tue?«

»Dann schließen wir dich wieder ein und überlassen dich den CorpComs.«

»Fick dich«, giftet er.

»Willst du mir etwa erzählen, du hättest mehr Angst vor Archibald als vor den CorpComs?«

»Nein«, sagt er. »Ich erzähle dir nur, dass du dich selbst ficken sollst.«

»Du bist ein sehr ungezogener Mann«, sagt Riki-Tiki.

Franks blinzelt wieder. »Und du bist zweifellos eine Suse.«

»Halt's Maul«, sagt Stain. »Oder ich bringe dich höchstpersönlich um.«

Franks lacht. »Du bist ein Mönch! Unter euch gibt es keine Mörder. Ehe du einen Mann bedrohst, solltest du sicher sein, dass du auch bereit bist, die Drohung in die Tat umzusetzen.«

Er hat recht. Und es gibt Grenzen, die ich nicht überschreite, nur um Informationen herauszulocken. Ich bin kein Archibald.

Ich lasse ihn los. »Dann also die Ranger. Den Blaster nehmen wir mit.«

Wir gehen hinaus. Als ich Franks wieder einschließen will, streckt Stain die Hand aus und blockiert die Tür. »Ich will mit diesem Mann reden.«

»Das ist Zeitverschwendung«, sage ich. »Der gibt erst auf, wenn du ihn umbringst.«

»Hab Vertrauen. Ich kann sehr überzeugend sein.« Stain schließt die Tür von innen.

Riki-Tiki überquert die Gasse, geht zu einer Mauer aus Betonsteinen und setzt sich. Dann legt sie beide Hände an die Ohren und summt einen unsinnigen Reim vor sich hin.

»Mimi?«, sage ich. »Was hältst du davon?«

»Dürfte etwas Unangenehmes bedeuten.«

»Scharfsinnige Analyse.«

»Wo man Müll reinsteckt, kommt auch Müll raus, Cowboy.«

Ich lege das Ohr an den Container und lausche auf Stimmen, aber die Isolierung ist zu dick. Dann aber höre ich es – das vertraute Brummen von Stains Stab. Die Metallwände des Containers vibrieren, verstärken das Geräusch, lassen es lauter und tiefer erklingen. Es schmerzt in meinen Ohren, und ich muss einen Schritt zurücktreten.

Drinnen fängt Franks zu schreien an.

»Stain! Mach auf!« Ich reiße an der Tür, aber sie will nicht aufgehen. Der Mistkerl hat sie von innen blockiert. Ich schlage die Faust an den Container, doch sie prallt nutzlos an dem dicken Metall ab. Ich kann mich nicht durch diese Tür prügeln, und wenn ich es tausend Mal versuche. Die Schreie dauern an, und ich blicke über die Gasse zu Riki-Tiki, die inzwischen lauter summt.

Denn fällt mir Vienne ein. Sie hatten keine Skrupel, sie zu foltern – warum also soll ich mir Sorgen über das Leid machen, das Stain austeilt?

Franks schreit. Ich verschließe mein Inneres gegen die Schreie, während ich den Schmutz untersuche, der an meiner Haut klebt. Dass ich hier stehe, ohne dieser Befragung ein Ende zu machen, widerspricht all meinen Prinzipien. Trotzdem tue ich es. Nicht nur, weil wir die Information brauchen, sondern auch, weil ein kleiner, böser Teil von mir der Ansicht ist, dass der Mistkerl es nicht besser verdient hat. Die Mönche nennen es Karma.

Nein, korrigiere ich mich. *Das ist nicht Karma. Das ist Vergeltung. Lass nicht zu, dass du im Herzen verhärtest.*

»Amen«, sagt Mimi.

Ich setze mich neben Riki-Tiki und stoße sie mit der Schulter an. »Es ist bald vorbei.«

»Nicht bald genug«, sagt sie und nimmt die Hände von den Ohren. »Er war nicht immer so, weißt du? Ghannouj sagt, als Stain und Vienne zu den Mönchen gekommen sind, haben sie kaum gesprochen. Es hat lange gedauert, bis sie aus ihrem Schneckenhaus gekrochen sind, und sie haben sich ganz dem Weg des Tengu verschrieben. Und sie waren glücklich damit. Aber alles hat sich geändert, als eines Tages ein Fremder in den Tempel kam, wütend und vor lauter *Ekstase* nicht mehr bei Verstand. Er hat gesagt, er wäre der Vater von Vienne und Stain, und er würde sie mitnehmen.«

Das also war der Grund, weshalb Vienne den Geiseln von Archibald so wenig Wohlwollen entgegengebracht hat. »War der Mann wirklich ihr Vater?«

Riki-Tiki nickt. »Vienne hat gesagt, er war es, und ich glaube ihr. Aber er war ein furchtbarer Vater. Als die Mönche versucht haben, ihn zu beschwichtigen, hat er erst Ghannouj angegriffen und dann Vienne wehgetan. Sie hat sich mit aller Kraft gegen ihn gewehrt, aber wegen der *Ekstase* war er viel zu stark, also hat Stain ein Hackmesser aus der Küche geholt und ihn damit bedroht. Da hat der Mann versucht, Vienne das Genick zu brechen, und Stain hat ihn getötet.« Sie schnieft und wischt sich die Nase ab. »Die Gesetze der Tengu besagen, dass wir keine Gewalttaten verüben und den Tempel nicht entweihen dürfen. Stain hat beides getan.«

»Was ist dann passiert?«, frage ich.

»Die Mönche haben ihn fortgeschickt. Vienne ist gegangen, um Regulatorin zu werden. Stain hat den Pfad des Tengu verlassen, um Wanderer zu werden. Er sagt, er wäre heute ein besserer Mönch als zuvor, aber ich vermisse den alten Stain. Früher hat er gerne gelacht. Heute glaube ich nicht mehr daran, dass er je wieder lachen wird.«

»Ich verstehe das nicht«, sage ich. »Wenn die Mönche ihn rausgeworfen haben, wie kann er dann immer noch *bönpo* sein?«

»Der Stab. Er kontrolliert die Königin des Schwarms, also …«

Franks schreit wieder. Das Entsetzen in seiner Stimme jagt mir einen kalten Schauer übers Rückgrat. Riki-Tiki birgt ihren Kopf an meiner Schulter und hält sich die Ohren zu. Um ihr dabei zu helfen, die Schreie auszublenden, summe ich ein altes Schlaflied und wiege sie im Arm. Viennes Worte hallen durch meinen Verstand, und mir wird bewusst, wie naiv ich gewesen bin. Und wie dumm. Regulatorin zu sein bedeutete für Vienne nicht einfach, Soldatin zu sein. Und die Rückkehr zum Kloster war nicht einfach eine Heimkehr. Sie heilte. Sie fand zu sich selbst. Und ich habe sie gebeten, das alles aufzugeben – und wofür? Hochmut? Ehre?

Nenn es, wie du willst, Durango, am Ende läuft es so oder so auf Eitelkeit hinaus.

Endlich öffnet Stain die Tür. Franks liegt in verkrümmter Haltung auf dem Boden. Sein Körper ist mit Quaddeln übersät. Ein leises Summen erklingt aus der Tasche an seinem Gürtel.

»Das Foltern von Gefangenen zählt nicht zum Verhaltenskodex eines Regulators, Stain.« Ich halte ihm einen Finger vor die Nase. »Man erwartet von uns, dass wir besser sind als unsere Feinde.«

»Ich bin kein Regulator, also finden deine Regeln keine Anwendung auf mich.« Er schlägt meine Hand weg. »Meine Methoden haben uns die Information eingebracht, die wir brauchen.«

»Und wie lautet sie?«, frage ich und tue mein Bestes, nicht auf ihn loszugehen.

»Sturmnacht rekrutiert *Dalit* für den Krieg, den sie angefangen haben«, sagt Stain. »Sie sammeln sich am Hawera-Staudamm. Dort hält Archibald auch Vienne fest.«

Ich muss mir eingestehen, dass er höchst erfolgreich war und dass ich bereit bin, diese Information zu nutzen, auch wenn er Franks gefoltert hat, um sie zu beschaffen. Die Schuldgefühle und Selbstbeschuldigungen müssen warten.

»Schnapp dir Franks«, sage ich. »Er wird uns helfen, ob es ihm gefällt oder nicht.«

Kapitel 24

Wasserkraftwerk Hawera
Präfektur Zealand
Annos Martis 238. 7. 27. 17:59

Archibald schirmt seine Augen ab, als der Hellbender auf der Aussichtsplattform landet. Zwei Stoßtruppsoldaten springen aus dem Frachtraum, gefolgt von einem Regulator in Symbipanzerung, die die Insignien der Zealand-Corp trägt.

»Ja!« Archibald läuft zu dem Regulator. Für ein paar Sekunden scheint der Soldat drauf und dran zu sein, das Feuer zu eröffnen. Dann streckt er die Hand aus, und Archibald entspannt sich.

»Ich hoffe, du bist so robust, wie du aussiehst«, sagt Archibald zu ihm. »Das ist kein Job für zart besaitete Gemüter.«

»Das ist es nie«, sagt der Regulator.

Als der Hellbender wieder abhebt, gehen sie zu einer Tür mit der Aufschrift »Turbine« und treten ein. Archibald signalisiert dem Größeren der beiden Stoßtruppsoldaten, er solle bleiben und die Tür bewachen. Dann gehen sie durch den Raum, in dem die mechanischen Bedienungselemente der Entlastungsschütze untergebracht sind, dann eine Treppe hinunter zu einem Büroraum, in dem eine Reihe von Multivid-Steuerkonsolen das Schwarmdenken für den gesamten Staudamm übernimmt.

Auf der anderen Seite des Raumes ist ein breites Fenster aus dickem Plexiglas, durch das die Bediener die Entlastungsschütze im Auge behalten können. Duke wartet dort bereits auf ihn und nippt an einer Tasse Kaffee.

»Mein erster Regulator ist eingetroffen«, verkündet Archibald mit einer überschwänglichen Geste, die Duke geflissentlich ignoriert.

»Ja.« Duke stellt die Tasse weg und wischt sich den Mund mit dem Ärmel ab. »Ich weiß.«

Was für ein Schwein. Ein respektloses, ungehobeltes Schwein, das eine Lektion verdient. »Dein Posten ist draußen«, blafft Archibald den verbliebenen Stoßtruppsoldaten an.

Dann konzentriert er sich auf Vienne, die mit Handschellen an einen Metallstuhl gefesselt ist. »Das ist deine Mission.«

»Ich töte keine Frauen«, sagt der Regulator.

Anmaßender Narr! »Ich habe nichts davon gesagt, dass du sie töten sollst …« Er unterbricht sich, um sich wieder unter Kontrolle zu bringen. »Komm, sieh sie dir genauer an. Sie ist mein Meisterstück.«

Der Regulator mustert Vienne einen Moment lang, ehe er ihr Kinn in seine Handfläche legt. Viennes Augen öffnen sich schlagartig. Sie knurrt und versucht, ihn zu beißen.

Er hechtet zurück, gerade schnell genug, um seine Haut zu retten. »Was haben Sie mit ihr gemacht?«

»Pass lieber auf deine Finger auf«, sagt Archibald kichernd. »Sie ist nicht handzahm. Ein Biss, und sie macht einen *Dalit* aus dir.«

Die Hände hinter dem Rücken verschränkt schlendert er zum

Fenster, wobei er Duke absichtsvoll ignoriert, und sieht zu, wie das Wasser aus den oberen Entlastungsschützen in den fünfhundert Meter tiefer gelegenen See stürzt. »Vienne ist die Erste einer neuen Kriegerrasse. Gerissen. Furchtlos. Fügsam. Die perfekte menschliche Waffe, gut genug, alle anderen zu ersetzen. Bald wird sich niemand mehr daran erinnern, was ein Regulator ist.« Er wirbelt herum. »Stört dich das?«

»Nein«, sagt der Soldat. »Solange Sie bar zahlen.«

Archibald kichert wieder. »Das ist gut, denn ich habe dich hergeholt, damit du mir hilfst, sie unter Kontrolle zu bringen. Während unseres letzten Ausflugs ist sie ausgerastet, und die Stroßtruppsoldaten haben es nicht geschafft, ihr Benehmen beizubringen. Denkst du, du kannst das?«

»Davon gehe ich aus«, sagt er.

Arroganter Mistkerl! Sie wird dich zu Hackfleisch verarbeiten! »Das«, sagt Archibald und lacht laut auf, »wird ein Spaß …«

Vom Kopf der Treppe erklingt Lärm. Die Soldaten brüllen, und der Regulator nimmt Haltung an.

»Was, zum Henker, ist das für ein Lärm?«, fragt Archibald. »Duke! Sieh nach!«

Duke schnaubt verächtlich. »Sehen Sie doch selbst nach.«

»Was?«, sagt er, vollkommen verblüfft über diese Dreistigkeit. »Wie kannst du es wagen, so mit mir zu reden?«

Er geht auf Duke zu.

Die Tür wird aufgerissen.

Ein Soldat schubst einen Gefangenen über die Schwelle und zerrt ihn die Stufen herunter. Die Hände hinter dem Rücken gefesselt, Mund und Nase blutig, ein Auge zugeschwollen, fällt ihm das Haar ins Gesicht, als er auf die Knie sackt. An seinem linken Arm ist ein Gipsverband, und er trägt eine Stoßtruppuniform.

»Was hat das zu bedeuten?« Archibald steigt das Blut ins Gesicht. »Ich habe ausdrücklich Anweisung erteilt, mich nicht zu stören.«

»Sir! Er hat versucht, einzubrechen!« Der Soldat stellt einen Fuß auf den Rücken des Gefangenen und rammt ihn zu Boden. »Soll ich ihn erschießen?«

»Natürlich.« Archibald wedelt mit der Hand, um den Soldaten fortzuschicken. »Aber nicht hier. Bring ihn raus. Ich will kein Blut auf diesem Boden.«

Der Soldat zögert.

»Worauf wartest du?«, brüllt Archibald. »Hör mit der Trödelei auf und bring ihn raus, ehe ich dich auch erschießen lasse.«

»Ja, Sir!« Nach einigen Fehlversuchen hebt der Soldat den Gefangenen vom Boden und wirft ihn sich über die Schulter, während Archibald sich wieder zum Fenster umdreht.

Der Gefangene hustet. »Was ist los, Archie? Traust du dich nicht, mich persönlich zu erschießen?«

»Nenn mich nicht …« Archibald wirbelt herum. Erst jetzt sieht er das Gesicht des Mannes. »Du!«, brüllt er, schlägt beide Hände an die Wangen, hüpft auf und nieder und fängt an zu klatschen. »Das kann nicht sein, aber es ist!«

»Was soll das Theater?«, fragt Duke.

Archibald ist so euphorisch, dass er beschließt, diese Unverschämtheit zu ignorieren. Er packt den Gefangenen am Schopf und hebt dessen Kopf an. »Erkennst du ihn nicht, Duke? Das ist Jacob Stringfellow, der Sohn des ehemaligen Direktors der Zealand-Corp. Soldat! Setz ihn ab! Regulator! Hol ihm einen Stuhl. Wir müssen es unserem Ehrengast bequem machen.«

Nachdem der Soldat den Befehl ausgeführt hat, zieht der Regulator einen Stuhl von einer Konsole des Steuerpults heran, stellt ihn neben Vienne ab und setzt den Gefangenen auf die Sitzfläche.

Stringfellow lässt den Kopf hängen. Offensichtlich ist er nicht mehr daran interessiert, Konversation zu betreiben.

»Du hast ihn übel zugerichtet, Soldat«, sagt Archibald, während er Stringfellows Verletzungen begutachtet.

»Er ist ein *Dalit.*« Der Soldat zuckt mit den Schultern. »Er hat nur bekommen, was er verdient.«

»Raus!« Archibald schnippt mit den Fingern vor dem Soldaten, worauf der mürrisch hinausgeht. Nun wendet Archibald sich wieder dem Beobachtungsfenster zu, eine Faust an die Lippen gepresst, die Augen vor Schadenfreude und Siegesgewissheit zu schmalen Schlitzen zusammengekniffen. *Stringfellow! Gefangen! Lyme wird begeistert sein!*

Archibald beobachtet, wie das Wasser aus den Entlastungsschützen wogt. Ein Regenbogen formt sich in dem Spritzwasserdunst. Das ist ein gutes Zeichen, ein Omen der Dinge, die da kommen werden.

»Herrlich, nicht wahr?«, sagt Archibald, so theatralisch er kann. »Wie sich das Sonnenlicht in den Wasserpartikeln fängt und einen Prismeneffekt hervorruft. Wusstet ihr, dass die Terraner geglaubt haben, am Ende des Regenbogens würde ein kleiner Mann wohnen, der jedem, der den Regenbogen bis zum Ende verfolgen und ihn schnappen kann, einen Topf voller Gold verspricht? Wie passend, dass dieser Regenbogen gerade in dem Moment auftaucht, in dem auch mein eigener Topf voller Gold erschienen ist. Hörst du mir zu, Mr. Stringfellow?«

Nein, das tut er offensichtlich nicht. Archibald schnappt sich ebenfalls einen Stuhl und setzt sich Stringfellow gegenüber rücklings auf die Sitzfläche.

Stringfellows Lippen bewegen sich, aber alles, was er sagt, ist: »Nah.«

»Ich werte das als ja. Du und ich haben vieles gemeinsam, weißt du. Wir sind die Söhne mächtiger Eltern. Wir sind bester Herkunft. Haben die beste Bildung genossen«, sagt Archibald. »Aber wie du habe ich das Beste als ermüdend empfunden und mich aufgemacht, um meine eigenen Spuren in der Welt zu hinterlassen.«

Er greift in Stringfellows Haare und zieht dessen Kopf hoch.

Dann zückt er sein Feuerzeug und entzündet es unter dem schutzlosen Kinn.

»Bedauerlicherweise mangelt es mir an deinen physischen Gaben«, sagt Archibald, »also musste ich eine andere Methode finden, mir Ausdruck zu geben.«

Er wirbelt Stringfellows Stuhl herum, sodass dieser Vienne vor Augen hat. Stringfellows Lippen zittern. Ist es Furcht? Schmerz? *Hoffentlich beides*, denkt Archibald.

»Liebe tut weh, nicht wahr?«, spottet er. »Du liebst sie doch, richtig? Auf die Art, auf die reiche Jungs hübsche Mädchen lieben, die sie abweisen. Weißt du, was traurig ist? Wenn du sie dann doch einmal bekommst, erfährst du die grausame Wahrheit über die Liebe: Es ist die Jagd, nicht das Mädchen.«

»Lügner«, antwortet Stringfellow endlich.

»Ich wusste, dass du zuhörst«, sagt Archibald und lacht. »Du bist ein schlechter Schauspieler.«

Er rutscht auf Stringfellows Schoß und packt dessen blutiges Gesicht. »›Dieser Jacob Stringfellow. So ein hübscher junger Mann.‹ Weißt du, wie oft meine Mutter diese Worte mir gegenüber geäußert hat?« Er dreht Stringfellows Gesicht zu Vienne. »Wie ist es mit dir, *mon petit chou?* Glaubst du, er ist immer noch …« Er dreht Stringfellows Kopf grob hin und her, um jede Silbe zu unterstreichen. »Ein hübscher. Junger. Mann?«

Vienne antwortet nicht, aber ihr Körper zuckt, als hätte sie einen Petit-Mal-Anfall erlitten.

Stringfellow stöhnt und versucht, sich aus Archibalds Griff zu befreien, aber er ist zu schwach.

»Jacob! Sieh dir meine hübsche Dame und ihre neuen Augen an!«, sagt Archibald. »Ich habe die Katze in einen Leoparden verwandelt, und der hat sehr scharfe Zähne. Vielleicht sollte ich sie ein bisschen mit ihrem Futter spielen lassen. Siehst du diese grausame Miene? Das habe ich gemacht. Siehst du die Mordlust in ihren Augen? Die habe ich da reingebracht. Und weißt du, warum ich das alles tun konnte? Weil du versagt hast, Stringfellow. Du hast eine wunderschöne junge Soldatin in einen Kampf geführt und sie zurückgelassen, um deinen Arsch zu retten, als du die Flucht ergriffen hast. Ein toller Held bist du.«

Stringfellow kämpft mit seinen Fesseln, tut alles, um Archibald mit den Fäusten zu erreichen.

»Die Wahrheit ist eine bittere Pille, habe ich recht?« Er grinst. Dann presst er Stringfellows Lippen zusammen. »Führst du mal wieder Selbstgespräche? Dann hör auf damit. Es hört so oder so niemand zu.«

Ein paar Sekunden lang ergötzt sich Archibald an Stringfellows zunehmender Unruhe; dann spürt er plötzlich, wie sich der Biss von irgendetwas, das schon länger an ihm nagt, verstärkt. »Wie kommt es eigentlich, dass Lyme so scharf auf dich ist?«

Er steht auf, geht im Raum auf und ab und verweilt am Fenster. Wozu braucht Lyme Jacob Stringfellow, wenn er doch Archibald Bragg hat? Wäre es möglich, dass … nein, Lyme würde niemals einen loyalen Diener durch einen in Ungnade gefallenen Helden ersetzen. Oder?

Er sieht sich zu Duke um, der nur mit den Schultern zuckt, womit zu rechnen war, denn dieses Spiel geht deutlich über seinen Verstand. Der Regulator ist auch keine Hilfe. »Was sollen wir mit Stringfellow anfangen? Sollen wir ihn vor den Augen seiner Geliebten töten? Oder lassen wir sie das erledigen? Was hat mehr Poesie?«

»Übergeben Sie ihn Lyme«, sagt Duke. »So, wie es von uns erwartet wird.«

»Wie es von uns erwartet wird?«, schreit Archibald ihn an und geht mit den Armen wedelnd im Raum hin und her. »Plötzlich bist du wild entschlossen, genau das zu tun, was man dir sagt. Was für ein Verbrecher bist du eigentlich?«

»Ich bin einer von den Klugen«, sagt Duke. »Lyme gehört zu der Sorte, mit der man es sich besser nicht verscherzt.«

Archibald bleibt abrupt stehen. »Aber mit mir kann man es sich verscherzen?«

»Wenn Sie sich den Schuh anziehen wollen«, gibt Duke zurück.

Archibald ballt eine Faust und schlägt sie gegen die Fensterscheibe. *Nicht wütend werden*, sagt er sich und fühlt doch, wie Zorn in ihm aufsteigt, wie ihm alles entgleitet. »Duke, du bist entlassen«, sagt er.

»Mr. Lyme wird das nicht gefallen«, sagt Duke.

»Raus! Es ist mir scheißegal, was Lyme gefällt!«

Nachdem Duke hinausgestapft ist, zweifellos mit dem Ziel, sich ein Multivid zu suchen, über das er Kontakt zum Boss aufnehmen kann, zieht Archibald sich einen Stuhl zu Vienne heran und legt den Arm um sie. »Was meinst du, Vienne? Soll ich ihn vor deiner Nase erschießen, oder soll ich dir die Drecksarbeit überlassen?«

Er packt ihr Kinn und schüttelt ihren Kopf, als würde sie verneinen. »Gefällt dir beides nicht? Ich weiß. Geben wir ihm lieber eine Waffe und lassen Vienne los. Kannst du sie erschießen, ehe sie dich tötet?« Er nickt mit ihrem Kopf. »Da haben wir die Antwort! Regulator, gib Stringfellow … Entschuldigung, *Mister* Stringfellow … dein Armalite.«

Der Regulator zögert. »Alle Armalites sind so gepolt, dass sie explodieren, wenn …«

»Wenn jemand mit einer anderen biorhythmischen Signatur versucht, sie abzufeuern … Blablabla.« Archibald wedelt hektisch mit beiden Armen. »Ja, das weiß ich. Gib ihm einfach die aasige Waffe!«

Kopfschüttelnd nimmt der Regulator das Halfter von der Schulter und bietet Stringfellow sein Armalite an, während Archibald Vienne eine Haarsträhne hinter das Ohr streicht. Er flüstert ihr etwas zu, und seine Lippen streifen ihr Ohrläppchen. »Solch eine Schönheit. Wärst du in die richtige Familie hineingeboren worden, hättest du eine wunderbare Gemahlin werden können.«

Dann brüllt er: »Regulator! Warum habe ich noch keine Explosion gehört?«

»Du willst wirklich sehen, wie ich mir den Arm wegpuste?«, fragt Stringfellow mit ruhiger Stimme. Er beäugt die Waffe, macht aber keine Anstalten, sie zu ergreifen. »Ich habe nur noch einen gesunden Arm übrig.«

»Würde es dir denn so viel ausmachen? Ich weiß, es ist ein Opfer, aber ich würde es sehr genießen.« Archibald lacht, legt die Hände an die Wangen und tätschelt sie. »Aber ehe du das tust, muss ich dir ein kleines Geständnis machen. In all den Jahren habe ich deinen Werdegang verfolgt. Eigentlich habe ich dich sogar belauert. Mutter hatte ihren Feind in deinem Vater gefunden, und ich hatte meinen in dir. Ist es nicht schön, wie alles zusammenpasst? Dann hat der Niedergang deines Vaters meiner Mutter den Weg nach oben geebnet, doch dein Niedergang hat mich allein zurückgelassen, ohne jemanden, mit dem ich wetteifern konnte, ohne ein Spiegelbild meiner selbst. Danach kam ich ins Trudeln.«

Er zieht Viennes Stuhl fort und parkt sie hinter einem Steuerpult. »Mutter sagt, mir mangle es an Ehrgeiz, aber das ist nicht wahr. Ich hatte immer Ehrgeiz. Ich hatte nur kein Ventil. Dann hat Mr. Lyme mich entdeckt, und das alles hat sich verändert, umso mehr, als dein Gesicht auf all diesen Fahndungspostern aufgetaucht ist. Mr. Lyme braucht dich, also kann ich dich gar nicht umbringen, so gern ich es täte. Deshalb werde ich mich mit dem Nächstbesten begnügen, dir Stücke aus dem Leib zu reißen. Und jetzt nimm das Gewehr wie ein folgsamer kleiner *Dalit*.«

»Das ist kein Gewehr«, sagt Stringfellow. »Das ist ein Armalite.«

»Erspar mir die Haarspalterei. Nimm. Es.«

Archibald stochert an Stringfellows rechter Schläfe herum, und sein Finger bohrt sich in das wunde Fleisch. Mit einem Messer schneidet er die Kunststofffesseln durch, mit denen Stringfellows Hände gebunden sind.

Stringfellow grunzt leise, als kämpfe er gegen einen qualvollen

Schmerz. Dann zieht er das Armalite aus dem Halfter, sorgsam darauf bedacht, es am Griff zu halten.

Archibald weicht zum Steuerpult zurück und wickelt seinen Umhang um sich und Vienne. »Und jetzt legst du die kleinen Schweinspfoten an den Auslöser wie ein braver Junge.«

»Ehe ich das tue«, flüstert Stringfellow, »habe ich auch noch ein kleines Geheimnis zu offenbaren.«

»Und das wäre?«, fragt Archibald.

Stringfellow beugt sich vor. »Auf diesem Armalite steht mein Name.«

◆

Als mein Vater wegen der langen Liste seiner Verbrechen gegen das CorpCom in den Norilsk Gulag geschickt wurde, waren Lymes Agenten die Ersten, die auf mich zukamen, während das Blut aus meinem Finger noch den Verband tränkte. Zuerst dachte ich, sie würden einem jungen Mann, der seinen Vater verloren hatte und gezwungen gewesen war, sich auf den nationalen Multinets selbst zu erniedrigen, Mitgefühl entgegenbringen. Aber ein Blick in ihre versteinerten Mienen reichte, und ich wusste, dass ich kein Mitgefühl zu erwarten hatte, sondern ein Angebot. Für eine gewisse Summe, die je nach Bedarf fällig würde, so erklärten mir die Kollektoren, würden sie meinem Vater den Aufenthalt im Gulag angenehmer gestalten. Mit »angenehm« meinten sie »nicht tot«. Was sollte ein Sohn da tun? Ich stimmte zu und zahlte, überließ ihnen jahrelang beinahe meine sämtlichen Anteile an dem Lohn, den mein Davos erarbeitete.

Lyme nahm mich aus. Vermutlich auf genau die gleiche Weise wie all die Familien, die Angehörige in den Gulags hatten. Es würde mir nicht schaden, mir ein bisschen davon zurückzuholen, wenn sich die Chance böte. Ich liebe es, wenn sich die Sterne in der richtigen Konstellation zeigen. Das ist beinahe wie Poesie.

Archies Befehl sagt mir ebenfalls zu, und ich lege den Finger an den Abzug. Ich eröffne das Feuer, und meine Kugeln folgen Archibald, als er Deckung sucht, prallen von seinem Umhang ab, bis eines der Geschosse sein Fußgelenk trifft und ihn von den Beinen reißt.

»Sag mir, dass der Mistkerl tot ist, Mimi.«

»Schön wär's«, antwortet sie. »Schieß weiter.«

Ich stöbere den Feigling in der Ecke auf, in der er sich, fest in den Umhang gewickelt, versteckt hat und seinen verletzten Fuß hält. Ich packe ihn am Kragen. »Geschieht dir recht.«

»Bitte, tu mir nicht weh!«, wimmert er und stolpert, als ich ihn zurück zum Fenster zerre.

»Bewach die Tür«, sage ich zu Stain, während ich Archibald zu Boden stoße.

Aber die Tür wird erneut aufgerissen und Duke, der Lakai, stürmt mit einer Pistole herein. »Keine Bewegung!« Er feuert zwei Kugeln auf meine Brust ab, ehe Stain ihm die Tür ins Gesicht schmettert.

Duke stolpert voran, eine Hand schützend vor dem blutenden Mund. Stain verpasst ihm einen Roundhouse-Kick, der Duke rücklings über das Geländer befördert. Mit einem feuchten Klatschen trifft er auf dem Betonboden auf und bleibt regungslos liegen.

»Bist du verletzt?«, fragt mich Stain.

»Es ging mir schon besser«, sage ich. »Fühlt sich an wie Hornissenstiche.«

Stain bedenkt mich mit einem bösen Blick.

»Hornissen«, sage ich, »nicht Bienen.« Dann rufe ich: »Riki-Tiki! Bring unser Zeug her!«

»Komme!« Ihre Schritte klappern auf den Stufen, als sie zur Tür hereinstürmt, einen Seesack über der Schulter. »Das hat Spaß gemacht. Ich liebe es, Soldat zu spielen! Was jetzt?«

»Jetzt räumen wir den Müll weg.« Ich schiebe Archibald durch die offene Tür und knalle sie hinter ihm zu.

Riki-Tiki rammt einen Blaster zwischen Klinke und Metallabsatz und verkeilt die Tür.

»Gut gemacht«, lobe ich sie, während ich ein Päckchen C-42-Sprengstoff aus dem Seesack zerre und mich noch einmal vergewissere, dass Vienne immer noch in Ordnung ist. »Behalte sie im Auge, während ich das hier zu Ende bringe.«

Ich klatsche vier Handvoll Sprengstoff in die Ecken des Fensters, stecke eine Zündkapsel in jeden davon, und trete zur Seite. »In Deckung«, brülle ich und drücke auf den Zünder.

Die Plastikbündel krachen, und das Glas zerspringt in winzige Scherben, ehe der Druck es geradewegs aus dem Fensterrahmen presst. Ein Schwall Luft zischt aus dem Raum. Dann fegt der Sprühregen von den Entlastungsschützen herein und flutet den Boden.

An der Steuerkonsole blinken Alarmleuchten auf.

»Bedeutet das, was ich glaube, das es bedeutet?«, frage ich Mimi, während ich durch das Wasser zu Viennes Stuhl plansche. Ihre Hände sind mit Kunststoffbändern gefesselt, die Handgelenke wund.

»Wenn du glaubst, es bedeutet, dass alle Alarmsysteme aktiviert wurden und in wenigen Minuten sämtliche Sturmnacht-Soldaten über dich herfallen werden, dann ja.«

»Oh. Ich dachte, es bedeutet lediglich, dass die Turbinen abgeschaltet werden.« Ich winke Riki-Tiki herbei. »Die Kavallerie ist unterwegs! Beeilen wir uns!«

»Bereit zum Abseilen!«, übertönt Riki-Tiki mit lautem Geschrei das Heulen der Schütze.

»Vienne!« Ich stupse sie an der Schulter an, auf der Hut davor, was passieren könnte, sollte sie zu schnell zu sich kommen.

Ihr Kopf kippt zur Seite.

»Gehen wir, Vienne! Das ist ein Befehl!« Ich schüttle sie kräftig durch. »Mimi, Lebenszeichen noch einmal kontrollieren.«

»Stabil«, sagt Mimi, »aber immer noch asymmetrisch und jenseits der Norm. Aber das sind nicht ihre normalen …«

»Regulator!« Ich schneide die Kunststofffesseln durch und ziehe Vienne von ihrem Stuhl hoch. Dann werfe ich mir ihren reglosen Körper über die Schulter und plansche zu den Kletterseilen.

Stain verstellt mir den Weg. »Du kannst mit ihr auf den Schultern nicht klettern.«

»Dann pass mal auf.« Ich gehe um ihn herum. »Es sei denn, du möchtest dich freiwillig melden.«

»Dein Plan wird nicht funktionieren!« Sein Gesicht verzerrt sich. »Er hat darauf basiert, dass Vienne selbst rausklettert. Sieh sie dir an! Sie kann nicht mal laufen. Wenn du versuchst, mit ihr auf den Schultern zu klettern, werdet ihr beide sterben!«

»Ich bin bereit, das Risiko einzugehen!«

»Nein!« Er schubst mich. »Sei nicht so blind! Sieh sie dir an!«

Viennes Wangen sind geschwollen, ihre Augen halb geöffnet; sie sehen aus wie umwölkte Murmeln mit einem glühenden, pinkfarbenen Punkt in der Mitte. Braunes Wasser strömt aus ihrem Haar, und ihre Kleider hängen wie Lumpen an ihr, als ich sie auf dem Boden absetze.

»Wenn ich gewusst hätte, was Archibald aus ihr gemacht hat«, brüllt Stain, »wäre ich nie hergekommen. Die Vienne, die wir gekannt haben, ist tot! Nur ein geistloses Tier ist von ihr übrig. Wir sollten sie lieber von ihrem Elend erlösen, als die Qualen zu verlängern.«

»Nein!« Etwas in meinem Innern heizt sich auf. Ich fühle es blubbern wie Stahl in einem Schmelztiegel. Ein Geräusch, das sich wie ein Knurren anhört, löst sich aus meiner Kehle, und ich nehme verschwommen wahr, wie ein starker Wind aufzieht.

Ich will Stain schlagen, will ihm die Zunge rausreißen, damit er nicht mehr aussprechen kann, was mein schlechtes Gewissen die ganze Zeit sagt: Dass ich allein für Vienne verantwortlich bin. Dass es meine Schuld ist, dass sie in Tharsis Zwei war. Es ist meine Schuld, weil ich den Helden spielen wollte. Es ist meine Schuld, weil ich mir mehr Gedanken um die Experimente meines Vaters gemacht habe als um sie.

Meine Faust zuckt zu seinem Kinn, ehe ich sie im Zaum halten kann. Stain blockt den Schlag lässig ab, packt mein Handgelenk und reißt es hoch, versucht, meinen Ellbogen in einen Haltegriff zu bringen. Ich drehe mich weg und versuche, ihm die Beine wegzutreten. Er springt über meinen Fuß und tritt mit der Ferse auf meinen Hüftbeuger, doch meine Panzerung absorbiert die Energie. Ich springe wieder auf und nehme Kampfhaltung ein.

Stain steht da, die Beine nahe beisammen, die Hände in der Nähe des Nabels. »Wen versuchst du zu schlagen?«, fragt er, während er in seinen zerlumpten Klamotten und den schmutzigen Füßen lässig dasteht.

»Dich!« Ich schlage zu.

Er fängt meinen Hieb mit den Handrücken ab. »Willst du das wirklich? Mich schlagen?«

Darauf kannst du wetten, aasiger Idiot. Ich hämmere die Beine auf den Boden und teile den nächsten Hieb aus. Zusammen mit der Energie, die mir die Symbipanzerung liefert, könnte der Schlag einen Felsen sprengen. Ich rechne fest damit, dass Stain ausweicht oder abblockt.

Aber das tut er nicht.

Er steht nur da und wartet.

Mistuck! Ich fange den Hieb selbst ab, nur Millimeter vor seiner Nase, und knurre: »Ich könnte dich *piru vieköön* umbringen!«

»Nein!«, schreit Riki-Tiki, springt zwischen uns und legt jedem von uns mit ausgestrecktem Arm eine Hand an die Brust. »Hört auf! Das wird Vienne nicht helfen. Bitte, Stain. Bitte.«

Er packt Riki-Tiki an den Schultern. »Wir kämpfen nicht. Nur Durango kämpft mit sich selbst. Habe ich nicht recht? Du bist wütend, weil du dir die Schuld an Viennes Schicksal gibst. Wenn du dir die Schuld gibst, muss auch ich mir die Schuld geben. Wir alle haben durch unsere Taten und unsere Untätigkeit unsere jeweilige

Rolle bei alldem gespielt, aber die Vienne, die wir geliebt haben, ist fort! Tu das einzig Mögliche: Rette dich, statt dein Leben für nichts aufs Spiel zu setzen!«

»Vienne ist nicht nichts!«, rufe ich. »Sie ist deine Schwester.«

»Dieses … Tier ist nicht meine Schwester.« Er ergreift einen Blaster und richtet ihn auf sie. »Du hast mir die Hoffnung gegeben, dass sie es wert ist, gerettet zu werden, aber nun erkenne ich, dass da nichts mehr übrig ist außer einem sterbenden Hund, der den Gnadentod braucht.«

»*Càonĭmā!*« Ich schwinge Vienne herum, sodass ich ihren Kopf und ihren Torso mit dem Körper abschirmen kann. »Erst wirst du mich töten müssen.«

Er richtet das Fadenkreuz auf meine Stirn. »Ich bin bereit, dieses Opfer auf mich zu nehmen.«

»Nein!«, schreit Riki-Tiki. Mit einem Scherenschlag fegt sie Stain den Blaster aus der Hand und führt einen Hieb an seine Kehle. Mit einer blitzschnellen Bewegung, die Vienne mit Stolz erfüllt hätte, schnappt sie den Blaster aus der Luft, ehe er auf dem Boden landen kann, und richtet ihn auf den keuchenden Stain. »Wir sind Tengu, und wir töten nicht.«

»Ich … schon«, stößt Stain schwer atmend hervor. »Wenn es die einzige Gunst ist, die übrig bleibt.«

»Wir haben schon zu viel von deiner sogenannten Güte erlebt!«, schreit Riki-Tiki. »Ich dachte, ich könnte dir vertrauen, aber ich habe mich geirrt. Verschwinde!«

Stain legt den Kopf schief und überdenkt die Lage. Sogar jetzt glaubt er noch, alles im Griff zu haben.

Ich ziehe mein Armalite und entferne mich rückwärts gehend von ihm. Dabei verlagere ich Viennes Gewicht auf meiner Schulter und spüre, dass sie sich regt. »Dafür haben wir keine Zeit, Stain. Geh jetzt.«

»Riki-Tiki wird mich nicht erschießen«, sagt er.

»Richtig«, sage ich, »aber ich.«

Stain schüttelt den Kopf. »Du hattest deine Chance. Jetzt bin ich fertig mit dir.«

Er legt sein Geschirr an, sichert sein Seil, springt vom Fenstersims und verschwindet mit einem lauten Sirren im Nebel.

»Du bist dran«, sage ich zu Riki-Tiki.

»Nein.« Sie schaut erst Vienne, dann mich an. »Ich gehe als Letzte. Jetzt bist du dran.«

Ich habe genug von den Streitereien. »Wir gehen zusammen.«

Sie nickt, wirft ihr Seil raus und legt das Geschirr an, bereit zum Abstieg. Ich umfasse Viennes Beine so fest ich kann mit dem linken Arm, in der Hoffnung, dass ich sie lange genug halten kann, um die tiefer gelegene Ebene zu erreichen, von der aus wir uns über die Entlastungsschütze einen Weg zum Tunnel bahnen können, der uns auf trockenen Boden führen wird. Noch haben wir es nicht geschafft.

Wie Riki-Tiki wedle ich kurz mit der Hand, um etwas Spielraum zu bekommen, und mache einen Schritt zurück. Ich werfe einen Blick in die Tiefe, um mich zu vergewissern, dass meinem Abstieg nichts im Wege steht.

Das ist ein Fehler.

Unter mir brodelt das Wasser machtvoll genug, um Gestein zu zermahlen, und der Abstand zwischen dem Wasser und meinen Füßen ist so immens, dass er sich beinahe meinem Begreifen entzieht. Binnen eines Herzschlags steht die Welt auf dem Kopf, und mein Hirn spielt verrückt. Ich verliere mein räumliches Vorstellungsvermögen. Meine Hände bewegen sich unkontrolliert und versuchen, irgendetwas zu greifen. Obwohl ich weiß, dass ich nicht falle, ist mein Verstand anderer Meinung.

Rums!

Eine Ramme donnert gegen die Tür. Wir haben Gesellschaft.

»Schnell!«, brüllt Riki-Tiki, und ihre Stimme ist im Rauschen des herabstürzenden Wassers kaum zu hören.

Rums!

Meine Füße sind auf dem Sims wie festgefroren. Ich wage nicht, mich zu rühren. In diesem Moment fühle ich das erste Zucken in Viennes Armen und Beinen. Ein Geräusch, das wie ein Stöhnen klingt, nimmt seinen Anfang in ihrer Brust, verwandelt sich dann aber rasch in ein Knurren.

»Stell sie ab«, kreischt Mimi mir ins Ohr.

Aber ich kann nicht. Ich kann sie nicht abstellen. Ich weiß nicht, wo oben und unten ist. Vienne schon. Sie biegt den Rücken durch, reißt die Knie hoch und befreit sich aus meinem Griff. Mein gebrochener Arm schreit vor Schmerz, und ich bleibe schwankend auf dem nassen Sims zurück, während Vienne zurück in den Kontrollraum hechtet.

Mit weit gespreizten Beinen nimmt sie eine kauernde Haltung ein, eine Hand am Boden, während die andere wie eine Klaue durch die Luft fährt. Obwohl ihr das Haar wirr ins Gesicht hängt, wägt sie die Distanz zwischen uns ab und rechnet sich aus, wie viel Energie sie benötigt, um mich in den See in der Tiefe zu stoßen.

»Spring!«, schreie ich Riki-Tiki an. »Sofort!«

»Nein!« Riki-Tiki verharrt neben mir auf dem Fenstersims. »Nicht ohne Vienne.«

Ich schüttle mein Seil vor ihrer Nase. »Sei nicht so stur.«

Rums!

Die Ramme trifft auf die Tür, und Viennes Kopf ruckt herum.

»Vienne!« Ich umklammere das Seil mit der Linken, komme wieder ins Gleichgewicht und sammle meine Kräfte, während mir kaltes Wasser über den Rücken strömt.

Rums!

»Durango?« Vienne scheint zu begreifen, dass der Krach keine Gefahr für sie ist. Sie steht auf, beinahe lässig, und konzentriert sich wieder auf mich. »Ich … kenne … dich.«

Ja! »Du hast recht. Ich bin Durango. Du kennst mich. Das ist Riki-Tiki. Sie ist deine Freundin und möchte deine Akolythin werden.«

Vienne watet ein paar Schritte weit auf etwas zu, das außerhalb meines Blickfelds liegt, und bückt sich, um es aufzuheben. Als sie sich wieder aufrichtet, hält sie einen Blaster in Händen.

Der genau auf meine Brust zielt.

Oh nein, nicht schon wieder. »Vienne, ich bin es wirklich leid, für Zielübungen missbraucht zu werden. Wirf bitte den Blaster weg.«

Sie will nichts davon hören. »Ich kenne dich, Durango.« Sie zerrt am Kropfband an ihrem Hals. Ihre Haut ist verbrannt, und der Gedanke, wie oft sie mit dem Ding unter Strom gesetzt worden sein mag, macht mich krank. »Ich habe einen Schönen Tod für dich aufgegeben, Durango.« Ihre Stimme wird lauter und so scharf wie ein Rasiermesser. »Und du, Durango, hast mich in ein Monstrum verwandelt.«

»Nein, das hat er nicht!«, schreit Riki-Tiki, deren Füße auf dem nassen Sims kaum Halt finden. »Das war Archibald! Wir versuchen, dich zu retten!«

»Mich retten?« Sie lacht und reckt eine Hand hoch. Ihr kleiner Finger? Was zum *tā māde*? »Du kannst mich nicht retten, wenn du der bist, der mir alles genommen hat. Mr. Archibald hat mich wieder ganz gemacht.«

»Mimi?« Ich steige langsam vom Fenstersims herunter, den Blick ständig auf den Blaster gerichtet. Wenn ich ihn nur erreichen könnte! »Irgendeine Idee, wo dieser Finger herkommt?«

»Biomedizin. Es ist nicht schwer, Gewebe neu wachsen zu lassen, wenn man über die nötigen Mittel verfügt.«

»Archie hat dich belogen, Vienne«, sage ich. »Er hat dich nicht ganz gemacht, er hat dich auseinandergenommen.«

»Lügner!« Ein Blastergeschoss rast an meinem Kopf vorbei, und ich gehe zu Boden.

»Vienne!«, schreit Riki-Tiki. »Nein!«

Vienne dreht sich um und richtet den Blaster auf Riki-Tiki. Als ich mich auf die Waffe stürze, feuert sie erneut.

Der Schuss trifft Riki-Tikis Schulter und brennt sich geradewegs durch ihre schwache Körperpanzerung. Sie lässt das Seil los, als ihr Körper zu zucken anfängt, und dann stürzt sie. Ihr Geschirr ist angeseilt, aber ihr bleibt nichts außer Reibung, um ihren Sturz abzubremsen.

Vielleicht schreie ich »Nein!«. Vielleicht auch nicht.

Aber ich springe hinter ihr her. Wind und Wasser schlagen mir ins Gesicht, während mein größeres Gewicht mich zwanzig, vierzig, sechzig Meter hinab auf die wütenden Fluten zuträgt. Riki-Tiki ist nur Meter, dann Zentimeter von meiner Hand entfernt.

»Hab dich!«, rufe ich, als meine rechte Hand sich um ihr Fußgelenk schließt. Meine linke Hand reißt am Seil, und wir bremsen brutal ab und schwingen hin und her wie zwei Gewichte an einem Pendel. Ich krache gegen den Beton, aber meine Symbipanzerung fängt die Energie auf. Sekunden später prallt auch Riki-Tiki gegen die Mauer. Sie hängt gerade außerhalb meiner Reichweite, die Hände an die Wunde gepresst wie einen kleinen Flicken auf ein zu großes Loch. Ihr pinkfarbenes Haar, nass vom Spritzwasser, klebt in ihrem Gesicht. Sie prustet, versucht das Wasser abzuwehren.

»Halt durch!«, rufe ich, doch meine Stimme verliert sich in dem herabstürzenden Wasser, während ich mich verzweifelt bemühe, ihr Geschirr mit meinem gebrochenen Arm zu greifen. »Es sind nur Zentimeter!«

Als ich nach ihr greife, versucht sie, auf mich zuzuschwingen. In diesem Moment gibt der Clip an ihrem Geschirr nach, und ihre Sicherungsleine löst sich. Sie hangelt nach dem Seil, bekommt es aber nicht in die Hände.

Mit einem Keuchen stürzt sie auf das Wasser zu. Schreiend folge ich ihr. Mein Körper trifft gleich nach ihrem auf der Oberfläche auf. Der Schock des kalten Wassers und die Wucht des Aufpralls rauben mir den Atem.

Ich tauche tiefer und tiefer und verliere sie in der weißen Blasenfülle. Mein Geist kehrt zu einem anderen Tauchgang zurück, in einem Abwasserbecken, zu einem anderen Mädchen – zu einer Zeit, in der mein Körper nicht beeinträchtigt war. Das Wasser hier ist viel tiefer, der Fluss endlos viel breiter. Wenn ich sie jetzt nicht finde, werde ich sie nie finden.

Das Seil!

Ich fühle, wie es an meinem Bein vorbeigleitet, und klemme es zwischen die Knie. Dann schlinge ich es mir um die Schultern und schwimme zur Oberfläche. Ein paar Sekunden später breche ich durch, schnappe nach Luft und entdecke eine Leiter, die in der Mauer des Damms verankert ist. Ich schwimme hin, schlinge das Seil um eine Stufe und benutze mein Körpergewicht, um Riki-Tiki hochzuziehen.

Als ich sie zu mir heranziehe, den Gips hinter den Stufen verkeilt, ringt sie keuchend um Atem. Ihre Haut ist fahl, die Pupillen geweitet, und in ihren Augen ist ein Ausdruck der Verwunderung. Ich hebe sie aus dem Wasser, das von ihrem Blut rosa verfärbt ist.

»Halt durch!«, rufe ich ihr zu. »Das wird schon wieder!«

Riki-Tiki schüttelt den Kopf, und die Anstrengung lässt sie zittern. »Nein«, keucht sie.

»Wo ist die Optimistin geblieben, die alle so lieb haben?« Ich versuche, weiter nach oben zu klettern, aber der Druck auf ihrem Körper entlockt ihr Schmerzensschreie.

»Mimi?«, frage ich.

»Tut mir leid, Cowboy.«

Meine Kehle ist plötzlich wie zugeschnürt, und ich gleite mit ihr ins Wasser, löse die Seile und lasse sie von den brodelnden Fluten davontragen.

Riki-Tiki schaut an mir vorbei. Ihr Augen werden von den dichten Wolken angezogen. »Ich sehe die Sonne. Sie geht auf.«

Dann zieht sie den Vorhang zur Seite, gleitet in ihren eingebildeten Sonnenaufgang und ist fort.

◆

Scheinbar stundenlang treibe ich auf dem Rücken und drücke Riki-Tikis erschlafften Leib an meine Brust, rudere mit den Beinen, ruhe, rudere und ruhe, bis meine Füße festen Boden berühren. Erschöpft bis an den Rand des Deliriums richte ich mich mühsam auf und trage Riki-Tiki auf den Armen.

Im Gras falle ich auf die Knie. Unsägliche Minuten ziehen dahin, während ich um Atem ringe und versuche, wenigstens einen kleinen Teil meiner Kraft zurückzugewinnen.

»Es ist nicht deine Schuld«, sagt Mimi.

»Du weißt so gut wie ich, dass das eine Lüge ist.«

Dann, als ich endlich bereit bin zu gehen, sehe ich Stain auf der anderen Seite des breiten Flusses, von wo aus er mich anstarrt, nass und wütend. Ich versuche, seinen Blick zu erwidern, seinen beißenden Zorn, aber ich habe nicht mehr die Kraft.

Stattdessen wende ich mich beschämt ab, und die weite, wassergefüllte Kluft hält uns auf Abstand. Als ich wieder hinschaue, ist Stain fort, beinahe wie eine Rauchfahne, die sich mit dem aufsteigenden Dunst vermischt und sich auflöst.

»Mimi«, sage ich, »such mir einen Weg fort von hier.«

»Zehn Meter voraus ist ein Zugangstunnel«, sagt sie. »Was ist mit Stain?«

»Mit dem bin ich fertig.« Ich gehe zu dem Tunnel, der mich irgendwann zu meinem Trike und zu dem Pfad führen wird, von dem Ghannouj prophezeit hat, dass ich ihn einschlagen würde.

Kapitel 25

Wasserkraftwerk Hawera
Präfektur Zealand
Annos Martis 238. 7. 27. 20:25

»Jetzt können Sie was erleben«, sagt Duke, als ein gestohlener CorpCom-Hellbender über der Landefläche auf der Beobachtungsplattform des Damms auftaucht. Das Konzernlogo von Zealand ist überpinselt und durch einen Skorpion ersetzt worden, der mithilfe einer Schablone aufgemalt wurde.

»Halt's Maul, Duke«, sagt Archibald, während der Rotor seinen Umhang bauscht. »Hätte ich früher erkannt, dass du Lymes Maulwurf bist, hätte ich dich exekutieren lassen.«

Der Hubschrauber landet. Der Pilot stellt den Motor ab, und der Rotor wird langsamer. Duke packt Archibald am Arm und zerrt ihn zum Velocikopter.

»Sagen Sie mir noch mal, ich soll das Maul halten, Archie«, zischt er, »und *Sie* sind derjenige, der exekutiert wird!«

Die Frachtraumklappe am Heck des Hubschraubers öffnet sich, und zwei Sturmnacht-Soldaten steigen die Rampe hinunter.

»Er gehört ganz euch«, sagt Duke zu ihnen und kehrt zurück auf die Beobachtungsplattform.

»Was geht hier vor?«, fragt Archibald schroff, als die Soldaten ihn filzen. »Ich lasse mich nicht wie irgendein Penner behandeln!«

»Maul halten!«, schnauzt der ranghöhere Soldat. Er durchsucht Archibald und seinen Umhang, findet aber nichts außer dem Feuerzeug. »Die Rampe rauf. Mr. Lyme wartet schon.«

Archibald schluckt krampfhaft und zögert. Der Soldat scheint seine Panik zu spüren und hebt warnend seine Waffe. Langsam steigt Archibald die Rampe hinauf in den Frachtraum.

Drinnen ist es düster, und es stinkt nach Treibstoff und schimmeligem Gewebe. Lyme sitzt entspannt auf dem Notsitz, einen Pilotenhelm auf dem Kopf. Sein Gesicht verbirgt sich im Schatten.

»Wo ist mein Gefangener?«, fragt Lyme.

Archibald bleiben die Worte im Halse stecken.

»Antworte.«

Archibald leckt sich mit trockener Zunge die Lippen. »Er ist entkommen, Mr. Lyme.«

»Das hat Duke mir bereits erzählt«, erwidert Lyme. »Und er hat mir noch andere Dinge berichtet, Archibald. Enttäuschende Dinge. Du hast geschworen, mir gut zu dienen.«

»Aber das habe ich!« Seine Stimme klettert eine Oktave höher. »Ich habe von Tharsis Zwei bis hierher eine Schneise ins Land gebrannt!«

»Und doch bist du nicht in der Lage, einen einzigen Menschen zu fangen?« Lyme seufzt und reibt sich mit der Rückseite der Finger das Kinn. »Mein Gefangener ist also fort. Die Frage muss demnach lauten: Was hast du getan, um ihn zurückzuholen?«

»Zurückholen?«, quäkt Archibald. »Sir, er ist vom Damm gesprungen und im Fluss gelandet. Wenn die Leiche angespült wird …«

»Idiot! Er ist ein Regulator. Ein kleiner Sturz ins Wasser wird ihn nicht gleich umbringen.« Lyme unterbricht sich, um die Fassung zu wahren. »Offenbar begreifst du nicht, Archibald, in welcher schlimmen Lage du dich befindest. Du hast dich mir widersetzt.«

»Nein, Sir, ich …«

»Mich belogen. Mich enttäuscht. Diese Operation in Gefahr gebracht, weil du mich wegen dieses weiblichen Regulators hintergangen hast. Was hast du dir nur gedacht?«

»Ich …«

»Du hast überhaupt nicht gedacht!« Lyme springt von dem

Notsitz auf, packt Archibald an der Kehle und rammt ihn an die Decke. Lichtpunkte tanzen in Archibalds Augen, und er zerrt an Lymes Händen, versucht, dessen Finger von seinem Hals zu lösen. »Dann hättest du begriffen, dass jeder deiner Schritte überwacht wird! Ich habe dich die ganze Zeit im Auge behalten!«

Archibald kratzt an der Panzerung an Lymes Arm und tritt um sich, als er verzweifelt nach einem Halt für seine Füße sucht. Dann, plötzlich, lässt Lyme ihn fallen wie einen Müllsack. Nach Luft ringend huscht er davon, wohl wissend, dass dieser Irre ihn umbringen wird.

»Zu deinem Glück«, sagt Lyme nun mit ruhiger Stimme, »glaube ich an Erlösung. Verstehst du, was ich meine?«

Archie versucht zu sprechen, aber sein Hals fühlt sich an, als ersticke er an Asche. Er schüttelt den Kopf, denn er hat keine Ahnung, was Lyme meint oder von ihm will. Es zählt nur eines: dass er der Sturmnacht keinen Schießbefehl erteilt.

»Obwohl du mich enttäuscht hast«, sagt Lyme, »gibt es eine Aufgabe, die nur du gut erfüllen kannst. Erledige sie, und du kannst dir einen Weg zurück in meine Gunst erarbeiten. Weigere dich, und … nun ja, sagen wir, du wirst den gleichen Weg einschlagen, den der Regulator genommen hat. Bist du ein guter Schwimmer?«

Archibald kraucht mit eingezogenem Kopf auf den Knien herum. »Nein, Mr. Lyme.«

»Solange wir einander verstehen.« Er winkt dem Piloten zu, den Motor zu starten. »Kommen wir zu der Frau: Du hast keine Zeit für derartige Ablenkungen. Werde sie los und warte auf meine Anweisungen.«

»Aber sie hat nichts zu tun mit …«

»Kein Aber, Archibald. Größe erfordert Opfer.« Der Rotor hat seine volle Geschwindigkeit erreicht, und der Pilot signalisiert, dass er abflugbereit ist. Lyme öffnet seine Jacke und zieht eine schmale Packung mit Nadeln hervor. »Neurotoxinpfeile. Mein eigenes Rezept, inspiriert von den Nadelkanonen der Stoßtruppen.

Sie werden die Aufgabe schnell und schmerzlos erledigen, wie ein ergebener Diener der Öffentlichkeit es verdient.«

Archibald nimmt das Päckchen entgegen. Als er es öffnen will, räuspert sich Lyme.

»Sei vorsichtig. Ein Stich, und wir werden uns die Mühe mit dem Fluss ersparen können.« Lyme wedelt mit der Hand. »Du bist entlassen.«

Die Füße schwer, die Kehle rau, schlurft Archibald mit pochendem Schädel die Rampe hinunter. Die Sturmnacht-Soldaten rempeln ihn an, als sie wieder an Bord gehen.

Als die Rampe sich hebt, ruft Lyme heraus: »Eines noch: Die Abbruchtrupps bereiten eine kleine Feuerwerksshow für das Ende des Geisterfestivals vor. Morgen um diese Zeit wird der Hawera-Staudamm nicht mehr da sein. Sorg dafür, dass deine Arbeit bis dahin getan ist.«

Der Hellbender steigt in die Wolken auf. Dröhnender Donner lässt den Himmel erbeben, und als der Regen einsetzt, suchen die Sturmnacht-Soldaten hastig Deckung. Regen nässt Archibalds Haar und seinen Umhang, als er davonstolziert.

Nein, Mr. Lyme, ich werde Sie nicht enttäuschen, denkt er, als er das Päckchen mit den Nadeln in die Tasche steckt, *aber ich werde meinen Engel nicht beseitigen, und ich werde keine Anweisungen mehr von Ihnen entgegennehmen.*

Kapitel 26

Tengu-Kloster, Noctis Labyrinthus
Präfektur Zealand
Annos Martis 238. 7. 28. 11:03

Wie Gongschlag hallt Donner über den Himmel, als ich Shoei, Yadokai und Ghannouj – alle in weiße Leinenroben und rote Schärpen gewandet – helfe, eine Totenbahre, die mit einem roten Leichentuch bedeckt ist, vom Tempel aus den Pfad hinaufzutragen. Während die anderen in leisem Singsang Gebete rezitieren, gehen wir mit der Bahre über das Klostergelände, vorbei an den Bienenkörben über in den Berg gehauene Stufen bis zum oberen Ende des terrassenförmigen Hanges.

Blitze zerreißen den Himmel, und Nebel verhüllt die Stufen. Wasser rieselt über die steinerne Treppe und benetzt die bloßen Füße der Mönche. Während ihre Schritte nicht zu hören sind, pochen meine Stiefel laut auf dem Gestein, und ich fühle mich beschämt, wenn meine schweren Sohlen in seichte Pfützen klatschen.

Als wir das Ende der Treppe erreicht haben, verfallen die Mönche in Schweigen. Ich weiß nicht, was sie denken oder empfinden, denn von dem Moment an, an dem ich zu diesem Ort zurückgekommen bin, haben Shoei und Yadokai mich gemieden. Nicht, dass ich es ihnen hätte verübeln können.

Der Nebel ist dicht und ständig in Bewegung, als wir durch einen Wald voller hoch aufragender, schmaler Steinbauten gehen, einige um die sieben Stockwerke hoch, ein jedes geschmückt mit einer Kreuzblume. Es gibt Hunderte davon. Einige sind unter der Einwirkung der Elemente verfallen. Andere sind vergleichsweise neu. Alle sind mit einer Jahreszahl und dem Namen des dort Bestatteten versehen, und in die Oberfläche sind Gebete und Beschwörungen eingemeißelt, die den Toten den Weg ins Jenseits weisen sollen.

»Was ist das für ein Ort?«, frage ich Mimi.

Doch es ist Ghannouj, der das Schweigen bricht. »Man nennt sie Pagoden. Gräber früherer Äbte und angesehener Mönche. Hier findest du jene, die ihr Leben im Dienst der Tengu gegeben haben. Krieger, Gelehrte, Heiler. Sogar der große Rinpoche und seine Gefährtin Nyingmamo liegen hier begraben.«

Wir erreichen eine weitere, schmalere Treppe. An ihrem oberen Ende steht eine neu erbaute Pagode, deren Podest in einem leuchtenden Pink erstrahlt. Die Farbe ist noch frisch genug, dass der Nebel sie hier und da verwischt und kleine Rinnsale pinkfarbenen Wassers erzeugt, das über die Pflastersteine rund um das Gebäude rinnt.

Ich denke daran, wie ich den Mönchen Riki-Tikis Leiche gebracht habe. An die Fragen, die sie mir gestellt haben, und an die ausweichenden Antworten, die ich ihnen gegeben habe. Als sie mich gefragt haben, wie Riki-Tiki gestorben ist, habe ich gesagt, ein Sturmnacht-Soldat hätte sie getötet. Ich habe ihnen nicht erzählt, dass Vienne den tödlichen Schuss abgegeben hat. Sie mussten nicht erfahren, dass Vienne sie verraten hatte.

»Du solltest ihnen die Wahrheit sagen«, sagt Mimi. »Vienne würde nicht wollen, dass du lügst, um sie zu schützen.«

»Vienne hat jemanden erschossen, den sie geliebt hat.« Ich verlagere das Gewicht der Bahre auf meiner Schulter. »Ich werde ihr Andenken nicht beschmutzen.«

»Vienne ist nicht tot.«

»Hätte sie auch nur die geringste Ahnung, was sie getan hat«, gebe ich zurück, »würde sie sich wünschen, sie wäre es.«

»Sprichst du von ihr, oder eher von dir?«

»Spar dir das, Mimi, oder bei Gott, ich schalte dich ab.«

Sie ist klug genug, darauf nicht mehr zu antworten.

Die Pagode ist sieben Stockwerke hoch und von einem blumenförmigen Ornament gekrönt.

Ich erkenne eine kleine Bogentür. Sie steht offen. Riki-Tikis Name steht auf dem Türblatt.

»Ihr hattet bereits ein Grabmal für sie?«, frage ich Ghannouj. »Haben die Teeblätter ihren Tod vorhergesagt?«

»Dies hätte mein Grab werden sollen.« Seine Augen blicken starr geradeaus. »Es ist eine große Ehre, es Riki-Tiki zu überlassen.«

»Wenn Sie Ihr Grab ihr überlassen …«

»Wo ich dann begraben werde?« Er sieht mich unter hochgezogenen Brauen an. »Vielleicht werde ich lange genug leben, um mir ein neues Grab zu errichten. Vielleicht suche ich mir meine letzte Ruhestätte bei den Bienen. Das ist kein unerfreulicher Gedanke.«

Auf sein Zeichen lassen wir die Bahre in das Grabmal gleiten, und Ghannouj schließt die Tür. Mit einem hölzernen Griff verankert er sie im Schloss, ehe er den Griff abbricht.

Die Mönche setzen sich im Lotussitz auf den Boden, die Arme auf Schulterhöhe, die Handflächen nach außen gewandt. Shoei und Yadokai sitzen Ghannouj gegenüber, der in einen Singsang verfällt, dem sich die beiden anderen anschließen. Ich trete zurück und warte, die Arme vor der Brust verschränkt, im Hintergrund unweit einer verkrüppelten Kiefer, deren Stamm und die Äste aufgrund der ungenügenden Wachstumsbedingungen nicht richtig ausgebildet sind.

Der zähe Nebel umhüllt mich, verschleiert das Grab und wickelt die Mönche in ein Leichentuch. In wenigen Minuten wird aus dem Nebel ein undurchdringlicher Dunst, und ich verliere die Mönche gänzlich aus dem Blick.

»Wie lange, Mimi?«, frage ich, als ich allmählich unruhig werde.

»Ihre Gebete geleiten Riki-Tiki in die Geisterwelt«, sagt sie. »Hab Geduld. Du benimmst dich, als hätte ihre Seele GPS.«

Sie hat recht. »Was für ein dummer, ignoranter *bái mù, jiào nǐ shēng háizi zhǎng zhì chuāng* bin ich eigentlich?«

»Einer von der Sorte, die noch zu retten sind.«

»Das bezweifle ich.«

»Ich weiß es«, sagt sie. »Und ich habe sämtliche Daten, um es zu beweisen.«

Wieder setzt Regen ein, und die Mönche erheben sich, ehe ich es überhaupt bemerke. Die Gebete sind abgeschlossen. Sie wenden sich zum Gehen.

»Warten Sie.« Ich ergreife Shoeis nasse Schärpe. »Ich möchte, dass Sie wissen, wie leid es mir tut.«

Shoei und Yadokai wechseln einen ausdruckslosen Blick. Sie meiden mich noch immer, aber sie bleiben hier im Nebel stehen, als ich ihnen erzählte, wie nahe wir dran gewesen waren, Vienne zu retten, und dass ich sie, wäre mir nicht schwindelig geworden, hätte rausholen können, und dass Riki-Tiki dann nicht erschossen worden wäre. Ich erkläre ihnen, dass Riki-Tiki, wäre ich schneller oder klüger gewesen, noch leben würde.

»Es tut mir leid«, sage ich noch einmal.

»Riki-Tiki war die Letzte von uns«, sagt Yadokai. »Was soll jetzt aus den Tengu werden?«

Shoeis Gesicht ist grau und eingefallen. Sie schlägt mich, und das Geräusch hallt über den Berghang. »Jetzt tut mir auch etwas leid.«

Sie macht kehrt, rafft ihre Robe und steigt die Stufen hinunter. Yadokai folgt ihr und ruft ihren Namen.

Mein Gesicht brennt, aber das ist mir egal.

Ghannouj schließt die Augen und verbeugt sich vor mir. »Vergib ihnen.«

Ich schüttle den Kopf. »Da gibt es nichts zu vergeben. Es war alles meine Schuld.«

»Es gibt immer Schuld, also muss es auch immer Vergeben geben.« Ghannouj starrt in den Nebel. »Sogar für uns selbst.« Dann verbeugt er sich erneut und steigt langsam die Stufen hinunter, die sich durch das herabfließende Wasser pink verfärben.

Ich warte, bis ich ihre Füße auf dem Stein nicht mehr hören kann, ehe ich mich zu dem vom Nebel verhüllten Grab umdrehe und das Zeichen des Regulators mache. »Friede sei mit dir.« Mit mir wird er bestimmt nicht sein.

»Sie werden es nicht tun«, sagt Mimi.

Ich humple die Stufen hinunter. »Was?«

»Sie werden dich nicht von deinen Schuldgefühlen befreien.«

»Danke, Madame Freud.« Ich quetsche die Worte durch meine Zähne, während ich den Wald der Toten durchschreite. »Das ist nicht das, was ich will.«

»Was willst du dann?«

»Du kennst die Antwort. Ich will, dass Riki-Tiki lebt. Ich will Vienne zurückhaben, gesund und sicher.« Ich halte inne, um zu Atem zu kommen, während mir die Galle in der Kehle aufsteigt. »Aber da ich das nicht haben kann, will ich Lyme aufhalten. Und Archie tot sehen.«

Ein echter Held hätte die Dinge anders angepackt. Er hätte sich einen stillen Ort auf einer Wiese nahe einem Bach gesucht, über dem Bäume einen Baldachin aus Blättern bilden. Dort hätte er mit seiner eigenen Schaufel ein Grab gegraben und seine Freundin selbst bestattet; er hätte ihren Leib der Erde zurückgegeben, aus der sie gekommen ist, und ein paar Worte gesprochen, um ihre Seele zu ehren. Und falls sie eine Regulatorin war, hätte er einen Scheiterhaufen errichtet und die Überreste verbrannt, um ihr wahres Wesen nach Walhall zu schicken, denn gemäß den Richtlinien war Riki-Tiki, die sich für einen anderen Menschen geopfert hatte, den schönsten Tod gestorben, den man sich vorstellen kann. Und dann, während ihre Asche noch warm gewesen wäre, hätte er sich auf sein Trike gesetzt, die Sturmnacht aufgestöbert und Vienne vor dem sicheren Tod gerettet.

Ich habe nichts dergleichen getan. Stattdessen habe ich Riki-

Tiki zurück ins Kloster gebracht, zurück zu den Mönchen, die all ihre Hoffnung und ihre Zukunft an ihr festgemacht hatten. Selbst als Leichenträger habe ich versagt, nachdem mein Trike einen Kilometer von den Mauern des Klosters entfernt versagt hat, sodass ich während des letzten Abschnitts einer Reise, die glanz- und ehrenvoll hätte sein sollen, gezwungen war, Riki-Tikis Leichnam zu tragen – aber nicht in meinen Armen, wie sie es verdient hätte, sondern über der Schulter wie einen Sack Reis.

Lange Zeit wandere ich zwischen den Pagoden herum. Der Regen fällt in schiefem Winkel, der Wind lebt auf, der steinerne Pfad ist schlüpfrig vor Schlamm. Ich habe mich verirrt. Erst ist es mir egal. Dann, als ich einen Weg hinaus suche, stelle ich fest, dass ich im Kreis laufe.

»Mimi«, sage ich, »irgendwelche Tipps?«

»Tut mir leid, Cowboy. Diese Pagoden haben alle Kreuzblumen, und das macht meinen begrenzten Telemetriefunktionen schwer zu schaffen.«

Großartig. Einfach großartig.

Erschöpft und umgeben von Gräbern voller Toter setze ich mich auf das Pflaster, bette den Kopf auf die Knie und weine.

»Mimi«, frage ich nach ein paar Minuten, »was soll ich tun?«

»Wie ich bereits sagte, meine Telemetriefunktionen sind begrenzt.«

»Das meine ich nicht.« Ich streife mir eine nasse Locke hinter das Ohr und wische mir winzige Wassertropfen von den Augen. »Sag mir, was ich mit meinen *Gefühlen* machen soll.«

»Tja«, erwidert sie, »als ich noch Hände hatte, habe ich festgestellt, dass physische Aktivität helfen kann.«

»Du schlägst also vor, dass ich …«

»Schlag etwas, Cowboy. Für einen Soldaten ist das die beste Therapie.«

»Was denn?«, frage ich. »Solltest du mir nicht erzählen, dass ich mich auf mein Chi konzentrieren muss oder so was in der Art?«

»Hast du nicht zugehört? Die Tengu sind die Vorfahren der Regulatoren, und es gibt einen Grund dafür, dass man sie Kriegermönche nennt«, sagt sie. »Selbst sie wissen, dass es Zeiten gibt, in denen man sich am besten auf sein Chi konzentrieren kann, wenn man auf irgendetwas eindrischt.«

Erst halte ich das für eine dumme Idee, doch nach und nach erwärme ich mich dafür. Bald finde ich die richtigen Stufen und folge ihnen zu den niedrigeren Terrassen. Ich gehe an der schlammverkrusteten Reihe der Bienenkörbe vorbei und bin froh, dass die Bienen den Regen noch weniger mögen als ich. Sie erinnern mich an Stain, und ich frage mich, was der Mistkerl wohl gerade im Schilde führt.

Andererseits, was interessiert das mich? Stain ist inzwischen nicht mehr mein Problem.

◆

Das Badehaus ist leer, als ich den Regen hinter mir lasse. Nachdem ich die Stiefel ausgezogen habe, nehme ich mir ein Handtuch vom Halter neben der Tür und wische den feuchten Schmutz von meiner Panzerung.

Das Badewasser liegt ruhig da. Dampfschwaden steigen von der Oberfläche auf, als ich den Raum durchquere und die Reispapiertür öffne, die in den Übungsraum führt. Darin stehen drei *Muk Yan Jong*, Holzpuppen, die die Mönche dazu benutzen, ihre Geschicklichkeit zu trainieren. Regulatoren benutzen die gleiche Art Puppen, aber sie sind aus Metall, und unser Training umfasst auch Schläge.

Als ich das letzte Mal im Badehaus war, haben sich Riki-Tiki und Vienne hier versteckt und über meine Versuche gelacht, dem Bad durch die Mönche zu entgehen. Wenn ich ihr Gelächter doch jetzt nur hören könnte.

»Cowboy«, sagt Mimi.

»Halt's Maul.«

Ein Schrei brodelt in mir hoch, ein Laut, den ich kaum erkenne, und ich stürze mich auf die mittlere Puppe. Ich greife die Arme mit meiner gesunden Hand an, dresche mit den Ellbogen auf den Stamm ein, ramme meine Fäuste so heftig in die Polsterung, dass das Holz Risse bekommt.

Splitter lösen sich aus dem Stamm, aber das ist mir gleich. Meine Panzerung schützt mich. Es kann mir nicht wehtun. Ich wünschte, es täte weh. Ich wünschte, irgendetwas Äußerliches würde mir wenigstens einen Bruchteil des Schmerzes bereiten, den ich in meinem Innern fühle.

Ich prügle die Puppe mit all meiner verbliebenen Kraft. Sie dreht sich zwei-, dreimal um die eigene Achse und kommt wieder zur Ruhe.

»Was immer der *Muk Yan Jong* getan hat, dich so gegen sich aufzubringen«, sagt Ghannouj, der plötzlich neben mir auftaucht, »ich bin überzeugt, nun bereut er es.«

»Nicht so sehr wie ich.« Wieder versetze ich den Holzpfahl in Drehung.

Im Gegensatz zu mir ist Ghannouj nicht nass und mit Schlamm beschmutzt. Er hat die Leinenrobe abgelegt und einen trockenen Kampfanzug, einen *Karategi*, angelegt.

»Dein Denken ist sorgenschwer«, sagt er.

So, meinst du? »Ich habe Vienne verloren. Riki-Tiki ist tot, und ich habe Shoei und Yadokai enttäuscht.«

Er nickt. »Ja.«

»Es ist alles meine Schuld.« Ich prügle die Puppe mit der Faust.

Ghannouj wippt auf den Fersen und streckt den Rücken durch. »Würde es dir gefallen, würde ich sagen, es wäre nicht so?«

»Nein«, sage ich und wende mich ihm angriffsbereit zu. »Ich brauche keine Absolution von Ihnen.«

Er streckt die Hand aus und hält den rotierenden Stamm an. »Von wem brauchst du sie dann? Willst du, dass ich dir sage, dass du nicht für Riki-Tikis Tod verantwortlich bist? Täte ich das, würden meine Worte falsch klingen. Wenn wir uns mit einer Kette von Ereignissen verknüpfen, tragen wir alle die Verantwortung für die unausweichlichen Folgen.«

Ich balle eine Faust, presse sie aber fest an meine Hüfte. »Sind Sie nicht wütend? Kümmert es Sie nicht, dass Riki-Tiki gestorben ist?«

»Natürlich kümmert es mich.«

Ich drehe den Hals, bis die Wirbel krachen, und dehne meine linke Schulter, die derzeit ständig verspannt ist. »Warum zeigen Sie es dann nicht?«

»Wie soll ich das deiner Ansicht nach tun? Soll ich mich mit Schuldzuweisungen geißeln? Gegen die Mächte über Leben und Tod wüten, die Grundpfeiler meines Glaubens sind?« Er trinkt einen Schluck Tee aus seiner Tasse. »Diese zerstörerischen Bräuche waren einer der Gründe, warum die Tengu die Erde verlassen haben.«

Ich wirble um die eigene Achse und schüttle die Faust vor seinem Gesicht. »Wenigstens könnten Sie ein bisschen wütend auf mich sein.«

»Warum?«, fragt er, ohne auf meine Drohgebärde einzugehen. »Wir alle tragen die Bürde ihres Todes. Du glaubst, du hättest sie ins Kloster zurückschicken können. Ich glaube, ich hätte sie davon abhalten können, zu gehen. Aber wir irren uns beide. Riki-Tiki hat ihre eigene Entscheidung getroffen.«

»Verdammt!«, fluche ich, unfähig, den Zorn aus meiner Stimme herauszuhalten. »Vielleicht war sie nicht bereit dazu.«

Er schüttelt den Kopf. Seine Brauen sind dunkel und buschig und erinnern an dicke Kohlestriche. Sie sind der ausdrucksvollste Teil seines Gesichts. »Man muss stets Entscheidungen treffen. Manche davon sind furchtbar, wie ich dir an jenem Tag im Teehaus erklärt habe.«

Vitun, sogar das Gesicht dieses Mannes bringt mich auf die

Palme. »Ich dachte, Sie hätten von meiner Entscheidung gesprochen, den Daten nachzuspüren, statt mit Vienne hier zu bleiben.«

Er widerspricht nicht. Stattdessen lässt er den Blick zu den Fenstern schweifen, die unter dem Ansturm des Windes in ihren Rahmen rasseln. »An dieser Entscheidung war nichts furchtbar«, sagt er. »Du hast deine Wünsche über Vienne gestellt. Dieses Mal hast du Riki-Tiki über deine Wünsche gestellt.«

»Egal, es ist Scheiße.«

»Das ist das Schicksal meist«, sagt er und ergreift meinen Arm. »Komm, im Teehaus wartet ein Teller *Daifuku* auf dich. Du isst, während wir das Ende dieses Weges besprechen.«

Ich entziehe mich ihm, was schwieriger ist, als ich erwartet habe. Sein Griff ist ehern. »Tja, nun, mein Weg ist zu Ende«, sage ich. »Ich kann kein Held mehr sein.«

Ghannouj nickt. »Eine Gewitterwolke bildet sich am Horizont, und böse Stimmung raubt uns allen den Atem. Ich glaube, dein Schicksal ist es, den Mars von seinen Giften zu befreien, die Speichen des Rades zu ordnen.«

Ich lache bitter auf. »Haben Ihnen das die Bienen verraten?«

»Nein«, sagt er lächelnd. »Das habe ich in meinem Herzen empfunden und in deinem gesehen. Auch Vienne hat es gesehen. Sie hat geglaubt, es wäre ihr Schicksal, die Kämpfe ihres Bruders auszufechten. Ich habe geglaubt, dass es ihr Schicksal war, dich zu finden und nun hierher zu bringen.«

»Ich dachte, es wäre Ihnen egal, ob sie lebt oder nicht, nachdem sie davongelaufen ist, um sich den Regulatoren anzuschließen.«

»Wie kommst du darauf? Tengu verlassen das Kloster nicht«, sagt Ghannouj. »Aber das bedeutet nicht, dass hier kein Platz für Vienne ist. Du kannst sie jetzt nicht aufgeben, ganz gleich, welche Sünden du in ihren Augen begangen hast.«

»Er kennt dich allzu gut«, sagt Mimi.

»Ich habe dir gesagt, du sollst das Maul halten.«

»Eure Schicksale sind verflochten«, fährt Ghannouj fort. »Du kannst deine Bestimmung nicht erfüllen, wenn sie die ihre nicht erfüllt. Such Vienne. Bring sie zurück zu uns. Das Schicksal ist noch nicht fertig mit ihr.«

Ihm zu glauben erscheint verführerisch. Seine Worte als Wahrheit zu akzeptieren. Denn er ist ein guter Redner. Aber Worte bedeuten nichts, gar nichts, wenn einem die Kugeln um die Ohren fliegen.

»Ich glaube Ihnen nicht. Das ist unmöglich. Vienne ist Hunderte von Kilometern entfernt, und ich bin hier. Mein Trike ist nur noch Schrott. Ich weiß nicht, ob ich Vienne überhaupt finden kann. Und selbst wenn – ich weiß nicht, ob noch irgendetwas von Vienne in ihr ist.«

Er nippt an seinem Tee und nickt, und die buschigen Brauen bilden einen Bogen auf seiner Stirn. »Wenn du bereit bist, Vienne im Stich zu lassen, dann überlasse ich dich den Puppen. Bitte säubere die Matten von dem Schlamm, wenn du fertig bist.«

»Was?«, rufe ich und folge ihm. »Wer hat gesagt, ich würde Vienne im Stich lassen?«

»Du.«

»Das habe ich nicht!«

Ghannouj ahmt mit der Hand einen Schlund nach, der sich öffnet und schließt. »Ich bat dich, sie zu uns zurückzubringen, und dein Mund brachte nur ›unmöglich, unmöglich, unmöglich‹ hervor.«

»Was nicht heißt, dass ich tatsächlich so denke!« Ich möchte ihn erdrosseln; stattdessen balle ich die Hände zu Fäusten und schüttle sie, so fest ich nur kann. »Ich meine, selbst wenn es möglich wäre, wie soll ich sie herbringen? Durch Teleportation?«

»Du könntest fliegen«, sagt Ghannouj, ohne eine Miene zu verziehen. Er wirbelt um die eigene Achse und versetzt dem Stamm einen Tritt, worauf dieser in der Mitte zerbirst. Die Puppe knickt auf halber Höhe ab, und ihre Eingeweide bilden einen Haufen aus Holzsplittern. Irgendwie hat der Abt es fertiggebracht, dabei keinen einzigen Tropfen von seinem Tee zu verschütten. »Nichts ist unmöglich, wenn man es wirklich will. Folge mir.«

◆

Der Regen hört auf, als wir das Teehaus erreichen. Während ich draußen bleibe, um mir den Schmutz von den Stiefeln zu schlagen, geht Ghannouj hinein. Über uns lichten sich die Wolken, und ich kann die grauen Schluchten in der Ferne sehen. Noch zeigt sich keine Sonne, und die Plattform über dem Teich ist schlüpfrig vom Regen.

Einen Moment später gleitet die Tür wieder auf, und Ghannouj kommt mit einem Tablett zu mir. Es ist beladen mit *Daifuku*, grünem Tee in einer Glaskanne und einem Stapel Verbände.

»Verbände?«

Er verbeugt sich leicht. »Keine Sorge. Normalerweise werden sie nicht gebraucht.«

»Normalerweise?«

»Zieh deine Stiefel aus. Sie werden dir nur im Wege sein.« Er hält mir das Tablett hin. »Möchtest du *Daifuku?*«

»Nein, danke.« Ich stelle meine Stiefel auf die Plattform. »Mimi, hast du eine Ahnung, wozu er die Verbände braucht?«

»Sie beinhalten großen physischen Schmerz. Möchtest du mehr wissen?«

»Vergiss es.«

Ghannouj stopft sich drei Reiskuchen in den Mund und nimmt einen großen Schluck von seinem Tee. Dann stößt er einen klangvollen Rülpser aus und klopft sich mit einer Faust auf die Lippen. Ich komme nicht über sein Verhalten hinweg, über die lockere Art, mit der er alles hinnimmt und einfach zur Tagesordnung übergeht.

»›Die Besten sind voller Zweifel‹«, sagt Mimi, »›die Ärgsten erfüllt von der Kraft der Leidenschaft.‹«

»Was soll das jetzt heißen?«

»Oh, schau nur«, sagt sie, ohne auf meine Worte einzugehen. »Die Karpfen im Teich sind hungrig.«

Ghannouj ergreift einen langen Bambusstab und stößt einen Holzbalken vom Ufer fort, steigt hinauf und balanciert mühelos darauf. »Komm zu mir.«

»Da drauf? Wollen Sie meine Flugangst mit einem Holzbalken heilen?«

Er klopft mit dem Stab auf das Holz. »Gleichgewicht ist der Schlüssel. Ein inneres Gleichgewicht kann ohne äußere Balance nicht existieren. Außerdem macht es mir so mehr Spaß.«

»Mir auch!«, wirft Mimi ein.

»Vergiss nicht«, sagt Ghannouj, »deine Ängste haben dich nicht davon abgehalten, Vienne zu retten. Vienne hat dich davon abgehalten, sie zu retten.« Er hält den Balken ruhig, damit ich hinaufsteigen kann. Die Oberfläche ist schlammig und bietet kaum Halt, und ich rutsche zweimal aus, ehe ich mich ausbalancieren kann. Wir entfernen uns voneinander, bis wir das jeweilige Ende erreicht haben. »Dennoch kannst du deine eigene Angst überwinden und ihr die Herrschaft über dich nehmen.«

»Ängste überwinden«, sage ich skeptisch, »gehört nicht zum Spektrum meiner Fähigkeiten.«

»Das ist keine Fähigkeit«, sagt Ghannouj. »Das ist eine Form des Glücks.«

Ich benutze meine Zehen wie Finger, klammere mich am Holz fest und bemühe mich, oben zu bleiben. »Ich fühle mich im Augenblick nicht sonderlich beglückt.« Wütend, ja. Erbärmlich selbstmitleidig, ja. Glücklich? Bestimmt nicht.

»Sei nicht so negativ«, sagt Mimi.

»Es ist nicht negativ, Realist zu sein!«

Ghannouj kippt den Balken, dreht ihn und lacht, als ich verzweifelt um Halt ringe. »Gib acht.«

»Das tue ich.«

»Du missverstehst. Glück ist nicht mit Vergnügen gleichzusetzen. Glück ist das Stadium der Ekstase, das du erreichst, wenn du deinen Körper von allen Hemmnissen befreit hast. Diese Form des Glücks bringt Energie hervor, die das Licht zu beugen vermag, sodass der, der es erfährt, zwar nicht unsichtbar wird, aber doch sehr schwer zu erkennen ist.«

Unsichtbar? Ja, klar. »Wie erreiche ich diese Form des Glücks?«

»Durch viele Jahre der Meditation und des Lernens.« Ghannouj hüpft, und der Balken erhebt sich einen halben Meter weit aus dem Teich, ehe er wieder aufs Wasser klatscht. Was glaubt der Kerl, wie ich ihm zuhören soll, wenn er ständig versucht, mich zu ersäufen?

»Da haben Sie's. So viel Zeit haben wir nicht.«

»Ich kann dir aber auch die Scheiße aus dem Leib prügeln«, sagt er und lässt seine Augenbrauen tanzen.

»Ha!« Mimi lacht.

»Wie bitte?«

»Nun, da ich deine Aufmerksamkeit habe …« Er verbeugt sich. »Der *bönpo* lehrt uns, dass unsere physische Energie von den fünf pranischen Zentren des *Qigong* beherrscht wird: Atmen, Sprechen, Sehen, Hören und Denken. Um Glück zu finden, müssen all diese Zentren geöffnet sein, entweder durch die zarten Strömungen unserer Körper oder durch vitale Kräfte.«

»Welche Art vitaler Kraft schwebt Ihnen vor?«

Er hält den Bambusstab hoch. »Diese.«

»Sie haben vor, mich mit dem Ding zu schlagen, während ich auf einem Balken in einem Teich balanciere, um mich unsichtbar zu machen, damit ich keine Angst mehr empfinde?« Ich lache laut auf. »Von meiner Symbipanzerung prallen Kugeln ab! Was glauben Sie, kann da so ein kleiner Stecken ausrichten?«

Sssapp!

Die stumpfe Spitze des Stabs trifft mich zwischen den Augen. Ich stolpere zurück und wäre beinahe vom Ende des Balkens gefallen.

Mein hinterer Fuß berührt die Wasseroberfläche, und ich muss mein ganzes Gewicht nach vorn verlagern, um oben zu bleiben.

»Ha!« Mimi lacht schon wieder.

»Halt's Maul, Mimi!«

»Dort ist das *Qigong* des Sehens«, sagt Ghannouj. »Leg deine Panzerung ab, und ich werde die anderen ebenso leicht erwischen können.«

»Nun, es gibt da ein kleines Problem mit dem Ablegen der Panzerung.« Ich zupfe an meinen Handschuhen, um ihm zu zeigen, wie das Material mit meiner Haut verwachsen ist. »Es klebt, und ich habe keine Ahnung, wie ich es loswerden kann.«

Mit einem Nicken deutet er auf meinen Unterleib. »Wie machst du dein Geschäft?«

»Es klebt nicht überall.« Dem Himmel sei Dank.

»Dreh dich um«, sagt er.

»Warum?«

»Du fragst zu viel nach dem Warum.«

»Ich bin von Natur aus misstrauisch.«

»Dreh dich um.«

Kaum vollführe ich eine Pirouette – *sssapp!* Der Stab landet an meiner Schädelbasis.

»Hey!« Die Panzerung verfestigt sich und wird wieder weich, klebt aber immer noch an meiner Haut.

»Dreh dich wieder um«, sagt er.

»Woher haben Sie das gewusst?«

»Der Schwachpunkt einer Symbipanzerung ist das elektronische Nervenbündel an der Schädelbasis«, sagt er. »Die Entwickler haben es als Sicherheitsmaßnahme dort eingebaut. Wusstest du, dass das Material dieser Anzüge nicht zum Zweck der Körperpanzerung entwickelt wurde, sondern für Kleidungsstücke gedacht war, die den Träger vor Bienenstichen schützen sollen?«

»Für einen Mönch scheinen Sie eine Menge über Regulatoren zu wissen.«

»Für einen Regulator scheinst du ziemlich wenig über Mönche zu wissen.« Fünfmal schlägt er milde zu: Zwischen den Augen, am Kinn, am Brustbein, am Solarplexus und unter dem Nabel. »Dies sind die fünf *Qigong*. Jedes Mal, wenn ich einen von ihnen schlage, musst du zwingend ein Wort des Gebets sprechen. Verstehst du mich?«

»Ich kenne kein Wort des Gebets.«

Er kaut den *Daifuku* in seine Backentaschen und schluckt. »Denk an ein Wort, das dir Glück bringen wird.«

Vienne.

»Bist du bereit?«

Ich atme tief durch. »Ja.«

Mit einer Geschwindigkeit, zu der so ein großer Mann gar nicht in der Lage sein dürfte, schlägt er mit dem Stock an meine Schädelbasis und danach auf jeden *Qigong*-Punkt. Während er das tut, wiederhole ich stets mein Gebetswort.

Vienne.

Meine Stirn und mein Kinn brennen von den Hieben, und mein Solarplexus fühlt sich an, als hätte ihn jemand aufgebohrt. »Wie oft müssen Sie mich schlagen?«

»Es geht nicht darum, wie oft ich dich schlagen muss, es geht darum, wie viele Schläge du aushältst.«

»Wie viele mögen das sein?«

»Noch einmal.«

Vienne.

Ghannouj dreht sich zur Seite und wirbelt den Balken mit den Füßen herum. Ich passe mich der Bewegung an, gleite mit den Füßen über die Oberfläche und mache im Bedarfsfall winzige Schritte. Die Schläge kommen, Woge um Woge, mit wahnsinniger Geschwindigkeit. Zuerst versuche ich, seine Bewegungen vorauszuahnen, aber sie sind viel zu schnell, als dass man sie verfolgen könnte. Also schließe ich die Augen und konzentriere mich.

»Du könntest einfach von dem Balken springen«, sagt Mimi. »Dein Körper reagiert auf …«

Vienne.

Ich verliere den Überblick über die Schläge, verliere mein Zeitgefühl, glaube zu spüren, wie mein Körper emporsteigt, als wäre er schwerelos geworden und würde von einem sanften Wind hochgehoben. Ich möchte die Schwingen ausbreiten und davonfliegen, aber irgendetwas hält mich unten, als wäre ein Anker an meinen Fuß gekettet.

»Cowboy«, sagt Mimi. »Dein Herz. Arrhythmie.«

Ich reiße die Augen auf. Das Licht und der Schmerz blenden mich. Ich stolpere rückwärts, und mein Fuß taucht ins Wasser ein. Ghannouj packt meine Hand und zieht mich auf den Balken zurück. Sein *Karategi* ist patschnass, das Gesicht rot vor Anstrengung.

»Wie lange willst du das noch durchhalten, Cowboy?«, fragt Mimi.

»Die Enthemmung funktioniert nicht.« Ghannouj wedelt mit seinem Stab vor mir, als wäre es meine Schuld. »In dir wirken zwei Geister. Ein Bewusstsein ist fokussiert, aber das andere nicht, und das hindert dich daran, das Glück zu erfahren.«

Ich beuge den Hals, und Schmerz jagt in meine Finger. »Was kann ich tun?«

»Sag ihr, sie soll schweigen. Diese Frau, die in dir flüstert.«

»Mimi?«, frage ich. »Sie können sie hören?«

»Ich habe sie immer gehört. Sie ist laut in deinem Geist, und du verlässt dich zu sehr auf ihren Rat.«

»Sie können meine Gedanken hören?«

Er tritt sein Ende des Balkens herab, sodass ich in die Luft gehoben werde. Moos und Seerosen gleiten vom Holz herab. »Deine nicht. Nur ihre.«

»Natürlich«, sage ich. Warum auch nicht? Das ergibt genauso viel Sinn wie alles andere.

Nachdenklich reibt er sich das Kiknn. »Wer ist diese Mimi?«

»Sie ist meine K… frühere Davosführerin, mein alter Chief. Sie hat uns alle gelehrt, was es bedeutet, ein Regulator zu sein.«

»Wie kommt ihre Stimme in deinen Geist?«

»Das ist eine lange Geschichte, und ich …«

Sssapp!

»Du verbirgst die Wahrheit noch immer. Ich kann es spüren.«

Sssapp!

»Cowboy«, sagt Mimi, »ich bestehe darauf, dass du dem ein Ende machst. Dein Herz hat zwei Arrhythmien hinter sich, und deine anderen Vitalzeichen unterliegen wirren Fluktuationen.«

Nein, denke ich. Das ist meine Entscheidung. »Schlafprotokoll einleiten.«

»Warte!«, sagt sie.

»Auf mein Kommando. Drei, zwei …«

»Spielverderber«, schmollt sie.

»Eins.«

»Okay«, sage ich zu Ghannouj, »sie ist …«

»Umdrehen!«, blafft er mich an.

Auf seinen Befehl vollführe ich eine weitere Pirouette, und er rammt mir den Stab auf die Schädelbasis. Der Schmerz treibt meine Wahrnehmung tief in das Innere meines eigenen Geistes, und ich komme mir so dünn vor wie ein Schatten, als mein Körper zu treiben beginnt.

Ich höre Stains Frage in meinen Ohren widerhallen. *Wie viel hast du für sie geopfert?* Ich möchte ihm den Vorwurf in die Kehle rammen wie einen faustgroßen Stein, aber die Wahrheit ist, ich habe nichts für sie geopfert, überhaupt nichts. Und schlimmer noch, ich habe dazu beigetragen, das Fundament ihres Glaubens auszuhöhlen. Wenn Gerechtigkeit daran bemessen würde, was jeder von uns dem anderen gegeben hat, hätte ich nichts in die Waagschale zu werfen.

Vienne.

Ich höre Riki-Tikis Schrei, als der Schuss sie trifft und sie rücklings aus dem Fenster fällt. Ich sehe ihr aschfahles Gesicht, als ich sie zur Oberfläche zurückbringe. Ich schaue über den Fluss und sehe, wie Stains Gesicht zu meinem wird, und grinse höhnisch, wende mich ab und gehe davon.

Nein! Ich werde nicht davongehen!

Mein Körper trennt sich von sich selbst und steigt auf in die Luft, frei von jeder Fessel, ungebunden, nur eine Rauchfahne, die von einem erlöschenden Feuer aufsteigt. Er schwebt immer höher, hoch über das Kloster und weit über den Rand der Schluchten hinaus, die gemeinsam Noctis Labyrinthus bilden, und hinein in den Wolkenstrudel am Himmel.

Dann lasse ich auch die Wolken hinter mir, sodass sie nun eine verschneite Tundra unter meinen Füßen bilden, und das glühende Licht des neuen Tages spaltet den Horizont. Der Riss zwischen Boden und Himmel wird größer. Ich fühle, wie ich im Licht bade, ein Licht, das sich als Gewicht auf meinen Körper legt, und ich falle in die Tiefe. Weit unter mir steht mein Körper hoch aufgerichtet da, die Arme steif an den Seiten, den Kopf in den Nacken gelegt, den Mund zu einem abgebrochenen Schrei weit aufgerissen.

Ghannouj senkt seinen Stab und schaut zum Himmel, wo ich über ihm schwebe. Mir fällt auf, dass er eine kahle Stelle auf dem Kopf hat, die aussieht wie ein Affenarsch. »Nun musst du in die physische Welt zurückkehren«, sagt er. »Sprich dein Wort des Gebets.«

Vienne.

Dann bin ich wieder in meinem Körper. Er fühlt sich fließend an, fast wie Wasserdampf. Als ich hinunter auf meine Füße blicke, ist es, als wären sie gar nicht da.

Der Balken ist im Gleichgewicht, der Teich ruhig.

Mein Körper fühlt sich zu schwer an, um ihn aufrecht zu halten. Meine Knie geben nach, und ehe ich etwas tun kann, rutsche ich vom Balken und falle seitlich ins Wasser. Ich sinke bis auf den

Grund. Die Stängel der Seerosen füllen mein Blickfeld aus. Luftblasen lösen sich von meinen Lippen, und ich bin zu erschöpft, ihnen Beachtung zu schenken.

Gerade als mir der Gedanke kommt, es wäre in Ordnung, einfach dort zu bleiben, ergreift Ghannouj meine Arme und schleift mich ans Ufer.

Keuchend liege ich da und beobachte, wie die Wolkendecke am Himmel aufreißt.

Die Hände auf die Knie gestützt, beugt Ghannouj sich über mich. Auch er ringt keuchend um Atem.

»Das tut mir weh«, sage ich, als ich mich aufsetze, noch immer benommen. »Viel mehr, als es Ihnen wehtut.«

»Das ist wahr, aber du hast eine Form des Glücks erlangt, die sogar mich in Erstaunen versetzt.« Ghannouj legt die Spitze des Stabs an seine Stirn und verbeugt sich. »Unter normalen Umständen würden wir nun ein großes Fest ausrichten, um deine Transzendenz zu feiern, aber ich brauche ein wenig Schlaf, und ich glaube, du musst ein Aerofoil erwischen.«

Ich reibe mir die schmerzende Stirn. »Muss ich nicht erst mal eines finden?«

Mit einem perfekten Timing, das Vienne als Kismet bezeichnet hätte, ich hingegen als Theatralik eines listigen alten Mönchs, gleitet ein Aerofoil über uns vorbei. Die langen Tragflächen scheinen sich bis in alle Ewigkeit zu erstrecken, die dualen Luftwirbelmaschinen schnurren am Heck, und der lange Schatten gleitet über die Gärten.

Ghannouj verbeugt sich erneut. »Ich habe mir die Freiheit genommen, dir die Suche abzunehmen.«

Kapitel 27

Tengu-Kloster, Noctis Labyrinthus
Präfektur Zealand
Annos Martis 238. 7. 29. 05:51

Das Aerofoil ist gelandet, als Ghannouj das Tor des Klosters öffnet. Noch immer regnet es leicht. Wolken hängen wie eine Schützenlinie am Nordhimmel. Wortlos schließt Ghannouj das Tor hinter mir.

Ich habe meinen Munitionsgurt mit Extraladungen ausgestattet und ein gereinigtes und geladenes Armalite an der Schulter. Außerdem trage ich Viennes Halskette. Ansonsten habe ich kein zusätzliches Gewicht dabei. Der Flug nach Christchurch ist lang, und ich muss mich mit leichtem Gepäck begnügen.

Die Arme vor der Brust verschränkt, lehnt Tychon sich an den Flugzeugrumpf, das Fliegerkäppi tief ins Gesicht gezogen. Er hebt den Blick, als er das Pochen meiner Stiefel hört, duckt sich unter eine Tragfläche und öffnet die Luke. Die Kabine ist groß genug für zwei Personen und ein wenig Gepäck. Sie besteht aus klarem Plexiglas, vermutlich, um Gewicht zu sparen, aber der Gedanke, dass ich imstande sein werde, zwischen meinen Füßen bis auf die Oberfläche hinabzuschauen, bringt mein Herz zum Rasen.

Vienne.

»Tut mir leid«, sagt Tychon. »Kein Tritthocker.«

»Brauche ich nicht.« Ich befördere meinen zerbeulten, zerschlagenen Körper auf den Sitz.

Als Tychon die Luke geschlossen und sich ans Steuer gesetzt hat, wobei seine langen Beine fast die Schultern berühren, danke ich ihm, dass er mich mitnimmt.

»Das tue ich nicht für Sie«, sagt er und startet die Vortexmaschine. »Ich tue es, weil Riki-Tiki es von mir erwarten würde.«

»In Ordnung.«

Der Olympus Mons füllt den westlichen Horizont aus, während Tychon die Bischofsstraße als Navigationshilfe benutzt, da er keine Bordtelemetrie hat. »Ich hoffe, es macht Ihnen nichts, wenn ich aus dem Bauch heraus navigiere«, sagt er, und ich beklage mich nicht, denn schließlich führe ich mehr oder weniger mein Leben auf diese Weise.

Wir fliegen in geringer Höhe, damit das CorpCom-Radar uns nicht finden kann. Die Sonne findet uns auch nicht, deshalb ist es kalt im Cockpit, und meine Hände werden allmählich taub. Ich sage mir immer wieder, dass es an der Kälte liegt, nicht daran, dass mein Blut sich aufgrund meiner Panik im Unterleib sammelt.

»Vienne«, flüstere ich immer wieder.

Meine Atemluft erzeugt kleine Dampfwolken und schlägt sich an der Luke nieder, als das Aerofoil über eine Schlucht aufsteigt. Wir gleiten über Ebenen hinweg, die sich in einen sanften, grünen Teppich hüllen, der hier und da von tiefen Kratern und Gesteinsschichten durchbrochen wird, die sich aus dem Boden erheben. Wie ein Raubvogel aus Metall fängt Tychon thermische Aufwinde mit dem Querruder ein, die uns hoch genug tragen, um die Gewitterwolken zu berühren.

»Du bist Sprühflugzeugpilot, nicht wahr?«

Er lacht. »Wer hat Ihnen das denn erzählt?«

»Rebecca. Im Kollektiv.«

»Ja, das passt zu ihr.«

Nach zwanzig Kilometern überfliegen wir die erste der Siedlungen, die die Sturmnacht zerstört hat. Von hier aus bilden die Gehöfte einen Flickenteppich aus perfekten Quadraten. Mehr als die Hälfte ist nach den Überfällen der Sturmnacht schwarz verbrannt. Als das Aerofoil tiefer sinkt, um den nächsten Aufwind einzufangen, kann ich ein Getreidesilo sehen, das auf ein Fabrikgebäude gestürzt ist, ein Treibhaus mit gesplitterten Scheiben und eine Reihe Erntemaschinen, von denen das Feuer nur einen Haufen verzogenes Metall zurückgelassen hat. Der Boden um sie herum ist mit Asche bedeckt.

»Wenn du kein Sprühflugzeugpilot bist, was bist du dann?«

»Einiges«, sagt er und zeigt auf das mächtige Hörnerpaar, das an der Nase des Fliegers befestigt ist, und dann auf die am Boden angenietete Winde. »Am besten verstehe ich mich aufs Abholen und Abliefern.«

»Dann bist du Schmuggler. Menschen oder Fracht?«

»Beides. Mir ist das vollkommen schnuppe.«

Unter uns wiederholt sich die Szenerie des Gemetzels wieder und wieder. Eine Schneise der Zerstörung zieht sich von der Straße aus bis zum Fluss. Dort dreht Tychon nach rechts ab und folgt nun dem Gagarin stromabwärts. Die Stadt Dismel kommt in Sicht und gleitet vorüber, und ich denke an die Flüchtlinge, die auf der Suche nach Sicherheit nach Christchurch gegangen waren. Aber nun wird mir klar, dass sie nicht davongekommen sind. Stattdessen sind sie mitten ins Kampfgebiet geflohen.

Mit einem Krachen wie von einer automatischen Waffe und einer Reihe von Blitzen kündigt sich das nächste Gewitter an. Tychon geht in den Sinkflug und steuert uns nahe an den oberen Rand des Hawera-Staudamms heran. Dort sehe ich etwas, was mich mein Schwindelgefühl vergessen lässt: Auf der Nordseite des Damms stehen Dutzende von Norikern in der Nähe der Beobachtungsplattform. Ihre deutlich gekennzeichnete Fracht: eine Ladung C-42-Sprengstoff, schwer wie eine Erntemaschine, genug, um einen Krater zu sprengen, der ganz Christchurch fassen würde.

»Oh, Scheiße. Sieh dir das an!«

»Was?«, fragt Tychon.

»Die Sturmnacht«, sage ich. »Sie deponieren Sprengladungen am Staudamm. Lyme will das Zealand CorpCom mit einem gewaltigen Schlag auslöschen. Wir müssen Alarm schlagen. Dafür sorgen, dass die Stadt evakuiert wird. Hat das Ding keine Telemetrieeinrichtungen?«

»Nur mein persönliches Mobilgerät.«

»Dann melde einen Notfall an diese Kommunikationsstation.« Ich nenne ihm die Nummer und die nötigen Protokolle, gebe die Worte aus meiner Zeit als Regulator weiter und hoffe, dass der Disponent ihm glauben wird. Mehr können wir nicht tun, außer mich nach Christchurch bringen, so schnell dieses Ding fliegt.

Christchurch! Parlamentsturm! Dort ist Vienne. Dort ist Archibald.

»Bring mich zum Regierungsbezirk. Nagel das Gaspedal am Boden fest oder was immer du tun musst, um diese Kiste zum Glühen zu bringen«, sage ich. »Lande, wo immer du kannst. Dann gehe ich zu Fuß weiter.«

»Roger«, sagt er, dreht erneut ab und steigt hoch in die Wolken.

Als wir wieder herauskommen, ist bereits ein Hellbender auf Patrouillenflug da, um uns willkommen zu heißen.

»Ausweichmanöver!«, brülle ich.

»Festhalten!« Tychon reißt den Steuerknüppel zurück. Die Nase des Aerofoils schießt aufwärts, und wir verschwinden wieder in der Wolkenbank, verfolgt von den Schüssen des Backbordschützen. Kugeln reißen Löcher in den Kohlefaserrumpf des Fliegers, und Tychon gibt einen tiefen Grunzlaut von sich, der allzu vertraut klingt.

»Du bist getroffen!«, rufe ich.

»In den Fuß.«

»Vergiss die Landung!«

»Niemals, Regulator«, sagt er. »Riki-Tiki war die liebenswürdigste Seele, die mir je begegnet ist. Ich will, dass diese Mistkerle für ihren Tod bezahlen.«

Endlose Minuten bleiben wir in den Wolken. Tychon fliegt vollständig blind. Regen und Wind zerren am Flugzeugrumpf, spielen mit der Kabelage. Kann es einen schlechteren Tag geben, um meine neu erworbene Art des Glücks auf die Probe zu stellen?

Dann endlich, als ich kurz davor bin, wegen Schwindelgefühlen in Verbindung mit Luftkrankheit und dem Geruch von Tychons Blut ins Cockpit zu kotzen, lösen wir uns aus den Wolken und halten eine Höhe von dreihundert Metern. Durch das Plexiglas ist die Favela auf dem Hügel, der über Christchurch aufragt, deutlich zu sehen. Der Slum ist mit Brandbomben angegriffen worden und steht in Flammen. Eine Wolke chemischen Rauchs, dunkler und dichter als eine Gewitterfront, steigt zu neun Uhr auf. Wir drehen vorher ab, und die Hauptstadt kommt in Sicht.

Wir folgen dem Fluss, der zu den Sieben Brücken von Christchurch führt. Tausend Meter voraus nehmen CorpCom-Hellbender die Brücken unter Feuer, um den Vormarsch der Sturmnacht zu stoppen. Auf der Brücke, die uns am nächsten ist, donnert ein Convoy Noriker-Trucks in Richtung Rondell.

»Überhol den Convoy!«, rufe ich.

Er kreuzt den Fluss und gleitet so dicht über die Brücken und dann über die Häuser hinweg, dass ich das Gefühl habe, sie berühren zu können. Dann schwenkt er nach rechts auf der Suche nach einem geeigneten Landeplatz, der sich am Tannhäuserkrater befindet, wenige Meter jenseits der Stadtgrenze von Christchurch. »Das ist der beste Platz zum Landen«, ruft er.

»Zu weit vom Geschehen«, rufe ich zurück. »Flieg zum Rondell. Ich werde abspringen.«

»Ohne Fallschirm? Das ist Irrsinn!«

»Ich weiß«, sage ich. »Aber meine geistige Gesundheit ist schon vor langer Zeit zum Fenster raus.«

Unter uns liegt eine verlassene Stadt: keine Menschen, keine Autos und keine Züge. Die Ampelanlagen arbeiten nicht; nirgends ist Bewegung zu sehen. Das Einzige, was sich regt, sind Abfälle, die der Wind vor sich her treibt. Doch als wir über das Rondell fliegen, ändert sich alles. Ich sehe eine Reihe Sandsäcke nach der anderen, außerdem Betonbarrieren mit einer Krone aus Stacheldraht. Eine Division CorpCom-Soldaten nimmt in aller Eile Kampfposition ein, und sogar im Aerofoil ist das Dröhnen ferner Hellbenderrotoren zu hören.

Ein Hellbender donnert auf uns zu, und wieder geraten wir unter Beschuss.

»Mimi«, sage ich. »Wach auf. Wir haben zu tun.«

Sie meldet sich mit einem Gähnlaut. »Roger. Schön, dass du mich zum Spielen rauslässt.«

»Verschone mich mit dem Sarkasmus und such einen passenden Landeplatz für uns.«

»Wir brauchen einen Absetzplatz!«, ruft Tychon.

Ich suche das Rondell nach einer passenden Stelle ab. Mir wäre es lieber, nicht aufs Pflaster zu knallen. Besser gefiele mir ein hohes Gebäude, dessen Dach die Wucht des Aufpralls wenigstens teilweise absorbiert. Dann sehe ich Rauch, der mitten aus dem Parlamentsturm aufsteigt. Aus derselben Etage, aus der Vienne gesprungen ist – der Etage, in der sich der Sitzungssaal befindet.

»Was meinst du?«, frage ich Mimi.

»Könnte schlimmer sein, Cowboy.«

»Da!«, rufe ich. »Setz mich auf dem Dach des Parlamentsturms ab.«

»Auf dem Dach?«, ruft er zurück. »Sie sind wirklich irre.«

»Tu's einfach!« Ich spanne den Riemen meines Helms und klappe das Visier zu. Dann öffne ich die Luke. Der tosende Wind knallt sie an den Ansaugstutzen. Ich löse meinen Gurt.

»Willst du das wirklich tun?«, fragt Mimi, als der Sog über den Tragflächen mich herauszuzerren droht. »Deine Herzfrequenz ist kurz vor der Tachykardie.«

»Ich habe schon früher solche Sprünge überlebt«, sage ich und denke an einen Sturz von einem Weltraumfahrstuhl, der mich in einen Abwasserkanal befördert hatte.

»Da hat dein Anzug aber noch normal funktioniert«, sagt Mimi.

»In ihrem derzeitigen Zustand ist die Panzerung möglicherweise nicht in der Lage, einen schnellen Sinkflug zu kompensieren.«

»Tja, sollte sie es nicht tun, kann ich nur sagen, es war schon, dich gekannt zu haben.«

»Was ist mit deinem Arm?«

»Der ist doch schon gebrochen.«

Als das Aerofoil auf den Parlamentsturm zufliegt, drücke ich die Luke auf und stelle mich breitbeinig in den Ausstieg. Unter mir kommt das Dach in Sicht. In meinem Kopf dreht sich alles, und ich habe das Gefühl, kopfüber aus dem Cockpit zu stürzen.

»Cowboy!«, sagt Mimi.

Vienne.

Als Tychon »Los!« ruft, springe ich ab, gerade nach vorn, und wäre beinahe mit der Tragfläche kollidiert. Der Windsog packt mich, und ich überschlage mich in der Luft. Ehe ich mich aufrichten kann, trägt mich meine eigene Flugbahn am Turm vorbei und schleudert mich auf das Dach der Bibliothek zu.

»Vienne!«, wiederhole ich, als ich mich flach mache und mit den Füßen voran durch das aus Asphaltbeton und Wellblech gefertigte Dach der Bibliothek krache.

Ein paar Sekunden lang nehme ich außer einer Wolke Betonstaub und lauten Schreien gar nichts wahr. Dann wird mir klar, dass die Schreie von mir stammen, und dass der Staub aus dem Loch fällt, das über mir im Dach klafft.

»Dem Himmel sei Dank für Symbipanzerungen«, sage ich. »Ich glaube, ich war bewusstlos.«

»Warst du«, sagt Mimi. »Wie geht es deinem Arm?«

»Nicht schlechter als dem Rest von mir. Erinnere mich daran, nie wieder durch ein Dach zu springen.«

»Das hast du beim letzten Mal, als du durch ein Dach gesprungen bist, auch gesagt.«

Die Hände auf die Oberschenkel gestützt, stemme ich mich hoch. Dann laufe ich aus dem Raum und zur Treppe. Über den

Notausgang verlasse ich die Bibliothek durch eine Seitentür und bahne mir einen Weg durch eine finstere Gasse, bis ich den aufgeschütteten Vorplatz des Turms erreicht habe. Von hier aus kann ich das gesamte Rondell überblicken.

Wie Metallspäne von einem Magneten angezogen werden, scheint dieser Platz mich anzuziehen – der Ort, an dem mein Vater in Ungnade gefallen ist, der Ort, an dem Vienne ihr Opfer dargebracht hat, der Ort meiner Schande. Ghannouj würde vermutlich sagen, das wäre unausweichlich, und der Kreis der Ereignisse schließe sich hier. Für mich fühlt es sich eher so an wie verdorbenes Essen, das mir immer wieder hochkommt.

»Spotte nicht über Ghannouj«, sagt Mimi. »Trotz unserer gegensätzlichen Ansichten hat er dich hierher gebracht, Cowboy. Der Rest liegt bei dir.«

Die Spitze des Parlamentsturms hüllt sich in Flammen, und das wütende Prasseln des Feuers zerreißt die Luft.

»Hoffentlich habe ich mit dem Landeplatz richtig gelegen«, sage ich zu Mimi.

»Ich bin froh, dass du mit der Panzerung richtig gelegen hast.«

Ich sollte mich in Bewegung setzen, aber ich bin viel zu sehr damit beschäftigt, mich an den Platz zu erinnern, an dem ich stehe. An dem ich aufgewachsen bin. An dem Vienne und ich unsere Finger verloren haben. An dem mein Vater zu großer Macht aufgestiegen war und mich mitgerissen hat, als er später in Ungnade fiel.

Prinz des Mars, was für ein Mist.

Dann hallt von Ferne ein Überschallknall durch die Hauptstadt, und die Druckwelle bläst die Fenster aus ihren Rahmen.

»Runter!«, schreit Mimi.

Ich knalle auf den Boden, als sich die Glasplatten des Turms aus ihrer Verankerung lösen und auf den Vorplatz stürzen. Ich rolle mich zusammen, als sie über meiner Rüstung explodieren. Es tut nicht weh, aber es ist höllisch erschreckend.

Während ich da liege, bedeckt von Glassplittern, fangen die Betonplatten unter mir zu wogen an. Der ganze Vorplatz hebt und senkt sich.

»Was, zum Henker …«, rufe ich. »Jetzt auch noch ein Erdbeben?«

»Kein Erdbeben«, sagt Mimi. »Es ist dieselbe Schockwelle wie vorhin, aber die Wellen, die sich durch den Boden ausbreiten, brauchen ein paar Sekunden länger, um Christchurch zu erreichen.«

Als ich schließlich wieder auf den Beinen bin, geht mir auf, dass ich weiß, was da explodiert ist.

Der Hawera-Staudamm ist verschwunden.

Das Wasser kommt.

»Wie lange noch, Mimi?«

»Herabstürzendes Wasser beschleunigt mit neun-komma-acht Metern pro Quadratsekunde, bis es die Endgeschwindigkeit erreicht hat. Die Endgeschwindigkeit errechnet sich aus der Masse des freigesetzten Wassers, dem Widerstand …«

»Mimi! Schätzung!«

»Keine fünfzehn Minuten.«

»Suchen wir Vienne.«

Das Rattern automatischer Waffen lenkt meine Aufmerksamkeit auf ein paar Dutzend Sturmnacht-Soldaten, die von Stoßtrupps in Schach gehalten werden.

»Ich glaube nicht, dass das ein geplanter Angriff war«, sage ich zu Mimi. »Die Linien sind zu ungeordnet und die Stoßtrupps weit verstreut.«

Ein Ranger setzt sich an die Spitze und feuert, bis das Magazin leer ist. Hinter einer umgekippten Mülltonne kniend zieht er das Magazin heraus und taucht den rotglühenden Lauf seines Sturmgewehrs in eine Pfütze. Dampf steigt aus den Belüftungsbohrungen, als er das geklebte Doppelmagazin umdreht und in die Waffe rammt.

Pass auf, was hinter dir passiert, denke ich, als eine Dreiergruppe Sturmnacht-Soldaten um die Ecke der Bibliothek kommt und einige von Kugeln zersiebte junge Bäume als Deckung benutzt. Ein kurzer Feuerstoß durch das Blattwerk, und der Ranger hat eine Kugel in der Seite. Die Wucht reißt ihn herum, sodass er die Angreifer vor Augen hat. Sein Finger findet den Abzug. Die drei Sturmnacht-Soldaten fallen ein paar Sekunden, bevor der Ranger an seiner Verletzung stirbt. Ein Krampf durchläuft seinen Körper. Er kippt zurück und ist bereits tot, als sein Gewehr einen Regenbogen aus Munition gen Himmel schießt.

Eine Verschwendung. Das ist so dumm. Dumm, nutzlos und eine kriminelle Vergeudung von Leben. Sollte ich Lyme je in die Finger bekommen, wird er für seine Verbrechen büßen.

»Wie viel Zeit haben wir noch, Mimi?«

»Keine zehn Minuten.«

»Dann suchen wir Vienne. Auf der Stelle.«

In diesem Augenblick fliegt mit einem Donnern wie von einer explodierenden Ladung C-42 die Tür der Bibliothek auseinander. Als der Staub sich legt, spaziert ein Soldat heraus, ein Sturmgewehr in der einen, einen Blaster in der anderen Hand. Der erste Schuss erwischt den nächsten Stoßtruppsoldaten. Ihm folgt ein Kugelhagel, der sich in ein Gefecht zwischen einer Sturmnachttruppe und zwei Stoßtruppsoldaten entlädt.

»Vergiss es, Mimi. Ich habe Vienne soeben gefunden.« Aber ich weiß nicht, ob ich das so gewollt habe.

Die Sturmnacht-Soldaten scheinen es ähnlich zu sehen, denn sie krauchen in der Dunkelheit davon. Nur ihr Anführer brüllt, sie sollen sich zu einem neuen Angriff formieren.

Beide Gruppen rücken auf Vienne zu, und die Laserpunkte ihrer Zielvorrichtungen tanzen über ihre Panzerung.

»Waffen fallen lassen!«, blafft der Anführer.

Vienne wirft das leere Sturmgewehr weg, als wäre es ein Apfelbutzen.

Die Soldaten rücken vor, als hätten sie so etwas schon tausend Mal getan, in der festen Überzeugung, dass sie einen Gegner niederringen können, ohne auch nur einen Schuss abzufeuern – bis der erste Soldat Vienne zu nahe kommt und sie ihm die Waffe aus der Hand reißt, ihn herumwirbelt und ihm ein Messer an die Halsschlagader drückt. Die anderen Soldaten reagieren gar nicht. Vienne hat sich so wahnwitzig schnell bewegt, dass die Männer einen Augenblick brauchen, um das Geschehen zu verarbeiten. Dann gellt der Befehl: »Feuer!«

Schüsse zerreißen die Luft, aber Vienne benutzt den Soldaten als Schutzschild, bis die anderen ihre Magazine leergeschossen haben und nur noch ein harmloses Klicken aus der Kammer ertönt. Nun lässt sie ihren Schild fallen. Der Mann ist tot, ehe er auf den Boden prallt.

Vienne strafft sich. Dann greift sie an wie ein entfesselter Big Daddy.

Ich tauche in den Schatten nahe dem Parlamentsturm ab, als Vienne drei Soldaten mit einer Serie von Front-Kicks niedermäht. Den Letzten aus der Spitzengruppe knöpft sie sich vor, als er gerade ein frisches Magazin einlegt. Sie bricht ihm das Handgelenk, schwenkt die Waffe zu seinem Anführer herum und feuert.

Auf der Stirn des Mannes öffnet sich ein drittes Auge.

Als er zu Boden geht, feuert die zweite Linie. Vienne reißt die Waffe des Mannes an sich und rollt sich über den Bürgersteig ab, während Kugeln ihr folgen. Sie springt auf, schießt und schlägt einen Salto, der sie geradewegs vor die sechs Soldaten befördert, die immer noch auf den Beinen sind. Sie zögern eine halbe Sekunde, ehe sie den Abzug betätigen – lange genug, dass Vienne sich aus der Schusslinie bringen und Double-Roundhouse-Kick austeilen kann, der die ganze Reihe umhaut wie Bowling-Pins.

»Cowboy«, sagt Mimi. »Es bleiben keine fünf Minuten mehr.«

Vienne wartet ein paar Sekunden und wartet, ob die Gegner

wieder aufstehen. Als das nicht der Fall ist, wirft sie das Sturmgewehr weg und macht kehrt, um ihrer Wege zu gehen. Ich löse mich aus dem Schatten und folge ihr auf einem Parallelkurs. Wenn ich sie nur einholen kann, ehe …

»He!«, ruft ein Sturmnacht-Soldat und tritt ins Freie. »Wo willst du hin, Weib? Mr. Archibald hat gesagt, du bleibst bei uns.«

Vienne nimmt einem der überwältigten Soldaten eine Blendgranate ab, zieht mit den Zähnen den Sicherheitsstift heraus und wirft die Granate über ihre Schulter. »Fahrt zur Hölle.«

»Aiiiee!«, kreischt der Mann und springt in Deckung, als die Granate auch schon detoniert. Ich gehe nun direkt auf Vienne zu, komme aber gerade mal zehn Meter weit, als ein Mörsergeschoss mir den Boden unter den Füßen wegreißt.

»Cowboy!«, schreit Mimi.

Wie ein Windrad wirble ich durch die Luft und greife bei dem sinnlosen Versuch, mein Gleichgewicht wiederzufinden, ins Nichts. Mit der Brust voran pralle ich hart auf den Boden, wobei meine Panzerung den größten Teil der Wucht abfängt, rolle mich über die Schulter ab, springe auf und ziehe mein Armalite.

»Mimi! Such den Granatwerfer!«

»Hab ihn schon«, sagt sie. »Aber es wird dir nicht gefallen.«

»Wieso?«

»Er ist von dir aus auf sechs Uhr, aber vergiss nicht, ich habe dich gewarnt.«

Verwirrt drehe ich mich um, halte Ausschau nach demjenigen, der versucht hat, mich mit einer Panzerfaust zu erledigen.

Es ist Vienne.

Sie hat den Granatwerfer bereits nachgeladen und ist bereit, den Abzug erneut durchzuziehen. Ihre Wangenknochen treten scharf hervor, und ihr Gesicht ist verzerrt. Ihre Augen sind rot, als wären sie wund, strotzen aber vor ungebändigter Energie. Ich sehe keinen Hauch des Erkennens darin, nur wilden Zorn und die Bereitschaft, alles zu töten, was wie ein Ziel aussieht.

»Vienne.« Ich schaue ihr direkt in die Augen. »Bitte, tu das nicht.«

»Du meinst das hier?« Ihre Stimme klingt schrill, zorngetränkt. Sie feuert, und mir bleibt kaum ein Blinzeln, um mich zur Seite zu werfen. Die Granate jagt an mir vorbei in eine Ladenfront und zertrümmert das Spiegelglas des Fensters.

»Zum Teufel mit dir!« Vienne schüttelt den leeren Granatwerfer über dem Kopf.

»Du hast keine Munition mehr.«

Sie zieht eine Plasmapistole aus einem Hüfthalfter, und ich stürze mich auf sie. Wir teilen Schläge aus, blocken ab, belauern einander. Die Zeit scheint langsamer zu laufen. Dann reißt sie die Plasmapistole hoch und feuert. Changierende Energiestöße zucken an meinem Gesicht vorbei und verschwinden am Himmel. Die Waffe wirft leere Hülsen aus, die klirrend auf dem Beton landen. Plötzlich wirbelt Vienne schneller herum, als ich folgen kann, und drückt mir die Mündung an die rechte Schläfe, wo ich sie nicht mehr sehen kann. Schweiß strömt über mein Gesicht und tränkt mein Hemd. Ich atme schwer, und der Schweiß rinnt mir in die Augen.

Sie grinst. »Hab dich.«

Der Gestank von verbranntem Haar liegt in der Luft – die Plasmapistole ist überhitzt.

Vienne drückt ab.

Es klickt nicht einmal.

»Du hast keine Munition mehr.« Ich ziele mit meinem Armalite auf ihren Bauch. »Das war's dann wohl.«

Schreiend wirft sie die Pistole nach mir. Sie prallt von meiner Panzerung ab.

»Zwei Minuten«, sagt Mimi. »Selbst mit deinen beschränkten Telemetriefunktionen fange ich P-Wellen auf. Das Wasser kommt schnell!«

Bring sie weg von der Straße, denke ich. *Sofort.* »Ich möchte dir nicht wehtun, Vienne.« Ich gehe vorsichtig näher heran, bemüht, nicht bedrohlich zu erscheinen. »Atme tief durch, beruhige dich, und dann lass uns reden.«

Ihr Gesicht verzerrt sich vor unbändigem Zorn. Sie greift wieder an, treibt mich mit Fäusten, Ellbogen und Knien zurück, während ich die Schläge verzweifelt abblocke. Vienne versucht es mit einem stümperhaften Scherenschlag, aber ich weiche zur Seite aus und versetze dem Nervenbündel am unteren Ende der Wirbelsäule einen Roundhouse-Kick. Der Stoß lähmt sie für eine Sekunde. Lange genug, dass ich wieder zu Atem komme.

»Du Arschloch!«, sagt sie mit einer Stimme, die wie ein heiseres Flüstern klingt, eine Hand auf den Rücken gepresst.

Hinter uns flackern plötzlich Mündungsblitze über den Himmel, gefolgt von gebrüllten Kommandos. Die Stimmen sind nahe: Das Gefecht bewegt sich auf uns zu.

Ich greife an, ramme Vienne mit voller Wucht und hebe sie von den Füßen. Der Raketenwerfer fliegt davon, als wir gemeinsam auf den Betonboden knallen. Ich bin als Erster wieder auf den Beinen. Doch kaum nehme ich Verteidigungshaltung ein, macht sie einen Rückwärtssalto und kommt angriffsbereit wieder hoch.

»Vienne. Ich bin es, Durango. Ich bin gekommen, um dich nach Hause zu bringen.«

Sie dreht den Kopf, als lausche sie einem fernen Pfeifen. Ihr Gesicht ist entspannt. Dann fängt an ihrem Hals ein Metallreif, der teilweise von einer Kapuze verdeckt war, zu summen an.

»Mimi? Was ist das für ein Geräusch?«

»Hochfrequente Schallwellen«, sagt sie. »Werden meist mit Computerleitsystemen in Verbindung gebracht. Pass auf!«

Krach!

Viennes Faust trifft meinen rechten Wangenknochen, und ich krache auf den Gehsteig. Mit klingelnden Ohren rapple ich mich auf.

Vienne tritt mich in den Bauch.

Meine Panzerung wird steif, und Viennes Fuß bleibt an dem Gewebe kleben.

Ihr Fuß bleibt kleben?

Mein Kopf ist immer noch mit Watte gefüllt, und ich schüttle ihn verzweifelt. Offensichtlich fantasiere ich.

»Nein, tust du nicht«, sagt Mimi. »Die Panzerung klebt wirklich an dir.«

Vienne versucht sich loszureißen, aber ich versetze ihr mit der gesunden Hand einen Hieb in die Kniekehle, worauf sie unsanft auf dem Hinterteil landet. Sofort dreht sie sich um, stemmt sich auf die Hände und nagelt mit dem freien Bein meinen Gips am Boden fest.

Weißglühender Schmerz explodiert an der Bruchstelle, und mein ganzer Körper verkrampft sich. Meine Panzerung verhärtet erneut, und Vienne kommt frei. Ist wieder auf den Beinen. Angriffsbereit.

»Das hast du mir angetan«, sagt sie.

Ich husche davon. Ringe um Atem. Fokussiere mein Auge, das reichlich feucht geworden ist. »Wer hat dir das gesagt?«

»Archibald«, keucht sie. »Er hat gesagt, du hättest mir das angetan. Mich zu diesem … Monster gemacht.«

»Du bist kein Monster.«

»Lügner! Ich habe sie erschossen!« Ihre Schultern sacken herab, und ihr Kinn sinkt auf die Brust. »Ich habe das kleine Mädchen erschossen. Nur ein Ungeheuer bringt so etwas fertig.«

Denk nach. Denk nach!

»Erinnerst du dich an das hier?« In einem Akt der Verzweiflung ziehe ich ihren Anhänger aus der Kapuze meiner Panzerung. »Er gehört dir, weißt du noch? Als du ein kleines Mädchen gewesen bist, hast du ihn geliebt, so wie Riki-Tiki dich geliebt hat und wie ich dich jetzt liebe.«

»LÜGNER!« Sie springt aus dem Stand zwei Meter in die Höhe. Hebt die Hand wie einen Vorschlaghammer. Brüllt und will mir die Faust auf den Kopf schmettern. Der Schlag würde mich umbringen.

Ich hebe den Arm zu einem kraftlosen Abwehrversuch.

Meine Hand öffnet sich. Haare spritzen aus meiner Handfläche, fliegen wie ein Schwarm davon und treffen Viennes Gesicht. Ihren Mund. Ihre Augen. Als wäre sie gegen eine unsichtbare Mauer geprallt, beugt sie sich zurück und sackt zusammen, krallt die Finger in die brennenden Augen, die sich anfühlen, als wären sie mit Säure bespritzt worden, wie ich aus eigener Erfahrung weiß.

»Nein!«, rufe ich. »Nicht jetzt! Mimi, warum passiert das ständig?«

»Die erforderlichen Daten zur Verarbeitung dieser Frage liegen mir nicht vor.«

»Was bedeutet, dass du so ratlos bist wie ich.«

»Red keinen Unsinn«, sagt sie. »Haare gehören einfach nicht zu meinem Fachgebiet.«

Ich bücke mich, um Vienne zu helfen, aber in ihrem Gesicht stecken Hunderte, wenn nicht Tausende von Haaren, und sie macht alles noch schlimmer, indem sie daran herumfummelt. Die Haarspitzen haben Widerhaken. Sie zu bewegen ist, als würde man an einem Haken rütteln, der sich durch die Haut gebohrt hat.

»Hör auf! Nicht anfassen!«, schreie ich sie an und versuche, ihre Hände fortzuziehen. Es hat keinen Sinn. Sie kann mich nicht hören. Und wenn sie es könnte, würde sie versuchen, mich zu töten.

»Wir haben keine Minute mehr, bis die Flut uns erreicht«, sagt Mimi.

Das erste Zeichen der Apokalypse ist ein Rinnsal, das übers Pflaster läuft. Ich höre das Wasser, ehe es da ist – ein tiefes, dumpfes Tosen, begleitet von einem hämmernden Paukenschlag. Dann ist plötzlich Druck auf meinen Trommelfellen. Und dann sehe ich es – eine Wand aus Wasser, gekrönt von Schaum, fünfzig Meter hoch, schiebt sich über die Sieben Brücken. Sie erreicht den

Fahrdamm und erhebt sich um weitere sechzig Meter in die Luft. Weiße Gischt, die an Atompilze erinnert, hämmert auf das Ufer ein.

»Ich muss sie hier wegschaffen! Scan, was immer du scannen kannst! Such mir irgendwo ein Loch! Und beeil dich, ehe ich mir eine schlauere KI suche.«

»Was hältst du davon, in ein brennendes Gebäude zu kriechen?«, erwidert Mimi.

Kapitel 28

Christchurch, Capitol City
Präfektur Zealand
Annos Martis 238. 7. 29. 11:34

Es ist ein Wunder, dass Archibald nicht tot ist.

Das Feuer ist rasch gelegt, so wie immer, aber dieses Mal versucht er etwas Neues. Er will das Feuer abrichten. Wie stets beginnt er mit einem Streichholz. Es muss aus Holz sein, das sind die Besten. Sie biegen sich nicht durch, wenn man sie entzündet, und der Kopf flammt auf wie eine Wunderkerze, wenn man ihn über die Reibefläche zieht. Und wenn man es dann in Holzwolle oder harzreiche Holzspäne fallen lässt, brennt es wie verrückt.

Puff! Ein Feuer. Das ist wie Magie.

Alles, was man kontrollieren kann, kann man auch abrichten. Feuer ist da keine Ausnahme. Entzünde ein kleines Feuer auf dem Boden des Sitzungssaals der Zealand Corp. Sieh zu, wie es wächst. Du wartest, bis es groß genug ist, um an der Treibstoffspur zu lecken, sie schließlich zu entzünden und eine Flammenlinie zu erzeugen. Das Warten ist das Beste an der Sache.

Du versprühst Ethanol in einer Zickzacklinie, bildest Muster auf dem Porträt der Direktorin an der Wand – nimm das, Mutter! Du wartest, und wenn die Flammen den Brandbeschleuniger berühren, wird die Spur zu einer orangeroten Natter, die bereit ist, anzugreifen, was und wann du willst. Feuer kann launisch und todbringend sein.

Manchmal – selbst dann, wenn du alles richtig gemacht hast – beschließt das Feuer plötzlich, dich dafür zu bestrafen, dass du nicht jedes Detail vorausgeplant hast. Das Ethylen verflüchtigt sich möglicherweise zu schnell. Die Dämpfe machen dich schwindelig, leichtfertig und albern. Sie lassen dich vergessen, dass du abhauen musst. Das Feuer könnte sich auch entzünden, ehe du eine Gelegenheit hast, aus dem Raum zu flüchten, und die Extraflasche Brandbeschleuniger, die du an deinen Gürtel gehängt hast, könnte explodieren, könnte deine Hose und dein Hemd benetzen und in Flammen hüllen, so schnell und heiß, dass auch dein Umhang sie nicht mehr aufhalten kann.

Du huschst aus dem Raum wie eine Sternschnuppe auf dem Sturz durch die Atmosphäre. Du rennst zur Feuertreppe, blind für alles außer dem sengenden Schmerz und dem Geruch deines eigenen, kochenden Fleisches.

Die Stimmen, die du deinen Namen rufen hörst, scheinen weit weg zu sein, und für eine flüchtige Sekunde, einen Moment, bevor du das Bewusstsein verlierst, glaubst du, die Stimme deiner Mutter zu hören, die dich ruft, die dir sagt, was sie immer sagt: »Archibald. Wie oft muss ich dir noch sagen, du sollst nicht mit Feuer spielen!«

Dann vergeht der Schmerz. Du weißt, dass deine Nervenenden tot sind – du bist schwer verletzt, kannst es nur nicht mehr spüren. Du rufst nach Duke, damit er dich mit dem Noriker einsammelt. Irgendwie musst du weitermachen, denn du hast immer noch

Streichhölzer, und da ist immer noch ein Gebäude, das du brennen sehen kannst …

◆

Archibald hält inne, um zu Atem zu kommen und sich zu sammeln. Zum Schutz der Brandwunden an seiner Brust und seinem Bauch in den Umhang gewickelt, stolpert er die Feuertreppe hinunter, die sich durch den Parlamentsturm schraubt, im Mund einen völlig zerkauten Zahnstocher. Er saugt an dem Holz und schmatzt dabei laut, ein Geräusch, das seine Mutter gehasst hat. Was hätte sie wohl dazu gesagt, dass er den Damm in die Luft gejagt hat? Oder dass er ihr Konzernhauptquartier niederbrennt?

Er kann es kaum erwarten, ihr Gesicht zu sehen, wenn der Parlamentsturm in Flammen steht, umspült von dem Hochwasser aus dem gestauten Fluss, Vorzeichen des nahenden Armageddons und lebendiger Beweis für ein gehaltenes Versprechen ihres Sohnes.

Kapitel 29

Christchurch, Capitol City
Präfektur Zealand
Annos Martis 238. 7. 29. 12:00

Mimi dirigiert mich zur Rückseite des Gebäudes, ein vertrauter Bereich, in dem ich das Wareneingangstor finde. Ich trete das Sicherheitsglas aus der Tür und schlüpfe hinein, Vienne auf der Schulter.

Mein Arm bringt mich um, und mein ganzer Körper schreit mich an, ich solle endlich aufhören, mich zu bewegen. *Schrei nur weiter*, sage ich zu ihm. *Ich höre dir gar nicht zu.*

Auf dem Korridor erreiche ich nach wenigen Metern die Tür zum Treppenhaus und halte kurz inne, um mir zu überlegen, welchen Weg ich nun einschlagen soll. Dann höre ich hinter mir ein Plätschern. Ein Rinnsal braun verfärbten Wassers dringt durch die zertrümmerte Tür herein und verwandelt sich binnen Sekunden in einen kleinen Fluss.

Das Wasser ist hier, und es steigt mit jeder Sekunde.

Ich haste die Treppe hinauf, reiße die Feuerschutztür auf und stolpere in das Hauptfoyer, dessen zwei Etagen hohe Fenster einen Panoramablick auf den Vorplatz und das dahinter liegende Rondell bieten. Vienne liegt schwer und reglos auf meiner Schulter, und meine Stiefel sind mit Wasser vollgesogen und rutschen über den Boden.

Ein paar Sekunden halte ich inne und denke über meinen nächsten Schritt nach. Draußen auf dem Vorplatz entdeckt mich ein Zug Soldaten. Sofort feuern sie auf mich. Mein Blick fällt auf die Tür zum Souvenirladen, und ich trete sie auf, schleife Vienne hinein und verstecke sie hinter dem Ladentisch.

»Wie sieht dein Plan aus, Cowboy?«, fragt Mimi, als ich in den Schubladen nach einem Werkzeug suche, das ich als Schlüsselersatz benutzen kann.

»Der ist ziemlich schlicht«, sage ich. »Such etwas, womit du das Kropfband von Viennes Hals lösen kannst. Dann versuche, einen goldenen Mittelweg zwischen Ertrinken und Verbrennen zu finden. Kein großer Plan.«

»In seiner Schlichtheit ist er durchaus elegant.«

»So einfach ist das allerdings nicht, wenn man kein Werkzeug findet.« Ich knalle eine Schublade zu. »Zeit für Plan B.«

Ich stehe in genau dem Moment auf, in dem Mimi schreit: »Cowboy!«

Archibald steht am Eingang und schiebt einen Schaukasten vor die Tür, der uns den Weg nach draußen versperrt. In einer Hand hält er eine Plastikflasche mit einer klaren Flüssigkeit, in der anderen ein Feuerzeug. »Habe ich dich gefunden«, sagt er und tränkt eine Auslage mit Stofftieren mit der Flüssigkeit. Dann zündet er das Feuerzeug und wirft es auf ein Nilpferd. Das Ding explodiert in einem Feuerball. »Hätte ich gewusst, dass du herkommst, hätte ich mit der Säuberung des Sitzungssaals noch ein wenig gewartet.«

»Hätte ich gewusst, dass du herkommst«, sage ich, »hätte ich mehr Munition mitgenommen.«

Gekrümmt und mit hängenden Schultern neigt er sich zu einer Seite. Seine Augen liegen tief in den Höhlen, die Lippen sind mit Blasen bedeckt und schälen sich ab. Wie sein Mantel ist auch der Rest von ihm blutig und in Auflösung begriffen.

Das alles registriere ich, während ich über einen Schaukasten mit Schneekugeln segle, die Christchurch im Kleinformat enthalten.

Wir krachen auf den Boden. Aschewolken wogen durch den Raum. Archibald wird nach hinten geworfen. Ich rolle mich ab, springe auf und nehme eine kauernde Kampfhaltung ein. Vienne ist immer noch außer Sichtweite. Vorerst.

»Was ist los, Archie?« Ich lache. »Angst vor einem kleinen *Dalit?*«

Fffft!

Eine Nadel bohrt sich in den Gipsverband an meinem linken Arm. Ich wirble herum, und eine zweite Nadel landet in dem Gips.

»Wer hat jetzt Angst, *Dalit?*«, ruft Archibald.

»Vorsicht, Cowboy«, sagt Mimi. »Die Nadeln sind mit Neurotoxinen präpariert.«

Ich stolpere zurück, darum bemüht, aus seiner Schussbahn zu kommen. »Was, zum Geier …«

Zwei weitere Nadeln sausen flüsternd durch den Raum. Eine

trifft die Wand hinter mir, die andere gibt ein leises Klimpern von sich, als sie von meiner Symbipanzerung abprallt.

»Sie ist nicht abgeprallt«, sagt Mimi.

»Was ist nicht abgeprallt?« Ich fühle ein sengendes Kribbeln in meiner Hüfte.

»Die Nadel«, sagt sie. »Sie ist nicht abgeprallt. Sie ist abgebrochen. Neurotoxin ist in deinen Blutkreislauf gelangt.«

Mir schwirrt der Kopf, und ich muss auf ein Knie herunter, um mein Gleichgewicht halten zu können. Archie stößt auf mich herab, und sein Umhang wogt im Rauch.

»Du bekommst sie nicht zurück«, sage ich und hoffe, dass er noch näher kommt.

Das tut er, greift in meine Haare und lacht mir leise ins Ohr. »Dieses Mal bin ich nicht an deiner Freundin interessiert.« Sein Atem stinkt wie verfaulter Kohl. »Mr. Lyme zufolge bist du, Jacob Stringfellow, das kostbarste Juwel auf dem ganzen Mars.«

Ich starre in Archibalds lachendes Gesicht, direkt in seine dunklen, leeren Augen, und sehe dort mein eigenes Spiegelbild. Betäubt. Hilflos.

Nein, denke ich. *Nein!*

Mit einer kurzen Drehung befreie ich mich von der Hand in meinem Haar, auch wenn ich dabei ein paar Haare in Archibalds Handschuh lasse. Zugleich stemme ich mich mit aller Kraft hoch und ramme ihm meine Schulter ans Kinn.

Archie landet auf dem Hintern, die Hände erhoben, um mich abzuwehren. »Gnade«, sagt er.

Mein Herz ist nicht bereit, Gnade zu üben. Ich ramme ihm das Knie in den Bauch. »Das ist für Riki, du Dreckskerl.« Der Raum dreht sich um mich, und ich stolpere davon. Ich betaste meine Hüfte. Als ich die Hand wegnehme, ist sie blutverschmiert.

»Es macht nichts, wenn du mich umbringst. Ich habe dich längst geschlagen.« Auf den Knien hebt Archibald eine Schneekugel vom Boden auf und wirft sie nach mir.

Sie zerschellt hinter mir an der Wand.

»Leck mich!« Ich schnappe mir zwei Handvoll verrußter Kewpiepüppchen und schleudere sie ihm ins Gesicht. Eine Staubwolke explodiert in der Luft.

Der Rauch sammelt sich unter der Decke, und um uns herum wird es immer heißer. Ich fühle es im Gesicht, und ich mache mich klein, um reine Luft zu atmen. »Mimi? Wie sieht es mit dem Wasser aus?«

»Steigt immer noch, Cowboy.«

Archibald müht sich auf die Füße und stolpert zurück. Der Staub in seinen Augen raubt ihm die Sicht, und er krallt die Finger in sein verbranntes Gesicht. Dann kichert er hämisch. »Du kämpfst unfair. Genau wie ich.«

Ich entferne mich hastig von ihm. »Ich bin nicht wie du.«

»Und ob!« Er dreht den Kopf zur Seite, als würde er Schallwellen auffangen. »Ich bin wie du, und du bist wie ich. Der einzige Unterschied zwischen uns ist eine Panzerung.«

»Panzerungen schützen nur den Körper.« Ich bewege mich wieder ein Stück. »Deinen niederträchtigen Geist kannst du dahinter nicht verstecken.«

»Verschon mich mit den Plattitüden.« Er lacht. »Du glaubst wirklich, du würdest mich so gut kennen? Tja, eines weißt nicht einmal du.«

Lachend schlägt er den Umhang zur Seite. In seinen klauenartig verkrümmten Fingern liegt eine gläserne, selbstzündende Granate, gefüllt mit weißem Phosphor, die alles verbrennen wird, womit sie in Berührung kommt – Kleidung, Treibstoff, Munition und mich, trotz Symbipanzerung.

»Eine falsche Bewegung«, sage ich, »und ich puste dir den aasigen Kopf weg.«

»Du kannst mich nicht schlagen.« Eine Spur von Bedauern klingt in Archibalds Stimme mit, wie ich verwundert feststelle. »Ich habe schon verloren.«

Er grinst, zeigt mir eine Reihe abgebrochener Zähne und öffnet seinen Umhang. Das ramponierte Stück fällt auf den mit Asche bedeckten Boden, und er breitet die Arme zu einer makabren Willkommensgeste aus. Unter dem Umhang ist er fast nackt. Gelbsüchtige Haut hängt an seinen ausgemergelten Armen, überzogen von nässenden Wunden. Seine Brust ist purpurn und schwarz verfärbt. Knochen ragen aus der Haut.

»Mein Gott …«, flüstere ich.

»Ich bin ein toter Mann.« Er wirft die Granate nach mir. »Und du auch.«

Ich ducke mich und rolle mich ab, an ihm vorbei in Richtung Ladentisch, als die Granate gegen die Wand auf der anderen Seite des Raums prallt. Sie explodiert und äschert in einem Umkreis von drei Metern alles ein. Unvermittelt speist eine Woge frischer Luft das Feuer, und Sekunden später bläst ein Feuerball den Rest der Vitrinenverglasung aus ihrem Rahmen. Ich gehe in die Hocke, als die brennenden Überreste über den Boden segeln.

Extrem heiße Flammen explodieren um uns herum, und die Hitze versengt mir das Haar.

Mir bleibt gerade noch genug Zeit, mir Vienne zu schnappen und rauszurennen. Ich bücke mich, packe sie an den Schulterpolstern und zerre sie in Richtung Tür. Hinter uns klettert das Feuer die Wand empor. Flammen brodeln wie kochendes, orangerotes Wasser unter der Decke.

Archibald schreit. Als ich mich umschaue, sehe ich ihn mitten in der Feuersbrunst stehen, die Arme weit ausgebreitet, den Kopf nach links gewandt, das Kinn angezogen. Flammen tanzen über seine Hose auf und nieder, und sein Umhang gleicht einer Decke aus Feuer.

Er dreht sich zu mir um und ergreift ein scharfkantiges Stück Glas. »Stiiiiiirb!«

Ein tief aus dem Bauch aufsteigendes Grollen ertönt hinter mir und jagt mir einen Schauer über den Rücken.

»Vienne?«

Sie katapultiert sich über mich hinweg und landet direkt vor Archibald. Er hebt die brennenden Arme, und sie hämmert ihm die Faust ans Kinn.

»Mein Schatz«, sagt Archibald und hält sich das Gesicht.

»Nein!« Sie verpasst ihm einen Scherenschlag, und er fliegt rückwärts gegen die Wand, umgeben von Licht wie ein weißglühender Komet. Seine Schreie gleichen dem Heulen einer Sirene, und in der Luft liegt der üble Gestank seines versengten Fleisches.

Und dann ist Archibald still.

Totenstill.

So sehr mir der Gestank die Kehle zuschnürt, ich renne zu Vienne, doch sie knurrt nur drohend, als ich in ihre Nähe komme. Ihre Augen funkeln wild, Blut befleckt ihr Gesicht, und sie hat die Zähne gebleckt.

»Ich werde dir nichts tun«, sage ich mit ruhiger Stimme. »Ich ...«

»Cowboy!«, kreischt Mimi. »Raus hier!«

Das muss sie mir nicht zweimal sagen.

»Zum Ausgang!«

Aber der Ausgang ist durch die Vitrine blockiert, die Archie dorthin geschoben hat. Ich rüttle heftig an dem Schrank, aber er ist zu schwer, ihn mit nur einem Arm zu bewegen. »Verflucht!«

Plötzlich liegt eine Hand auf meiner Schulter und eine auf dem Bein auf meiner anderen Körperseite, und ich werde hochgehoben wie eine Lumpenpuppe und durch das Schaufenster des Ladens geworfen. Es zerspringt, als ich aufpralle, und ich lande hart in einem Haufen Sicherheitsglas auf dem Marmorboden außerhalb des Ladens.

»Mimi, was war das?«

»Das musst du noch fragen?«

Vor mir dreht sich alles, doch ich schaue noch rechtzeitig auf, um zu sehen, wie Vienne über mich hinwegsetzt und wie eine Varlamovrakete quer durch die Lobby schießt.

Die Sprinkler schalten sich ein. Jetzt regnet es auch drinnen.

»Vienne hat mich durchs Fenster geworfen?«

»Was uns das Leben gerettet hat«, sagt Mimi.

Ich sammle mein heruntergefallenes Armalite auf und stecke es ins Halfter. »Erinnere mich daran, ihr zu danken, wenn meine Wirbelsäule nachgewachsen ist.« Okay, genug gequasselt. »Wo ist sie hin?«

»Zwölf Uhr. Geradeaus.«

Ich renne los, was ein Hämmern in meinem Kopf erzeugt. Im Prasseln der Sprinkler kann ich nichts hören. »Ich weiß, was zwölf Uhr bedeutet, Mimi.«

»Ich wollte nur sichergehen. Du hättest bei dem Sturz schließlich eine Gehirnerschütterung erleiden können.«

»Ich bin auf dem Hintern gelandet.«

»Eben.«

»Ha-ha-haasig.«

Durch das Panoramafenster des Foyers habe ich einen Blick auf die Innenstadt, die von schwarzem Wasser und dem Schutt, den es mitgeführt hat, überflutet ist. Ein Bankgebäude auf der anderen Seite des Rondells brennt, und das Feuer hat eine Öllache auf der Wasseroberfläche entzündet.

Es ist, als wäre Christchurch in einen wütenden Ozean gestürzt, der uns alle verschlingen will.

»›Dort sieht er die Genomen seines Fall's‹«, sagt Mimi. »›Von Flut und Wirbelwind der Feuermassen.‹«

»Danke, Mrs. Milton.«

»Ausgezeichnet«, sagt Mimi. »Jetzt solltest du die Beine in die Hand nehmen.«

Ka-bumm!

Draußen. Noch eine Explosion.

»Gasleck«, sagt Mimi.

»Was?«

»Du wolltest doch gerade fragen, was die Explosion ausgelöst hat. Aus der Hauptleitung tritt Gas aus. Die Flut muss die Leitungen beschädigt haben.«

»Danke für den Chemieunterricht, Madame Curie.« Mein Auge fängt eine Bewegung in der Nähe des Notausgangs ein. Rutschend komme ich zum Stehen und wechsle die Richtung.

»Vienne!« Ich reiße die Tür auf. Im Treppenhaus steht Wasser, und es steigt. Ich höre Schritte vom Treppenabsatz über mir. Sie rennt, panisch.

»Vienne, bleib stehen!«

Drei Treppen rauf. Meine Beine brennen. Ich renne weiter.

Sorg dafür, dass sie vor dir bleibt. Es gibt keinen Ausweg außer dem nach unten.

Noch eine Explosion. Auf dem Dach.

Das Gebäude erzittert wie in einem Nachbeben, und meine feuchten Sohlen finden keinen Halt auf der Stufe. Mein Knie knallt gegen Beton, und die Rüstung verhärtet.

»*Esena mor poutana!* Was für ein Stück Scheiße! Mimi! Bring das in Ordnung!«

»Ich bemühe mich. Lass mir eine Sekunde Zeit.«

»Wir haben keine Sekunde. Sie ist zu schnell.«

Rums! Und noch eine Explosion. Das ganze Treppenhaus wackelt. Betonstaub rieselt auf mich herab.

»Vienne!«

Nichts. Dann ein Knurren. Eine Tür wird aufgerissen. Ich hole auf, renne die Stufen hinauf, immer zwei auf einmal, und weiche den herabfallenden Betonbruchstücken aus. Auf dem nächsten Absatz halte ich inne, um die Tür zu überprüfen. Das Metall ist heiß. »Die hier?«

»Nein. Auf dieser Etage brennt es.«

Nächster Treppenabsatz. Dreizehnter Stock. Die Treppe endet eine Etage höher an der Tür zum Dach.

»Entweder hier oder auf dem Dach«, sage ich. Die Tür zum Dach ist geschlossen, also ist sie dort nicht hinausgelaufen.

»Hervorragend beobachtet«, sagt Mimi. »Vielleicht hast du doch nicht *alles* vergessen, was ich dir beigebracht habe.«

Ich ziehe mein Armalite aus dem Halfter und reiße die Tür auf. Sprinklerwasser spritzt mir ins Gesicht, und dichter, ätzender Rauch wogt aus dem Korridor. Ich weiche zurück ins Treppenhaus, suche den Sprinkleranschluss und drehe den Hahn zu, um das Wasser abzustellen.

»Mimi, hat Archie nicht gesagt, er hätte zuerst den Sitzungssaal in Brand gesteckt?«

»Das Feuer sollte inzwischen erloschen sein.«

Das ist eine gute Neuigkeit. Die schlechte Neuigkeit lautet, dass der Boden mit verbranntem Schutt übersät ist, eine allzu vertraute Szenerie. Noch im Tod hinterlässt Archie seine Spuren. »Empfängst du irgendetwas?«

»Nur sehr schwach. Sprich leise. Du willst sie doch nicht erschrecken.«

»Oder ihr frühzeitig verraten, dass ich komme.«

»Auch das.«

Ich schleiche durch den Korridor und überprüfe jedes Büro. Nichts. Wo kann sie nur sein?

»Irgendwas Neues?«

»Signal wird stärker. Richtung beibehalten.«

Um die nächste Ecke. Die Wände sind vom Feuer geschwärzt und rissig. Aber dieser Bereich kommt mir vertraut vor. Dann erkenne ich einen leeren, verkohlten Rahmen an der gegenüberliegenden Wand.

Der Sitzungssaal.

Rums!

Ich höre Fenster zerspringen. Fährt denn die ganze Welt zur Hölle?

»So ziemlich«, sagt Mimi.

Das Licht flackert und erlischt.

Toll. Es ist dunkel, und ich habe kein Omnokular, um im Dunkeln zu sehen.

Moment!

Stimmen.

Ich gehe zum Türrahmen. Versuche, mir ein Bild vom Innern des Raums zu machen und husche hinein.

Vienne!

Sie liegt auf einem verbrannten Teppichstück am Boden. Wieder in fötaler Haltung. Und sie wiegt sich.

»Ich habe dich im Stich gelassen, als du gegangen bist, um Regulatorin zu werden. Ich habe dich im Stich gelassen, als ich zugelassen habe, dass du in Gefangenschaft gerätst. Dieses Mal werde ich dich nicht im Stich lassen.«

Diese Stimme …

Stain.

Er tritt aus dem Schatten, in den Händen einen rauchgeschwärzten Spiegel. Er stellt ihn auf einen Stuhl vor Viennes Gesicht und zwingt sie, hineinzuschauen. »Siehst du, was du geworden bist?«

Ich gleite an der Wand entlang, sodass ich ihn besser sehen kann. Seine Hose ist nass und mit feuchter Asche bedeckt. Eine Hand hält den Stab wie ein Zepter. Die andere liegt auf der Tasche mit den Bienen.

Ich entsichere das Armalite. Gehe in Schussposition.

»Du hast ein Kind erschossen«, sagt er, als Vienne das Gesicht abwendet. Brutal reißt er ihren Kopf zurück. »Das ist das Gesicht einer Mörderin.« Er greift nach der Bienentasche. »Es gibt nur eine Möglichkeit, dich wieder dem Guten zu öffnen.«

Ich trete in sein Blickfeld. Der Lichtpunkt meiner Laserzielvorrichtung tanzt direkt über dem Herzen auf seiner Brust. »Das Einzige, was sich hier öffnen wird, ist das Loch, das ich dir gleich in den Balg schieße.«

Er zieht Vienne hoch und benutzt sie als menschliches Schild.

Der rote Laserpunkt prangt nun über ihrem Herzen statt über seinem. »Erst wirst du sie töten müssen.«

Ich zögere.

Stain drückt den Stab an Viennes Hals, und sie schreit auf. »Sei still!«, brüllt er.

»Mimi, warum wehrt sie sich nicht?« Ich versuche, freie Schussbahn zu bekommen, aber die verrauchte Luft, die Dunkelheit und seine Schnelligkeit machen es unmöglich. »Tritt ihm in den Arsch, Vienne.«

Ein zorniges Brummen erfüllt den Raum. Der verbrannte Teppich wirft Wellen, und nun erkenne ich, dass Vienne in einem Haufen Asche liegt und von Bienen bedeckt ist.

»Da hast du die Antwort, Cowboy.«

»Stain«, rufe ich, »du bist ein widerlicher Hundesohn.«

»Gegen Bienen kannst du nicht kämpfen«, sagt Stain. Er bildet sich eine Menge auf die Fähigkeiten der Viecher ein. »Wirf deine Waffe weg, *Dalit.*«

»Sie ist deine Schwester«, sage ich, bemüht, ruhig zu bleiben und einen guten Schuss anzubringen. »Bedeutet dir das denn gar nichts?«

»Es bedeutet mir alles!«, brüllt er. »Tu nicht so, als würdest du mich verstehen! Du weißt nichts über mich!«

»Oh, ich weiß eine ganze Menge über dich, du Mörder.«

»Auf die Knie!« Er rammt den Stab in die Wunden an Viennes Nacken, und sie schreit auf.

Ich habe keine Wahl. Ich lasse mich zu Boden fallen, sichere das Armalite und werfe es zu ihm rüber. Er lässt Vienne wieder zurück auf den Teppich gleiten.

»Hände hinter den Kopf!«, befiehlt er. »Ist das nicht die Art der Regulatoren, Gefangene zu machen?«

Ich gehorche und überkreuze die Handgelenke, sodass meine Finger den Gips berühren und über die beiden darin eingebetteten Nadeln streichen. *Die Nadeln!*

»Du meinst wohl Geiseln.«

»Gefangene! Das ist es, was die Gerechten mit Kriminellen machen. Sie nehmen sie gefangen, ziehen sie zur Rechenschaft und lassen sie aburteilen.«

Methodisch befreie ich die Nadeln aus dem Gips, darauf bedacht, mich nicht zu stechen.

»Langsam, Cowboy«, mahnt Mimi. »Eine falsche Bewegung könnte deinen Tod bedeuten.«

»Tod steht nicht auf meiner Tagesordnung«, sage ich laut. »Stain, hör mir zu. Lass Vienne gehen, und wir machen die Sache unter uns aus. Sie hat kein Verbrechen begangen.«

Da! Ich habe die Nadel und klemme sie zwischen Daumen und Zeigefinger.

»Gut«, sagt Mimi. »Halt ihn am Reden, Cowboy.«

»Sie hat gemordet! Sie hat gestohlen!« Stain zerrt an Viennes Haar. »Sie hat das Opfer, das ich für sie gebracht habe, genommen und mir vor die Füße geworfen.«

»Da hat Riki-Tiki mir etwas anderes erzählt.«

»Lügner! Alles Lügen!«

Die Bienen reagieren mit Unruhe auf sein Geschrei. Vienne blickt auf. Ihr Gesicht sieht zerbrechlich aus, nicht wild. *Bitte*, bete ich stumm, *lass noch ein bisschen Regulator in ihr sein.* Für eine Sekunde treffen sich unsere Blicke. Wir bleiben aneinander hängen, verbunden über den Raum, der uns trennt. Und …

Sie senkt den Blick.

Verdammt.

»Ich war *bönpo!*«, brüllt Stain. Schaumfetzen fliegen von seinen Lippen. »Ich war der Auserwählte, der die Tengu hätte führen sollen, wie Meister Rinpoche die ersten Mönche zum Mars geführt hat. Aber das alles habe ich geopfert, damit diese … diese *Kuh* leben konnte. Aber nein, sie wirft alles weg! Hätte ich geahnt, dass sie ihr Leben für einen *Dalit*-Regulator vergeudet, hätte ich sie unserem Vater überlassen.«

Vienne blickt wieder auf, und unsere Blicke vereinen sich wie der Lichtstrahl aus einer Laserzielvorrichtung.

»Ich hätte ihm gestattet, ihr weiter Gewalt anzutun«, fährt er fort, »damit sie den Schmerz des Verrats kostet! Hätte ich es nur gewusst! Ich …«

»Du hättest den Mund halten sollen, solange du noch eine Chance dazu hattest. *Jetzt.*«

Vienne rammt ihm den Ellbogen in die Genitalien. Er wehrt sie ab, als ich die Nadeln werfe. Mit einer geradezu wahnsinnigen Leichtigkeit fängt er sie aus der Luft.

Doch die Nadeln stecken in seiner Haut. Lachend hebt er die Hand, um sie mir zu zeigen. »Schwielen, *Dalit.*«

»Neurotoxine, Arschloch.«

Stain starrt seine Hand an, als würde sie jemand anderem gehören. Dann verdreht er die Augen, stolpert und knallt den Stab auf den Boden, um sich abzustützen. Ein Luftzug fegt durch den Raum, als die Bienen auf Stain zurauschen. Sie bedecken seinen Körper und bilden einen lebendigen Kokon um ihn.

Runter!, brülle ich mich in Gedanken selbst an. Ich gleite über den wassergetränkten Teppich, reiße das Armalite vom Boden und jage drei schnelle Schüsse in den Kokon.

Hinter Stain platzt das Fenster. Der Stab fällt auf den Boden. Die Bienen zerstreuen sich und schwärmen in die Nacht hinaus.

»Wir mögen vielleicht *Dalit*-Abschaum sein«, sage ich und richte die Waffe auf ihn. »Aber wir halten wenigstens zusammen.«

Stain stolpert rückwärts auf das Fenster zu. Sein Hintern prallt gegen den Sims. Er setzt sich. Sein Kopf kippt zur Seite. Die Füße lösen sich vom Boden. Er presst eine Hand auf den Bauch, und in seine Augen tritt ein Ausdruck der Fassungslosigkeit.

Er starrt seine Handfläche an.

Sie ist rot.

»Blut«, flüstert er und gerät ins Taumeln.

Vienne packt sein Handgelenk. »Stain!«

Er ergreift Viennes Arm mit beiden Händen, fällt hinaus und zieht sie mit sich.

Ich lasse das Gewehr fallen. Mache einen Satz zum Fenster. Packe Viennes Fußgelenk.

Halte um des lieben Lebens willen fest.

»Nicht dieses Mal.« Ich verkannte meinen Fuß an der Wand und ziehe. »Lass sie los!«

Rums!

Das Gebäude wackelt, und wir rutschen näher an den Abgrund.

Unter uns sind Stromschnellen durch die Betonschluchten der Stadt gerast und haben alles pulverisiert, was sich ihnen in den Weg gestellt hat. Da ist nichts mehr außer Wasser, so weit das Auge reicht.

»Lass Vienne los!«, schreie ich erneut. »Oder, bei Gott, ich schieße dir mitten ins Gesicht!«

Stain lacht. Mit einer letzten Kraftanstrengung packt er Viennes Schulter. Ihr Bein gleitet mir aus der Hand. Wo sind diese aasigen Haare, wenn ich sie brauche?

»Wir sterben gemeinsam, Schwester.«

»Nein!« Mit meinem gebrochenen Arm taste ich auf dem Boden herum. Finde das Armalite. Hebe mit zitternder Hand den Lauf und ziehe den Abzug durch.

Stains Mund wird größer. Er stößt einen Schrei aus, als seine Hände von Viennes Arm abrutschen. Das abrupte Verschwinden der Last schleudert Vienne und mich zurück in den Raum.

Draußen ist nichts mehr, nur ein Plätschern.

»Irgendwann einmal bin ich aus diesem Fenster gesprungen«, murmelt Vienne.

»Ja«, sage ich, als ich wieder zu Atem komme. »Das bist du.«

»Vor langer Zeit. Bevor der böse Mann gekommen ist. Als ich noch jemand anders war.«

Ich schüttle den Kopf. »Der böse Mann ist weg. Du musst dir seinetwegen keine Sorgen machen.«

»Habe ich Stain getötet?«, fragt sie wie ein Kind, das versucht, ein Puzzle zusammenzusetzen.

»Nein. Das war seine eigene Schuld.«

»Ich habe das kleine Mädchen getötet«, sagt sie mit erstickter Stimme, und eine Träne rinnt über ihre Wange.

Was soll ich dazu sagen? Ich nehme ihre Hand. Sie fühlt sich kalt an. Die Fingernägel sind abgebrochen, die Knöchel wund.

»Aber da war ich jemand anders.« Sie sieht mich an, und ihre blauen Augen sind rosa umwölkt. »Werde ich jemals wieder ich selbst sein?«

»Du bist immer noch Vienne. Du hast nie aufgehört, Vienne zu sein.«

»Ich bin müde«, sagt sie. »Ich möchte … ich möchte nach Hause.«

Sie zittert und schlingt die dünnen Arme um den Oberkörper. Mir wird schwer ums Herz beim Anblick ihres versengten Halses, der schmutzigen Haut und des geschwollenen Gesichts. Sie sieht höllisch aus, und sie ist durch die Hölle gegangen. Doch ich kann nichts anderes tun als sie an mich drücken.

Ihre Arme fallen kraftlos herab, und in ihren Augen sehe ich nichts mehr, gar nichts – keinen Zorn, keine Furcht, nur Tabula rasa.

»Komm, Vienne.« Sanft führe ich sie am Arm. »Jetzt bist du bei mir.«

»Oh, Cowboy«, sagt Mimi. »Was hat sie nur durchgemacht.«

»Sie kommt wieder in Ordnung«, sage ich zu ihr und auch zu mir und hoffe, dass es wahr ist. »Die Mönche wissen bestimmt, was zu tun ist.«

Vorsichtig führe ich Vienne zurück zur Feuertreppe. Wir steigen die Stufen hinauf zu der Leiter, die aufs Dach führt. Ich schiebe den Riegel zurück, öffne die Klappe und ziehe sie hinauf.

Der Regen hat aufgehört, und ein leichter Wind zupft an ihrem Haar.

Im rosa Schimmer der Morgendämmerung sehe ich weiter nichts als den Fluss. Häuser, Lastwagen, Dächer, Schutt, die Einzelteile einer zerschmetterten Stadt hüpfen auf den Wogen. In der Nähe der Sieben Brücken bildet der Strom einen Wirbel aus weißem Schaum, und der Himmel ist verhangen von zähem, ätzendem Rauch. Es ist windstill, und die Stadt ist seltsam ruhig. Wir sitzen auf dem Dach fest und haben keine Möglichkeit, von hier wegzukommen.

Hier also endet alles.

»Nein«, sagt Mimi. »Sei nicht so ein Melodramatiker.«

»Das Wort gibt es gar nicht.«

»Cowboy, ich meine es ernst«, sagt sie. »Schau mal nach oben.«

Tychons Aerofoil treibt über uns vorbei und geht dann in den Sinkflug.

Ich recke den Daumen hoch.

»Sucht ihr eine Mitfluggelegenheit?«, ruft er über Lautsprecher.

Ich zeige ihm beide erhobenen Daumen.

Er kreist über uns. Die Luke öffnet sich, und eine Tasche fällt auf die andere Seite des Dachs. Ich laufe hinüber, um sie zu holen. In der Tasche finde ich ein Kohlefaserseil, ein Geschirr und einen selbstaufblasenden Ballon.

»Sieht nach einem Fulton-Rettungssystem-Bausatz aus«, sagt Mimi.

»Das liegt daran, dass es einer ist.«

Ich schnalle mir das Geschirr um, klemme das Seil an das Geschirr und den Ballon und warte, bis der Ballon sich aufgeblasen hat. Er erhebt sich in die Luft, als Tychon gerade einen weiten Bogen mit seinem Aerofoil fliegt. Als er sich wieder in hohem Tempo dem Dach nähert, drücke ich Vienne fest an meine Brust.

»Festhalten, Soldat. Wir machen einen Ausflug.«

Über uns packen die beiden Hörner des Aerofoils das Seil, und wir werden mit einem Ruck, schlimmer als ein Tritt in den Hintern, vom Dach gerissen und schweben hoch über Christchurch dahin. Die Stadt unter uns ist eine schwelende Ruine, aber über uns ist nur die Sonne.

Kapitel 30

Tengu-Kloster, Noctis Labyrinthus
Präfektur Zealand
Annos Martis 238. 7. 29. 22:22

Der Aerofoil fliegt in geringer Höhe über den Torbogen vor dem Tengu-Kloster und landet auf der Straße westlich des Tores. Ich klettere aus dem Frachtraum.

»Danke für den Flug«, sage ich zu Tychon.

»Jederzeit gern.« Er hebt Vienne vom Boden des Frachtraums und legt sie mir in die Arme.

Sie hat geschlafen, seit Tychon uns in den Frachtraum gezogen hat, und ich habe sie in eine Rettungsdecke aus dem Erste-Hilfe-Kasten gewickelt, die sie während des ganzen Heimwegs warmgehalten hat.

»Viel Glück«, sagt Tychon und tippt sich an die Mütze.

Als wir weit genug weg sind, gibt er Gas und rollt die Straße hinunter.

Vienne rührt sich nicht, als ich sie den Weg zum Tor hinauftrage. Ihr Kopf liegt an meinem Hals, und ich fühle ihren flachen Atem warm auf meiner Haut.

Sie ist zu Hause. Das war es, was sie gewollt hat. Ich muss sie den Mönchen übergeben, denn sie sind die Einzigen, die ihr helfen können, gesund zu werden. Aber wenn ich das tue – bedeutet es dann, dass ich sie nie wiedersehe? »Ich kann sie nicht hier lassen, Mimi.«

»Ein Versprechen ist ein Versprechen, Cowboy.«

Der Regen hat den Wasserstand im Graben seit dem Tag, an dem Vienne und ich von dem Trike gestiegen sind, schmutzig vom Straßenstaub und mit schmerzenden Hintern, auf die doppelte Höhe anschwellen lassen. In dem schmutzigen Wasser ist der Lotus erblüht. Die Blüten sind makellos, wie stets.

Ghannouj sitzt mit überkreuzten Beinen auf einer Matte vor dem Tor, von Dutzenden leerer Teetassen umgeben, und spricht ein Gebet.

Ich bleibe direkt vor ihm stehen. Er schlägt die Augen auf, nickt und erhebt sich.

Eine Sekunde später platzen Shoei und Yadokai zum Tor heraus. Die Meisterin drängt sich am Meister vorbei und ist die Erste, die Hand an Vienne legt. Für einen Moment streichelt sie die narbige Haut an ihrem Nacken. Ihre Hände wandern über Viennes Wangen, und ihr altes Gesicht verzerrt sich vor Kummer.

Yadokai legt einen Arm um sie, und sie birgt den Kopf an seiner Brust. Ich öffne den Mund, um etwas zu sagen, aber Yadokai legt einen Finger an die Lippen. Dann schließt er die Augen und legt eine Wange an Shoeis Kopf.

Es ist noch keine zwei Wochen her, da wollten sie weiter nichts als mir den Tanz für die Nacht der Freude während des Geisterfestivals beibringen. Im Gegenzug habe ich ihnen weiter nichts als Geister geboten.

Ich drehe mich zu Ghannouj um. Ich weiß nicht, ob ich etwas sagen soll oder nicht. Die Mönche haben eine Erklärung verdient. Nein, für sie ist nicht wichtig, wie Vienne verwundet wurde. Sie müssen nur wissen, dass sie noch lebt. Alles andere können sie allein herausfinden.

Ghannouj legt die Handflächen aneinander und verbeugt sich

so tief, dass seine Nase beinahe die Knie berührt. Dann streckt er die Arme aus, und ich übergebe Vienne seiner Obhut.

Der Anhänger, denke ich, nehme die Kette ab und lege sie in ihre Hand. Ihre Lider flattern, als ich mit den Lippen über ihre Stirn fahre und flüstere: »Ich liebe dich.«

»Leb wohl«, sagt Ghannouj.

Er trägt Vienne ins Kloster. Shoei folgt ihm auf den Fersen. Yadokai schließt die Tür, ohne sich noch einmal umzuschauen. Holz schabt auf Holz, als er den Riegel vorlegt.

Da wende ich mich ab von Abt, Meister und Meisterin, auch wenn es mich umbringt. Vienne. Sie ist hier sicher. Dies ist der Ort, an dem sie sein will. Der Ort, an dem sie sein muss.

Aber ich nicht. Ich gehöre nirgendwo hin.

Ich kneife mir in den Nasenrücken, um die Tränenflut einzudämmen, die in mir aufzusteigen droht.

In der Nähe des Banyanbaums höre ich ein Rascheln. »Hallo?«

Ich bekomme keine Antwort, aber das Geräusch hält noch ein paar Sekunden an. *Es muss der Wind sein*, überlege ich und wende mich ab. Da ertönt hinter mir ein Bellen. Ich drehe mich um und sehe einen Hund, der unter dem Baum hervortrottet. Er trägt irgendetwas in der Schnauze. Zufrieden rollt er sich vor dem Tor zusammen.

»Derselbe Hund?«, frage ich Mimi.

»Derselbe Hund«, sagt sie, und ich lächle.

Das letzte bisschen Energie verlässt mich, als ich den Pfad zur Straße einschlage und der Kies unter meinen Stiefeln knirscht. An der Straße angelangt, verharre ich für einen Moment.

»Ich habe eine Frage«, sagt Mimi in die Stille hinein.

»Und welche?«

»Wohin gehen wir? Hast du vor, den ganzen Weg zu Fuß zurückzulegen?«

»Das sind zwei Fragen.«

»Wer zählt schon mit.«

»Wir beide.«

Die Wolken am Horizont haben sich vollständig aufgelöst, und ich blicke zum Himmel und frage mich, was ich nun tun soll. Ohne Vienne. Ohne ein Davos. Ohne meinen Vater.

Ich wende mich nach links, gehe los und überlege, wie es wohl wäre, in einer Welt zu leben, in der Dinge wie Nahrung, Obdach und sogar Luft als selbstverständlich erachtet werden können.

Meine Füße fühlen sich schwer an, und es ist anstrengend, sie in Bewegung zu halten.

Mein Atem geht mühsam. Lichter werden heller und wieder dunkler.

Ein unvermitteltes Kribbeln in meinen Händen.

»Mimi?«

Der Gedanke lodert wie Feuer in meinem Kopf. Mein ganzer Körper fühlt sich an, als brenne er unter dem Einfluss einer EMP-Ladung. Gerade als mir einfällt, dass ich so etwas früher schon erlebt habe, blitzt der letzte Funke meines Bewusstseins auf, bevor er erlischt.

◆

Als ich erwache, leuchtet mir ein grelles Licht ins Gesicht. Ich will die Hand heben, um es abzuwehren, und stelle fest, dass meine Handgelenke gefesselt sind.

»Stillhalten. Ich bin so gut wie fertig.« Rebeccas Gesicht schiebt sich silhouettenhaft ins Licht. »Es war ein miserables Gefühl, dich hinters Licht zu führen, aber ich hätte mich noch schlimmer gefühlt, hätte Lyme seine Drohung wahr gemacht und mein Kollektiv vernichtet. Tut mir leid, Cowboy. Ich schätze, es ist wahr: Auf diesem Planeten hat jeder Dreck am Stecken. – Mr. Lyme, er gehört Ihnen.«

»Hat sie *Lyme* gesagt?«, frage ich Mimi.

»Hat dieses Luder dich *Cowboy* genannt?«, fragt sie zurück.

Rebecca tritt zur Seite.

Eine andere Gestalt nimmt ihren Platz ein. Ein Mann hält meine beschissene Augenprothese in den Fingern. »Danke, dass du dieses Aufzeichnungsgerät so bereitwillig getragen hast. Es hat unbezahlbare Daten über deine künstliche Intelligenz gesammelt – Daten, die ich nutzen werde, den CorpCom-Regierungen den Gnadenstoß zu versetzen, wenn ich meinen Plan verwirkliche, ihnen die Macht zu entreißen.«

Lyme beugt sich über mich und streicht mir eine Haarsträhne aus dem Gesicht, eine beinahe zärtliche Geste. »Du hast mir geholfen, meine großen Pläne zu verwirklichen, aber ich bin immer noch enttäuscht von dir.« Er hat Gewicht zugelegt, seit ich ihn das letzte Mal gesehen habe, und seine Haut ist nicht mehr so runzlig. »Du hättest ein ganz Großer werden können. Aber du hast dir diese Chance entgehen lassen, weil du deine Mittel nicht ausgeschöpft hast. Du hast mich zum Handeln gezwungen. Nun muss ich dich zwingen, der Mensch zu werden, als der du geboren wurdest. Mir bleibt keine andere Wahl.«

Er dreht den Kopf ins Licht und offenbart mir ein kantiges Kinn und ein ganzes Arsenal klassisch-römischer Züge, aber ich hatte ihn beinahe schon bei seinen ersten Worten erkannt.

Ein Flüstern kommt über meine Lippen: »Vater.«

Danksagung

Ich danke von Herzen den Büchermachern von Greenwillow, den liebenswerten Leuten bei HarperCollins Children's School & Library Marketing, meiner großartigen Agentin Rosemary Stimola und last but not least Deb, Justin, Caroline und Delaney, die nicht zugelassen haben, dass ich mein Ego zu sehr aufplustere.

Werde Teil der Bastei Lübbe Welt
You Tube
www.luebbe.de/ Meinewelt
Lesen, rezensieren, Bücher gewinnen
Lerne Autoren, Verlagsmitarbeiter und andere Leser kennen